无所谓

都没林异来得重要

木利鱼

校园公约

XIAO YUAN

GONG YUE

榆鱼 ——— 著

中国言实出版社

图书在版编目（CIP）数据

校园公约 / 榆鱼著. -- 北京：中国言实出版社，
2024.3
ISBN 978-7-5171-4729-9

Ⅰ.①校… Ⅱ.①榆… Ⅲ.①幻想小说－中国－当代
Ⅳ.① I247.5

中国国家版本馆 CIP 数据核字 (2024) 第 029771 号

校园公约

责任编辑：佟贵兆
责任校对：郭江妮

出版发行：中国言实出版社
　　　　　地　　址：北京市朝阳区北苑路 180 号加利大厦 5 号楼 105 室
　　　　　邮　　编：100101
　　　　　编辑部：北京市海淀区花园路 6 号院 B 座 6 层
　　　　　邮　　编：100088
　　　　　电　　话：010-64924853（总编室）　010-64924716（发行部）
　　　　　网　　址：www.zgyscbs.cn　电子邮箱：zgyscbs@263.net

经　　销：新华书店
印　　刷：三河市兴博印务有限公司
版　　次：2024 年 5 月第 1 版　2024 年 5 月第 1 次印刷
规　　格：880 毫米 ×1230 毫米　1/32
印　　张：10
字　　数：200 千字

定　　价：49.80 元
书　　号：ISBN 978-7-5171-4729-9

是的，我没有被抛弃，从来没有。

CONTENTS

楔子　001

非自然工程大学目录

3214.07

Campus convention

我昨晚想了很久，天才的出场方式还是要隆重一点。

规则世界虽然荒诞可怖，但规则世界有着正常的秩序。

楔子

蓝星三二一四年七月。

这是诸位专家学者今年以来在非自然工程大学召开的第十七次会议，也是本月的第五次会议。

会议主题仍旧不变——特殊治愈研究。

十年前，自从世界上最为先进的全息技术问世以来，便被应用于各个领域，除了对技术精细度要求比较高的医疗领域之外。

如今，全息技术已然成熟，于是专家们有了一个大胆的决定，尝试将全息技术用于医疗中的心理健康相关领域。

试验研究就被命名为：特殊治愈研究。

全息技术发展最为蓬勃的行业是游戏业，玩家进入全息舱便可以有身临其境的感觉。

"特殊治愈研究"便是受此启发。

这项试验研究的计划如下：

由全息技术科研人员、非自然工程大学校方人员、医疗人员、心理学家等各领域专家成立特殊治愈研究小组，对非自然工程大学各专业、各年龄层的学生进行层层选拔，从中选出意志力、思维逻辑、心理素质等各方面都顶尖的志愿者进入全息舱中,他们将在全息舱中看到一个完全独立的全息精神世界。在全息世界里,志愿者们将会根据进入游戏的时长被该世界的"非自然工程大学"录取,每个人都将得到一份并不常规的《校园守则》。

这份《校园守则》的每一条校规都有一个明确的编号,而这些编号实则代表着现实世界里患有心理疾病的病患编号。

在全息世界里,《校园守则》的编号代表了能够开启的小世界,每个小世界里都有不同的怪物,这些怪物代表了现实世界里患有不同心理疾病的病人。志愿者会通过自动或非自动的方式进入这些小世界,与不同的怪物遇见,展开从战斗到周旋,再到收服怪物的过程,通过和小世界中的怪物进行"故事复盘"等方式,让"怪物"的执念释怀——这也是志愿者了解病患创伤经历,找到其心理症结,治愈其心理疾病的过程。

研究小组期望可以通过此方式让这些不同年龄、不同领域的志愿者,通过智慧、勇气、友情、毅力去治愈那些有童年阴影、家庭阴影、工作挫折抑或是身体受到重大创伤的病患。

为了不影响治愈效果,进入全息世界的志愿者将会暂时失去现实世界的所有记忆。志愿者进入全息世界后,将由人工智能全程监测他们的健康,若在全息世界受伤过重或遇到生命危险,全息舱会自动结束进程,会有专员再次为他们做健康检测,并进行心理疏导。

……

此次会议正式宣布——特殊治愈研究计划于蓝星三二一四年七月正式启动。

此次试验参与人数共计一千名。

此次试验以蓝星二 000 年的非自然工程大学为时代背景。

一千名志愿者通过选拔考核后,根据评级分配全息世界里的身份,进入 A-E 五个试验室,其中评级越高者,在全息世界的身份越重要。

此次志愿者评级，有两个人并列获得最高评级。

志愿者林异，志愿者秦洲。他们两个人都是非自然工程大学的在读学生，但他们将在全息世界里拥有不同的、至关重要的身份……

Q 第 1 章 择校

　　林异感觉自己很累，他连衣服都来不及换，躺在床上昏昏沉沉地睡了过去，不过林异睡得也并不安稳，他总觉得自己的身体好像在飘浮着，头也很疼，好像有什么东西一直在往他的脑海最深处钻……

　　他在迷迷糊糊之中好像听到有人在用低沉的声音对他说："这里的每条规则都是一个故事……"

　　林异茫然地问道："什么规则？"

　　"进入规则之后你们必须要找到故事的主线才能离开，这叫作复盘。"

　　林异觉得更加茫然了："什么跟什么啊？"

　　"记住，你要让复盘的对象也在规则里，但 Ta 会想尽办法阻止你复盘……"

　　林异张了张嘴想问："你到底在说什么？我怎么听不懂！"他艰难地动了动嘴皮子，但发不出任何声音。

　　这个声音还在继续："你的身体里不只你一个人，这个秘密你要藏起来，不要被其他人发现……你要去非自然工程大学……从那里启航，揭开困扰你的一切秘密。"

　　林异感觉身体的每个部位都疲惫极了，甚至没有力气再去搞清楚这些话到底代表什么了，他只想闭上眼睛休息……

　　这个时候的他光顾着去睡了，并没有意识到一场光怪陆离的经历正等着他。他不知道，梦醒后的他将拥有一对行为怪异的父母，而他也要为了弄清楚父母变得怪异的原因将要踏上一场荒诞的校园之旅。

他不知道，他即将经历的一切不过是非自然工程大学关于"特殊治愈"研究专题的试验，他的家、他的父母、他的老师都只是试验设定的，他将在这场大型的全息世界里征战。

……

"林异，你在听吗？"一个声音把林异惊醒，他立刻弹坐起来，惊讶地发现自己没有睡在床上，而是坐在椅子上，面前是一台屏幕亮着的电脑。将他吵醒的声音就来源于这台电脑边上的一部手机，焦急的声音从手机听筒里传出来："喂……喂？林异！"

林异扫了眼来电显示，立刻拿起手机。这个过程中不小心碰到了鼠标，他用一只手去抓即将掉落的鼠标时，注意到了屏幕上显示的页面，那是高校填报志愿的页面。

林异忽然想起来，他好像是今年刚参加高考的大学生。

奇怪，为什么是好像……

"林异！"电话那头又是一声大吼。

"老师，我在听。"林异赶忙答应了一声，但他把更多的注意力放在页面上，他忍不住滑动鼠标，眼睛随着页面的下滑在眼眶里微微颤动。他又想起来，他的高考成绩是 450 分，连本科二批线都够不上，能选择的学校并不多。

他往下翻了一页，班主任听见了鼠标点击的脆响，大吼道："林异！你不会是在填志愿吧？"

"呃，是的，老师。"林异随口的回答引得班主任愤怒的声音几乎要把手机听筒震碎，他连忙把手机放得离耳朵远了一些。

"你平时的成绩上重点大学不是问题！就算这次严重失利，但是你只要复读一年，一定能考上重点大学的！你千万别自暴自弃。"班主任在苦言相劝，明明有可以重来的机会，她实在是不忍心林异就此放弃。

"你不用担心分数线不够咱们学校的复读线，老师会帮你向学校申请。老师也会继续带高三的毕业班，你可以到老师的班里来……"

林异滑动鼠标的手停顿了一下，不是被班主任的话打动，而是他看见一所高校的信息：

非自然工程大学

专科批

录取线：444 分

录取人数：不限

444 可真是一个不吉利的数字，但奇怪的是看到这个数字的瞬间又让林异不受控制的点下了确定键，没错，他的潜意识告诉他，他必须要去这所高校上学！但为什么呢？为什么他必须要去呢？他的脑海中浮现了一个片段，这个片段中有一对夫妻在坐着，他们像是植物人，就这么一直干坐着。时间一天、两天地过去，他们不吃不喝，就这么一直坐在沙发上……林异拿起手机，刚才不自觉地把老师晾了很久，耳朵触到手机屏幕时，仿佛有刺骨的寒意。他没听到老师都说了些什么，不过感受到了老师的担忧和关切。

这个浮现出来片段让林异不由得愣住了，他觉得有些奇怪，但是电话那边的声音还在继续，让他无法思考下去。

当然，一切都只是开始，他确实感觉到了奇怪，但并没有深究下去，也并不知道脑海中浮现出来的这个片段中的父母是这场被命名为《特殊治愈研究计划》的全息试验游戏里因为情节需要而投射出来的幻影。

"谢谢老师！"林异紧紧地抓着手机，诚心地道谢，"不过……不用了，我已经提交了志愿，非常感谢您对我的关心！祝愿您工作顺利！万事如意！"

咔嚓。

鼠标的左键轻响：服从专业调剂。

又是一声轻响：第一志愿提交成功。

而第二、第三志愿空空如也。

当了林异三年的班主任，她也知道林异的脾气，话少，性格却倔强。班主任觉得多说无益，只是叹气："你就这么填报了志愿，就算不愿意复读，好歹找我咨询咨询学校和专业。"

"谢谢老师!"林异还是这么说,多余的话就没了。

"报了哪所大学?"

"非自然工程大学。"

"嗯?还有这种大学?"

"不是重点大学。"林异小声地说,"老师,您没听过很正常。"

电话那边的班主任在电脑搜索引擎里输入"非自然工程大学",再敲回车键,看见的只是一个偌大的"404"。

林异靠在窗户边,看着窗外茂盛的树叶。知了没完没了地叫着,还有几只落在电线上的麻雀在叽叽喳喳地叫着,汽车的鸣笛声,听不真切的行人交流声,各式各样的声音汇成了特属于夏日的喧嚣,全部被收录进了林异手里的随身听里。

"林异,你的快递!"

门卫大爷拿着薄薄的信函在疯狂地朝林异招手,林异推开窗户也想招手,但最后只回应了一声:"这就下来。"

林异离开家里时候顺带把垃圾拎了出去,然后跑到门卫处。

门卫大爷乐呵呵地问:"是哪所大学啊?"

林异没有当着门卫大爷的面拆快递的意思,也没有解释自己高考失利,只是温和地笑了笑。

回到家,父母还在看电视,看见林异回来,他们的视线从电视上挪开,落在了林异的身上,在盯着林异手里的快递。

林异扬了扬手里的快递,他们的视线僵硬地随着林异的手上扬,却没有说一句话,林异好像已经习惯了这种沟通方式。

"知道你们关心。"林异不再逗他们了,当着他们的面撕开了快递,把快递里的一摞资料取了出来。最引人注目的是那张不同于其他院校的录取通知书。

林异清了清嗓子,阅读上面的文字:

林异同学：

很遗憾你被非自然工程大学录取！为了你的生命安全，请反复阅读校园守则，直到你能把校园守则的所有内容倒背如流为止。校园守则单印成册，为了你及家人、朋友的安全，请不要把校园守则借阅给任何人。最后，请你于 2022 年 8 月 29 日天亮后凭本通知书来校报到！

千万不要早到，不要迟到，更不要不到！

暑假对于大多数学子来说转瞬即逝。大学报到的前几天林异就收拾好了行李，离开家之前，林异看着坐在沙发上的父母："爸、妈，我走了。"

父母并未说话，只是他们的目光始终追逐着林异。

随着"哐"的一声，家里的门被林异关上了，紧接着传来用钥匙从外锁门的声音。

非自然工程大学并不在林异生活的城市，他坐了三天两夜的绿皮火车，到站后还要转几次汽车。最后一次转车的时候，舟车劳顿的林异把脑袋靠在了车窗上。这是一辆通往郊外的公交，大概是非自然工程大学的地理位置太过偏僻，根本没有什么人会乘坐这条线路，所以此时公交车里只有他和司机。刚开始公交车在站牌前还会停一下，到后面几站基本都不会停车了。站牌相距越来越远，楼房和人烟都变得稀少了起来。所以，当公交车有减速的迹象时，林异抬起了头。

天已经黑了，车窗外黑乎乎的一片，连零星的光点都没有，也不知道司机是怎么发现站牌下等车的人的。林异心想，也对，公交车本来就有车灯，所以司机能发现有等候的乘客也不奇怪。他总喜欢想一些天马行空的东西，例如，现在他就在想，是什么人才会在前不着村后不着店的公交站牌下等车？等车的人会上这辆公交车吗？上车的人也是去非自然工程大学的吗？毕竟这所学校是这趟公交车的终点站，而现在距离终点站也没有多远了。如果不上车的话，候车的乘客又打算乘坐哪条线路的公交车呢……正胡思乱想着，传来一声略带懊恼的"啊"。

公交车的前门位置，一个个子很高的男生懒洋洋地靠在一侧座位上："没有零钱。"

司机瞅着他手里的百元大钞："可以投，但不找零。"

男生又拖长了一声："这样啊——"忽然，这个男生朝着他看过来，目光里带着一丝求助，但因为男生挑了挑眉梢，这丝求助就显得没那么诚恳。估计是想从林异这里得到两元钱。

林异偏过头，无视了这份请求。

"这就没办法了。"男生把钱塞进了投币箱，车门在他的身后关闭，制造出的响动和他懒洋洋的声音夹杂在一起。男生指着自己的脸说，"司机师傅，你得记住我长什么样，下次我坐车就别收我的钱了。"男生笑着说，"而且我长得这么帅，你一定能记住我。"

司机压根不想搭理他。

公交车又开始继续行驶，男生在林异的旁边坐下。

林异的身体变得僵硬，这么多座位，这个人为什么要坐在他旁边啊！林异不得不把行李箱往旁边推了推，他还得站起来给男生留出过路的空隙。他想着换个座位时，安静的车厢里发出"哐哐"两声响动，是林异推行李箱的时候从行李箱里发出来的。

男生坐下后偏头看林异："你好，是去非自然工程大学吗？"

林异扶着行李箱，为了不让行李箱里面装着的东西再发出声音，他赶紧坐了回来。

男生看了看林异的行李箱，猜测着说："你是新生。"

确定行李箱不会再发出响动后，林异才轻轻地"嗯"了一声。

男生非常健谈，也不在意林异冷淡的态度，他说："我也是这所大学的学生，我是你的学长。"

林异拘谨地道："哦。"

男生："高考考得很差吧？"

男生："考了多少分？"

男生："当年我考了120分，小学弟，你呢？"

林异的手指紧紧地抓着行李箱，一边祈祷这位学长不要再和自己交流了，一边垂着眉眼回道："450分。"

"高分啊，怎么就来这里了。"男生嘀咕了一句，侧头看见林异因为紧张而紧绷的侧脸，笑着说，"别害怕，学长不是坏人。"

林异紧张的神色更明显了，没有沟通障碍的人永远不懂"社恐"的痛。

"胆子这么小。"男生凑近林异，好笑地说，"校园守则明显比我更可怕吧？录取通知书上用鲜红加粗的字体写着'不要早到'，你为什么还要提前去学校呢？"

"我来电话了。"林异随意找了个结束谈话的借口，他站了起来，带着他的行李箱走在公交车的过道上，打算重新找个座位，离这个话痨学长远一点的座位。他刚起身推着行李箱，选好座位还没有坐下，忽然公交车一个急刹车，要不是林异反应极快地抓住扶手，他能直接滚到司机的脚边。但行李箱没能幸免，发出一阵噼里啪啦的乱响，司机暗骂了一声，回头看着车里仅有的两名乘客："撞上了一只兔子，没什么事……"话音戛然而止，司机和男生的脸色微变。

林异倒是在急刹车时稳住了身形，他的行李箱显然就没有这么好运了，二十八英寸的行李箱在这次急刹车时倾倒，四只滑轮都摔了出去不说，箱子的拉链也崩开了，里面装着的东西散落得到处都是。

一箱子的刀具套装……

林异的东西全被没收了，自称学长的人拖着他的行李箱走在前面，林异无奈地跟在他的身后。东西必须得交出去，不然学长就要把他扭送到公安局。林异一想到如果自己被送去了公安局，就要在警察的注视下解释携带管制刀具的原因，所以他选择老老实实地交出自己的行李箱。

林异表面上十分老实地跟在学长的身后，心思却很活络。他设想着，如果他一掌劈晕学长，是不是就能抢回自己的东西，但他真的有这个能力吗？正在思索这个方法的可行性时，学长忽然转身看着他。

林异暂时压下了自己的心思，心虚地与学长对视。

"想好了吗？"学长问得很突然。

林异："啊？"他想，他的想法应该不至于被学长看穿，他不是把心思都写在脸上的人。

"走了这么久了，累了。"学长懒洋洋地靠在电线杆上，那个残破不堪的行李箱暂时被他放在脚边，"说说吧。"

林异哪里知道学长要他说什么，只能低着头。

"坦白从宽，抗拒从严，公安局就在前方五百米处。"学长的下巴轻轻一抬，"是向我陈述携带刀具的原因，还是去公安局拘留三天，不难选择吧？小学弟。"

确实不难选择，林异小声说："为了防身。"

学长一时没作声，过了好半天才问道："你多高？"

"啊？"林异回答道，"一米八二。"

"嗯。防身？"

林异："真的是为了防身……"

学长睨他几眼，随后用命令的口气说："在这儿好好待着，一会儿会有人来接你，你跟着他走，一切听他的安排。"

林异"嗯"了一声，心想，先这么回答着，待会儿就不一定了。

学长拿出手机："还有多久到？我这边是个胆子大、好奇心重，而且不听指挥的新生，多来两个人。"

林异暗自感叹，竟然还有帮手？

两个人等了十多分钟，学长又打电话催促了一次，不一会儿就有急促的脚步声传来。从远处跑来了两个人，学长再次看了林异一眼，对着来人说道："你们把人盯紧了，如果不听话就送到公安局。理由是携带管制刀具。"

林异这时忽然注意到了站台上的站牌名——**非自然工程大学站**。竟然已经到了非自然工程大学，可周围一片荒芜，像是还没开发出来的荒地，林异连大学的影子都没有看见，来的两个人就带他去了一家旅馆，连身份信息都不用登记的那种。

一个房间里放着好几张上下铺的床，林异走了进去。房间里已经有好几个人了，他们并没有看向林异，而是瞪着出现在门口的那两个人。

有人说："学长，你们这是非法拘禁。"

"对啊对啊，凭什么把我们关起来？"

"你们收到的录取通知书上说了，八月二十九日天亮后凭本通知书来学校报到，现在是二十八日晚上二十一点，没到二十九日，并且天也没有亮。"

在一阵抱怨声中，其中一个学长说："录取通知书上一再强调，不要早到，看来你们都没有把校园守则当回事。"

林异走到一个空床铺前坐下，然后抬起头看向门口的两位学长。

林异觉得很茫然，他并不知道这到底是怎么回事，只能困惑地看着他们。其他人也都是这样的。但实际上，这个时候的所有人——林异也好，在房间里的其他同学也好，甚至连这些学长、学姐们，他们都不知道，他们在这里经历的一切，不过是一场研究试验。

"校园守则真的不是用来搞笑的吗？谁会把这种校园守则当真啊？"

"违反了又怎么样？难道还会触发什么机制要了我的命？"

"别装神弄鬼了，我刚刚去学校门口看见了，有老师在接待早到的学生。如果不允许学生早到，怎么会有老师接待？"

"你确定你看到的是老师？"学长冷冷地说，话音刚落，房间里的灯恰好闪烁了一下，气氛就陡然变得怪异了起来。

怪异的气氛让房间里变得安静下来，学长说："你们没有亲眼见到，所以不会相信，我们会看在你们什么都不知道的份上，救你们一次。当然，也只有这一次。天亮以后你们自己就会知道要不要遵守校园守则了，祝你们好梦。"他说得太认真了，让原本气氛就怪异的房间更加安静。这两位学长是什么时候离开的，房间里的大多数人都不知道，只觉得有些后背发凉。

林异听着他们小声讨论着学长说的话。

"真的假的？有这么恐怖吗？"

"开玩笑的吧……"

"但是说实话，哪所大学的校园守则这么离谱。"

话虽然这么说，但周围的人都在翻阅单印成册的校园守则，接着大家又开始讨论了起来："这都什么跟什么……校园只有一个大门，如果发现多个大门立刻待在原地并联系辅导员，千万不要尝试走进门内。"

"当你行走在校园的路上，如不慎陷入水泥路中，立即脱下鞋子离开，如果水泥没过大腿，请同时拨打校长热线和医务室电话……"

"校园所有的窗户都是封死的，什么啊，怎么这条规则只有这么不清不楚的半句话？"

一条条荒诞的校园守则被人阅读出来，阅读的人声音越来越小，最后消失，连同翻阅册子的窸窣声也一并消失了，逼仄的房间内只剩下紧张的呼吸声。

林异认真地听着，见其他新生不打算再读了，这才拿出手机看了看，手机没有一格信号。旅馆也没有提供无线网络，他其实是想去推推门，看房门是不是真的被奇怪的学长们从外边锁上了。但是想着现在的气氛这么怪异，他的一举一动都会被人注意，如果再有人问他要做什么，他免不得又要解释，看来他特意买了前一天的车票想要提前到校的计划泡汤了。

厨房里的刀具套装也被学长们没收，林异不再思考怎么离开这里。他下意识地摸了摸口袋，掏出了一个随身听。林异在看见手里的随身听时有一瞬间的失神，他不太理解自己为什么会有这种下意识的动作，但拿在手里的随身听又异常熟悉，他盯着随身听看了看，最后还是把耳机塞进耳朵里，收录在随身听里的声音响起，是白噪音。这样的白噪音很容易让人感觉困顿，他躺在了狭小的床铺上，闭上眼睛。

时间很快地就来到了二十九日，当第一道光从房间的小破窗折射进来时，林异就醒过来了，他把耳机线缠绕在随身听的机身上，准备起床离开这里。刚收好随身听，他就注意到对面上铺的一团刺眼的红色，惨叫声随后在房间里响起。

林异听到隔壁似乎也传来尖叫的声音，接连响起的惨叫声把房间里的人全部吵醒，于是各种声音都响了起来，有从床铺上跌落的，有跟着一起惨叫的，有拍门要出去。但无论动静再大，门依旧是从外边紧锁的，门缝没有一点要打开的迹象。

林异听着房间里的大叫，他昨晚待着的房间里住的都是男生。七八个男生被眼前的情景吓破了胆，头一次看到这么有视觉冲击力的画面，没人发现角落里还有一个始终保持沉默着的林异。过了许久，房间里才安静下来，有人的声音都在颤抖："他死了？怎……怎么回事？"

屋里一片沉默，没有人听见半空中响起的机械音："非常遗憾，由于您提前到校，触犯了录取通知书中不许提前到校的规定，您此次的社会实践项目结束，感谢您的参与！"

事实上，别人是无法听见的，这句话只在那个被判定死去的人的大脑中响起，而下一刻，他在另一个维度中缓缓地睁开眼睛。

他身上穿戴着全息设备，有专人带他离场。他环顾四周，发现这里是一个巨大的房间，房间里摆满了全息设备，有很多人躺在全息舱里，每个全息舱都搭载一个最先进的人工智能，这些 AI 正在监测参与试验的学生们的健康及脑电波，如果遇到危险就会强制让其退出这场试验，就像他一样。

他从全息舱离开，由专人带到诊疗室，而房间里的全息舱还在运行，一切都在继续。

那几个男生里，终于有一个人回忆起什么，颤抖着声音道："他们……说的好像都是真的。"出事的人是昨晚怼过学长的人，他说他已经踩过点，发现校门口有接待新生的老师。

"就算没有进入学校，在校门口晃了一圈也算……也算'早到'吗？"

"所以，他是因为违反了规则才……"

"妈呀！我要回去。"有人实在受不了了，冲到房间门前开始拍门，"放我出去，我要回家！"

好几个人都冲到门前，甚至有人开始撞门，木门本来就不结实，很快就被撞开。林异跳下床，摸了摸兜里，确定随身听好好地在兜里后也准备离开这里。他刚往前走了一步，前边几个率先冲出房间的人突然停了下来。林异抬眼一看，原来是那个学长来了。

学长靠在墙上，睨着被撞开的木门。

旁边有人进入他们的房间，检查了一番，出来时说道："洲哥，这个房间里死了一个。"

闻言，学长扫了眼呆若木鸡的新生们："你们来报到之前没看录取通知书吗？上面有没有说不能迟到和不到？"

新生们脸色霎时变得苍白。

林异瞧着这位似乎是一夜没休息、眼底有些乌青的学长，他听着旁人汇报每个房间的情况，脸色阴沉。等汇报完毕，前一晚在小旅馆歇息的新生都带到了他的面前，他站直身体，脸色阴沉地说："现在知道事情的严重性了吗？"

新生们害怕地点点头，有人问："报……报警吗？"

"如果你们的手机还能联系外界的话。"这位学长说，"当然要报警。"

众人一听，立刻拿出手机，无一例外，他们的手机都显示没有信号。

"还没发现吗？"学长开口，"这里不是你们以为的正常的世界。"

"这里是……哪里？"

"你们可以把这里看作一场……违背规则就会付出惨痛代价的游戏世界。"

现在没有一个新生敢不把校园守则当一回事了，他们当中有人尝试着拿出手机和外界联系，但最终都惊恐地放下了手机，无助地抱着脑袋。

"学……学长，这里到底是怎么回事……"有鼓起勇气去询问的新生，换来知情者怜悯的一眼，"你们报名之后就会知道了，觉得害怕就牢记一件事，别违规。"

录取通知书上提到不许早到，也不要迟到及不到。新生们不敢迟到或不到，只能胆战心惊地离开这家旅馆，前往两百米外的大学去完成报到。

林异走出一段距离后，回头看了一眼，旅馆的外观和普通的乡镇招待所没有太大的区别，是一栋两层楼的老房子。旅馆没有招牌，只是在门前竖立了个告示牌：谢绝非非自然工程大学学生、教职工入住。

新生们的面色苍白，学长、学姐们早已给"调查局"发去了消息，不一会儿就有警察和专门的调查员来处理现场。

学长看着专人勘查现场，眼睛扫视四周，不放过任何角落，期望能从中得到什么有效的信息，他神色难辨地说："七个！"忽然，他想到了什么，向旁边的人问道，"昨天我让你们带回去的那个新生，在出事的名单里吗？"

"没有。"回答的人思考了一下说，"他挺老实的，跟着我们的时候没问过去哪儿，让他在这里住一晚，他也二话不说就配合了。比起其他吵闹不休的新生，他是最安静的那个，瞧着不像是不服管教的人。"

学长盯着他："你觉得是大吵大闹，骂我们有病的正常，还是他那样的才算正常？"

回答的人一下噤声了。

学长站起身："他行李箱里的东西足以证明他是有备而来，而且知道一些学校的情况。"

旁边的人忍不住惊呼了一声，随后问道："他怎么知道的？仅仅因为校园守则就能推断出来吗？"

"你收到这种校园守则会当真吗？就算当真了，也应该老老实实地在天亮后到校才对。"学长说。

旁边的人觉得学长说得有道理，于是更加震惊了："怎么可能有人在报到前就知道了？"

这位叫秦洲的学长也答不上来，往新生离开的方向看了一眼，说："得盯着。"

林异到了非自然工程大学的校门口，抬头看了看校门。非自然工程大学的教学楼看起来充满了年代感，显得古老、神秘，不过新生们并没有心情去欣赏校园的景色，从旅馆出来的新生都低垂着脑袋。

学校门口也有二十九日天亮后才到校的新生，和提前到达的新生不同，这些新生都有同一个特点，不停地揉着眼睛，表情是茫然和不可置信。看样子，他们或许并没有报考这里，明明应该去其他大学，却莫名其妙地到了这里。林异发现这类新生有向旁人询问的架势，他赶紧往旁边躲了躲。

"同学，打扰一下，请问你知道这是怎么回事吗？我的目的地明明不是这里。"

"我也不清楚，但是你最好遵守规则，不然会……"

"什么？"

"反正下场会很惨！"

　　这所大学报到的流程也有些不一样，进了校门后就可以看见搭建在路边的报名点，报名点不多，只有两个。一个报名点是负责办理携带了录取通知书的新生，另一个报名点则是负责办理把录取通知书落在家里的新生，看样子是给这些迷茫的新生准备的。

　　林异去了第一个报名点，队伍排得很长，办理的速度却很快。没一会儿林异就排到了队伍前列，他瞧着前面报到的新生，只需要把录取通知书交给负责人，然后缴费，手续非常简单。

　　"老师。"林异前面的新生哆嗦着问，"这……这里到底是怎么回事？"

　　"看那边。"负责人指了指远处，"那里是学生会和社团。报名之后带着你的收据单去学生会处选择专业和宿舍，想搞清楚到底是怎么回事，也可以问他们。"说完把收据单递给了这个新生，看向林异，"下一位同学。"

　　林异上前，依葫芦画瓢地把录取通知书和银行卡直接交给了负责人。负责人拿过他的银行卡在刷卡机上一刷，然后把所有资料连同收据一起还给了他，本来林异什么问题都不打算询问的，因为排在他前面的新生已经把他想问的问题问过一遍了，但看到收据单的时候，他还是没忍住问出了口："老师，就……没人能管管吗？"

　　负责人安慰道："你们要遵守规则，服从学生会的管理，进入规则世界没那么容易。"

　　"不是。"林异激动地看着缴费单，"一年学费四……四万四千元啊？"就算是为了营造恐怖气氛，这个时候羊毛还出在羊身上是不是有点过分了？四万四千元是什么概念？他银行卡回执单显示的银行卡余额竟然是负数。

　　负责人没想到林异的关注点竟然是这个，解释道："大部分的学费会用于购买保险，如果出了意外，总要给还活着的人一点慰藉。"

　　林异沉默了一下："可以不购买保险吗？"

　　负责人看了他几眼："学生会负责为你们购买保险，如果有特殊情况，你可以去找学生会。"

　　林异想了想，又问道："老师，穷可以算特殊情况吗？"

　　负责人："……你问他们。"

林异："谢谢老师！"

林异拿着他的东西去了学生会那边。这边相比报到的地方就慢了许多，新生正在选择专业，也有向学生会询问与规则相关问题的新生，学生会的人并没有正面回答，只说会找时间告诉他们具体情况，又一再强调不能违规。他在人群后边看着，感觉学生会的人都很凶。于是，他低头看了看手里的收据单，然后委屈地把收据单放回了兜里。他不敢问了，被这么多人瞧着，他不太想说话。之后林异的目光就放到了与学生会相对的社团招新上。相比于学生会的门庭若市，社团这边就显得很寂寥，基本无人问津。林异找到了原因，学生会提供给学生选择的大学专业虽然冷门却是正常的，但社团招新就完全不是一个画风了。

怪物研究社、规则研究社、怪物新闻社……

这么奇怪的社团名称，有新生肯加入就奇怪了。

林异凑上去，在这里终于找到了一丝正常大学的气息，几位社长不像其他人总是冷着脸，他们热情地围了过来，问道："这位同学，你对怪物研究社、规则研究社、怪物新闻社中的哪个比较感兴趣啊？我们给你介绍一下？"

林异点点头。

社长立刻递过去社团的宣传单："怪物研究社就是分析每个规则怪物的喜好。"

林异问："怪物？"

社长恍然大悟："学生会还没有告诉你们具体情况吧？不过没关系。"为了让林异更好地了解社团，社长说，"怪物就是校园守则上的一条条规则，每一条规则对应一个怪物。触犯规则的人会被拖入到规则世界，通俗来讲就是怪物的世界。如果在规则世界里死去，在'现实生活'中也会消失。所以只要我们分析出怪物的喜好，就能显著提高生存率。"

林异又问："怪物的喜好？"

林异问到点子上了，社长脸上的笑容变得僵硬了："对，喜好。"

这个时候，旁边的规则研究社的女社长凑过来："同学，你翻开校园守则。看第一页第一条规则，看完之后再看第七页第七条规则。"

　　林异照做，估摸着他看完了，这位女社长说："发现不对劲的地方了吗？"

　　林异犹豫着点了下头。

　　1-1 规则：校园只有一个大门，如果发现多个大门，请立刻待在原地并联系辅导员，千万不要尝试走进门内。

　　7-7 规则：校园所有的窗户都是封死的，当出现打开的窗户时……（待补充）

　　女社长说："大部分的规则都有应对办法，比如 1-1 规则，如果你发现了多个大门，你只要不进入门内，你就不会被卷入规则世界，然后联系辅导员，辅导员会带你离开。不过也有类似 7-7 这样的待补充规则，也就是说，如果封死的窗户突然打开，我们没有任何逃离的办法，只能被 7-7 怪物卷入规则世界——学生会是用守则编号来命名怪物的。"

　　"之所以有的规则有应对办法，而有的规则没有应对办法，都是用无数学长、学姐的'命'换来的。"女社长继续说，"知道为什么会叫'规则世界'吗？因为在怪物的世界里，怪物会制定很多'杀人'条件，一旦被卷入，再满足了那些条件，就会被怪物'杀死'。前人们九死一生地逃离了规则世界，带出来无比珍贵的线索，之后学生会便会根据这些线索进行总结，也就是你们现在看到的应对办法。"

　　这只是全息试验里的人对于规则世界的规则解读，在全息试验之外，这并不是什么'杀人'条件，而是淘汰条件，一旦满足条件就会被淘汰，强制脱离这个全息游戏。当然，淘汰的早晚，决定了学生回归现实后是否可以获得高额奖励。

　　林异又看了一眼 7-7 规则。

　　女社长叹着气说："要是被 7-7 怪物卷入它的世界，几乎就等同于死亡了，连学生会的人都没能成功地从 7-7 规则世界出来，更别说我们了。我们规则研究社能做的就是在规则上发挥想象，代入怪物的想法，猜想它会在自己的世界制定怎样的死亡条件，以此尽可能地帮助被卷入规则世界的学生。"

　　怪物研究社的社长接话道："这个时候研究怪物的喜好就显得尤其重

要了，一般来说，怪物制定的死亡条件和它的喜好挂钩。比如7-7怪物，我社成员一致认为，它肯定对打开的窗户情有独钟，所以死亡条件肯定和窗户有关！比如'靠近窗户就会死'这样子。"

林异大为震惊："还可以这样吗？"

男社长低下头："但……也没多大作用。"

"其实是一点作用也没有，不然7-7规则世界的死亡率就不会这么高了。"女社长说，"规则世界的死亡条件远比我们想象的复杂得多，要不然学生会也不会统称我们为废物社团了。"

怪物研究所研究怪物的喜好。

规则研究社研究校园守则上的规则。

怪物新闻社播报相关新闻。

林异在各位社长殷切的期盼下，加入了所有的社团。其实各社长都没想过能招到新社员，所以如今就算招了个"海王"进入社团，也觉得心满意足了。

"快去选择你的专业和宿舍吧。"社长们并没有留下任何联系方式，也没有向林异索要联系方式，却说，"社团有活动的时候，我们会联系你。"

林异没多问，转身就去了学生会。他在社团这边耽误得有点久，到了学生会这边的时候，已经没有多少新生了，他把收据单交给一个负责人，努力了很久后询问："学姐，老师说学费的大部分用于缴纳保险，我能不能不买保险？"

负责人闻言抬头问道："是什么原因呢？"

林异局促地道："穷。"

负责人笑了笑："学校的奖学金是很丰厚的，每个月也会有各种补贴，完全不用担心。你既然知道保险这件事，应该知道我们为什么要为你们购买保险吧？如果你真的不需要保险，我只能向主席申请，因为这是主席定下的规矩。"

林异一听这么麻烦，想了想说："那，那买吧。"

负责人又让林异选择专业。

学校的专业和常见工程类大学的专业差不多，林异随便报了个生物工程专业。之后负责人给他安排宿舍，因为人少，宿舍只有少部分是双人间，大部分是单人间。不过双人间的宿舍已经被高年级的同学住了，这届新生都能住上单人间。这对于新生来说并不是好消息，人是抱团取暖的动物。这所荒诞的学校处处透着古怪，尤其是负责人的对于"怎样才能住上双人间"的回答。

"当原本住在双人间的人不在了，就可以向我们申请。"负责人是这么回答的。

新生的脸色瞬间变得苍白起来，"人不在了"是什么意思，他们心知肚明，毕竟他们中有人在昨晚亲眼看见了意外事件的发生。但这对于林异来说是天大的好事，他不喜欢和人接触，孤僻就是他的代名词。

从教学楼到宿舍楼只有一条大路，走在路上的林异拿出校园守则。整个暑假他都没有阅读过校园守则，每当他要阅读时，他的父母就会发出奇怪的声音来阻止他，哪怕林异把自己锁在房间里，他的父母也会在房间外不停地敲门。现在终于没人阻止他了。

林异想知道类似 7-7 这样的不完整规则还有多少，刚翻了两页，他就感觉不对。低头一看，原本坚硬的水泥路变成灰色的泥沼，他的鞋底逐渐被泥沼包裹，他尝试着动了动，有些难以挣脱。尖叫在耳畔响起，与他一同行走在这条道路上的新生，疯了般地朝前面跑去，林异定睛一看，并非是整段水泥路都变成了泥沼，数十米外的路是完好的。

奔跑着尖叫的新生连行李箱都顾不上，倒下的行李箱很快被灰色的泥沼包裹，吞噬。但有滚轮站立着的行李箱被吞噬的速度就慢了很多。看起来和受力面积的大小有关，林异没有跑，反而盯着自己的脚，仔细观察着灰色泥沼慢慢覆盖他的鞋子。双脚开始感到压力，还有从鞋网处渗进的阴冷的感觉，但他一点挣脱的意思都没有，想到社长说过，如果违反规则就会被卷入规则世界，于是耐心地等待泥沼将他完全吞没。

"喂！那边那个！"背后忽然传来一句呵斥，不等林异确定这一声是不是在喊自己，一个人影就闪到了他的面前，是那个学长。

"果然是你。"秦洲皱眉看着他。

林异不知道为什么秦洲会是这么笃定的语气，试探着道："学长？"他的手里还抱着校园守则，校园守则里边夹着银行小票。他感觉手中一空，校园守则被秦洲抢过去，翻了两页后重新塞回林异的手里，银行小票轻轻地落在了地上，瞬间就被泥沼吞掉了。

秦洲快速地说："第三页第七条。"

林异一边翻着校园守则，一边往秦洲的脚底看了一眼，明明这段路都变得泥泞，但秦洲双脚踏着的路面却是正常的，没有泥沼去包裹他的鞋子。

秦洲轻轻呵斥一声："读出来！"

林异这才收敛了目光，看向校园守则。

第三页第七条，是昨晚有人阅读过的校园守则：当你行走在校园的道路上，如不慎陷入水泥路中，立即脱下鞋子离开，如果水泥漫过大腿，请同时拨打校长热线和医务室电话。

看样子学长是在让他自救，但林异并不想自救，不是什么时候都能遇见规则怪物的。

林异思考了一会儿，道："可是我的鞋子是限量款。"

秦洲奇怪地看了林异一眼："这么不怕死？"

"鞋子如命。"林异看着泥沼缓慢地顺着鞋底包裹鞋面，甚至水泥如藤蔓一般，还想往他的小腿上攀爬，他小声道，"学长，我没救了，别管我。"

"医务室的医生在赶来的路上了，不想被医生锯掉小腿的话就赶紧脱鞋。"秦洲晃了晃手机。

林异："哦。"原来联系医务室是这个原因。

林异不想被锯掉小腿，只好脱了鞋。然后就有两个人架着他，把他从灰色的沼泽中拖了出来。他的脚刚刚碰到正常的路面，头顶传来秦洲不辨喜怒的声音："聊聊？"

林异觉得一般这种"聊聊"都不会是什么好事，他的声音细若蚊蚋："可以拒绝吗？"

"你说呢？"秦洲反问。

林异挣扎了一下："如果我说我其实是哑巴，学长会相信吗？"

秦洲上下看了林异一眼，手一挥："把这个哑巴带走。"接着，把林异从灰色泥沼里拖出的两个人又架起了他。秦洲则在一旁看着，挑着眉说："我想哑巴应该不会呼救？那就用不着胶布封嘴了。"

林异被带到了某间教室，走在后边的秦洲"啪"地一下打开教室里的灯。正如 7-7 规则所说的那样，教室的窗户全部是封死的，两扇窗户之间还有封条。秦洲拉过一张椅子坐下，接着，把林异架过来的两个人转身就走了，还贴心地关上了门。

秦洲的右腿跷在左腿上，右手肘撑在右腿上，支着脑袋。先是看了一眼林异，随后视线往下滑，看见林异还沾了点泥水的袜子："你是专门来这里探险的？"

林异知道学长是在说他有意触犯规则，但明面上还是揣着糊涂："什么？"

"小学弟，你的演技非常差劲。"秦洲直接戳破了这层纸，"你是知道规则的吧？明知道规则却还上赶着违反规则，说吧，你有什么目的？"

林异抿了抿嘴唇，发现秦州一直盯着自己，他低下头回避来自他人的直视，小声地说："我什么都不知道。"

"你准备的那些东西，嗯，你买的那些菜刀之类的厨具都是打算用来对付怪物的吧？当然，你可以不承认，那就必须给我一个合理的解释，不然……"秦洲皮笑肉不笑地道，"你就等着退学吧。"

林异看着他，明显不相信自己会被退学。他其实对非自然工程大学了解得不多，但唯一清楚的一点，就是被这所大学盯上的学生，没有可能逃离。

"不信？"秦洲耸耸肩，"那你大可以试试看。"

林异以沉默来表达自己准备试试看的决心，沉默了好一会儿后，他听到秦洲慢悠悠地开口："我还是自我介绍一下吧，秦洲，学生会主席。"

林异："你为什么不早说。"

今天虽然是新生报到的日子，但无论是负责新生报到的老师，还是给他讲述规则世界的社长们，都在说学生会的权限很大。万一呢，万一学生会的权限真的大到能让他退学呢？而且他是看见了的，灰色的泥沼对这位学生会主席无效。

林异试图去抓秦洲的衣角："秦学长……哪有第一天报到就被勒令退学的学生？"

秦洲拍开林异的手："你就是。"

林异两眼带着祈求的目光："秦学长，别这样。"

秦洲显然软硬不吃道："快说！"

林异盯着秦洲看了一会儿，越发觉得这位秦会长不近人情，他只好半真半假地道："我是为了找人……"话刚说了半句，看见秦洲一挑眉头，用"继续，继续编"的目光看过来，遂改口道，"我保证我不会做坏事，不会伤害任何人。"

大概这是一句真心话，秦洲这才说："一旦被这所古怪的大学录取就不可能退学，学生会也没权利让你退学，小学弟，这个你也不知道吗？"他特意咬重了"也"字，"你还不知道吧，你的那些破铜烂铁对怪物的作用为零。"这是"也"字的解释，随后秦洲继续说，"什么都不知道，就敢贸然进入规则世界！"

林异愣了一下，秦洲说的这句话他是真不知道。

"倒是好骗，就是不老实。"秦洲当着人的面就给了一个不怎么好的评价。

不过林异也不在意："我们老林家的人都好骗。"非但不在意，他还道，"我有个远房堂哥看着特别高冷，那种'钱包丢了，三天没吃饭了，求好心人转五十块钱让我吃顿饭，等我找到钱包一定偿还'的短信，他都能信。"

林异一边说一边注意着秦洲的表情："好骗的人都是心地善良的人，秦学长，善良的小学弟能加入学生会吗？"

"想加入学生会？"秦洲说，"入会申请说来听听。"

林异老老实实地道："我想去规则世界，但我不太想永远留在里面，所以我希望能和学生会的前辈们互帮互助。"

"啊，可惜。"秦洲说，"善良的人在规则世界中很有可能为了救人而被怪物欺骗，学生会可不需要这种人。"

林异："其实这条短信，是我亲手编辑，亲自发送到我堂哥的手机上的。"

秦洲："……"

"我用这些钱吃了一顿汉堡。"林异羞涩地一笑，"这样的我能加入学生会了吗？"

秦洲并不相信林异会是这种人，但不得不说他的应变能力不错，随即站起身，往教室后面走去。这间教室是改过的，并不是学生上课用的教室，而是腾出来给学生会开会用的会议室。

林异看见秦洲走到一张桌子后翻了翻，然后拿着一张表走了回来，脸色忽然一变，"啪"的一声，秦洲把表拍在桌子上。

"最近 7-7 怪物频出，每晚都有人消失。学生会的巡逻组，哦不，敢死队，正在跟 7-7 死磕。"秦洲说，"你非要去挑战规则的话，来签字。"

林异往下一看，从秦洲的指缝中看见表格的抬头是：**八月二十九日学生会……**

因为被秦洲的手挡着，只看见了日期和"学生会"三个字。

秦洲挪开了手掌，用手指在表上点了点："在这里签字之后，你今晚就跟着敢死队去巡逻，运气好的话说不定就能撞上这条规则。"

林异却没吭声。

"这就怕了？"发现林异迟迟没有动作，秦洲抬头看他，"所以还敢加入学生会吗？还敢闹着要去规则世界吗？不知道天高地厚。"

林异想说什么，但忍住了。他盯着秦洲的身后，然后摇了摇头。

"不怕？行，不见棺材不掉泪是吧？"秦洲又把表格往林异身前推了推，这回他的手没压着表格了，表头完全显露出来——**八月二十九日学生会巡逻名单**。

名单上还没有人签字，看起来二十九日的巡逻名单还没有商讨出来。

林异没有签字，而是拿起校园守则，看向 7-7 规则。

"要是害怕了就直说。"秦洲不耐烦地道，"以后就别去挑战规则，也别在我的眼前晃，闹着要加入学生会。"

"不，不是……秦学长……"林异终于开口，"秦学长，您还记得 7-7 规则吗？"

秦洲觉得不耐烦了："有话就说。"

"那我就不客气了。"林异伸手指了指秦洲身后。

秦洲一回头，原本封死的窗户被打开了。

与此同时，嘀嘀嘀——

放着全息舱的试验室响起机械音：

7-7 规则：校园所有的窗户都是封死的，如果出现打开的窗户……（待补充）

第六批非自然工程大学学生（志愿者）将进入 7-7 规则世界。非自然工程大学学生（志愿者）将进入全息世界的小世界。

小世界分为三个阵营：1. 全息舱生成的 NPC（多人）。2. 学生阵营（多人）。3. 被怪物选择替代的学生阵营。

提示：全息小世界并不会有人真正死亡，尸体及死亡现场由全息舱自动生成。

健康检测功能已开启，弹出功能已预备，若志愿者在 7-7 规则世界触犯规则，将第一时间结束进程。

预祝各位志愿者取得小世界的胜利。

全息世界内。

眼前是一栋散发着破败气息的公寓楼，周遭幽暗得像是黑色的密闭空间，只有公寓楼里昏暗的灯光是唯一的光源。用不着考虑，林异抬脚往光源处走去，等他走到这栋楼前，看见了在公寓楼外的秦洲。秦洲也看见了他，顿时皱起了眉头。林异犹豫了半天，然后加快脚步走到秦洲跟前，不好意思地道："秦学长，我们是被卷进这条规则了吗？刚刚出现了开着的窗户。"

窗户在秦洲回头去看时，出现了一道诡异的红光，红光在瞬间暴涨，淹没他们，然后他们就来到了这里。林异想，怪不得到目前为止 7-7 规则都还没有解决，刚才 3-7 规则出现时，泥沼攀上他的速度非常慢，给足了他们自救的时间，但 7-7 规则一出现，林异盯着看了没几眼就被拉入到规则世界里了。

秦洲看着他，每个进入规则世界的人心情都不会好，但林异似乎不是这样，林异的神情放松，唯一的负面情绪，大概是不好意思连累到秦洲也跟着他一块进入 7-7 规则世界。

"跟你没关系。"秦洲说，他本来就要来 7-7 规则世界，只是这么久了，他一直没有撞上而已。

"哦，好的。"林异答应了一声，随后东张西望地问道，"秦学长，怪物在哪儿？"

秦洲看了林异一眼，并没有回答他这个问题，而是语速飞快地向林异讲了讲进入规则世界后应该做些什么："你可以把规则世界看作一场紧张、刺激的悬疑游戏，游戏的刺激在于 NPC 每晚都会杀人，悬疑在于 NPC 杀人需要一定的条件。要想不被杀，就需要在白天找到相关线索，通过这些线索规避被杀的命运。"

"把规则世界看作一场紧张、刺激的悬疑游戏。"林异跟着重复了一遍，右手捏成拳打在自己的左手手掌上，"啪"的一声后道，"所以游戏的主题是'打开的窗'吗？"

"可以这么认为。"秦洲说，"但最好离窗户远一点。"

毕竟他们都是被"打开的窗"卷入规则世界里的。

"不过……"秦洲上下打量了林异一下，"你这种不害怕被永远留下来的，就随意吧。"

"秦学长，我只是想进入这里而已。"林异小声地解释，他听出秦洲似乎并没有把他当兄弟的意思，也对，他都还没有加入学生会。但秦洲既然说这里是一场游戏，那他也算秦洲的队友嘛，不过秦洲也没有把他当队友的意思就是了。

虽然林异认为自己十分孤僻，但秦洲对规则世界的介绍还是太笼统。'杀人'条件到底是怎么样的？能不能对 NPC 动手？避开'杀人'条件然后呢？还有怪物，7-7 怪物在哪里？林异需要秦洲这种老玩家给自己提供更多的信息，他想了想，说："秦学长，你知道蓝星萨可其俱乐部吗？"

蓝星萨可其是一个以智商作为入会标准的俱乐部，林异委婉地暗示道："秦学长，我是预备会员哦。"

秦洲用奇怪的目光打量林异很久，什么话也没说，转身走进了公寓楼。

这种自己鼓起勇气推销自己，但是没人在意的情况对林异来说有点糟糕，林异感觉到自己被嫌弃了，他思考着，如果现在他也进入公寓，秦洲会不会觉得他是在跟着，那样就太尴尬了。为了避免这种情况发生，林异决定过五分钟后再进去，他抬起手，准备看看时间，手腕上的表却没了踪影。

林异一边想自己是什么时候弄丢了表，一边等着五分钟时间过去。如果此时有正在工作的计时器，可以看见就在时间刚到五分钟的那一刻，林异抬脚走进了公寓楼。

走进公寓，林异发现一楼大厅不只有秦洲一个人，还有其他被拉入规则世界的人。学生会主席大名鼎鼎，几乎非自然工程学院的学生都认识他，此时他们正不断地朝秦洲看过去，可惜秦洲都没有理会他们，也没有回应他们的求助。林异瞧着，秦洲似乎也没有把其他人当作队友的意思，只是说了句"小心窗户"。

"小心窗户"说了等于白说，因为大家都是被打开的窗户卷来的，都知道窗户有问题，根本不会靠近窗户。之后秦洲就开始打量公寓的内部环境，林异也跟着打量着四周。

这栋公寓明显是给成人居住的那种公寓，一楼有值班室和洗衣房，甚至还有理发室和餐馆。这些房间此时都关着门，门上有相应的标牌。上到二、三楼的楼梯在两侧，和一般宿舍的区别就是这里更老旧、更破败，墙体到处都是裂缝和墙皮掉落后露出来的水泥墙面，天花板的防水做得很差，长出了颜色黯淡的青苔，让整栋公寓散发着一股说不出来的异味。唯一崭新的就是公寓楼的铁门了。

将公寓大体看过一遍后，林异的目光投到了值班室。值班室有两扇朝着公寓大厅的玻璃窗户，窗户是关着的，因为玻璃窗太脏而看不清值班室里面的情况。值班室的门看样子也是关上的，林异正在纠结要不要去敲一敲门，看看值班室里有没有人时，后背被人轻轻戳了一下。是一个女生，可等林异转头去看，说话的却是另一个男生："我们在自我介绍，大家互相认识一下。"

林异："嗯！好的。"其实他的内心已经开始感到不安了，毕竟他真的害怕和人沟通。

紧接着这个男生便开了头："我叫屈嘉良，大四。不过这是我第一次遇见规则怪物……"屈嘉良说着说着忍不住后悔，"如果我今天偷懒没有学习，去打球的话，说不定就不会……"说着，还揪了把自己的头发。

这时，另一个男生拍了拍屈嘉良的肩膀："徐夏知，屈嘉良的室友，被卷入之前我和他都在学习。我，我也是第一次被卷入规则世界。"

林异一边在准备自我介绍的腹稿，一边想，果然内卷无处不在啊。

此时公寓大厅一共有八个人，六个男生两个女生。戳林异后背的女生开口道："周伶伶，大三，第一次。"

另一个女生低着头一边抹着眼泪一边道："我……我叫李颖，大二，我也……也是第一次。"大概是李颖的情绪传染给大家，周伶伶的眼圈也红了起来。

除林异和秦洲外，剩下的两个男生一个叫程阳，一个叫王铎。程阳和林异一样是新生，林异认出程阳是昨晚和他一起被关在旅馆的同学，当时就睡在了林异的下铺。程阳一直在发抖，抖得很厉害，林异一度怀疑程阳是不是癫痫发作。

没看出什么来，林异重新看向秦洲，秦洲正在打量他们这些人，他很敏锐，在林异刚把目光落在他身上的时候，秦洲就看了过来。

林异赶紧移开视线，在心里呐喊起来：没被发现吧？没被发现我在偷看吧？

程阳搓了一把脸后之后道："程阳，禾字旁的程，阳刚之气的阳。各位学长、学姐，我是新生。如果学长、学姐愿意搭救小弟一把，出去之后零食和奶茶奉上。"可惜这个时候重金之下并没有勇夫。

林异开口："林异，大一。"别的就没了，但这四个字确实是林异打了很久腹稿的自我介绍。随后，林异眼角的余光瞟到秦洲还在看他，好像在思索着什么。

王铎说："王铎，大二。不过这是我第二次进规则世界。"

这句话立刻吸引了大部分人的注意，屈嘉良立刻发问："你进入过规则世界？是哪条规则？规则世界里真的有怪物存在吗？"

王铎下意识地看了秦洲一眼："是 3-7 规则，不过我是躺赢的，所以知道的不多。"他这一眼，让众人都看向了秦洲，然后明白了王铎目光里的含义，带王铎躺赢的应该就是这位学生会主席。不幸中的万幸，此时秦洲也在 7-7 规则世界。大家宛若找到了主心骨，面上的恐惧、担忧都散去不少。

程阳不认识秦洲，但明白了秦洲的重要性，由衷地说了一句："大哥！小弟全靠您了。"

"话多。"秦洲却只撂下了这句话，因为指向不明，程阳和王铎的脸色都有一瞬间的窘迫。

林异更加确定，秦洲确实没有把其他人当队友的意思。然后他开始觉得浑身都不舒服起来，该死的，替人感到尴尬的毛病又犯了。就在气氛微妙时，一阵脚步声从公寓外面响起，脚步声由远及近，让气氛瞬间发生了变化，不安悄无声息地蔓延开来，众人都随着脚步声屏住了呼吸。

来了，NPC 来了。

除了程阳，其他人都知道 NPC 就是规则世界的刽子手。大概是其他人都没有工夫搭理程阳，程阳走到林异身边："林异兄，你了解什么情况吗？"

林异想着秦洲能把规则世界的情况告诉自己，规则世界就不是一个讳莫如深的存在。

程阳愣了一下，虽然心里早就知道这里的荒诞了，但是真的听到了不可思议的介绍时还是没忍住颤抖了一下。

程阳的声音听起来十分紧张："那，那、淘汰的条件是什么？"

"不知道。"林异依旧小声地说，"所以白天找线索，如果能找到线索，晚上的时候就能躲开。"他想了想又补充了一句，"应该是这样。"

不知道是不是因为林异压根不会安慰人，程阳听了他这番安慰，脸色变得更难看了，嘴唇颤抖了好半天才说了一句："妈……妈呀……我一紧张脑子就不好使了，让我干点体力活还成。"虽然程阳没有林异的个子高，但比林异壮实，一看就知道是经常锻炼的人，也充分印证了"毫无用武之地"这句话。

程阳看了看公寓外："而……而且……"话还没说完，脚步声已经逼近，不一会儿就近在咫尺。

耳边传来倒抽一口冷气的声音。

"来……来了。"不知道是谁说了这句话，众人往门口看去，公寓大门口出现了一个老头。大概六十来岁，身体佝偻着，右腿膝盖以下是假肢，故而走路发出的动静时大时小。他脸上布满了皱纹，这些肌肤褶皱几乎要把老头的眼睛遮起来，这就导致老头看过来的时候，让人觉得自己像是被暗中窥视一样。

老头看了众人一眼，因为人多，老头的目光只是从他们身上一扫而过，随后走到值班室门前，用一把钥匙打开值班室的门。

众人看见老头走进去，从里边推开了玻璃窗。现在他们对窗户都有点心理障碍，在老头推开窗户时，好几个人都往后退了一步，连秦洲都皱起了眉头。玻璃窗被推开后，露出了窗户后的窗台，台面比较宽，上面放着一个座机，座机旁有一卷泛黄的登记簿，登记簿上有一串钥匙，每把钥匙上面都贴着数字。

老头探出半个身子，手里拿着登记簿，冲众人挥舞着："要登记。"不清不楚的一句话，还有这个让人感觉很不舒服的老头，让气氛顿时变得尴尬起来。没人上前去登记，谁都不知道会发生什么。大家的视线在秦洲和这个老头NPC的身上来回扫视，都希望秦洲能带头。

秦洲站在原地，也没有要带头的意思，只是问："如果不登记呢？"

老头看着众人的目光立刻变成单独看着秦洲："现在是特殊情况，不登记就不给钥匙。"

"特殊情况？"秦洲揪住关键字，又问道，"什么特殊情况？"

"难道你不知道已经有很多人在这里消失了吗？"老头紧紧地盯着秦

洲，回答道，"外面很乱，不愿意登记的话，我只能把你赶出去了。"

秦洲又问"外面"的情况，可是老头就不愿意再多说了，只深深地看了秦洲一眼，随后又回到最初的话题，让众人登记。

众人连大气不敢出，就在僵持时，秦洲忽然上前接过了老头手中的纸和笔。见秦洲登记之后，其他人才迟疑着跟着去登记。

"登记完就回到你们自己的房间。"老头说，"没事别在外面乱晃。"

林异是最后一个登记的人，登记的时候他故意把登记簿掉在地上，然后蹲下身去捡。趁着这个时候，林异飞快地翻了翻登记簿。他刚才注意到，秦洲登记时多看了登记簿几眼，他原本以为登记簿上有什么线索，但他最终失望了，登记簿就是一个简单的登记表装订成册，就连需要填写的类目也只有姓名。唯一奇怪的点是登记簿有毛糙的纸边，像是被撕掉了几页。

捡回登记簿后，林异在老头不满的注视下，很快地写下自己的名字。等他填写完，把登记簿往老头前推了推。老头看了林异一眼，又检查了他的登记信息后，给了他贴着"304"数字的钥匙。

等林异拿到了钥匙，一楼大厅的人已经走光了，他们取得钥匙后都按着钥匙上面的数字去了自己的房间，只有程阳在等他。见林异登记完毕，程阳把自己的钥匙数字给林异看，程阳住在303室。如果是正常排序的话，他的房间就挨着林异的房间。两个人往三楼走去，程阳给林异看过自己的钥匙后就不再出声了。和不熟的人同行，对方的话太多会让林异感到尴尬，但要是对方不说话，林异会觉得更加尴尬。

林异尴尬得受不了，然后主动问了一句："你……你刚刚想要说什么？"

程阳是有一句"而且"想说的，但是被老头的出现打断了。

林异这缓解尴尬的话一问完，程阳的脸色变得惨白。林异甚至能听见程阳吞咽唾沫的声音，然后程阳说："林……林异兄，你说白天找线索，晚上 NPC 出现，淘汰那些违背规则的人。"

林异停顿了一下，几乎是程阳的话音一落，他就明白了程阳要说什么。

程阳紧紧地捏着钥匙，然后松开。钥匙在他的掌心压出了形状，程阳差点咬了舌头："外边的天是黑的……"

"林异兄。"程阳的声音在颤抖，他特意深呼吸了几次，"有没有一种可能，眼前的黑不是黑？"

林异低头琢磨了一下："你说的白是什么白？"

程阳："……"

在他们前面登记的人都已经按照钥匙上的数字到了自己住的房间里。三楼的走廊灯光并不明亮，但还是能借着光线看见每个房间的房间号。

"303、304……"程阳数着房间号，脸色变得煞白，"305……"

房间号不是乱序，它们有秩序地分布在三楼走廊的同一侧。有序排列的房间号，证明黑色的天就是 NPC 可以"杀人"的黑夜，然而游戏一开始就是黑夜，他们的手里根本没有线索。

程阳面如死灰。林异拿钥匙开门，程阳在旁边看着他。

林异迟迟没有拧动钥匙，沉默了一会儿说："程阳兄，我不怕，你不用管我。"

程阳赶紧解释："万一有开门机关什么的呢？我在你的身后看着，如果有情况，兴许我能拽你一把。"

"哦……"林异这才在程阳的注视下转动了钥匙。门锁被打开，复位弹簧"咔"的一声，这个声响在走廊里显得尤其突兀，远远地朝着深处荡去。林异感觉到程阳整个人都绷紧了，他推开门走了进去，然后探个脑袋出来。

没有机关。

程阳这才去开门，等程阳开了门，林异还上了人情，又缩回了自己的房间。房间里没开灯，林异看不真切房间内是什么情况，但是房间里很安静。他关上门，摸索着找到门边的灯，随后打开。在灯光的照耀下，林异发现 304 室里有许多个人物品，像是原本就住着人。因为这场悬疑游戏直接从黑夜开启，林异不得不在房间里翻了翻，他飞快地把室内探索了一遍，每一个角落他都检查过了，还在床底找到一个储存罐，但似乎都不是什么有用的线索。于是林异的目光看向了与门相对的那扇窗，窗户有窗帘挡着，遮住了窗户的全貌。

　　林异看着窗帘，抬脚想靠近窗户，但刚走出一步又停了下来。这里的所有人都是被 7-7 规则拉入这里的，窗户什么的总让人觉得不对劲，贸然靠近指不定会出什么状况，而且秦洲也说过，小心窗户。林异看着窗帘，他犹豫了一会儿，到底没有走上前查看，然后看着墙壁，墙壁的另一边是 305 室，他看见秦洲拿走了 305 室的钥匙。林异挠了挠额头，深吸了一口气后，整个人贴在墙壁上。

　　305 室。秦洲已经把整个房间都翻了一遍了，发现的东西不多，看起来也没有什么价值。衣柜里有衣服，都是尺码偏小的女装。与单人床放在一起的桌子上也有许多瓶瓶罐罐，看起来是女生常用的化妆品，如果这间 305 室本身有人居住的话，应该是一位身材娇小的女性。

　　比起其他进入规则世界里的人，秦洲镇定得就像回到了自己的家，毕竟校园守则里有一半的规则是由他进入规则世界后来完善的，迟迟没有完善新出现的这一条，也是因为新规则一直没找上他。他把目光放在与门相对的窗户上，窗户挂着窗帘，因此不知道窗帘背后的窗户是封着的还是打开的。正凝视着窗帘，一个细若蚊蚋的声音似乎在很远又很近的地方响起。

　　"秦学长……"

　　秦洲感觉是隔壁房间的声音，于是他敲了两下墙壁。

　　林异听见秦洲敲了两声墙，得到回应后，林异说："我有个问题想问秦学长，可以吗？"因为第一次进入规则世界，他知道的东西也不多，不确定能不能隔着墙交流，所以现在小心地征求秦洲的同意。

　　墙壁被敲了一下，林异猜秦洲是同意，于是说："秦学长，你有没有听过这句话：你距离成功就差一个好搭档？"墙壁那边没有发出任何声音。

　　林异卖力地推销自己："我的智商高、领悟力强，只要加以引导或许会成为非常好的搭档。"

　　墙壁那边没有动静了，看样子秦洲还是不想理他。林异又敲了敲墙壁，他间隔着敲了三下后停手，估摸着秦洲的注意力还在自己的身上，他这才继续说："二十八日我在公交车上并不是偶遇秦学长，而是秦学长在想办法阻止新生早到学校。还有二十九日的学生会巡逻名单，那是空白的，其实秦学长并不想看到学生被拉入规则世界，也一直在想办法保护学生，秦学长就是传说中的'刀子嘴豆腐心'吗？"

终于墙壁那边传来秦洲的声音："……吓傻了？"

林异奉承完了，尴尬得耳朵都红了。他快速地整理了一下心情，随后说："没有，只是发现秦学长自从进入规则世界后就沉默了不少。"

墙壁那边一直没有回应。

"我发现秦学长的话少是因为对我们有防备，而且也在观察我们。"林异说，"但秦学长是最清楚我们这些人的，毕竟秦学长是学生会主席。不过，秦学长到底防备我们什么呢？如果觉得我们会拖后腿，直接一脚踢开就行，没必要提醒我们'小心窗'，也没必要带头去登记。更没必要观察我们，毕竟我们能给秦学长的帮助不多。"

"所以……"秦洲问道，"你到底想说什么？"

"获得秦学长的信任，证明我不是怪物。"林异说，"秦学长，7-7怪物就在我们八个人之间，对吗？"能让一个善于沟通的人变得寡言少语，明知道他们都是非自然工程大学的冤种学生，秦洲流露出来的防备只能证明他们当中有让学生会主席都忌惮的存在。在规则世界，危险的是NPC，更危险的是7-7怪物本尊。他们不是NPC，就只能是7-7怪物。

秦洲这回沉默了很久，显然是没想到林异的思维能跳跃得这么快。林异则耐心地等待秦洲的答案，过了一会儿，墙壁被敲了一下。他说对了。不等林异再问下一个问题，秦洲压着声音道："只有少部分学生会成员知道这件事。"言外之意，是让林异保密。

"哦，好。"林异也看出来了，其他人对此并不知情，"秦学长不嫌我烦的话，我能问一下为什么吗？"

大概是因为排除了林异的嫌疑，秦洲这才说："怪物制定游戏规则并尊重规则，但怪物就是怪物，淘汰规则，总会被看出来。"

这下林异就明白了："所以怪物是监督者，它藏在我们中间是为了监督我们，我们会触犯它制定的'死亡'规则，必要时还能引导我们去触犯'死亡'规则。一旦它发现我们知道它的存在，就会亲自动手杀人灭口？"

"差不多。"秦洲说，"怪物本身有一个'杀人'条件。"

"什么？"

"在复盘前随意'杀人'。"

林异没明白什么意思："复盘？"

"离开这里的唯一途径是找到它，告诉它你洞悉了它所有的规则，这叫作复盘。"秦洲说，"我说过，这是一场游戏，你知道了它的游戏套路，它就不会再选择你加入游戏。"

可惜此时的秦洲并不知道，复盘并不能治愈"怪物的执念"，他还没能理解让"怪物"释怀的真正方法！

"哦，对！"林异想起来了，"所以那条水泥路对秦学长无效。"

"还有，把你的锋芒藏好了。"秦洲阴阳怪气地说，"它最爱'杀'的就是小天才。"

小天才林异一点儿也没被吓到，反而腼腆地道："知道了。秦学长现在觉得我有没有当好搭档的潜质？秦学长，我们合作吧。"林异说，"我来吸引怪物的注意，秦学长寻找这里存在的死亡条件告诉我。"

"你到底是怕不怕？"隔壁的秦洲沉默了一会儿问道。

"当然怕啊。"林异觉得有些莫名其妙。

"所以吸引怪物的注意是因为觉得很有趣？"

林异愣了一下，赶紧敷衍过去："分工明确效率会更高嘛，我困了，我去睡觉啦，秦学长晚安。"为了让秦洲相信自己真的困了，他躺在床上时还刻意地制造了响动，响动消失后，林异睁着眼睛看着天花板。

秦洲没有告诉他今晚的死亡条件，林异也没问。很简单的道理，秦洲也没有发现。

林异抿了抿嘴唇："爸、妈，要保佑我啊。"为了不让自己的思想太活跃而影响睡眠，他摸了摸衣兜，想把随身听取出来，他这个随身听很奇特，林异只有听着里面的录音才能安然入睡。

一摸，摸了个空。他明白了为什么秦洲说那些刀具没用了，因为无法带入规则世界。好像从没有离过他身的随身听和他的电子手表一样都不见了踪影。

林异："唔……"难受，要睁着眼睛等着 NPC 来了。知道自己怕是睡不着了，林异便开始猜测宿管老头的'杀人'条件。

是登记吗？登记就会死？如果是的话，岂不是所有人都逃不掉？

"糟糕……"林异吁了一口气，"忘记问秦学长这里有没有'法不责众'了。"话音刚落，林异听见一阵窸窸窣窣的声音。他立刻坐起来，看向窗帘。这个声音好像是从窗外传来的，但林异一坐起来，声音又像是从隔壁传来的，他甚至还听到一声短促的尖叫。不过尖叫很快就消失了，似乎只存在一个音节，然后就被掐断。接着是压抑的哭声，哭声比窸窸窣窣的响动更加明显。就是从 304 室另一侧的墙壁传来的，那是程阳住的 303 室，他的单人床靠着的墙壁另一边就是 303 室，所以林异将哭声听得很真切。

程阳至少哭了两个小时，等程阳哭完，整栋公寓楼都安静了下来，一直到天亮，仿佛窸窸窣窣的声音和短促的尖叫都是幻听。

公寓楼的走廊里安置了喇叭，这会儿响了起来。像极了商贩吸引顾客用的喇叭，事实上也确实差不多。

——"早餐、早餐，吃早餐到 103 室。"

走廊上或传来开门声，林异特意磨蹭了一会儿，等他从 304 室出来时恰好碰见从 305 室出来的秦洲。

秦洲看了林异一眼。别人害怕得睡不着是情理之中的事，他看见林异也顶着两个黑眼圈时，沉默了一下。他俩都故意磨蹭着，为的是趁机瞧一瞧其他房间内的景象。其他人显然没有他们俩这么镇静，在恐慌时大概率不会记得随手关门。趁着走廊里没人，秦洲的声音压得很低："你昨晚折腾什么？"

没有随身听傍身的林异一夜没睡，这会儿正觉得难受着，被秦洲这么一问，觉得更难受了。林异打了一个激灵，往旁边退了一步："没，没有。"

"你昨晚没睡，黑眼圈快掉到脸颊上了。"秦洲说，"别告诉我是因为害怕，你有胆子去吸引怪物的注意，不至于真的到了这里就害怕了。"

林异："太激动，没睡着。"

秦洲几番欲言又止，林异摸了摸肚皮说了句"我饿了"，然后赶紧逃脱秦洲的魔爪，蹿到楼梯间，几步就没了踪影。秦洲的脸色沉了沉，暗自感叹，我真没看出你有什么合作的诚意。

一楼 103 室是改造出来的餐厅。里面摆着一张八人桌，桌子上是准备好的清粥小菜，不过其他人并没有坐下吃饭，他们不知道早餐有没有问题。都等着有人来带头，哪怕他们饿得肚子一直在叫。

林异到餐厅比较晚，众人的目光就朝着他看过来。程阳一见到林异，松了口气，两只灯泡眼惊喜地盯着他："太好了，林异兄，你还活着。"这话一说，其他人的脸色就不好了，这会儿餐厅已经有七个人，如果NPC 昨晚行动了，那出意外的……

秦洲要是都出了意外，更别说他们了。于是大家看向林异的目光变得复杂起来，林异顶着众人的目光，匆匆坐到桌子边，用吃饭来缓解被多道视线注视带来的不自然。见到林异吃起饭来，并且没有什么问题，其他人这才跟着坐下来。

程阳很主动地坐到了林异的旁边，这让林异无比羡慕他对面坐着的王铎，因为秦洲还没来，王铎是一个人坐着的。因为羡慕，林异就多看了王铎几眼，这几眼让他发现了不对。其他人昨晚都没休息好，眼底有着疲惫的乌青。但王铎眼底的血丝特别多，而且他不断地回头去看身后，浑身都紧绷着。

王铎是第二次进入规则世界，秦洲没在这儿，其他人只能问他问题。但他什么都没回答，徐夏知拉了一直问个不停地屈嘉良一下："别问了，王铎昨晚都说了，他是躺赢的，什么都不知道。"

"可是只有他是第二次进入规则世界的！"屈嘉良又问王铎，"王铎，我们到底要在这里待多久？我之前听说待够和人数一样的天数就能出去了，是这样吗？"

王铎没说不知道，他依旧不断地回头朝门外看去，就好像根本没听到屈嘉良在和他说话一样。他的紧张感搞得其他人都变得紧张起来，终于有人受不了这样的紧张，两个女生都吓得哭了出来。

"吃饭，吃饭。"程阳招呼着，"学姐们，别哭了，要不然先吃饭吧！吃饱了才有力气去找线索。我的运气一向不错，肯定能找到线索的。"

屈嘉良气愤地道："你的运气好就不会来这里了，更不会被这所大学选中了！"

程阳"哎"了一声："你冲我吼什么啊？那你别吃，你去外边蹲着，对吧？林异兄？"

林异最怕这种时候被点名，吓得他筷子都掉了。

屈嘉良又要和程阳吵，徐厦知再次拉住屈嘉良："人家说得不错，你别把气撒到学弟身上。"

见屈嘉良终于安静下来，林异弯腰去捡筷子，他的腰刚弯下去，脸色就不对了，他在桌子底下看见了王铎的肚子很大。当然比不上怀胎十月的孕妇，但与怀孕四五个月的孕妇相比，王铎绰绰有余。

八月份是穿短袖的季节，王铎穿着一件 T 恤，所以林异很清楚地看见他的肚皮凸起。不等林异回忆昨晚的王铎有没有啤酒肚时，房间里响起了尖叫声。林异立即抬头，看见王铎在呕吐，但王铎自己没有感觉似的，一边吐一边还在不断地朝门外看去，围在一起吃饭的人立刻作鸟兽散。

"我的天，吓死我了。"程阳跟猴子一样往后蹦，变故也在这时突然发生！

王铎吐完，忽然就浑身痉挛起来，片刻后一头栽倒在地上。

"唔——咳——"王铎痛苦地呻吟着，很快，王铎挣扎的动作越来越小，然后彻底停止……

"他死了吗？"

"不……不知道……"

"有人去看看吗？"

林异思考了一下，然后蹲下来，伸手去探王铎的鼻息。

众人盯着林异，连大气都不敢出。

"林……林异兄，他……他还活着吗？"程阳抱着脑袋痛苦地问。

林异摇了摇头，他把关注点放到王铎的肚子上，因为呕吐，王铎的肚子虽然没有之前那么大了，但还是鼓着的，不知道还吞了什么东西。林异甚至看到王铎的肚皮像是波浪一般，轻轻翻涌了一下。他肚子里的东西还活着？

　　王铎既然出事了，从王铎的死因着手，说不定能发现什么，毕竟昨晚所有人都在自己的房间，谁也不知道王铎到底经历了什么，当下林异有了决定，他想仔细检查一下王铎的肚子，可是当林异看到王铎的脸时，他愣住了。

　　发现林异忽然愣住，程阳小心地问："林异兄，怎么了？"

　　林异指了指王铎的脸。

　　程阳："他的脸……怎么了？"

　　林异问："你没看见吗？"

　　"看……看见什么啊？"程阳浑身哆嗦起来，"林异兄，你别吓我。"

　　林异不说话了，他低头再次看看王铎。王铎的眼睛不知道什么时候睁开了，不过周围的人似乎并没有发现王铎的异常。更没人发现，王铎的嘴角在一点点勾起，露出一个诡异的笑容。

　　此时半空中响起了无人能听见的机械音："非常遗憾，由于您触犯到了'怪物'所定下的'死亡'规则，您此次的社会实践项目结束，感谢您的参与！"

　　全息舱中，王铎面色苍白地醒来，由专人带去了诊疗室，而房间里的全息舱还在继续运行，一切都在继续。

第 3 章　进入

　　103 室的动静传到秦洲的耳中，他闻声而来，还没有到达 103 室时，撞见了宿管老头推着一辆车，他与宿管老头都没有停下脚步，擦身而过。秦洲走出几步之后才回头，认出宿管老头推着的车上是王铎。

　　吵闹还在继续，秦洲往 103 室走去。他特意磨蹭着，其实就是为了查看有没有人"死"。NPC 只在晚上处理违反规则的人，房间就是现场，想知道规则世界的"死亡"规则，比起在白天寻找线索，从已经被处理的人身上寻找答案更容易一些。

　　被处理的原因就是"死亡"规则的诠释。

　　进入 7-7 规则世界的另外七个人中，除了林异记得锁了门，其他人都没心情随手锁门，秦洲一个房间一个房间地看过去，没有发现奇怪的事物。他早晨也和林异接触过，所以昨晚没有人出事，但现在王铎却出了事，秦洲没想过会有人在房间之外的地方被处理，而且他还错过了查看现场的机会，顿时皱起了眉头。

　　宿管老头推车留下的痕迹起点在 103 室，加上从 103 室传来的尖叫，很容易就得知，王铎死在 103 室。他加快脚步，几步就来到了 103 室。103 室还陷在一片混乱之中，而混乱之中，只有林异最安静，正垂着眸在思考着什么。

　　应该是察觉到了秦洲的目光，林异抬头看他，恍然觉得秦洲好像说了一句话，不过他没听清楚："……秦学长，你说什么？"

秦洲又看了林异一眼，然后看向众人："给你们三分钟整理心情的时间。"

在宿管老头推走王铎前，林异试着变换了几个位置，但王铎的视线始终跟随着他。林异发现，其他人好像看不见王铎脸上诡异的笑容。他在思考自己是不是已经被7-7怪物盯上了，还是另有原因。林异原本以为沉浸在恐惧中的其他人很难把秦洲这句话听进去，不想秦洲的话音刚落，其他人真的立即开始收拾心情了。连被徐夏知几次都拉不住的要和程阳吵架的屈嘉良，都开始自我调节起情绪来。

三分钟时间过去，秦洲也不管他们到底有没有调整过来，当103室一安静下来，他就冷冷地问道："谁最先到的？"

程阳举起手。

"经过。"秦洲说。

"天知道我昨晚一个人怎么熬过来的，所以一听到喇叭的通知我就下来了，我以为大家都在，我是真的不想一个人待着。"程阳挥舞着手，试图用手势描绘出昨晚害怕的心情，"结果我竟然是第一个到103室的！"程阳发现秦洲不耐烦地看着自己，赶紧继续说，"我正准备回去找林异兄，然后两位学姐也到了。"

李颖点点头，周伶伶也跟着点头，证明程阳说得没错，女生们不敢单独行动，所以是结伴一起来的，之后到的，就是王铎。

秦洲一听，脸色沉了几分，然后问："他有什么异样？"

程阳摇了摇头："没看出来啊，唯一的异样就是，王铎学长到了之后朝我们看了一眼，然后转身就走了出去。"

林异注意到了秦洲细微的表情变化，琢磨起秦洲为什么听到王铎是第三拨到达103室的人时会露出这样的表情。

耳边又传来秦洲的询问："出去之后呢？"

"王铎学长出去就撞见这两位了。"程阳对屈嘉良有点不满，直接拿手指着屈嘉良，鉴于秦洲在场，屈嘉良露出敢怒不敢言的表情。

"他把人给拦下来了，一直问个不停。不过王铎学长没搭理他们。"程阳说。

秦洲看向屈嘉良，屈嘉良赶紧说："我也是想多知道一点。"

徐厦知苦笑着道："知道得多一点，存活率就更高一点。"

每个人都说了几句话后就轮到了林异，林异只得说："我下来的时候学长、学姐们都到了，不过我是最先动筷子的。"他只说了这一句，并没有告诉秦洲他看见了王铎的大肚子，因为似乎别人都没注意到，更没有告诉秦洲，王铎的尸体在朝他微笑。

林异只是把自己的碗给秦洲看，碗底很干净，他没有留碗底的坏习惯。林异放下碗后，指了指王铎的位置："王铎学长一个人坐在那里。"

大家都顺着林异所指方向看去，王铎的位置上还是狼藉一片。想到王铎的样子，李颖红着眼睛问："秦学长，我们是不是出不去了？"

"如果找不到线索。"秦洲并没有安慰她，他继续说道，"我们都出不去。"

103 室的气氛变得更加沉闷了。

"想出去的话就去找线索。"秦洲说，"找不到也得找，把房间翻过来也要找。"

众人脸色苍白地回到了各自的房间，林异回到房间后，敲了敲墙壁，凑过去小声唤道："秦学长。"

过了一会儿，305 室的秦洲答应了一声。

林异立即问道："秦学长刚刚是在奇怪为什么王铎学长白天的时候还没事吗？"

秦洲知道林异很会观察人的表情，不然也不会被他发觉自己的防备，所以直接说："对。"

"除了被怪物杀死，没有人会在白天出事。"

秦洲在走廊里遇到宿管老头，也只是以为王铎的尸体被转移。

林异："但王铎学长不可能是被 7-7 怪物杀掉的，7-7 怪物没必要在第一晚就亲自动手。而且秦学长说过，怪物制定规则并遵守规则。如果我是怪物，我拥有随意决定别人命运的权限，对我来说是一种乐趣。为了让规则变得更有趣，我会再给我自己制定一个限制但有趣的规则，而且怪物不正是藏在我们之间吗？"

秦洲沉默了一下说："你挺会和怪物共情。"

"……代入他人仅仅是一种推测手法啦。"林异生怕秦洲不信，又发誓道，"我不是怪物，如果我是怪物，我就永远被留在规则世界里。"

秦洲说："你赢了。"

"所以我说对了吗？"林异权当秦洲在夸奖自己了。

"对，小天才嘛。"秦洲打算把这个褒贬不明的外号送给林异。

"秦学长看见我用过的碗了吗？"林异也不追究秦洲给自己取的外号。

秦洲："嗯。"

吃空见底的碗，是林异在告诉秦洲，"死亡"规则与早餐无关。到达到103室的七个人中，他和程阳以及周伶伶都动了筷子，屈嘉良、徐厦知和李颖没有动筷子。所以吃不吃早餐和王铎的死都没关系，而王铎为什么会在白天死亡，只能是昨晚遭遇了什么。

林异说："有没有一种可能，王铎学长昨晚确实触发了'死亡'规则，NPC也确实是在晚上动了手，只是王铎学长在早上出事而已。就像下毒，下毒的时间是晚上，但毒发的时间在白天。"

秦洲："有很大可能。"

林异立即接话说："他的房间里肯定有'死亡'规则，秦学长，你要去看看吗？"

秦洲思考着林异的话，反复确认了几遍，林异说的是"你"而不是"我们"。他问道："我去？那你呢？"

"嗯嗯。"林异说，"我在房间里等秦学长的线索。"他还不知道去别人的房间是不是一条"死亡"规则。

秦洲沉默下来："……这个时候你又不勇于挑战规则了？"

林异想了想说："我现在还不能出事。"

秦洲冷笑着道："我现在就能出事了吗？"

林异赶紧解释："不是这个意思，昨晚不是分配好了吗？秦学长负责找'死亡'规则，我负责吸引怪物的注意。"

秦洲说："可是我没说同意。"

这次换林异沉默了一下，说："同意吧！秦学长，也没有别的办法了。

要不试着相信别人一次，我们是队友，不是吗？相信队友一次呢？"

秦洲沉默下来，过了一会儿才问道："我不同意的话你会一直说下去吗？"

林异："应该是的。"

林异又问："秦学长，去吗？"

秦洲："行了，闭嘴。"

墙壁那边安静了一会儿，随后再次敲了敲墙壁，林异凑上去："秦学长，我还在。"

秦洲说："早上下楼时我往每个房间都看了一眼，王铎的房间是310，门没关，屋子里很乱，地上有很多食品包装袋，还有一个打翻了的饭盒。"

林异思索着："王铎学长吐出来很多东西，导致王铎学长出事的原因，会是因为王铎学长吃了寝室里的东西吗？"他看向自己的房间内，304室没有食品，"换算到我们头上，'死亡'规则是动了屋里的摆设？"

"不。"秦洲说，"'死亡'规则再千奇百怪，它总会与'打开的窗'联系到一起。所以擅动房间里摆设如果是一个'死亡'规则，它就还缺少一个与'打开的窗'联系的契机。"

"他到底动没动房间里的东西，现在已经没人知道了。"秦洲又说，"310室的窗户上挂着窗帘，我不知道窗户是不是打开的。但就算310室的窗户是开着的，开着的窗户可以是'死亡'规则找上门的讯号，但不会是'死亡'规则。"

林异明白了。怪物制定了"死亡"规则，等着卷入者不慎触发规则。如果窗户原本就是打开的，卷入者缺少一个"触发"的行为。

所以王铎一定做了什么，触发了"死亡"规则，满足了NPC"杀人"的条件，而且做的行为和"打开的窗户"有关。他看向窗户，304室房间的窗户也挂着窗帘。昨晚他把304室翻遍了，但唯独没有碰窗帘。每个卷入者都记得自己被卷入前看见了打开着的窗户，窗户已经成了一种晦气象征，又怎么会再靠近窗户。

秦洲说："小天才，我不信你没发现王铎有异样。"

"……那我再回忆回忆。"林异说。

一个短暂的停顿后，林异回忆着道："王铎学长坐在餐桌边，很紧张的样子，并且一直回头往外看。"

秦洲说："宿管老头在外面？"

"没有。"林异说，"宿管老头一直在值班室，而且就算宿管老头在门口，也不可能频频往外看。"毕竟宿管老头就是所谓的 NPC，知道宿管老头晚上会杀人，正常来说，谁敢频频回头盯着一个杀人犯？

秦洲也是这么认为的，思考着道："那他在看什么？"

如果不是在看宿管老头，那王铎在看什么？

林异忽然停顿了一下，并不是所有人都在 103 室，秦洲不在！

王铎在看秦洲！

林异的思维在这一刻不受控制地活跃起来，没错，王铎只能是在看秦洲。具体一点，王铎在看秦洲有没有来，更具体一点，王铎在等秦洲来！可为什么等秦洲来？昨晚在公寓大厅时，秦洲就呵斥了王铎话多，王铎必定不是为了和秦洲增进感情，才等着秦洲一起吃早饭。频频回头去看秦洲有没有来，必定是有很着急的事，王铎有话要对秦洲说！

"王铎学长很紧张，他整个人都是绷着的，但不是濒临死亡的绝望崩溃，我倾向于王铎学长压根就不知道自己触犯了'死亡'规则，也不知道自己即将会被永远留下，所以昨晚宿管老头其实并没有去王铎学长的房间。"林异思考着道。

秦洲也明白林异推论的逻辑，宿管老头是 NPC，NPC 在夜晚出现就代表着死亡。王铎不知道自己会死，就可以证明，王铎昨晚没有与宿管老头接触。

"既然不是宿管老头，那么王铎学长感到紧张的原因就只能是……"林异继续分析道，"昨晚看见了其他什么东西，并且这个东西很可怕。可怕到让王铎学长决心向秦学长寻求帮助。但也没那么可怕，他虽然觉得紧张，还能等到第二天天亮，在没等到秦学长前也能在餐桌前坐下来。而且这个东西……"

林异说："一定不在房间内。"要不王铎不会在 310 室待到天亮，也不会是第三拨才到餐厅的人。不在房间内的东西，那就只有窗外的东西了。林异抿着嘴唇，他昨晚不是幻听，窗外确实是有窸窸窣窣的动静，所以"死亡"规则是，看向了窗外？

林异很快否定了自己的想法，不对，如果看向窗户外面就是"死亡"规则，何必再用窗帘遮挡？他们都是被打开的窗拉进规则世界，又怎么会再靠近窗户。林异再次试着代入王铎的视角，在知道窗户有问题且晦气的情况下，他会离窗户远远的，哪怕遮挡窗户的窗帘飞起来他都不会靠近窗户，也不会多看一眼。他或许会躲进被窝里，用被子盖住脑袋，眼不见为净。就算窗户外边有奇怪的窸窸窣窣的声音，他都不会去查看，除非有东西从打开的窗户爬进来了。

林异自己把自己给绕进去了，但活跃的思维还在继续推测。是的，有东西从窗户爬进来，足够刺激神经，但爬进来的东西又离开了，所以削弱了紧迫感。这也就解释了王铎为什么既感到害怕又不是那么害怕，他慢慢转头看向 304 室的窗帘，为什么在窗户上挂窗帘，因为窗帘不是帮忙遮挡窗户，而是不让屋里的人发现窗户是打开的！林异愣了一下，随即翻身奔向窗户，一墙之隔的秦洲也同样奔向了窗户。林异没有拉开窗帘，而是伸手去碰窗帘并往后推。

墙壁那边秦洲明显松了口气，然后问道："你的窗户是打开的吗？"

林异问："秦学长呢？"

秦洲："关上的。"

林异："我这边……"

畅通无阻。

"开着的。"

令人窒息的沉默悄然出现。

"你……"隔壁的秦洲刚说了一个音节，304 室就传来类似木头摩擦地板的声音，秦洲接着问，"干吗呢？"但 304 室没有任何回答，秦洲的眉头一皱，敲了两下墙壁，"林异？"

"秦学长……"林异的声音从 305 室门外响起，并且伴随着又轻又规则的敲门声。

秦洲愣了一下，看向房间的门。

门外林异的声音很怪异，有些尖细："秦学长，是我。"

他垂眸想了想，然后走到房间门口，然后房间的门被秦洲拉开了一条缝，秦洲通过这条门缝看人。

"我忽然感觉有点害怕。"林异挠着头，一脸尴尬的表情，"秦学长，我可以进来和你抱团取暖吗？"

秦洲眍着他，过了半晌才说："你是人是鬼？"

林异觉得有些莫名其妙："人啊。"

秦洲还是紧紧地盯着他，搞得林异都不自信了。

鬼使神差地，林异摸了摸胸口，胸腔里是有动静的，他说："我有心跳。"然后抬头看秦洲，"真的，我是人，不是鬼，也不是怪物。"

秦洲："……你到底想干什么？"

"因为窗户打开了，这是被'死亡'规则盯上的意思吧？"林异说，"事到临头，还是感觉有点害怕。"

秦洲沉默了一下："是人为什么掐着嗓子说话？"他解释自己问"是人是鬼"的原因，"这样很奇怪。"

林异恍然大悟，他指了指自己的嗓子说："我是鼓起勇气来的。"所以喉咙处有一团气憋着，说话就显得很奇怪。

"鼓起勇气？"秦洲上下瞄他一眼，没瞧出林异有害怕的样子，"我瞧你浑身都是胆子，还需要鼓起勇气？"

林异诚实地说："我其实有沟通障碍，而且和秦学长认识得并不久，贸然打扰秦学长还是觉得挺不好意思的。"

"……你也知道不好意思。"秦洲嘴上这么说，还是打开了门，让林异进来。

林异感动得热泪盈眶："谢谢秦学长！"到了 305 室的林异，尴尬就变成了拘谨，他摸出一张纸递给秦洲，"秦学长，请你过目。"

"这是我猜测的可能的'死亡'规则。"林异说。

秦洲接过去，看见纸上写着：

1. 没能制止窗外的东西爬进来。触发"死亡"规则的行为：没能制止。

2. 看见了窗外的东西。触发"死亡"规则的行为：看见。存疑点：

全貌？

　　3.被窗外的东西看见。触发"死亡"规则的行为：没能制止。

　　林异说："第一条和第三条的触发行为都是'没能制止'，所以我倾向'死亡'规则是没能制止什么。不管是第一条还是第三条，是不是只要有制止行为就能躲避过去。"

　　秦洲微微一愣，多看了林异一眼："刚刚的声音是在挪衣柜挡着窗户？"

　　林异点点头："自救嘛。"

　　林异反应的速度太快了，不只在第一时间想了办法，而且还能写下这三条怀疑"死亡"的规则。字迹工整，看得出林异非常冷静。

　　"你可以直接告诉我，而且你人都到了我跟前。"秦洲扬了扬纸条，"所以写这个干什么？"

　　"秦学长说过，怪物优先盯上我这种天才。"林异说，"如果把这个纸条传得人手一份，怪物肯定会盯上我。"他继续解释道，"所以希望秦学长再给一点意见，纸条的内容越准确就越容易吸引怪物的注意力。"

　　秦洲盯着林异看了好半晌："你刚刚说感到害怕。"

　　林异点点头："对。"

　　秦洲的目光变得复杂，他看不懂林异，所以直接问道："你连7-7怪物都不怕，会怕NPC？"

　　"嗯，我怕。"林异见秦洲变得严肃起来，所以没有实话实说道，"我怕我再见到7-7怪物前先被NPC处理了。"

　　"'死亡'规则不是死板的规则，它会主动找上门来，让卷入者防不胜防，但……"秦洲低头看着手中的纸条，"我可以安慰你。"

　　林异沉默了一下："秦学长，你还是别解释了，我并没有被安慰到。"

　　"不好意思，我就喜欢安慰别人。"秦洲偏要说，"每个规则世界的'死亡'规则不会只有一个，但不会一次性让所有的'死亡'规则上场，它是一个接一个出现的，当你成功避开一个'死亡'规则，第二个'死亡'规则才会紧接着出现。所以，你现在只要想办法应付第一个。"说着，秦洲的手指着纸条上的第一条：没能制止窗外的东西爬进来。这条也是秦洲对"死亡"规则的猜想。

"纸条我没收了，等你能过了今晚再考虑吸引怪物的事吧。"秦洲说。

林异错愕地看了看秦洲，好半天没说话，他没想到秦洲的安慰是这样的，他以为要听到"没关系""你很幸运""不要难过"之类的话。

秦洲看见林异皱起的眉头："你这是什么表情？"

林异刚要问自己是什么表情，就在这一瞬间，思绪不受控制地回溯，像是什么记忆被硬塞进脑海里，又陌生又熟悉的感觉。

"他们没有心跳。"

"可他们明明还能行动……"

"所以这可能是罕见的疾病，但我束手无策，孩子，你带着父母去大医院看看吧。"

"别伤心，现在医学越来越发达，一定有治疗你父母的办法。"

脑海出现的片段里，他的父母变得很奇怪，就像是活死人一样，又不知道自己是哪根筋不对，林异自己都没发现自己问了一个很傻的问题："人没有了心跳就代表死亡吗？"

秦洲："医学判定死亡的标准是脑死亡。"

林异有些失落地道："哦。"

秦洲深深地看了他一眼，什么话都没说，只是把纸条叠好放进自己的兜里，并且抬脚往外走。

看着秦洲的背影，林异这才如梦初醒："我在说些什么……秦学长，我刚刚说的你别放在心上。"

秦洲："林异，我建议你与其胡思乱想，不如去 310 室核对正确答案。"

纸条上的内容再多也只是猜想，被"死亡"规则找上门的人没有试错的机会。衣柜到底能不能阻挡窗外的东西，也需要在 310 室寻找答案。

两个人一起去了 310 室，确定了"死亡"规则的范围，林异和秦洲进去就开始翻找留下来的痕迹。每个房间的格局都是一样的，窗户正对着门。房间内正如秦洲对林异说的那样，一片狼藉，地上都是散落的食品包装袋，还有残羹剩饭，散发着食物腐败的味道。

十分钟过去，林异和秦洲没找到任何食物。林异对秦洲说："我怀疑都被王铎学长吃了。"他指着凌乱的床铺说，"王铎学长是被逼着把这些东西塞进嘴里的，有挣扎的痕迹。"昨晚他听到的短促的尖叫就源自王铎，一声尖叫，正好双唇打开张大，这些东西就被塞进了他的嘴里。

林异："昨晚动手的人不是宿管老头，是那个东西。"

秦洲颔首，看了一眼窗户所在的位置："嗯，这个规则世界不止一个NPC。"

NPC 一多，规则世界的故事线就变得复杂起来，复盘的难度也高，一旦说错或者不全，那就是直接去送死。

窗帘还挡着窗户，林异走过去试着伸手去碰窗帘，一旁的秦洲皱着眉头看他。

林异没有感受到阻碍，偏头看秦洲："是空的。"发现秦洲皱眉看向自己，他问道，"秦学长，你发现什么了？"

秦洲："你是真的不害怕啊？"

"啊？"林异没接话，他小心地卷起窗帘，恰到好处时就停了手，他在看嵌着窗户的墙壁，试图找出攀爬过的痕迹。这栋楼很老了，墙皮一碰就成块地往下掉。304 室和 305 室间隔的墙壁就因为他们两个人敲来敲去掉了不少墙皮。如果真的有东西从窗户爬进来，一定会留下痕迹。林异卷窗帘的动作很小心，寻找痕迹的过程进行得很缓慢。不知道为什么，秦洲发现林异似乎有一瞬间的失落，但很快地被他掩饰住了。胆大心细，秦洲在心里正给林异写评语呢。

林异急促地叫道："秦学长、秦学长、秦学长。"一连喊了三声，看样子是发现了什么。林异指着墙上一块斑驳水泥面，又指着落在地上十分不显眼的墙皮。两个人互相看了一眼，果然有东西从窗户爬进来了。然后林异又指了指墙壁以及地板上混在一起的污渍，因此难以看出地上有很多密密麻麻并且很深的小洞。

"秦学长，你觉得……"林异抿了抿嘴唇，"这像不像是那个东西在爬行时，用指甲戳出来的洞。"

秦洲没吭声。

"如果是的话……"用衣柜挡窗户还能有用吗？

三楼的喇叭又响了起来，通知剩下的人去 103 室吃午餐，不知不觉间一天时间已经过去一半。林异和秦洲都没有去吃午餐的打算，或者说他们没有这个时间。

林异用小指试着往地上其中一个小洞里塞了一下，然后拇指掐着小指比画出小洞的深度："一个指节还要多。"

"搞清楚那是个什么东西就知道有没有用了。"秦洲移开视线。

林异问："那下一步是？"

"先去别的地方看看。"

秦洲一边说，一边往外边走。310 室已经没有什么可看的了，他打算去二楼。

"二楼？"林异走在秦洲身后，保持着不近不远的距离。

"嗯。"秦洲说，"宿管老头把王铎推到了二楼。"

两个人来到二楼，拐过楼道的时候这才发现二楼走廊和楼道衔接处有一扇铁门，秦洲碰了下铁门上的大锁："锁上了。"

林异走近一步，铁门是栅栏式的，虽然门上了锁，但还是能看到二楼走廊的景象，有很长的一条痕迹。他发现痕迹在差不多在走廊中央位置戛然而止，如果二楼的房间和三楼是对应的，那个位置是……204 室。林异房间的楼下。

林异把这个情况对秦洲说了，秦洲便也仔细地观察了一下走廊，二楼不像三楼，没有灯光，以他 1.5 的视力，什么也看不见，林异是怎么看见的？其实林异是怪物的嫌疑已经可以排除了，怪物不会让 NPC 盯上自己。但秦洲此时还是对林异起了疑心，他故意说："走，去另一侧看看。"

这栋公寓两侧都有走廊入口，他们所在的右侧走廊入口被锁上了，但左侧入口是不是也上了锁还是未知数。

"不用去了。"林异虽然隐瞒了一些事，但确实没想过要伤害谁，听见秦洲的话，也没有多想，朝二楼走廊尽头远远地一看就直接说道："那边也是锁着的。"

过了半晌，没等到秦洲说些什么。

林异就转头去看秦洲："秦学长？"然后从秦洲的表情里发现了什么，他立即反应过来了，赶紧解释自己的夜视能力，"我色弱。"色弱的人就会比正常人的视力好上一些。

"嗯。"秦洲只是问道，"确定那边也是锁着的吗？有没有看见其他什么？"

林异继续去看走廊："除了拖痕之外没看见什么，最主要的还是 204 室。"但想要进到 204 室恐怕需要的不只是 204 室的钥匙，还需要有铁门的钥匙。

林异转头看了秦洲一眼："秦学长，我有个大胆的想法。"

秦洲猜到了他要说什么："可以。"

两个人一拍即合，钥匙不用猜，肯定是在宿管老头那里，于是两个人又从二楼下来，在楼道拐角处停下，他们所在的位置能看到值班室。

值班室关着门，也关着窗户，不过没有什么动静，他们两个人不确定宿管老头有没有在里面。林异探出头去看，但是玻璃窗太脏了而且泛着绿，根本看不清里面有没有人。

秦洲："宿管老头要是在里边，你把他骗出来，我趁机溜进去找钥匙。"

林异："好。"林异小心地走过去，他先是敲了敲值班室的门，"大爷，大爷，你在吗？"没有回应，也没有任何动静，林异就回头看了一眼秦洲，秦洲会意，从拐角处走出来。虽然不知道宿管老头为什么不在值班室，但不在更好。确定了今晚的"死亡"规则范围后，林异就没有避讳值班室的这扇窗了。

听着秦洲靠近的脚步，林异试着推了推玻璃窗："秦学长，门是关上的，要想进去只能走这里。"

秦洲"嗯"了一声："窗户有没有锁？"

林异说："锁了，不过玻璃窗的质量不行，只要用力推开一扇窗，让卡扣不卡着就行。"说着，就是"哗啦"一声，林异还真的把锁着的玻璃窗从外边打开了。

秦洲："要说你没干过坏事，我真不信。"

林异："我虽然会开窗，但你知道我是个好……"话音戛然而止，被推开的这扇玻璃窗随着林异的动作，顺着窗轨慢慢地与另一扇交叠，也慢慢地露出了窗户之后的情景——宿管老头正静静地盯着他。视线猝不及防地对上的那一刻，林异感到头皮一麻。他的胆子算是很大了，但这一眼让他的心跳加速。他立即把即将完全拉开的窗户推回原位，阻挡住宿管老头让人感到非常不舒服的视线。

电光石火间，他的手腕被秦洲一把拉住，秦洲拉着他飞快地离开一楼。玻璃窗后，宿管老头纹丝不动，但藏在眼皮底下的混浊的眼珠子却随着他们的离开转动了一下。

回到 305 室，秦洲盯着林异："小天才，你怎么样？"这还是秦洲第一次看林异被吓到的表情。

从一楼回到三楼，林异已经缓过来了："我没事，就是他的视线让人感觉太不舒服了。"他看着你的时候会让你产生被偷窥的错觉。

秦洲说："值班室里肯定也有什么东西，宿管老头有问题。"

其实这是一句废话了，但没办法，他们找线索却处处受挫。二楼被铁门锁上，找钥匙的计划也被宿管老头的暗中窥探搅乱。几次找到线索的希望都被斩断，而时间在毫无进展中流逝，三楼走廊的喇叭再次响起来，晚餐时间到。

林异揉了一下肚子。

秦洲看他一眼："走吧。"

林异："啊？"

秦洲："吃饭。"

林异："哦，好。"

因为王铎在 103 室出的事，午餐的时候其他人多吃了点，晚餐就不肯来了。毕竟晚餐就代表着黑夜即将到来，这是 NPC 可以"杀人"的时间。林异和秦洲到 103 室时，里面只有程阳一个人。

"林异兄，我把 303 室都翻了个底朝天。"程阳一见他们立即道，"但是什么都没找到，什么线索都没有。"他的表情显得又痛苦又郁闷，"天又要黑了，不知道今晚该怎么过。"说完又看了林异和秦洲一眼，"希望今晚被盯上的人别是林异兄，更别是秦学长。"

林异："谢谢程阳兄的祝福。"可惜，被盯上的人就是他。

秦洲看了林异一眼，被"死亡"规则盯上后的林异的脸色很平静，并没有因为程阳带来的一条坏消息而感到绝望。

晚餐很快就结束了，三个人从 103 室出来，林异又朝公寓大厅瞟了一眼，公寓的门仍旧是紧锁着的，值班室也黑沉沉的。不知道是不是被宿管老头那一眼吓出创伤后遗症了，林异又有被人注视着的感觉。

回到三楼，等程阳回到了他住的 303 室后，秦洲叫住林异：“小天才，晚上加油。”

林异点点头，回到了他的 304 室。

林异的目光在房间内扫视着，衣柜还挡着窗户，床是固定的，房间里可以用来增加重量的东西不多，他又把桌子搬过来抵住衣柜。这张桌子几乎没有什么重量，林异想起了他床底下的储存罐。他搬动储存罐的时候能感觉到里面肯定有不少硬币，沉甸甸的，比这套桌椅都重。他匍匐下身体，准备掏出储存罐放在桌子上，以此来增加重量，制止窗外的那个东西爬进来。

林异的个子高，手臂自然也不短，轻轻一勾就拿到了储存罐。就在他的手刚碰到储存罐，指尖感受到了陶瓷储存罐的冰冷时——

奇怪的声音响起。

林异暂时停住所有的动作，竖着耳朵去分辨。声音离得还很远，像是从房间内听到楼下有人在走动。这个人的体重一定很重，所以发出的声音很沉闷。

这个声音立即让林异联想到 310 室密密麻麻的小洞，那个东西来到公寓楼下，然后顺着墙壁往上攀爬，慢慢地，声音消失了，那就意味着，它已经到达了目的地。

Q 第 4 章 危险

　　声音消失不到十秒钟，诡异的安静似乎也仅维持了一瞬间，就在这电光石火间，林异抱起储存罐放在抵住衣柜的桌子上，同一时刻，"呲呲呲"的声音响了起来，这个声音非常刺耳，就像是尖锐的利器刮动木料制造出的动静。

　　林异往后退了一步，即使他的房间里出现了这么明显的动静，但无论是隔壁的 305 室，还是 303 室，都保持着安静。秦洲没有出声问他发生了什么，程阳也没有偷偷哭。整个 304 室好像是被隔绝的空间，没人注意到这里的响动。

　　在林异的视线之中，衣柜动了动。下一秒钟，衣柜门被什么东西从里往外推了推，只是衣柜的门前还抵着一张桌子，柜门才没有在第一时间被推开。但被推开了一条门缝。从林异的角度看过去，柜门里边漆黑一片，紧接着所有的声音都消失了，房间里变得更加安静。

　　他浑身紧绷着，紧盯着衣柜，只见一双手从黑暗的缝隙中伸了出来。林异的思维犹如火山喷发，有无数的记忆碎片闪回，这些碎片绕着他圈定的三条"死亡"规则旋转：没能阻止这个东西进来，看见这个东西的全貌，或者被这个东西看见。

　　林异立刻闪到桌子前，抱起储存罐狠狠地朝着衣柜的门缝砸去。他并不是随意地一砸，而是避开了指甲径直砸在手指上，衣柜里的东西凄厉地叫了一声，然后把手收了回去。

宿管老头说过，"外面"很乱，而为什么整栋公寓都充斥着破败的气息，唯独大门却是崭新的？因为是不让外面的东西进来而新换的！这声惨叫也让林异的心中更加笃定，"死亡"规则是——没能制止这个东西进来！

不然这个东西不会缩回手，它缩回手的原因只有一个，它并没有完全进入304室，所以林异还没有满足它的条件，对于林异的反击只能暂时撤退。

林异盯着门缝，他不需要走上去查看那个东西是不是真的离开了，门缝太窄太小了，固然他的夜视能力好，从这个角度也难以看清衣柜里面的情况。

林异小心地调整着角度，过了好一会儿，他终于找到了想要的角度，抬眼去看，和门缝里露出的一只眼睛刚好对上。这让林异难以接受，他对别人的视线很敏感，正常人看着他，他都会感觉全身不适，更别说此时这只带着恶意的眼睛。

林异忍着浑身不适的感觉，对门缝里的东西说："我知道你在里面，我发现你了。"想来这个东西故意制造出响动是假装离开，目的是为了让林异放松警惕。一旦林异放下手中的武器，它就会从衣柜里爬出来。

林异想用最简单粗暴的方式让这个东西离开，可是那双眼睛一直死死地盯着他，眼神里充满了对林异的恶意和痛恨。

林异明白过来这个东西是在跟他耗时间，林异沉默了一下，对柜子里的东西说："那就耗着吧。"其实夜晚的时间对于林异来说并不难熬，昨晚他睁眼到天亮也没觉得夜晚的时间流逝得有多缓慢。但此时被这只眼睛死死地盯着，林异尝到了时间慢慢流逝的滋味，他还抱着不轻的存储罐，专注得不敢松懈一分。

这一夜对于林异来说不算轻松，不知道过了多久，衣柜里又传来"咚铛"的声音，那只眼睛消失了。林异正在猜想这个东西是不是故技重施时，走廊的喇叭响了起来：早餐，早餐，吃早餐到103室。

天亮了，林异还没放下存储罐，304室的门就被敲响了。

门外传来秦洲的声音："小天才！"

听到秦洲的声音，林异这才松了口气。他放下储存罐时才惊讶地发觉自己的双臂早就麻木了，动一下就跟被无数针扎一样。

嘭嘭嘭！

秦洲的敲门声大了起来："林异！"

林异拖着虚浮的步子上前，给秦洲打开了门。门外的秦洲在看见他完好无损的那一刻似乎也松了口气，随之关切地说："怎么不说话？"

林异指了指自己的喉咙，过了好半天后才声音嘶哑地道："吓哑了。"

三楼的走廊里传来开门声，其他人应该是听到了喇叭的声音，都准备下楼去吃饭。秦洲就闪了进来，然后把门关上。秦洲先看了一眼抵住窗户的衣柜，衣柜已经塌掉一半了，可想而知昨晚的林异经历了什么。

林异揉了揉脖子，轻轻"啊啊啊"了几声，找回自己的声音，随后快速说道："秦学长，'死亡'规则可以确定了，没能阻止那个东西爬进来。"

秦洲回头看他，林异的眼睛红肿着，眼底的乌青更重了，一副疲惫至极的样子。

这个人已经两天晚上没合眼了。

林异看了看衣柜，没有向秦洲述说他昨晚是怎么活下来的，秦洲说过，当人成功避开了一条"死亡"规则，那么就会出现一条新的"死亡"规则。所以昨晚的"死亡"规则过期了，他问秦洲："'死亡'规则作废的话，我的纸条还能吸引 7-7 怪物吗？"

秦洲说："能。"

"因为新的'死亡'规则出来，不代表已有的'死亡'规则作废，它只是增加了。"

林异："这么算起来，那我昨晚没有死掉，想想也并不是好消息。"

秦洲正要说什么，林异把他的话抢了："不过对于秦学长来说很不错，你的好搭档还活着。"

秦洲沉默了一会儿，随后问道："昨晚看见什么了？"这才是重点，也是寻找新的"死亡"规则的一条线索。

林异说："那个东西有一双手，也有眼睛。"

秦洲皱眉问道："人？"

林异不敢保证，只是说："宿管老头和窗外的东西不是一伙的。"

秦洲："怎么说？"

林异说："宿管老头提示过，外面很危险，现在想来大概率就是指昨晚要进来的东西。如果他们是一伙的，就没必要这么说。"

秦洲："你的意思是继续去宿管老头那里找线索？"

林异点了点头："秦学长去。"

秦洲："那你呢？"不用林异说，秦洲也猜出来，"准备吸引怪物了吗？"

"是的。"林异说，"'死亡'规则越多，怪物就越容易引诱我们中招，还是提前找出来比较好。"

秦洲问："打算怎么做？把纸条给他们吗？"

"不了。"林异说，"我昨晚想了很久，天才的出场方式还是要隆重一点。"

103室，五个人食不知味地吃着早餐，屈嘉良看林异和秦洲都没来，声音颤抖着说道："昨晚，不……不会是他们两个吧？"

程阳第一个不同意："乌鸦嘴。"

屈嘉良"哼"了一声说："其实你的心里还是希望是他们的吧，装什么呢？"

周伶伶也放下碗筷，程阳一直对她们这两位学姐挺尊重的，所以帮着程阳说了话："不希望同伴死有错吗？"

屈嘉良说："我有这么说吗？"

周伶伶："对，学长的意思是希望我们死，你活下去。"

李颖害怕地拉了拉周伶伶的衣角："伶伶，别说了。"就在几个人都由于心理压力过大，控制不住自己的情绪，要吵起来时，秦洲突然出现在103室的门前。

秦洲的目光一扫，众人就噤了声："找到线索了吗？没有就都闭嘴。"

众人不敢反驳他，都低下头，秦洲说："林异找到线索了，都给我认真听着。"然后他往旁边挪了个身位，露出他背后的林异。这是小天才想到的隆重的出场方式。

众人都惊喜地看向林异，至少他们表面上都是这样，只是他们当中有一个人轻轻地摩挲了一下筷子，感受着筷子尖锐的一端。

林异和秦洲都在不动声色地打量 103 室里的五个人，屈嘉良，徐厦知，程阳，李颖和周伶伶。其实林异还是很不习惯被人注视，尤其是这些眼神中蕴含了太多的情绪，他硬着头皮说："昨晚我被找上门了。"

这话一说出来，程阳立刻打了一个激灵，其他人也纷纷露出惊恐的表情，眼神变得有些迫不及待。他们都想知道林异昨晚经历了什么，最重要的是林异到底是怎么活下来的？

"'死亡'规则是'没能阻止 NPC 从窗户爬进来'，如果窗户是打开的，就说明被'死亡'规则盯上了，不过只要想办法阻止 NPC 从窗户爬进来，就可以避开这条'死亡'规则。"

林异一说完，众人立刻就坐不住了，他们并不知道窗帘之后的窗户是不是开着的。

于是 103 室的五个人立刻就要回到自己的房间查看，屈嘉良和徐厦知都站起来了，这时候林异又说："不过，还有个坏消息。"

程阳脸上的表情都有些收不住："哈？林异兄，说话大喘气要死的人！"

林异看了程阳一眼，然后又看看其他人，他并不是心理专家，他只能试图从他们僵硬的脸上分辨出他们想表达的东西。这样的认真观察让他发现了第一天夜里秦洲脸上所流露出来的防备和观察。

秦洲也相信他的能力，拍了拍林异的肩膀，转身离开了 103 室，去值班室找宿管老头那儿找线索去了。

林异一边说，一边打量着这些人。

"当一条'死亡'规则作废后，会出现一条新的'死亡'规则，不过上一条'死亡'规则仍旧存在……"

程阳是听到好消息后突然又听见一个坏消息，脸上惊喜的表情来不及收拾就又流露出本能的惊愕的表情，所以表情显得很奇怪。程阳没有问题。

屈嘉良的嘴唇翕动着，想更具体地问些什么。但脸上露出心虚、愧疚的表情，应该是趁着他和秦洲不在时说了什么，导致屈嘉良想开口又不好意思开口，只能用眼神紧紧地盯着自己。屈嘉良没有问题。

屈嘉良旁边的徐厦知，这个人一直很安静，每次屈嘉良和别人吵架的时候他都会出面制止屈嘉良。林异看得出来，这个人倒不是为了维持和谐友爱的气氛，只是不希望屈嘉良和别人在规则世界里起冲突，看似在劝屈嘉良实则是在保护他。徐厦知是有点心计的，而此时，徐厦知听到了这个消息后的第一反应是看了屈嘉良一眼，然后视线在林异与屈嘉良之间来回转移，看起来在思索着，似乎在琢磨林异说的话的可靠性。有心计，加上有想保护的人，徐厦知的反应也很正常，徐厦知没有问题。

然后就是两个女生，周伶伶的胆子比李颖大一些。因为七个人中只有她们两个女生，周伶伶便伸手和李颖的手握在一起，给她安慰。林异看见周伶伶抓李颖的手有些用力，说是给李颖安慰实则也是自己找安慰。周伶伶没有问题。

最后一个人李颖，李颖是所有人中胆子最小的，性格内向，基本只和同为女生的周伶伶说话。李颖在听到林异的话后，眼圈一下子就红了，眼眶里转着眼泪，仿佛下一秒钟就要哭出来。但这个时候在这种地方，哭解决不了任何问题。而且周伶伶的注意力也一直在林异身上，腾不出精力来安慰李颖，于是李颖的另一只手不断地揉着眼睛，不让眼泪掉下来。林异沉默了下来。李颖也没……问题。

"林异兄，那新的一条'死亡'规则是什么？"程阳赶紧问道。

林异道："还不知道。"

"也就是说，虽然我们现在知道了其中一条'死亡'规则，但出现的新的'死亡'规则，依旧是未知的。我们还是得小心翼翼，因为不知道什么时候就会触犯？"屈嘉良没忍住开了口，"那有什么……"

徐厦知猜到屈嘉良要说什么，一把按住他，轻轻摇了下头。

屈嘉良吸了一口气，看着林异："林异同学，我没有别的意思，我只是……只是……"只是了半天没说出个所以然来。

这个时候程阳也没工夫怼屈嘉良了，他凑到林异跟前："林异兄，新的'死亡'规则你有线索吗？"

周伶伶和李颖都看着林异，周伶伶也跟着问道："你昨晚能避开'死亡'

规则，新的'死亡'规则你也一定有猜测的吧。"

林异正要开口，这时候秦洲回来了，抬眸扫了众人一眼："你们只有嘴？"

"秦学长。"程阳摸了摸后脑勺，不好意思地说，"如果你需要一个冲锋陷阵的人，我一定义不容辞，可是找线索这种需要高智商的事我是真不行，更别说依靠线索来猜测'死亡'规则，就算把'死亡'规则告诉我，我也不一定能听懂。"他还给秦洲打了个比方，"我房间里就几把破琴，我真的猜不出来这几把琴和'死亡'规则有什么关系。而且林异兄提供的那条'死亡'规则也证明，确实没有关系，还好我没抱着看。"

林异闻言看了秦洲一眼，秦洲注意到了，不过没有回头，只对其他人说："回去检查你们的房间的窗户。"

屈嘉良说："洲哥，第二条'死亡'规则已经出现，你能确定拉开窗帘不是一条'死亡'规则吗？"

秦洲深深地看了屈嘉良一眼："我不确定，但是你想得到其他方式吗？"

林异想了想说："第二条'死亡'规则应该是，不能被窗外的东西看见。"

徐厦知问："有线索指明吗？"

"没有线索。"林异道，"不过昨晚那个东西一直在看我，兴许是它在试验第二条'死亡'规则呢。"

一阵毛骨悚然的感觉瞬间攀上了众人心头。

程阳："又要阻止它进来，又不能被它看见，这根本无解啊！"

"如果，如果是我和伶伶住的房间的窗户被打开。"李颖没忍住，哭着道，"那我们应该怎么办啊？"

女生的力气没有男生大，别说不能被窗外的东西看见，她们连阻止它进来都显得很困难。

"只是一种猜测。"林异道，"查看窗户的时候最好还是别拉开窗帘。"

等大家都回去检查自己房间的窗户了，秦洲才转身看着林异："有没有发现什么？"

"没有。"林异失望地道，"大家都挺正常的。"

秦洲沉默了一下问道："没怀疑过我？"

林异道："秦学长是怪物的话，就没必要承认我的猜测了。"

"怪物的模仿能力很强，单看表情很难有答案，更别说这是7-7怪……"这句话还剩最后一个字时，秦洲的声音戛然而止，他的视线落在了餐桌旁某个位置，那里少了一根筷子。

"那里坐着的是……"秦洲一边回忆着一边看向地面，看地板上是不是掉落了消失不见的筷子。

"徐夏知。"林异看了一眼，琢磨着道，"他带走筷子干什么？"

"不一定是他带走的。"秦洲说，"但你的计划成功了，小心筷子，也小心他。"

秦洲又看了林异一眼，随后说："301室住的人是周伶伶，房间里有很多棉质用品。302室住的人是李颖，房间里有很多书。303室住的人是程阳，房间里有琴。你的房间和我的房间就不用说了吧。306室和307室没有住人，之后308室住的人是徐夏知，房间里有很多烟草，309室住的人是屈嘉良，房间里有很多潜水用品。这些线索还不知道有什么作用，但明显和'死亡'规则没有关系。"秦洲解释道，"之前之所以没有说，怕影响你的思路。"这些都是秦洲在王铎死的那天早上看见的。

林异之所以没问，其实也是觉得秦洲不说，那么线索的作用就不大，甚至可能没有用。不过秦洲现在说了……

"秦学长，我没有怀疑你。"林异无奈地说，"我真的拎得清，没骗你。"

秦洲"嗯"了一声说："我找过宿管老头了。"

林异赶紧问道："怎么样？"

十分钟前，就在林异给大家解释"死亡"规则的时候，秦洲去了值班室。和昨天一样，值班室的门是锁着的，窗户也是关着的。秦洲没敲门，也没推窗，他径直走到公寓门前，试探着碰了下大门，果然，值班室的窗户突然被打开，宿管老头紧紧地盯着秦洲："你要出去？"

秦洲顺势说："对。"

宿管老头脸色阴沉地说："你确定要违背约定吗？"

"约定？"林异问道。

秦洲还没有给出答复，三楼突然有人发出一声惨叫，二人对视一眼，飞奔到三楼，三楼 309 室，屈嘉良跌坐在地上。

徐厦知的安慰显得很无力："就算窗户是开的,但林异也躲过去了。"

屈嘉良却什么都听不进去："可他昨晚就只有一条'死亡'规则,现在有两条'死亡'规则! 我要怎么躲? 徐厦知,你告诉我怎么躲?"

门外的林异看着秦洲,小声地问："秦学长,你觉得那个东西今晚还会找我吗?"

秦洲说："想听真话还是假话?"

林异想了想："假话吧。"

秦洲："不会。"

林异竟然笑了一下，又说："那真话就是……"

被秦洲打断："不只那个东西会找你,怪物也会带着筷子来找你。"

"这么说起来。"林异说,"我好像是最惨的。"

秦洲正要再说点什么,309 室又有动静了。

"徐厦知……"屈嘉良突然想到什么,扑到徐厦知身上,揪着徐厦知的衣领,"你房间的窗户是关着的吧?"

徐厦知面露难色,他猜到了屈嘉良要说什么。

果然,屈嘉良说："今晚让我去你的房间好吗? 这样我就不会死了。"见徐厦知不说话,屈嘉良又接着说,"'死亡'规则没有说不允许串门,徐厦知,你救救我,救救我。"这是最简单的办法,也是最危险的办法。

一旦房间里没有人,那个东西更容易从窗户进来。虽然房间里没有人,但"死亡"规则已经达成,谁也不能保证那个东西会不会追着屈嘉良到徐厦知的房间去,更无法保证,那个东西会不会顺便把徐厦知一起杀了。

秦洲看了林异一眼,发现林异正盯着徐厦知思索着什么,于是问："看出什么来了?"

林异招呼秦洲往边上靠了靠,随后小声说："他有点奇怪。"

秦洲问："谁? 徐厦知?"

"嗯。"林异说,"我感觉徐厦知不想让屈嘉良去他的房间。"明明林异刚刚看倒徐厦知是在保护屈嘉良的。

秦洲盯着林异，过了一会儿说："这正常。"

林异："怎么说？"

秦洲："人性。"

林异抿着嘴唇沉默下来。

秦洲："有工夫琢磨这些，不如想想你今晚怎么过。"

两条"死亡"规则，再加上已经被7-7怪物盯上，林异今晚必定很难熬，但他们目前的线索就这么多，二楼走廊两侧楼道的门还是锁死的，想要有突破还得去找宿管老头。两个人又去了一楼，不过这次宿管老头只是紧紧地盯着他们，就算秦洲再去碰公寓的大门，他也不说话，就一直用让林异感到很不舒服的眼神看着他们。

这边碰了壁，林异提议去看看其他宿舍，虽然他和秦洲的想法也是一致的，认为每间宿舍里的东西和"死亡"规则无关，但既然存在，一定也代表着什么，不过最主要的是，早餐的时候消失了一根筷子。

他们每间宿舍都去过了，借着查线索的理由，把每间宿舍都翻了个遍。其他人都是愿意他们两个人来查找线索的，毕竟一个是学生会主席，另一个发现了"死亡"规则，只可惜每个房间都看过了，他们没有找到那根在早餐时消失的筷子。

回到304室时，林异只好拿出了一张纸，把每间寝室里还不知道有什么用的线索记录下来。

301室，周伶伶，棉质用品。

302室，李颖，书籍。

303室，程阳，琴。

304室，林异，存储罐。

305室，秦洲，衣服及化妆品。

308室，徐厦知，烟草。

309室，屈嘉良，潜水用品。

秦洲看着林异的字，字迹很工整，一笔一画，看着就像品学兼优的小学生字体，问："有什么想法吗？小天才？"

林异摇了摇头："暂时没想到，所以先记录下来。"

秦洲又问："晚上呢？打算怎么过？"他抬头看了看抵在 304 室窗户前的衣柜，就算没有第二条"死亡"规则，这个衣柜今晚想堵住那个东西也显得很困难，他问这句话的时候，走廊响起了搬动东西的声音。通过声音很容易就分辨出来，这是搬动大物件的声音。

林异打开门，果然看见徐厦知在把自己房间里的大物件往屈嘉良住的 309 室搬。

隔壁 303 室的程阳也探着脑袋看，看见徐厦知一个人搬得吃力，他小声嘀咕了一句"我真是菩萨心肠"，接着就上前去帮着徐厦知搬柜子。

屈嘉良的惨叫其他人都听见了，其他人都知道屈嘉良住的 309 室的窗户是打开着的，见程阳上前帮忙，周伶伶也从 301 室出来去帮忙，剩下李颖红着眼睛站在走廊里看着大家。

林异和秦洲都没动作，林异知道这些大物件其实没用。就算再搬来十个衣柜堵住窗户，那个东西的指甲也能挠破。如果不用其他办法阻止，那个东西进入房间只是时间问题。这一点在林异刚刚去 309 室找筷子的时候向屈嘉良提起过，屈嘉良跟失了魂一样，没有应声，也不知道他是听见了还是没有听见。

秦洲则在打量这些人，怪物的模仿能力很强，学人说话学人做事，也学人的表情。

"徐厦知基本可以排除。"秦洲说。

林异点了点头，秦洲之所以这么说，是因为徐厦知是第一个把大物件搬出房间再搬到别的房间的人，但前一天林异也有搬动衣柜的动作，他们并不能确保怪物有没有看见林异的这个行为，所以秦洲用了"基本"这两个字。

"那程阳可以完全排除。"林异说。

程阳是第一个主动去帮忙的人。

所以，剩下的周伶伶和李颖。周伶伶是看见程阳去帮忙，然后也立即去帮忙。李颖则是在原地胆战心惊地看着，流露出一种兔死狐悲的感觉。

秦洲说："怪物确实会学人类，但不代表它会立即用上。"

林异想了想说："秦学长是在怀疑李颖学姐吗？"

秦洲不动声色地看了一眼李颖："她的存在感一直很低，话也很少。"

7-7怪物一直以"待补充"状态存在于校园守则上，证明7-7怪物是棘手的，比其他怪物更难对付一些，不过这次林异却和秦洲有了不同的看法，他更加怀疑周伶伶。很多时候，周伶伶都是别人先说了，她再跟着说。现在也一样，程阳先去帮忙，周伶伶才跟着去帮忙。

发现林异不吭声了，秦洲猜到林异的想法，他也看了看周伶伶。大物件不轻，徐厦知和程阳搬动时都露出了吃力的表情，所以周伶伶也有吃力的表情。但凡徐厦知搬动的东西再轻一点，对于男生来说不算重的东西对女生来说就不一定了，如果周伶伶没有流露出吃力的表情，那么就很容易锁定7-7怪物。

等他们帮着徐厦知把大物件搬进309室后，屈嘉良发出了暴怒的声音："徐厦知，你做这些有什么用？你真的想救我，就让我去你的房间，你不想救我，就别假兮兮的，你把这些东西搬走，我！不！需！要！"

程阳"哎"了一声："我说屈嘉良学长，帮你是情分，不帮是本分。你凭什么让人家命都不要了来帮你？林异兄的房间的窗户也是打开的，为什么林异兄就能自救，你就不能？"

"不要这些东西，是吧。"周伶伶的声音也响了起来，"不要算了。"

林异和秦洲对视一眼，周伶伶总是要别人先说先做，她才会跟着说跟着做，除了第一晚，她戳了戳林异的后背。

秦洲说："她在戳你的后背之前，王铎戳过我的背。"不过他的目光仍然停留在李颖的身上，李颖没在走廊站着了，她去了309室。路过林异和秦洲所在的304室时加快了脚步，随后拉过周伶伶，对她小声地说："伶伶，他……他不需要帮忙就算了，你回来吧，我……我一个人害怕。"又是模仿的行为。

"大概率是她们两个人中的一个。"秦洲也没有否定林异，收回视线后看着林异说，"你都提防着点。"不然又是要阻止那个东西进来，又不能被看见，还要担心被7-7怪物找上门，林异的生存空间被压得很小，事实上压根看不见生机。由于多了一扇打开的窗户和多了一条新的"死亡"

规则，这天的午餐和晚餐基本没有人去吃。

很快，又到了夜晚，天一黑下来，林异就听到了脚步声，不过不是从打开的窗户传来的，而是从走廊。林异看了一眼已经变形的衣柜，又溜到门边把耳朵贴在门上，想听听脚步声到底是从周伶伶住的 301 室传来的，还是从李颖住的 302 室传来的，然而他听着听着，表情就变了。这个脚步声既不是从 301 室传来的，也不是从 302 室传来的，而是从走廊的另一头发出来的。

309 室！屈嘉良根本没有在房间里待着，他跑出了房间！如果，如果那个东西从 309 室的窗户进来，没有找到屈嘉良，就会有两种可能，一是去找屈嘉良，二是来 304 室找一直待在房间里的林异，并且这一夜和他死磕。

秦洲也发现了屈嘉良的做法，骂了一句后，敲了敲墙壁："小天才，你……"话还没说完，林异房间里衣柜就发出了声音。

那个东西来了！和昨晚一样，304 室被彻底隔绝开了，秦洲的声音戛然而止，林异一个闪身，抱起存储罐就跳到了衣柜顶上："拜托了。"他对变形的衣柜说，"咱们都坚持一下。"变形的衣柜颤抖了两下，还真把他的重量给托住了。

如果要阻止那个东西进来，还不能被那个东西看见的话，就只有待在衣柜上面，这里对于那个东西来说，是整个房间里唯一的视野盲区，而且他就在衣柜的顶上，那个东西想要进来的话，他的个子高，手臂也不算短，可以继续用存储罐来砸它。

林异稳住身形后，低头往下看。

昨晚就看见的那双手又扶住两扇衣柜门，他想也没想直接砸了过去，那双手立刻缩回了衣柜里，虽然林异看不见，但是他能猜到那个东西一定又和昨晚一样，在通过那条门缝偷窥房间里。这个时候它还没有暴动，就说明他到目前为止还没有满足"死亡"规则。而第二条"死亡"规则，也有极大可能就是不能被它看见，林异全神贯注盯着衣柜的门缝，那个东西没有在房间里看见人，便又伸出手来想推开衣柜的门。

"嘭"！林异又砸了一下，那个东西凄厉地叫了一声，似乎是感觉到被戏弄，愤怒地在衣柜里摆动。衣柜发出不堪重负的声音。

林异抿了抿嘴唇，他不敢再把全身的重量都压在这个不知道什么时候就会破碎的衣柜上，而是挪到墙角，身体往墙壁靠了靠，想借用墙壁分担自己的重量。他刚想这么做，眼前突然一闪。

一个红点亮了一下。

林异愣了一下，这个红点是他非常熟悉的，几乎在思考前，他下意识地就锁定红点闪烁的位置，那是，吊顶上的灯？此时灯光又沉寂了下去，隐没在黑夜之中，刚才闪烁的那个红点仿佛从来没有出现过，不过不等林异去验证自己是不是看错了，突然感觉屁股一痛。

衣柜里的东西似乎发现了林异就躲在衣柜顶上！衣柜顶被戳出了好几个小洞之后，衣柜的摇晃就消失了，林异知道这个东西在通过这些小洞寻找他在哪里。

林异不敢再分神，又往墙角缩了缩，尽量去找视野盲区，现在的情形已经对他很不利了，衣柜顶没有缝隙，露出来的只有那个东西的指甲，林异手中的储存罐如果砸不到它的手，去砸它的指甲的话，等同于用一杯水去浇灭山火，还没靠近就会被高温蒸发。可现在林异也没有别的办法了，他如果从衣柜顶上跳下去，那个东西就会看见他，那就等于再无逃脱的可能。他看向房间的大门，心里有一丝害怕，如果在7-7怪物找到他之前，他就先被 NPC 杀死了，那么应该怎么办？

房间里十分安静，林异能感觉到那个东西在慢慢地寻找猎物，林异的心提了起来，他现在非常地害怕。自救的机会已经没有了，他心里唯一的期盼是这个时候7-7怪物能够敲门。哪怕是死，死在7-7怪物手上都好。

林异低下头，他被看见了，"死亡"规则成立！

那个东西兴奋地大叫起来，伸出双臂要去拉林异。就在它的手触碰到林异的衣角的那一刻，走廊里传来无比凄厉的惨叫声。林异立刻就分辨出来这个声音是属于屈嘉良的，他没空去管屈嘉良遭遇了什么，拿着储存罐就去砸抓他的那双手。

他要在"死"前再拖延一些时间，万一7-7怪物来了呢？然而，他这一罐子砸下去，衣柜里的东西收回了手，罐子被坚硬的指甲戳出几个连在一起的洞，里面装着的硬币哗啦啦地撒了一地。之后衣柜里就保持着安静，林异低下头发现那个东西又开始拿眼睛瞪着他，就跟前一晚要与他死熬一样。

林异愣了一下，随即明白第二条"死亡"规则暂时失效了，虽然不知道是什么原因导致的，他又抱紧了剩下半罐硬币的储存罐。

公寓的走廊空荡荡的。

屈嘉良躲在三楼公用厕所的隔间里，他浑身战栗。

不会的，不会的，他只要不在房间里就不会有事。

沉重的脚步声从远处传来。

屈嘉良的心脏都要跳出来了！他屏住呼吸，掩耳盗铃般地用双手捂住耳朵。

"叩，叩，叩！"敲门声只响了三声，就再也没响起来了，但屈嘉良知道，他已经无路可逃了。

嘀嘀嘀——

全息舱的机械音响起：试验人员屈嘉良，感谢您的参与，很遗憾地通知您，这次试验任务失败，已结束全息进程，请你在全息舱稍做歇息，稍后会有专人为您进行全面体检。

第二天的早晨来得格外不容易，在通知他们去吃早餐的喇叭响起后，三楼接二连三地传出尖叫声。林异通过衣柜顶部的洞往衣柜里面看，确定衣柜里又变空了之后，他才如释重负地从衣柜上跳下来。一晚上维持这个姿势，他的双腿都肿了，跳下来的时候直接和地面来了个亲密接触，牙齿都差点摔掉一颗。

"林异！"和昨天一样，秦洲第一时间来敲他房间的门。

林异忍着痛站起身，捂着嘴去开门，门一打开，秦洲松了口气，看着林异满嘴鲜血："那个东西弄得？"

林异摇了摇头，含糊地道："摔了。"然后指了指自己刚才摔倒的地方。他转身去指认现场时，秦洲看见他的屁股。

秦洲："这也是摔的？"

林异说："那个东西弄伤的。"

秦洲看了林异几眼，确定这些都不是致命伤后才说："屈嘉良出事了。"说完，秦洲把门推得更开了一些，外面有不少血迹。

林异虽然猜到屈嘉良凶多吉少，但是听到这个消息还是感到很震惊："昨晚那个东西一直在我这儿！"

秦洲也愣了一下："一直在你这儿？"

二人对视一眼，虽然认识不久，不过已经有了默契，他们离开304室去找血迹的尽头，在二楼的204室。

早餐的时候，众人都毫无精神，如果不是昨天的午餐和晚餐都没吃，这会儿他们也不会下来。程阳看见林异的时候也说不出"恭喜"，虽然他和屈嘉良不对付，但失去一位伙伴，心里还是觉得很难受。

整个早餐时间，大家都没有说一句话，期间秦洲问了问大家窗户的状态，他最先问了有怀疑的李颖，可是不等李颖开口，徐厦知抬头看着秦洲道："下一个是我。"

秦洲看了他一眼，李颖这才说："是……是关着的。"

林异问周伶伶："学姐呢？"

周伶伶回答道："也是关着的。"

程阳自个儿接着说道："我的房间的窗户暂时也没有被打开。"

徐厦知没有胃口吃饭，是强逼着自己吃下去的。吃完早饭后他对林异说："昨晚屈嘉良没了。"

林异想了想："节哀。"

"所以没有新的'死亡'规则出现，对吧？还是原有的那两条：没能阻止那个东西进入房间，被那个东西看见。"徐厦知又问道。

林异微微一愣，随后点了一下头。

"谢谢。"徐厦知说完就离开了103室。

程阳来到林异身边："林异兄，你还好吗？"

林异进入规则世界后就没有合眼，这会儿眼睛和摔伤的嘴皮子一样肿了。

秦洲看了他一眼："吃饱了？吃饱了去休息一会儿。"

林异其实也感觉自己到了极限，再不睡觉的话，他可能会猝死。于是点了点头，虽然没有白噪音哄睡他就睡不着，但闭着眼睛休息一会儿也是好的，林异回到了 304 室，躺在床上闭上了眼睛，干涩的眼睛得到了休息，思维却仍然十分活跃。

昨晚杀人的是宿管老头，就算宿管老头和那个东西不是一伙的，宿管老头也是 7-7 怪物衍生出来的 NPC，永远不可能和他们是一条战线的。他昨晚明明已经让第二条"死亡"规则成立了，从衣柜里那个东西的暴动就可以看得出来。可是为什么那个东西停手了，像是又退回到了仅有第一条"死亡"规则的时候？

"所以没有新的'死亡'规则出现，对吧？还是原来的那两条：没能阻止那个东西进入房间，被那个东西看见。"

林异突然睁开眼睛，从床上爬了起来，把在一旁察看衣柜洞孔的秦洲吓了一跳，秦洲问："你干什么？"

林异要把衣柜挪开："秦学长，帮忙搭把手。"

秦洲看着他："先说你要做什么？"

林异急不可耐地挪动衣柜："徐厦知说得没有错，就算屈嘉良死得古怪，但是不影响我们确认'死亡'规则。"

秦洲愣了一下，然后明白了林异要做什么。

已经确认的"死亡"规则：

一是没能阻止那个东西从窗户爬进来。

二是被那个东西看见。

并没有从窗户往外看，所以林异现在要挪开衣柜，撩开窗帘看看窗户外面，公寓里找不到更多的线索，说不定窗户外边会有。

"确实是没有这条'死亡'规则。"秦洲暂时拦住林异，"如果那个东西就在你的窗户外边呢？你撩开窗帘，它也就看见你了。"

林异摇了摇头道："秦学长，屈嘉良并不是死在那个东西的手里。他昨晚没有待在房间里，而且那个东西一直在我的房间跟我死磕。还有我明明已经满足了第二条'死亡'规则，但那个东西突然就停手了。秦学长,有没有可能 7-7 规则世界是双线并行。你还记得宿管老头说的'约定'吗？ 7-7 规则世界里,主线的'死亡'规则和打开的窗户有关,副线和宿管老头的'约定'有关,是屈嘉良触发了副线的'死亡'规则,所以原本确定的第二条'死亡'规则才失效。"

秦洲垂眸思考着:"你是说,宿管老头有特定的'死亡'规则。"

林异问:"有这种可能吗？"

秦洲点点头说道:"有。"

林异点头道:"如果是这样的话,所以其实已经确认的'死亡'规则是：没能阻止那个东西进入房间和在夜晚离开了房间。"

秦洲说:"让开。"

林异:"啊？"

秦洲敲了敲衣柜:"我来看。"已经变形的衣柜一碰就会垮,根本用不着两个人一起去抬。秦洲一个人就把衣柜挪开了,他也没有直接掀开窗帘,而是慢慢地拉开窗帘的一角,抬眸向窗外看去。秦洲的脸色一变,眉头紧紧地锁了起来。

林异坐在床边好奇地问:"秦学长,你看见什么了？"

秦洲:"那个东西。"

林异抓紧了被子:"是什么？"

秦洲:"一个……"

"是一个什么？"林异问。

秦洲偏头看他:"花瓶。"

"花瓶？"林异觉得有点蒙,那个东西明显有手,怎么会是花瓶？忽然,他停住,然后盯着秦洲不可思议地道,"不会是……"

秦洲颔首道:"就是你想的这个。"

林异没在床上坐着,他跑到窗帘边。秦洲让出了一个身位给他,林异撩起窗帘的一角,朝外面看去。

公寓外面还有一个不大的平房,平房并不是住宅的样子,看起来更像是一个被改造出来的马戏团之类的地方,平房的房檐下还挂着一条破旧的横幅,依稀可以辨认横幅上的字,写着:"珍奇小屋花瓶姑娘,观看一次二十元。"

平房已经残破不堪了，透过平房的窗户可以看见平房内摆着的花瓶。

林异的视力很好，他比秦洲看得更远，也更清楚。

花瓶并不是完好无损的状态，在底部破了一个口，花瓶里的人长年累月地生活在花瓶里，它的身体适应了花瓶。林异看见它突然转头，死死地盯着在窗户后边偷看的他和秦洲。

"过来！"秦洲也一直在旁边看着，看到它朝着林异看过去的时候，他把林异往旁边拽了一下，虽然不能被它看见的"死亡"规则暂时失效，但能不被看见还是尽量不被看见。

窗帘挡住了林异的视线，304室有了诡异的安静。

秦洲问："你有什么想法？"

林异拿出了昨天放进兜里的纸条，把折叠好的纸条打开，看着纸条上的内容，上面还差一个310室，他问秦洲："秦学长，你觉得310室的那些食品是310室本身的物品，还是那个花瓶姑娘带进来的？"

秦洲反问道："昨晚它来找你的时候，空着手吗？"

林异想到那双手，然后又在纸上添了几笔，补全所有的信息。

310室，王铎，食品。

林异写完了后，盯着纸条说："秦学长，房间里的东西可能跟'死亡'规则没有关系，但看起来更像是我们的死亡方式。"他用手指着纸上王铎的信息说，"如果310室本身就存在食品的话，花瓶姑娘在为我们设计死亡方式。"

秦洲盯着纸上的信息看了看，突然唤道："小天才。"

林异抬头："嗯？"

秦洲说："杀人犯大致可以分为两种，一种是杀人取乐，有属于他自己的特定作案手法。另一种是有目的的杀人，或是为钱为仇，有一定原因的杀人，除了冲动型杀人，这种杀人犯往往会制定一个周密的计划，其作案手法一般与受害人的身份有关。"

林异微顿："秦学长认为花瓶姑娘是属于第二种杀人犯。"

秦洲的下巴一抬："每个房间里存在的东西就是我们身份的象征，所以，它不仅是第二种，还是仇杀。"

思路一下子被打开，林异的思维变得活跃起来，环顾304室四周道："这栋公寓很有可能原来就是员工宿舍，给珍奇小屋的工作人员居住的。他们靠花瓶姑娘赚钱，应该出了什么意外，让花瓶姑娘从花瓶里出来了。现在它要找这些人复仇……"林异说，"所以这栋公寓楼唯一的崭新的大门紧闭，就是用来防止花瓶姑娘进来，我们的身份应该也是珍奇小屋的员工。"

林异说着说着，自己又提出一个疑问："不过宿管老头呢？如果宿管老头也是珍奇小屋的员工，他和我们的目的一样，都是要躲避花瓶姑娘。但他的'死亡'规则为什么是不允许屈嘉良在夜里离开房间？"

秦洲盯着林异看了一会儿，人确实不笨，不过对人性方面的思考还很幼稚："我们的身份不是珍奇小屋的员工，只有宿管老头是珍奇小屋的员工。"秦洲说，"我们只是他用来吸引花瓶姑娘仇恨的诱饵。"

林异细细思索了一下，他觉得秦洲说得有道理："秦学长，宿管老头说过'约定'，如果我们是诱饵的话，宿管老头就没必要和我们约定，人在什么都不知道的情况下才是最好利用的。"

秦洲说："如果他的约定只是更好地让我们当诱饵呢？"

林异想了想说："可约定一般是双方达成共识，只有一方的约定怎么算约定呢？"

秦洲说："登记簿。"

林异立刻就想起来了，登记簿有几页被撕掉后留下来的毛边。

"被撕掉的部分大概率就是约定的内容。"秦洲说，"一旦我们违反约定，他会亲自动手处理掉违背规则的我们，这么算起来，宿管老头的'死亡'规则也能勉强和主线存在关联，让7-7规则世界更加完整。"

林异被说服了。

秦洲这么一说，一切就都解释得通了。他昨晚看到的红点不是幻觉，那是林异非常熟悉的东西——针孔摄像头。记忆里，他在察觉到父母的异常之后，就买了针孔摄像头装在家里。

宿管老头也是一样的，他要确保夜里时，每个人都待在自己的房间里。不然花瓶姑娘进入公寓，找到他，他就完了，所以昨晚离开309室的屈嘉良，是死在了宿管老头的手上。

林异把监控的事对秦洲说了，用来证明秦洲的推测成立，然后又问秦洲："秦学长，我们现在算是知道了7-7规则世界的主线吗？可以去找7-7怪物复盘了吗？"这么一看，7-7规则世界算是简单的，只是他们对"打开的窗"这个条件先入为主了，从一开始就认定窗户会有危险，如果不是已经知道这几条"死亡"规则，就连林异也不敢贸然撩开窗帘往外看。

秦洲重复道："监控？确定没看错？"

林异肯定地道："不会看错。"

秦洲脸色复杂地看了他几眼，林异说："实不相瞒，我以前被偷拍过，所以对摄像头很敏感。"

秦洲说："你就把我当傻子吧。"随后接着道，"求稳的话就先找到登记簿被撕掉的纸，我们现在得出的答案都只是推测出来的，只有找到了这东西，并且约定内容确实是把我们当诱饵，才能证明答案是正确的。"

林异抬头看着头顶的灯。

秦洲说："如果约定中有不允许拆灯呢？"

林异说："秦学长说得有道理。"

知道林异胆大，秦洲说："再说，7-7怪物还没找到。"

林异终于沉默了下来。

7-7怪物到底是李颖还是周伶伶？或者其实是程阳？林异不敢保证，他听见秦洲说："一旦找错了人，所有人都会死，包括它替代的那个人。"

林异问："被怪物替代的人还可以活着吗？"

秦洲说："可以，只是他什么都不记得，生死也只能靠队友了。"他停顿了一下继续说道："王铎就是上个规则世界里被怪物选中的人。"

林异想到王铎的遭遇，又想到了自己，一时不由得感慨地道："被怪物选中的人是幸运的，也是不幸运的。"

秦洲反感地问道："这有什么幸运的？"

林异摸了摸鼻子，小声地解释："幸运是因为被选中的人不会踩中

'死亡'规则了。"

　　秦洲说："林异小天才，如果你是被怪物选中的人，你会放心地把生死交给别人？"

　　"如果是秦学长的话，我还是比较放心的。"林异想了想，认真地说，"如果秦学长不幸被选中，我会努力带秦学长平安地出来。"

　　秦洲看着林异的表情，林异是在很认真地思考这个问题。

　　"谢谢你的好意。"秦洲说，"但是请你不要乌鸦嘴。"

　　林异憨笑了一下，随后问：“秦学长，你有办法吗？”

　　秦洲：“什么？”

　　林异的眼睛亮了一下，说：“找 7-7 怪物。”

　　相比于去寻找登记簿被撕掉的几张写有约定的纸，林异更想找到 7-7 怪物。

　　秦洲也发现了这点，自从进入 7-7 规则世界，林异一直就表现出来对 7-7 怪物的好奇，或者说兴趣，不过他知道林异不会解释，随即说：“没有什么办法，当人‘死’得足够多，剩下的人足够少时，而恰好你怀疑的目标就在幸存者中，就可以赌一把。”

　　现在的幸存者，除了他们两个，还有程阳，徐厦知，李颖，周伶伶。7-7 怪物不会让 NPC 找上自己，308 室徐厦知的寝室已经打开了窗户，于是剩下的怀疑对象就还有程阳、李颖和周伶伶三个人。虽然程阳并不是秦洲和林异的怀疑对象，但谁也无法自信地排除程阳。

　　林异想了想问：“秦学长，多少算足够少？”

　　秦洲看着林异：“至少要有一半的成功概率。”

　　林异：“哦。”

　　也就是说，要程阳、李颖和周伶伶他们三个人中只剩下两个人的时候，才能放手赌一把。而此时这三个人的窗户都是紧闭状态，不知道什么时候才会打开。他们两个人能做的只有等。可等待在 7-7 规则世界里并不是一件安全的事，这让林异感到有些沮丧，他不想再失去任何一个同伴，尤其是程阳，毕竟程阳还一直为他祈祷呢！

秦洲注意到了林异的沮丧，他非但不安慰，还落井下石："就算找到了 7-7 怪物，我们的推测也只有轮廓。用轮廓去向 7-7 怪物复盘，也不可能成功。"就算他们已经推测出大致的主线，但还需要更多的证据来证明他们的推测，不仅如此，还有不少细节需要完善。

林异显得更沮丧了。

"林异。"秦洲拿食指戳了戳林异的肩膀，看见林异连忙后退的模样，他的食指对着林异勾了勾，"想做点什么？"

林异点点头，他不太喜欢被动地等待，等待会让他产生坐以待毙的感觉。

秦洲便邀请道："值班室和二楼，你挑一个地方。"

林异："啊？"

秦洲看着林异："找细节填充轮廓。"

宿管老头在值班室里盯着监控器屏幕，他一直保持不动的身体突然前倾，有个人出现在监控器屏幕之中，宿管老头认出来了，这是住在 305 室的人！

住在 305 室的这个人又到了二楼！不过这次他是一个人，住在 304 室的同伴不知道去了哪里，所有的监控器屏幕中都没有住在 304 室的人，但宿管老头这时候没空去想住在 304 室的人去了哪里，他看见这个人提着把椅子。

宿管老头顿时变得紧张起来。他要做什么？这个人要做什么？不等宿管老头想明白，只见这个人拿起椅子猛地砸向二楼走廊的大门。

宿管老头这才反应了过来，这个人是想进入二楼。

不可以！他们有约定的，不可以进入二楼！

宿管老头突然站起来一把拉开门。在门外绕着监控死角，来到值班室外边的林异敏捷地往后一躲，然后他注意到值班室的门被拉开了一条缝，宿管老头愤怒地从值班室冲出来朝着二楼跑去。

　　林异没有耽搁，闪身进入值班室。

　　整栋公寓他和秦洲都探索得差不多了，除了二楼以及值班室。进入二楼的门上了锁，明显是宿管老头不想让他们进去。甚至不难确定，一定有不允许进入二楼的约定。昨晚上宿管老头杀了屈嘉良，"死亡"规则就停在"夜里离开房间"上。和林异利用约定的漏洞往窗外看一样，所以秦洲才敢有恃无恐地去砸进入二楼的门。

　　砸门会有两种可能性，如果宿管老头不予理会，那么秦洲就去二楼找线索。

　　如果吸引来了宿管老头，林异就趁着这个机会溜进值班室。

　　现在的情况是第二种可能。

　　林异不知道秦洲能坚持多久，他的目光快速地在值班室内扫过一圈，然后看到了还没关闭的监控器屏幕，宿管老头果然在监视他们的一举一动。有这些监控器，他和秦洲的推测正确率有了百分之二十，不过这还远远不够。

　　林异快速地在值班室翻找，值班室地方不大，里边的东西不算多，但想找到登记簿上被撕掉的几页纸也犹如大海捞针，不过有个专门堆放文件的地方，林异就在这堆文件里翻了翻。文件大多是一些进货单，购入的货品有花瓶，但大部分是白醋，所以这个能让人生活在花瓶中的特殊材料，就是白醋。他继续翻找，随后被一张手写的证明吸引了注意。那是一张手写的出生证，并没有多少内容。只写着性别和出生年月日以及开具证明的乡镇卫生院的签名。

　　性别：女

　　生于 2000 年 7 月 1 日。

　　林异停顿了一下，又拿过那摞白醋的进货单，第一张白醋进货单上的时间是：2000 年，7 月 5 日。有什么念头在林异的脑海中一闪而过，他却及时地把即将活跃起来的思维控制住了，因为现在显然不是适合思考的时候。他的最大目的是找到登记簿上被撕下来的条约。

　　林异把进货单以及出生证一股脑儿地塞进自己的兜里，然后又继续开始翻找，不过这次却没再找到什么，他停下来试着代入宿管老头的想法。既然登记簿里有不能告诉他们的约定，当他们都已经签署自己姓名后，约定就不再是什么隐晦的秘密，如果他是宿管老头，他或许会把撕下来的几页纸重新粘贴在登记簿上，让约定以白纸黑字的形式呈现，这么想着，林异回忆着第一天宿管老头进入值班室的时间。宿管老头进入值班室后，立刻就推开了窗户，手里拿着登记簿让众人签字，似乎没有花费时间去寻找登记簿。

林异抬头，看着值班室的那扇窗户，但即使他的视力再好也无法穿过不清楚的玻璃看清外面的情景。他走上去，试着推了推窗户，这一推让他发现了不对劲，窗轨很厚，有一扇窗户是重叠着的！他就这么一推，登记簿就从重叠的窗户处掉了出来，落在了他的面前。

登记簿掉落时翻开了几页，被撕掉的那几页确实被宿管老头粘贴回去了。林异一眼看去，就看到第一晚他没有看到的东西。

《入住约定》

1. 不允许离开公寓。

2. 不允许夜间离开房间。

3. 不允许进入二楼。

4. 不允许……

林异还没看完，忽然有对话声从值班室外响起，源头来自二楼的楼道，他猛地一抬头。

只听秦洲大声说道："三楼的厕所刚出了事，我去二楼上厕所不行吗？"这是秦洲给林异的提示，林异赶紧把登记簿放回原位。做完这个动作，他拉开门要离开，门却从外边"嘭"的一声关上了，紧接着是反锁的声音——他被锁在值班室里了。

秦洲提示林异离开的声音还在继续："那你想办法把三楼的厕所打扫干净啊，现在谁敢去上厕所？"

林异的心里咯噔一下，他紧盯着门："谁？"

其实已经不用问了，秦洲还在和宿管老头周旋，证明宿管老头有回来的迹象，但还没有回来，宿管老头还是被秦洲绊住的。而且秦洲故意又砸了一下二楼的门，给林异足够的时间处理痕迹再从值班室离开。所以，把他锁在值班室的，只有 7-7 怪物。

值班室外，公寓大厅的灯把 7-7 怪物的影子映在了玻璃窗上，它站在玻璃窗外，高举起了那根已经被它削尖的筷子，只要林异打开窗户来看它，它就把这根筷子插进林异的眼里。

"林异兄。"它想象着那个画面，兴奋地咧开了嘴，说，"是我啊。"

林异一把拉住门把手，整扇门被他拉得直摇晃，但是门锁却始终在阻止他打开这扇门。他听见 7-7 怪物说："林异兄，是我啊。"

程阳的声音！竟然是程阳！这一刻，林异升起了一种庆幸，还好他和秦洲组了队，还好他听了秦洲的劝，没有贸然去找所谓的怪物。不然所有人直接团灭。

门锁很结实，秦洲还在拖延宿管老头，但其实宿管老头就算当场逮到了他，他也不会有生命危险。毕竟"死亡"规则暂时定格在了"让花瓶姑娘进来"和"夜晚离开房间"上，这么想着，林异紧紧地盯着门，仿佛要穿透这扇沉重的门，去看外边的 7-7 怪物。他的手心不自觉地出了汗，心脏在一瞬间吊到了嗓子眼。林异握了握拳头，嗓子仿佛被一双手掐住，他盯着门板问 7-7 怪物："你，认识我吗？"

值班室外安静了下来，7-7 怪物并没有回答他。

林异又重复了两句，外边依旧死寂一片，这样的死寂让林异忽然就变得冷静下来。

7-7 怪物能回答他？那才有鬼了。这么想着，林异向前走了一步，来到了窗户前。门被锁住，就只有窗户这么一个出口。他的手刚摸到玻璃窗，却忽然停了下来。

"怪物的模仿能力很强。"耳畔响起了秦洲曾经对他说过的话。

"学人说话学人做事，也学人的表情。"

学人说话，林异定定地看着窗户，一窗之隔，7-7 怪物又把筷子朝前移了两分，它感觉到了林异的靠近。它变得兴奋起来，然而这样的兴奋并没有维持很久，它咧开的嘴闭上了。林异又退后了，像是有了防备。

它又说："林异兄，是我啊。"

林异来到了值班室距离窗户最远的地方，那里有一张让宿管老头休息的单人床。林异站在床头与两面墙壁构成的三角区域。他现在不确定7-7怪物到底是程阳，或是模仿了程阳的声音。但毋庸置疑的是，7-7怪物要杀他。如果7-7怪物配合他，回答了困扰了他多年的问题，他或许会打开窗户和7-7怪物聊聊。但是7-7怪物拒不配合，这就不能怪他了，他得在弄清楚这个问题前活着。

林异刚刚的紧张只是误以为会找到问题的答案，冷静下来后，他就不再觉得紧张了。他不会在这里待太久，他和秦洲约定好了，如果顺利离开的话就回到304室。如果秦洲回到304室没有看见他，一定会折回来找他。这场7-7规则世界的游戏还在继续，7-7怪物不会过早暴露自己，一定会赶在秦洲来找他之前离开。只要他把这段时间拖过去。

这么想着，林异再次环顾整间值班室。他不确定外边的7-7怪物会不会耐心耗尽后推开窗户进来，但值班室里没有什么可以防身的东西，随后，林异的目光就定格在了单人床上的枕头上。他想到了那天早餐后消失的那根筷子，猜测7-7怪物的武器大抵就是这根筷子。于是他把枕头拿在手里，如果7-7突然从窗户进来，枕头能起到一定的防护作用。

"叮咚"，很清脆的一声，在林异拿枕头的时候，枕头中掉出了一把单独的钥匙。林异被这个声音吸引，低头看了一眼，和他们手中拿到的房间钥匙不一样，这把钥匙上没有贴任何数字，不知道是哪把锁的钥匙。

不等林异思考这把钥匙的作用，窗户外又响起了一个声音："林异兄？"

林异抬头道："放弃吧，我不会上当的。"

林异觉得7-7怪物试图反复用声音让他上当的做法，有点侮辱人了，他的话音刚落下，窗户处就有了动静，像是有人在外边推窗户。

林异赶紧拿好枕头，做出防御的姿态。窗户被打开了，沿着窗轨慢慢往一旁滑去，露出一条窄长的视野，一道人影正慢慢靠近，看样子7-7怪物的耐心已经被林异磋磨干净。林异还想往后退，不过他的后背已经抵住了墙，他退无可退，只能去找稍微空旷一点的地儿，这样7-7怪物进来的话，他还有活动的空间。

影子越来越大，7-7怪物靠得越来越近。

就在这时，外面突然响起了秦洲的一声暴喝："程阳！"

　　林异顿时松了口气，这是危险解除后的喟叹，然后他才慢慢来到窗户边，看到秦洲一把抓住程阳。秦洲也看见了他，用眼神示意他赶紧从值班室离出来。林异就从窗户跳出来，他刚跳出来，宿管老头就从楼道那边过来了。林异赶紧在宿管老头到达前，把窗户推了回去。

　　秦洲看了他一眼，见他没出什么事，这才拎着程阳往 304 室走去。

　　程阳挥舞着双臂说："秦会长，快呼吸不上来了，轻点轻点。"

　　林异则跟在后面，一直注视着程阳，到了 304 室，秦洲这才松开他。程阳摸了摸喉咙，一路上秦洲都揪着他的衣领，勒得他有些喘不过气。

　　秦洲把他放开了，程阳咳了一声，委屈地说："会长，你怎么这么对待我？"

　　秦洲盯着程阳："你在那里做什么？"

　　见秦洲问了林异想问的，林异就保持沉默，在一边听着。

　　"救林异兄啊。"程阳说。

　　说着，程阳看到秦洲和林异两个人一脸严肃的样子，他瑟缩了一下："我是坏事了吗？不，不是。我就是听见二楼传出来的动静了，我就想着来看看。看到会长在和那个老头理论，我觉得不对劲。"

　　"然后我就去找林异兄，敲了 304 室的门，没人开门，我就觉得更不对劲了。三楼找不到林异兄，进入二楼的门也是锁着的，那就只有一楼了。"

　　程阳苦哈哈地解释，然后又追问道："秦会长，我坏事了吗？"见秦洲不搭理自己，程阳又去看林异，"林异兄，我真的坏事了吗？"

　　林异问："哪里不对劲？"

　　程阳说："秦会长非要去二楼的厕所，我一想不至于啊，三楼的厕所虽然是凶案现场，但秦会长怎么可能会害怕？而且一楼也有厕所啊，今天我都是去一楼上厕所的，我都知道一楼有厕所，秦会长不可能不知道呗。我一想，秦会长这么做肯定有深意啊，但我又理解不了。"程阳看着林异说，"我就只能求助林异兄了，结果到处找不到你的人。我就懂了，你肯定遇到危险了，要不然秦会长不可能做这种事。"

　　林异看了秦洲一眼，秦洲还盯着程阳在沉思，他想了想说："程阳兄，你跳一下。"

程阳："哈？"

"哦。"程阳就跳了一下，他穿着一件大 T 恤，大裤衩。因为壮，他这么一跳，林异感觉自己的脚下都颤抖了一下。

如果筷子在程阳的身上，程阳这么一跳，筷子必定会掉下来，但并没有筷子掉下来。

做完"跳"这个动作之后，程阳问林异："林异兄，然后呢？"

林异正要开口，秦洲说："你到值班室多久了？"

程阳说："我刚到。我听到值班室有点动静，然后我试探着喊了一声，就在值班室里听见了林异兄的声音。"

"我就推开窗户想救林异兄出来。"程阳解释完了之后又问，"难道我真的坏了你们的事吗？我……我真不是故意的，我一心想着怎么救人。"

"程阳兄。"林异唤他。

"林异兄，你讲你讲。"程阳说。

林异问："你到值班室前，有没有看见什么？"

"看见什么？"程阳回忆着，"好像没有。"

秦洲问得更清楚："人。"

"人？也没看见什么人啊，我到值班室的时候，值班室门前没人。"程阳想了想，忽然愣住……

秦洲见状追问道："谁？"

程阳说："李颖学姐。"

"我当时也很害怕，我坦白，其实要不要救林异兄，我是有点犹豫的。就在我犹豫的时候，我看见李颖学姐从一楼的厕所出来。"说完后，程阳又问，"这算不算看见的人？"

林异盯着程阳看了半晌，并没有看出什么异样。他估计秦洲也一样，秦洲晦气地挥了下手："你回去吧。"

程阳委屈地道："哦。"然后就往外走，走到门边又停下脚步，回头看着秦洲和林异，"那个，我虽然笨，但是如果有需要我的地方，千万别客气。我实在……实在是受够了这种被动等待的状态。"

"快回去。"秦洲还是这么说。

程阳拉开门，忽然背后响起了一句。

林异："程阳兄。"

程阳回头看他："？"

林异问："你怎么知道我被锁在值班室里了？"他咬重了"锁"字。

程阳说："我刚刚不是说了吗？"

"不是。"林异摇了摇头，"你直接推窗户救的我，而不是去推门。你怎么知道门上了锁，而窗户没有？"

"我不知道啊。"程阳莫名其妙地看着林异，"我哪儿知道门上了锁，窗户没上锁。我就是听见了你的声音，怀疑你就在值班室里边。我直接去推门的话，万一有机关呢，推窗户的办法保险一点。"他这么解释着，然后突然害怕起来，"林……林异兄，你怎么这么问我？是……是发生了什么？"

林异看着程阳，他能接受程阳的解释。

秦洲看林异没再问什么了，挥了下手："没有，快回去，天要黑了。"

程阳还想再问什么，林异冲他摇了摇头："没事。"

程阳想了想，最终点了下头，离开了 304 室。

等程阳离开后，秦洲拉过椅子，反着坐下来。双臂抱着椅背，抬头问林异："不是他？"

林异就把第一晚和程阳的小动作对秦洲说了，程阳应该是恐怖电影看得太多了，第一晚的时候他也担心过开门机关，下意识地避开门先去推窗户也是正常反应。

秦洲琢磨着："你和 7-7 怪物没有交流？"

"有。"林异说，"就是程阳的声音，也是程阳的口吻。"

卷入 7-7 规则世界中的八个人，秦洲会叫他"小天才"，程阳叫他"林异兄"，其他人要么叫他的名字，要么在他的名字后面跟一个稍微亲切点的"学弟"。

秦洲皱起了眉头，林异赶紧问："秦学长，怪物的模仿能力强到这个份上了吗？"

"之前没有过，不过7-7规则世界的怪物就不知道了。"秦洲说，"这里死了很多人，不敢保证它的能力有没有增加。"这句话隐藏了一个知识点，秦洲知道林异能明白，不过他还是说了，"被留在规则世界的人最后都会成为怪物的养分，它所吸收的营养越多，伪装的本领就越强。据一个老学长的推测，当怪物吸收足够的营养后，它可能会对其他东西产生欲望，就可能不会甘心只在自己的世界里制定规则。"

林异的手指不由得蜷缩了一下，他听见秦洲又说："非自然工程大学其实也有规则，不是吗？"

为什么每年都会有学生被挑中来到这里，为什么这所学校的学生要被校园守则上的条条框框限制，为什么学校的学生离开学校就会消失？

林异抿了抿嘴唇，小声地说："秦学长的意思是，有一个怪物从规则世界里跑出来了，并且选择了非自然工程大学成为一个现实的规则世界。"

秦洲说："这仅仅是那位前辈的推测，太悲观了，愿意相信这个推测的人很少。"

能让非自然工程大学成为一个规则世界，等它再强大一些，那么整个世界呢？

"那……"林异问，"秦学长的那位前辈……"

"已经不在了。"秦洲说。

秦洲不是很想再在这个话题上继续深入解释，他盯着林异问："所以呢？你找到了什么？"

林异通过与秦洲这几天的接触，已经有些习惯秦洲有什么问题不会直接问的臭毛病，他赶紧把兜里的出生证和几张进货单拿出来，并且递给秦洲。

秦洲一边看一边说："说说你的想法。"

林异说："进货单上的时间是出生证上的时间之后，而含有醋酸的白醋确实有能让骨头软化的能力。如果出生证和进货单有关联的话，这个……"林异指了指秦洲手上的出生证，"这个女婴很可能就是花瓶姑娘。"

"大门紧锁，这个老头十分害怕这位花瓶姑娘，但是又把出生证收藏着……"秦洲思考着，林异插嘴问道："花瓶姑娘是他的女儿吗？"这份手写的出生证其实并没有什么效用，但宿管老头还保存着，说明也有一定的意义，若是毫无作用，垃圾桶是很多废物的最终归途。

"或许是，但他必定是施暴者。"秦洲扬了扬左手的进货单。

林异沉默了一会儿，是为女婴悲惨命运的默哀。过了一会儿，林异把看到的"约定"也对秦洲说了，不过他只瞄到了前三条，其中就有不允许进入二楼。于是话题又回到了二楼。二楼到底有什么？让宿管老头把不允许进入二楼列入到了约定里，甚至一看到秦洲去砸二楼的门，能立即过去察看。

想到这儿，林异忽然愣住。

秦洲："怎么？"

林异说："监控。"

秦洲也愣住了。

宿管老头是从监控里看到秦洲去了二楼，林异在值班室里也确实看到了监控器的屏幕，这栋公寓楼所有的摄像头都是隐蔽的，林异今天能绕过摄像头到达值班室，只是根据公寓楼的环境分析了摄像头可能存在的位置。

林异回忆着他在监控器的屏幕上看到东西，从画面分析全部摄像头所在的正确位置。

"每个房间都有摄像头，二楼楼道两侧各有两个，是在铁门里面，对着门。一楼公寓大厅有……一个。"林异说，"在公寓大门那里。"

"值班室外边没有摄像头？"秦洲问。

林异摇了摇头："没有。"

秦洲又问："大门的摄像头能不能拍到值班室？"

林异知道秦洲问这个问题的原因，如果能拍到值班室，哪怕那么一角，在值班室外驻足良久的 7-7 怪物就会出现在监控器的屏幕里。溜进值班室的林异只专注于寻找线索，并没有多看监控器的屏幕。但只要监控画面里有值班室的一角，他们故技重施，一个人吸引宿管老头，一个人再溜进去查看当时的画面，就能知道 7-7 怪物到底是谁了。

不过林异再次失望地摇了摇头："没有，拍不到。"不然他一出现在值班室附近，宿管老头就会发现他。

秦洲退而求其次地问："在监控画面里看到程阳了吗？"如果程阳是7-7怪物，那么作为7-7规则世界的制定者，必定知道每个摄像头的位置，它不会暴露自己，所以一定会避开摄像头。所以要判断程阳是不是7-7怪物，只要看监控画面里有没有程阳的身影就会有答案。连秦洲都无法盲猜出摄像头所在的位置，程阳必定更不可能了。

林异回忆监控的画面也是为了这个，他闭上眼睛仔细回忆，当时他的心思并没有在监控器的屏幕上，还有之后秦洲的提醒和7-7怪物的出现都分走了他的注意力，他没有再注意监控画面。

"秦学长。"林异觉得沮丧起来，"我不记得了。"他只是晃眼一看，印象比较深的是房间里的监控，他说，"不过当时302室和303室的监控画面里并没有人。"换句话说，李颖和程阳都没有在自己的房间里待着。

秦洲问："301室呢？"

301室住的是周伶伶，进入规则世界的两个女生抱团取暖，总是形影不离。根据程阳的陈述，只出现了李颖而没有周伶伶。一个人出现在一楼厕所的李颖就显得很奇怪，而李颖给大家的印象一直是胆小的。她怎么会敢一个人独自去一楼的厕所？还是说，7-7怪物就是她，她只是听到程阳的声音立刻跑到了厕所躲避。

林异说："301室也没有人。"

秦洲："也没有人？"

林异肯定地道："是的，秦学长，301室也没有人。"

秦洲烦躁地皱起了眉头。因为周伶伶也不在房间中，程阳是7-7怪物的可能性又多了几分。两个女生同时不在房中只有去厕所这一种可能。

"程阳至少说了一句真话。"秦洲"嗤"了一声说，"他确实在一楼厕所看见了李颖。不过他有没有看见周伶伶，只有他自己知道。"

"如果程阳就是7-7怪物。"林异抿着嘴唇说，"很糟糕。"

秦洲说过，怪物的智商不高，但程阳是7-7怪物的话，他不仅用完美的理由说服了林异，还故意只提到了李颖，绝口不提周伶伶，以此来分走自己身上的怀疑。毕竟李颖话少、内向，这样的人是存在感最低的，但一旦被人怀疑起来，存在感低就是一种最大的可疑。

林异也明白秦洲变得烦躁的原因，这样的怪物能说它的智商低吗？那么他们这些尚且活在 7-7 规则世界里的人，成功离开的概率又是多少？

秦洲再也坐不住了，站起身往外走。

不用秦洲说，林异知道秦洲又要故技重施了。哪怕怪物能在监控上耍心机，预判了他们俩的预判，故意在监控画面里留下了自己的身影，但只要能在监控画面看见结伴而行的李颖和周伶伶，他们也能有答案。

"你去吸引宿管老头。"秦洲说，"这次我来。"

林异说："还是我去吧，我对值班室更熟悉。"

"天马上黑了。"秦洲说，"如果怪物再把你堵在值班室，不用它动手，宿管老头就能解决了你。"至少到目前为止，7-7 怪物盯上的是林异而不是秦洲，林异去二楼砸门的话，那里不是密闭空间，如果再次被 7-7 怪物找上来，他有逃跑的空间。

林异正要点头，一楼突然爆发出一阵尖叫声。

林异和秦洲互相看了一眼，303 室的程阳打开了门："怎么了？怎么了？"

不等他们循声而去，那个尖叫声却朝着他们跑来。

是周伶伶在尖叫。

秦洲拦住她："怎么？"

周伶伶抱着脑袋不断地尖叫，什么话也听不进去。

秦洲示意林异安慰她一下。

林异不会安慰人，正手足无措呢，旁边的程阳问："伶伶学姐，怎么了？你别怕，我们都在呢，出什么事了？"

程阳安慰了她好一会儿，周伶伶才抬头："李……李颖……出事了。"

一楼厕所。

李颖趴在地上，带着污垢的地面有血液的痕迹，李颖脖颈的右侧有一个洞，从伤口很容易判断，凶器就是那根在早餐后消失的筷子。

嘀嘀嘀——

全息舱的机械音响起：试验人员李颖，感谢您的参与，很遗憾地通知您，这次试验任务失败，已结束全息进程，请您在全息舱中稍做歇息，稍后会有专人为您进行全面体检。

秦洲蹲下来查看李颖的情况，林异的脑袋则轻轻地"嗡"了一下，被翻过来的李颖，和王铎一样，朝着他咧嘴微笑。这个情形其他人全都没有看见，包括近距离寻找细微痕迹的秦洲。

林异的满腔疑惑，冲淡了被李颖直视的诡异感觉。

7-7怪物为什么要解决掉李颖？

如果程阳是7-7怪物，李颖是他捏造出来的怀疑对象，并且塑造得非常成功，林异和秦洲始终不敢放下对李颖的怀疑。

可现在，李颖出事了？

林异的脑子里出现了片刻的混乱，他勉强自己不动声色地看了程阳和周伶伶一眼，周伶伶浑身颤抖着，双眼通红。不时地去看李颖，但看过之后又害怕地收回视线。

程阳的神情中也有那么一两分害怕的感觉，只是他被秦洲安排去安抚周伶伶，这才强装出镇静的样子来。

周伶伶是第一个发现李颖的人，可是她受了刺激，秦洲一提问，她就抱着脑袋尖叫起来。

这时，程阳对周伶伶说："伶伶学姐，我……我先送你回房间吧！"待在这儿只能受到更多的刺激，周伶伶红着眼睛朝李颖看了一眼，她似乎想对李颖说点什么，毕竟这几天她们两个人都是待在一起的。但最终，周伶伶什么也没说，她轻轻地点了下头，同意了程阳的提议。

程阳见状对林异和秦洲说："我……我带伶伶学姐……"

秦洲转过身来看着他们俩，露出不置可否的表情。

程阳摸不清秦洲的意思，挠了挠后脑勺："那，那……"

周伶伶满脸煞白地扯了扯程阳的衣角，是让程阳陪她离开这里的意思。

程阳只好又道："那，那我们先走了，你们……你们小心点哦。"说完，程阳就带着周伶伶离开了，林异和秦洲的视线始终锁定在他们两个人身上。

怪物的范围已经很小了，小到就在这两个人当中，等他们离开后，秦洲说："从李颖的伤口和倒地的姿势来看，怪物从她的背后下手。她的表情你也看见了吧？"

林异只看见李颖冲自己微笑，他不打算把这个情况告诉秦洲，撒谎道："在想事，没注意。"

李颖是在白天出事的，这也是 7-7 怪物第一次在白天动手，所以分走林异的注意并不奇怪。

秦洲没有多想，说道："根据'疼痛面部表情分级评分'，双眉下垂紧靠眼睛，脸上有泪迹，嘴巴向上呈半弧状，属于十级的剧烈疼痛脸谱，但她的瞳孔没有放大，证明她死前并没有受到惊吓。"

林异立刻明白了秦洲的言外之意，怪物虽然是从背后突袭的，但身处 7-7 规则世界的人，明知道这里的恐怖荒诞，不可能毫无防备。

"怪物现在也是'人'，它就算是从背后偷袭也不可能毫无动静。"秦洲说，"也就是说，李颖知道跟在背后的人是谁，并且她很放心地把后背交给它。"

秦洲的意思表达得很明显了，他指向了周伶伶。

"她们俩刚才是什么反应？"秦洲问，"正常吗？"

林异并没有去回忆周伶伶刚才的反应是否属于人类正常的应激反应范围，因为 7-7 怪物无论是谁，李颖的"死"都是一个悖论。如果 7-7 怪物是程阳，他完全没有杀李颖的必要，毕竟他刚刚还在林异和秦洲的面前提到了李颖。如果 7-7 怪物是周伶伶，她杀了李颖也就直接把自己推上了首要怀疑目标的第一顺位，以至于她现在就被秦洲怀疑了。李颖是被 7-7 怪物"杀死"的，这一点毋庸置疑，但 7-7 怪物这么做也必定有特殊的含义。

秦洲说过，怪物藏在他们当中其实是监督者，它的目的是为了引导这些人去触犯"死亡"规则。若是无法引导，或者怪物认定某个人的存在会影响规则世界的秩序，怪物才会出手。

李颖明显不是无法引导的那一类人，所以怪物解决掉李颖，只能是为了维护规则世界的正常秩序。

为了维护规则世界的正常秩序……

林异抿着嘴唇思索着："李颖是做了什么影响规则世界的事吗？"

秦洲看着他："她什么都不用做，对怪物来说，她就是一种隐患。"

林异猛地一愣，转身就要往外走。在这时，他的胳膊却被拽住。秦洲拉住他，用眼神示意林异不要轻举妄动。

林异停下，他明白了！如果李颖还活着，7-7规则世界无事发生，他和秦洲的下一步行动就是去值班室寻找监控，用监控来找到7-7怪物，所以李颖必须消失。

李颖的"死"是林异和秦洲始料未及的事，带给林异的第一反应是怔愣和不可置信。随即就是深度分析她死亡的原因，以至于他忽略了最简单的一点，7-7怪物最重要的目的是：维持规则世界的秩序。

目前为止，能导致规则世界崩坏的东西只有一个，那就是值班室的监控，那样会让7-7怪物暴露，所以怪物是在拖延林异和秦洲去值班室再次查看监控的时间。毕竟林异和秦洲两个人，谁也没想到李颖会在这个时候出事。

如果换成周伶伶或者徐夏知，他们并不会对林异和秦洲造成冲击，也就会很快地反应过来，这就是7-7怪物拖延时间的办法。怕是在林异和秦洲中计的时候，7-7怪物已经删除了值班室里的监控。

林异察觉到了7-7怪物的棘手。哪怕是现在，他和秦洲都没有办法去确定怪物到底是程阳还是周伶伶。

秦洲怀疑周伶伶的依据很有说服力，但如果没有程阳在解释时提到李颖，他们俩或许不会在现在才反应过来，7-7怪物是在调虎离山，甚至也是程阳主动提起要先陪觉得不适的周伶伶回去。

林异做最后的设想："他们离开不久，或许7-7怪物还没来得及……"

秦洲皱着眉头，大脑快速地运转着，他想，怪物的模仿能力确实很强，不仅学会了他们的套路，还能灵活地运用。

秦洲说："不去了，天黑了。"

"死亡"规则，天黑没在房间里待着，会死，就算这个时候他们去了值班室，看到了监控也没有任何作用了。一旦触犯了"死亡"规则，就没有资格向怪物复盘。他们确确实实已经失去了去值班室查看监控的机会。

"再想其他办法。"秦洲和林异回到三楼，让林异回到 304 室，"小天才，不用我多说了吧，活着。"

林异点了下头。

天黑了，和秦洲道别后，林异回到了 304 室，他进了门，把门关上，朝窗户一看的时候，整个人愣在了原地，随后没忍住冒出来一句："天哪！"

衣柜不见了！那么大的一个衣柜呢？虽然衣柜在经历几晚的折腾后已经快要散架，但无法否认，衣柜是他的"救命恩柜"，但现在衣柜没了。窗户就只剩下一张窗帘挡着。然后，一阵风吹进来，窗帘随风拂了拂，露出了窗外的黑夜。

这阵飘进 304 室房间的晚风是冰冷刺骨的，冻得林异打了一个哆嗦。不等他再想到什么办法去挡住窗户，远远地——

"咚锵锵锵，咚锵锵锵。"

林异已经熟悉了这个节奏，他再也不敢耽误，一个箭步冲上去。

林异很熟悉 304 室了，他知道房间里并没有一件称手的武器，唯一的武器也在前一晚被花瓶姑娘的指甲戳破，现在唯一的办法就是去尝试关上窗户。他一把撩开窗帘，窗户是朝着外开的那种老式窗户，要想把窗户关上，就要探出半个身子去碰玻璃窗。这是一个很危险的动作，若是时间恰到好处，他很有可能会与花瓶姑娘来个面对面接触，但没有办法，林异必须这么做。

林异没有犹豫，他探出半个身子。好在他的个子高手臂也长，不算困难地就碰到了朝向外面的玻璃窗，只是老式玻璃窗的很多部位都生出了铁锈，铁锈让老式窗户难以活动。

林异用力拉了一下，窗户就发了抗议声，这个声音在黑夜里显得尤为突兀，突兀得让林异察觉到了一丝不对劲。

黑夜之中只有"哐哐"声，那个象征花瓶姑娘脚步的声音却停止了。

林异不再动窗户，黑夜就沉寂了下来，他并不是不害怕，所以探出身子前已经做好了不乱看不乱瞟的打算，但他能决定自己的主要视线，却无法左右眼角的余光。眼角的余光之中，林异并没有看见花瓶姑娘。

林异便大胆地低头往楼下的墙面看，三楼之下也没有花瓶姑娘的身影。

花瓶姑娘去找徐厦知了？

林异这么猜想着，不过还是没有放弃关窗的动作，他一边使劲地拉窗，一边朝着徐厦知所在的 308 室瞟，他的视力很好，就算 304 室和 308 室还隔着 4 个房间，他还是能够看清楚 308 室那边的墙面情况。也没有花瓶姑娘的身影。所以，刚刚的"咔咔"声确实是从 304 室墙面这边发出来的。

这么想着，林异深吸了一口气，随后猛地抬头，花瓶姑娘一直在林异的上方观察着他。

林异没有去设想，到底是他用上洪荒之力把窗户拉上快，还是花瓶姑娘一口气啃掉他的脑袋快。这压根就是一个浪费时间的假设，几乎是下意识的，林异在对上花瓶姑娘的视线的那一刻，他的身体就本能地往房间里闪了回去。房间里没有趁手的武器，所以林异一退再退，退到了门边，后背撞在了门上，门把手在他后腰处隔着薄薄的衣服，刮出了一道长长的口子。

林异没忍住，"啧"了一声，但他没有去检查自己后腰处的伤口，主要是没有时间。视线中，花瓶姑娘已经来了。

林异知道花瓶姑娘在看着自己，她已经连续几个晚上在林异这里受挫，现在她发现自己能够进入房间了，却还是小心翼翼地，似乎在担心林异又耍了什么花招。

林异深吸了一口气，刮破皮虽然是算不上什么大伤，但疼痛有时候却难以忽视。这份疼痛让林异的思维瞬间变得清明起来，不能再让花瓶姑娘往前了，一旦让花瓶姑娘发现他并没有任何阻拦她的办法，她将不会再小心翼翼地行动。

"王姑娘，我知道王清强在哪里！"

电光石火间，林异说出了这个名字。他留意着花瓶姑娘的反应，在这个名字说出来之后，花瓶姑娘停下了动作，紧紧地盯着林异。

"王姑娘，我很同情你的遭遇。"林异说，"事实上，我并不是珍奇小屋的工作人员，我是卧底来解救你的。"听到"珍奇小屋"这个名字后，花瓶姑娘气愤地瞪着他。

林异从兜里拿出找到的出生证和进货单，并举高给花瓶姑娘看："王姑娘，我没有骗你，这是我溜进他的房间寻找到的线索，王清强对你都下得了狠手，如果知道我去偷了他的东西，我的下场肯定比你还惨。"

花瓶姑娘看见了林异认真的表情，她见过太多恐惧、厌恶的眼神，却没有见有人对她流露出这样的表情。

"王姑娘，我叫林异。"林异向前朝着花瓶姑娘走去，他的心脏在胸腔里打鼓，后背已经出了一身冷汗，却努力维持着脸上镇静的表情，然后在距离花瓶姑娘不到一米的距离处停下。

林异又探出身子，指着楼下的窗户："那里就是王清强住的房间。"他手指的位置其实是二楼的 204 室，值班室和他们的寝室并不是同一个朝向，也没有朝着墙面打开的窗户。不过林异刚刚往下看的时候，看见204 室的窗户用钢筋焊死，所以他刚好利用这一点来说服花瓶姑娘相信自己的话。

"你应该很难进去吧。"林异抬头看着花瓶姑娘，他的心脏狂跳不止，脸上的表情却很镇定。他甚至还能分出闲心想，秦洲给他不老实的评价还真的没给错，他没尝试前还不知道，原来他的这张嘴这么会说，"给我五天的时间，我一定会把王清强带到你的面前。"林异说着，发现花瓶姑娘又要过来抓他，他赶紧改口，"三天，最多三天。如果三天后我没有把他带来，我任你处置。"

花瓶姑娘停下了动作，久久地与林异对视着。

林异的脸上仍旧是一副无比认真的表情，他也盯着花瓶姑娘的眼睛。时间一分一秒地流逝着，不知道过了多久，花瓶姑娘终于从窗户退了出去。

约定成功了。

林异一屁股坐在了床上，手里的进货单与出生证也扔在了床上，进货单上的签收人——王清强。然后他吐出一口长气。

林异赌对了，王清强就是宿管老头的姓名，也是花瓶姑娘的父亲。

林异觉得自己的眼睛十分干涩，他闭上眼睛让眼睛暂时休息一下，不用和花瓶姑娘博弈，这一夜的时间就给了他足够的思考时间。

7-7 规则世界大致的主线已经搞清楚了，一个狠心的父亲把自己的女儿制作成花瓶姑娘，用此来吸引人的眼球，赚昧良心的钱，剩下还未搞清楚的就是公寓的二楼，二楼到底有什么东西？以至于走廊两侧的门要上锁不说，连窗户都是封死的。就算宿管老头是害怕花瓶姑娘找上门来，可他并没有在 204 室居住，为什么要封死 204 室的窗户？

林异又坐了起来，他走到窗边。知道花瓶姑娘三天内不会再找自己，而且目前存在的两条"死亡"规则是："没能阻止花瓶姑娘爬进来"和"夜晚离开房间"，他就大胆地探出身体，并且放肆地吸了吸鼻子。林异并没有闻到"尸体"的腐臭。可秦洲是亲眼看见宿管老头把王铎丢在了二楼，屈嘉良大概也被放在二楼。甚至他们今晚前脚从厕所离开，后脚就听到了宿管老头拖拽李颖的声音。

规则世界虽然荒诞恐怖，但规则世界有着正常的秩序。

房间号是按照顺序排列，天黑了都是现实世界的常态。所以哪怕 204 室的窗户是用钢筋封死的，但并不是密不透风的状态，放在二楼的"尸体"不可能没有气味。所以，那些"尸体"既然不可能凭空消失，那就是被什么东西吸收了。

林异不知道是不是被 7-7 怪物吸收了，但他倾向于吸收这些养分的是其他东西。毕竟 7-7 怪物隐藏在他们中间，他尝试着代入怪物的视角，他会选择在所有人都被留在规则世界后，再慢慢地享用满汉全席。不过这些都是林异的猜测，他还需要询问秦洲。

林异尝试着敲了敲 305 室的墙壁，小声地喊了一声："秦学长。"

那边没有回应，想来 304 室还是单独的空间，住在 305 室的秦洲听不见他的呼喊。

林异只能等着天亮的到来。等待总是最难熬的，每一分每一秒仿佛都被拉长。林异感觉自己经历的一夜仿佛是一个世纪，好不容易等到了天亮，这一次不等秦洲来 304 室确认他的生死，他先在 305 室外边站着了。正要敲门，305 室的门被秦洲拉开。

"秦学长，我还活着。"林异语速飞快地报了平安，随后把自己的问题对秦洲说了。

秦洲看着他，道："怪物会吸收尸体。"这个答案让林异有些意想不到，秦洲继续说，"你在学校外边旅馆住的那一晚，第二天有人'死'在你的面前。"

林异点点头，他还记得这件事。

秦洲用手拍了拍林异的肩膀："卷入规则世界的你其实身体还在学校，你可以看作是你的意识被卷了进来。在这里出事，在学校的你也会消失。怪物吸收的是意识。"

林异露出若有所思的表情。

秦洲又说："这里的时间和现实世界不对等，要看怪物的强弱，怪物越强，对应的现实世界的时间就越短，可以理解吗？小天才？"

林异点了点头，这个很好理解。如果 7-7 规则世界的一天对应现实世界的一个小时，那么 7-7 规则世界完成一轮，现实世界才度过几个小时，而 7-7 怪物又可以开始挑选新的猎物，将他们卷入 7-7 规则世界。这样它吸收的意识就更多了。

"现在换我来问你。"秦洲问，"昨晚发生了什么？"

林异就把昨晚发生的事对秦洲说了："秦学长，我觉得二楼有蹊跷，我想去看看。"

秦洲："你有什么办法？"

二楼他们始终进不去，林异这么说必定是想到了办法。

林异说："秦学长，你拉着我，我从窗户出去。"

秦洲皱了下眉头说："你是不是忘记什么了？"

林异："什么？"

秦洲提示："如果没有死人……"

如果夜晚没有人死去就会出现新的"死亡"规则，之所以他们敢去砸二楼的门，敢去值班室查找线索，全是基于前一晚"死亡"规则定格在"没能阻止花瓶姑娘进来"和"夜晚离开房间"上。若没有"夜晚离开房间"的这条"死亡"规则，存在的"死亡"规则就该是"没能阻止花瓶姑娘进来"和"被花瓶姑娘看见"，如果是这样的话，林异前一天晚上就已经"死亡"了。

现在不确定徐厦知是不是还活着，有没有新的"死亡"规则出现，林异翻窗出去的动作很危险。

秦洲说："去 308 室看看。"

窗户打开的房间不仅仅是 304 室，还有徐厦知所在的 308 室。

两个人一起去 308 室敲门，林异这个时候又社恐发作了，敲门的重任落在了秦洲的身上。

秦洲敲了敲门。

敲了很久，308 室都没有动静。

林异虽然不希望有新的"死亡"规则出现，但是相比之下，他还是希望徐厦知能活着。

秦洲也是这样想的，虽然他表面上看起来已经可以从容地接受失去队友这件事了，但是秦洲还是希望可以把所有被拉进规则世界的队友平安地带出去，他的声音带着说不出来的烦躁："徐厦知！活着的话出个声！"

林异也伸手敲了敲门，他体验到了秦洲每次来敲 304 室的门的心情，急切地喊了一声："徐学长，你还好吗？"

"让开点。"秦洲拉开林异，他准备踢开门。

林异就往秦洲的身后一站。

308 室的门被拉开一条缝，徐厦知一脸疲惫地看着他们。

秦洲朝门缝里看了看，然后一脚踹开门，二话不说朝着徐厦知的脸来了一拳。

当 308 室的门完全打开后，林异的表情慢慢凝固。他的衣柜在 308 室！

李颖突然出事，林异也忘记了随手关门，后来他们跟着周伶伶去了一楼厕所，徐厦知大概就是趁着这个时候搬走了 304 室的衣柜。也得亏了林异的这个衣柜，花瓶姑娘记得衣柜来自 304 室，也记得与林异的约定，所以她昨晚停了手，没有进入 308 室。

徐厦知也没有解释，他知道秦洲这样的人物能一眼看穿自己的心思。他不想死，可是也不希望有新的"死亡"规则出现。

林异说过，新的"死亡"规则很可能是"不能被 NPC 看见"，那样的话太难了，又要阻止 NPC 进来，又不能被 NPC 看见，他已经被"死亡"规则盯上了，存活率被压得很低，只有林异死了，才能让"死亡"规则定格在"阻止"和"离开房间"这两条"死亡"规则上。

林异当然也猜到了徐厦知的想法，他没说什么，而是走进 308 室，把自己的衣柜搬了出去。

徐厦知并不知道昨晚自己幸存全靠林异的衣柜，所以并没有阻拦林异搬走它。

林异把衣柜搬回 304 室，刚进门，秦洲就跟进来了。

看出林异的委屈，秦洲不但没有安慰他，反而借此教育他："防人之心不可无。"

秦学长也是长辈，长辈的教诲都是经验所得。

林异点点头："知道了，秦学长。"

🔍 第6章 约定

林异不想继续这个话题："秦学长，徐厦知还活着。"

秦洲看着林异，他发现林异还挺记仇的，已经不称呼徐厦知"学长"了。

"是的。"秦洲说，"出现了第三条'死亡'规则。"

林异说："第三条'死亡'规则应该就是'被花瓶姑娘看见'。"他说得比较笃定，因为前一晚他就被花瓶姑娘看见了，花瓶姑娘也因为他满足了"死亡"规则而要发动攻击。只是屈嘉良跑出了房间，触发了宿管老头的"死亡"规则，让"离开房间"的"死亡"规则插了队。

秦洲问："你在说服自己？"既然宿管老头的"死亡"规则能插一次队，就能插第二次队。"被花瓶姑娘看见"这条"死亡"规则并不一定就是顺位成为第三条"死亡"规则。

"只要不违反宿管老头的约定，他的'死亡'规则就不会插队。"林异说。

只不过宿管老头的约定林异只是一晃眼看见三条：

1. 不允许离开公寓。

2. 不允许夜间离开房间。

3. 不允许进入二楼。

他要是宿管老头，重要的东西一定会经常检查，一旦不在了，必定会想尽办法找回来，那会多出很多不必要的麻烦。所以当时林异并没有把《入住约定》从值班室带出来，只带了相比之下无关紧要的出生证和进货单，这样被宿管老头发现他溜进过值班室的概率就小了很多。

　　林异看见的《入住约定》已经向秦洲说过一遍了，现在再重复说第二遍，秦洲很快就明白了林异的意思。

　　秦洲问："要赌一把？"

　　林异点点头。

　　《入住约定》远远不只这三条，宿管老头把能想到的有效地扼制他们的约定都写了进去。

　　不过窗户在 7-7 规则世界就是一个危险因素，这一点宿管老头心知肚明，那么《入住约定》一定不会有"不能翻窗"这样的条款。但宿管老头一定想不到，林异会和花瓶姑娘达成约定，所以 304 室的窗户安全了。

　　秦洲说："小天才，她不来 304 室找你，是你和她的约定。这并不代表，你绝对安全。"

　　林异说："秦学长，我知道。"他昨晚那通胡编乱造其实也是为了阻止花瓶姑娘进来，没有满足"死亡"规则。但被花瓶姑娘看见，就满足了今天新生的"死亡"规则。他确实和花瓶姑娘有约定，但与 7-7 怪物没有。这些"死亡"规则是 7-7 怪物制定的，花瓶姑娘说到底也只是 7-7 怪物的工具。说完，林异拿起床铺上的床单，他把床单披在自己的身上，把自己裹得严严实实的。

　　林异说："秦学长，这样就看不见了。"

　　秦洲还是觉得很危险，但二楼必须要探索，他们的主线内容只剩下被锁着不能进入的二楼了。

　　7-7 怪物让人觉得十分棘手，如果他们再不把复盘提上日程，之后的每一分每一秒都会变得无比艰难。

　　"《入住约定》的第一条是不允许离开公寓。"林异裹着床单看向秦洲，"我不能完全离开 304 室，所以请秦学长帮个忙。"

　　秦洲的眉毛一挑，总觉得不是什么好事。

　　林异请秦洲抱着他的双腿，至少让他的脚始终在屋里，他人就这么吊着去看二楼。因为窗户外边就是珍奇小屋，花瓶姑娘就在珍奇小屋里，只要被她看上一眼，林异晚上就可以直接等死了。

　　林异把床单紧紧地绑在身上，秦洲从椅子上站起来，回到 305 室，再回来的时候手上多了一些花花绿绿的小绳子。这些小绳子是裙子的绑带，305室的衣柜里有许多裙子，秦洲把它们扯了下来。看林异的行动十分困难，他帮林异把这些小绳子绑在了身上，以便不让床单掉下来。

绑好床单之后，秦洲沉下声嘱咐："小心点！"

林异点了点头："嗯，秦学长，你把我抓稳一些，别让我摔下去。"

秦洲表示很容易："你放心，我抓得住。"

林异出门前看了一眼头顶的监控，他并不担心宿管老头把他们的行动尽收眼底，他只担心自己的裤子结不结实，万一他太重了，裤子被扯下来可就尴尬了，于是他再三对秦洲说："秦学长，你一定要抓紧我，抓住我的脚踝，别拽我的裤子，不然我以后就娶不到媳妇了。"

秦洲说："放心，如果真的把你的裤子拽下来，我一定会录下来，到时候在你的婚礼上播放！"

这句话让林异忽然感觉到了生死未卜的滋味，不过当他的上半身全部爬出窗外时，这种滋味就消失了，取而代之的是一种莫大的安全感。秦洲的力气比他想象得还大，秦洲抓得很稳，没有让已经失去重心的林异的身体有一丝的摇晃。

林异的个子很高，几乎人一下去就挨到了204的窗户。他反手抓着204室窗户上焊着的钢筋，这么近距离贴在窗户边上，他扒了扒脑袋上的床单，把眼睛露出来。

204室里没有一丝灯光，但林异依旧看得很清楚。林异的心头微微颤抖了一下，忍着不适又朝204室的深处看了看，随后唤道："秦学长。"

秦洲把林异拉了上去。等他上来了，秦洲问："发现了什么？"

林异一边解开身上的床单，一边说："花瓶先生。"

秦洲皱起了眉头。

林异说："早就应该想到的。"

珍奇小屋里怎么可能只有花瓶姑娘一件吸引人眼球的"猎奇物"。

秦洲说："那他们……"秦洲的眉头皱得更紧了。

林异在一旁思考着："宿管老头锁住二楼的门，不允许别人进入，怎么看都像是在保护二楼的东西。"总不可能宿管老头是在保护他们的安全，过了一会儿，林异又道，"秦学长，我知道了。"

秦洲几乎是在同一时间说道："我们既是给花瓶姑娘泄愤的工具，又是它们的养料。"

林异看了看窗户："他真的该死。"

"是该死。"秦洲说。

7-7 规则世界的主线他们已经全部探索完毕，剩下的就是找到 7-7 怪物。

林异说："秦学长认为，今天新打开的窗户会出现在谁的房间里？"

每当新的一天到来，就会有一扇窗户被打开，前几天都是这样的。第一天打开的窗户是王铎的房间，第二天是林异的房间，第三天是屈嘉良的房间，第四天是徐厦知的房间。今天是第五天了。如果第五天"打开的窗户"出现在程阳和周伶伶二人之间，那么怪物就很好分辨了。

秦洲说："小天才，你觉得呢？"

林异抿了抿嘴唇，然后惊讶地问道："今天是秦学长？"

秦洲答应了一声。他每天起来都会推一下窗户，今天也一样。

林异道："只要度过今晚，明天就能找到 7-7 怪物了。"

明天"打开的窗户"必定会出现在周伶伶或者程阳的房间。

"来不及了，今天必须找到 7-7 怪物。"秦洲说，"用被'死亡'规则盯上的办法来排除怪物，只能缩小人选范围。当最后一个人被'死亡'规则盯上，不是我们胜利，而是怪物的胜利。"

见林异学着自己皱眉，秦洲说："'死亡'规则是怪物的所有物，用'死亡'规则来找到怪物，是怪物自己找到自己，而不是我们的成果。小天才，我这么说可以理解吗？"

林异点头："能理解，我只是……"只是到目前为止，他根本无法确定 7-7 怪物到底是程阳还是周伶伶，他又问道，"秦学长，如果到了明天我们还没找到 7-7 怪物会怎么样？"

"我没经历过，不过能确定，到了明天还找不到 7-7 怪物的话，"秦洲看他一眼，说道，"我们都会死。"

林异深吸一口气，他决定不浪费时间，脑子里开始回想程阳和周伶伶两个人的一举一动，试图通过这个办法来找到端倪。

"小天才，别想了。"秦洲打断林异的沉思，"怪物替代人类时就会拥有当事人的记忆。很明显，7-7怪物不是低等级怪物，它知道翻找记忆，知道什么时候该露出什么样的表情，该给出什么样的回应。"

林异："那也没有别的办法了。"

"但怪物就是怪物，它始终在模仿人类。"秦洲讥讽地笑了一下，"小天才，你说，如果7-7怪物需要做出的反应是记忆里没有的，是它还没有模仿过、学习过的呢？"

秦洲这么一分析，林异一下领悟了。记忆里没有的反应，甚至是怪物还没有模仿、学习过的反应……

林异道："我有办法了，只要分开程阳和周伶伶，告诉他们，我们当中有7-7怪物。"

"果然是小天才。"秦洲表扬了林异一句，随后说，"这个反应还不够，还要告诉他们，我们怀疑的对象就是他，或她。"

林异惊喜地道："秦学长太厉害了！"

"为了确保万无一失，让7-7怪物无法模仿被怀疑成怪物的反应，试探周伶伶和程阳要同时进行。"秦洲说完，看着林异，"小天才，你选吧。"

林异不知道选谁，他怀疑周伶伶的同时也放不下程阳。

看林异在纠结，秦洲拿过纸笔，用笔在纸上写下程阳和周伶伶的名字，然后撕下来，叠了叠。

"选不出来，那就抓阄。"秦洲摊开手，两个选择出现在他的手上。

林异伸手，选择了一张。拆开，看见上面的名字后，表情凝固了。

"小天才。"秦洲盯着林异，他没有拆开自己的纸条，看见林异手上的纸条上的名字后，他的纸条上的答案就不言而喻了。

"有一个不确定的因素。"秦洲说，"需要我说吗？"

林异把纸条攥在手里："不用了，秦学长，我知道。"

告诉7-7怪物，他们当中有怪物。告诉7-7怪物，他们的怀疑对象正是它。

这是7-7怪物从人类记忆里翻找不出来的反应，自从进入7-7规则世界到现在，7-7 怪物也无从模仿，所以 7-7 怪物必定会露出马脚。但是就像 7-7 怪物不知道对此怎么做出反应一样，他们两个也不知道 7-7 怪物会有怎样的反应，这个不确定的因素就是，7-7 怪物的反应会不会是直接解决掉他们。毕竟对于 7-7 怪物来说，杀人灭口并不需要学习，它一直演绎的就是这样一个角色。

秦洲说："这会儿早餐时间已经结束了，他们应该回来了。"这句话说完，三楼走廊果然响起了脚步声。

然后 304 室的门被敲响，程阳的声音在外边响了起来："林异兄，那个……你还好吗？"

应该是早餐的时候看见了被揍得鼻青脸肿的徐厦知，一询问发生了什么，知道了昨天晚上徐厦知挪走林异房间里的衣柜的事。

秦洲看着林异，轻轻偏了一下脑袋："去吧。"

林异的手心出了汗，汗水让纸条上的笔墨晕染开来。纸条上只有两个字：程阳。

"秦学长，你也小心一点。"想着他每次要做什么，秦洲都要嘱咐他一句，林异也嘱咐了秦洲一句。

"行。"秦洲答应下来，相比于第一次找怪物的林异，他轻松得像是要去参加一场晚宴。

林异点了下头，然后往门口处走。

"小天才。"身后，秦洲又喊他。

林异回头，以为秦洲还要交代什么。

秦洲的下巴朝门的方向一抬："他交给你了。"

林异又点了一下头："好的。"

拉开门，程阳傻大个似的还站在门口，他正举着手，似乎还要再敲门。

"那个，我听徐厦知说……"程阳摸了摸后脑勺，"林异兄，你还好吧？"

"挺好的。"林异看着程阳，深吸了一口气后道，"程阳兄，我有话对你说。"

"啊？"程阳看林异一脸严肃的表情，愣了一下，随后道，"哦，好，你说。"

林异说："去你的房间说吧。"

程阳往 304 室内看了一眼，秦洲迎着他的视线走了出来。走到与林异身旁时，伸手拍了拍林异的肩膀，随后道："你好好问问他。"

然后看着程阳问："早餐还有剩下的吗？"

"问什么啊？"程阳已经觉得有点茫然了，"早餐还有，会长，你和林异兄的早餐我们都留着呢。"

秦洲没再说什么，转身走了。

程阳感觉很奇怪，等秦洲走远了一点才连忙问林异："林异兄，到底什么情况啊？出啥事了？"

林异还是那句话："去你的房间说吧。"

程阳想了想："行！"

程阳住的 303 室就挨着林异住的 304 室，林异等程阳先进入 303 室，他才跟着进去。进入 303 室之前，林异不动声色地往秦洲离开的方向看了一眼。

秦洲并没有下楼，而是拐进了周伶伶所在的 301 室。

怕程阳看出点什么来，林异没敢多看，他紧跟着程阳进入了 303 室。站在 303 室的门口，林异思考了一下还是决定关上门。如果程阳不是 7-7 怪物，门开着的话万一被真正的 7-7 怪物学习了程阳的反应就不妙了。这是他们最后的机会，也是仅此一次的机会。

林异亲手关上了 303 室的门，他没敢和程阳靠得太近。如果程阳是那个 7-7 怪物，他们现在单独相处，林异的处境比起秦洲危险得多，因为 7-7 怪物一直想杀了林异。

"林异兄？"程阳朝林异走了几步，面露着急之色，"到底什么事啊？你别吓我。不怕你笑话，兄弟我虽然人看着壮实，但是兄弟的胆子其实很小，就这么点大。"说着用食指和拇指比画了一下。

"程阳兄。"林异观察着程阳的表情，"说这件事前，我有一个要求。"

程阳："啥？还有要求。"想了想，程阳豁出去道，"要求就要求吧，只要不危害我的生命安全，我都答应你。"

林异道："全程保持冷静，不要尖叫。"

程阳的心肝颤抖了一下，他感觉到了事情的严重性，情急地又朝着林异走近了几步："很严重啊？那，那……那我先做个深呼吸，调整一下我脆弱的心情。"说着，程阳停下脚步没再靠近林异。

在林异观察的目光下，程阳的视线在房间里来回扫视，然后大步流星地走到床边，双手紧紧地抱着枕头，用枕头来分担自己的焦虑。

随后程阳道："林异兄，我准备好了，你说吧，我应该大概或许能接受。"

林异却先问："你对规则世界了解多少？"

程阳道："我啥也不知道，我连怎么到这里的都不知道，就莫名其妙地就收到了这个学校的录取通知书，非……非自然……"

林异补充道："非自然工程大学。"

"对对对。"程阳说，"就这个鬼大学的录取通知书寄到我家来了，要不是跟我的父母大吵了一架，我本来是要出国留学的，但我赌气来了这里，然后就撞上了这档子事。除了那晚你对我说的，把这里看作一场等待探索的悬疑游戏，游戏里的 NPC 会杀人之外，我对其他的都一无所知。"

林异说："这里是规则世界，学生会编号 7-7。"

程阳："然后呢？"

林异说："每个规则世界里有个大佬，这里的大佬被叫作 7-7 怪物。"这次不等程阳提问，林异主动说道，"是真的怪物，对，就是你现在脑子里想象的那种。"

"妈呀！"程阳吓了一跳，随即想到了林异的要求，他打了一下自己的脸，随后问，"真的怪物？"

林异点点头："嗯。"

"它……它在哪儿？"程阳紧紧地抓着枕头，林异看得出他很紧张，指关节都泛白了。

"它就在……"林异直勾勾地盯着程阳，"我们之间。"

程阳重复问道："我们之间？"

"对，我们之间。"林异道，"我们当中有一个人是'怪物'。"

另一边的 301 室。

秦洲走进去，周伶伶被突然进来的秦洲吓了一跳。

"秦学长？"周伶伶疑惑地看着秦洲。

秦洲的目光在 301 室里简单地扫视一圈，随后落在了周伶伶的身上："现在冷静下来了？能说话了？"

周伶伶低下头，她从秦洲的这句话判断出秦洲是来询问她昨天在一楼厕所发生的事的。可是周伶伶一点儿也不想回答，太可怕了！

秦洲能坐着绝不站着，拉过 301 室的椅子就坐下了。他反客为主地看着周伶伶："说说情况。"

周伶伶摇了摇头。

"周伶伶学妹，今年大二了吧？这里是什么地方还要我多说吗？"秦洲的拇指在食指第二指节侧边轻轻地摩挲着，语气不轻不重道，"不说，下一个出事的人可能就是你。"

周伶伶捂着脸痛苦地道："为什么我会被选中？"她指的是非自然工程大学，"我明明没有报考过这所大学，为什么要选中我？为什么？"

"我们都被选中了。"秦洲说，"我也很想知道为什么会被选中，不过在这之前的首要问题是从 7-7 规则世界里活下来。"

周伶伶的眼泪从指缝中溢出来，秦洲递给她一张纸巾："三分钟时间调整情绪应该够了吧？不然在非自然工程大学这一年的书白念了。"

"谢谢学长。"周伶伶接过纸巾，她一边擦着眼泪，一边回忆道，"进入 7-7 规则世界后，我和李颖一直形影不离，这里就我们两个女生，我们知道在这里人人自顾不暇，不会有人能照顾我们，所以我们约定互相照顾。"

秦洲整个人靠着椅背，看着一副懒散的模样，实则他的重心还放在双脚上。他和周伶伶的距离不算近，但也不远，如果有紧急情况，在重心自我掌握的情况下，他能第一时间做出反应。

"昨天屈嘉良出事之后，我和李颖不敢再去三楼的厕所，二楼又是锁着的，我们就只能去一楼。"

周伶伶回忆着道："秦学长，你知道的，这里的厕所都是公用的，没有分男女，我和李颖就只能一个人先去，另一个人在门外守着，免得你们……这样会尴尬。"

秦洲："嗯。"

周伶伶说："昨天是我先去厕所的，李颖就在外边催我，说听见很大的动静，她很害怕。"

这个动静就是秦洲砸二楼的门的声音。

"我就让她进来等我，都这个时候了，尴尬就尴尬吧。"周伶伶说，"但是李颖并没有进来。"

秦洲皱了下眉头："为什么？"

周伶伶说："程阳来了。"

秦洲摩挲手指的动作有一瞬间的凝滞，周伶伶继续道："因为程阳来了，有程阳陪着李颖在外边等我，我也没再让李颖进来。等我上完厕所之后，李颖就进入了厕所，我就在外边等着。但外边的动静越来越大，程阳有些憋不住的意思。我看程阳急着要走，我也很害怕，程阳就提议让我先回去，他去找个地方解决，等他解决之后他可以继续等李颖。"

秦洲说："所以你回去了。"

"是的，我先回去了。"周伶伶说话时带着哭腔，"我刚回去，就听到李颖敲我的房间门，说她不舒服，要睡觉，晚餐就不一起下楼吃了。我以为是李颖生气了，因为我先走了。我想给李颖解释，不是我不管她，我只是想着有程阳陪着她，而且天也没有黑，应该没有什么危险。但是我去她的房间时，发现她根本没有待在房间里。我以为她去吃晚餐了，我又去103室找她，她也没在103室。我就又去了一楼厕所，我看见她就站在厕所里，背对着我……"

"李颖，你生气了吗？"

周伶伶站在厕所门前局促地问李颖，一楼厕所的灯不知道怎么回事没有亮起来，天也快黑了，周伶伶只能依稀看见李颖始终背对着她，没有要理会她的意思。

"我的真不是故意的，我想着有程阳陪你，我才先走的。这几天和他们这些人相处，也就程阳好一些，他挺照顾我们的，你也说过他人挺好的，所以我才……我才放心……"周伶伶越说越觉得愧疚，她深吸一口气，"好吧，我向你道歉，我保证以后不会再这样了，你别生气了，好不好？"

李颖仍旧没有理会她。

周伶伶就往厕所里走，看着李颖的背影道："李颖，别生气了，该吃晚餐了，你午餐都没有吃几口，你不饿吗？"

李颖不说话。

这种长时间的不理会让周伶伶蓦地觉得心慌起来，不对劲的感觉越来越强烈，已经强烈到了无法忽视的地步，她停止了说话，一楼厕所就安静下来，安静到周伶伶只听见了自己的呼吸声。

"李……李颖，你别吓唬我好不好？"周伶伶哭了起来，"天快黑了，我们回去吧，你别和我赌气了。"说着，周伶伶大着胆子伸手去碰李颖，她缓缓地伸出手，手指都紧张地蜷缩着，她用了很大的力气才碰到李颖的肩膀。

"嘭"——李颖朝前方直直地倒了下去，厕所的灯光也亮了起来，周围立刻变得明亮，周伶伶看见了李颖的恐怖的样子。

周伶伶痛苦地掩着自己的脸，她觉得是自己害了李颖，这是她无法面对的事，所以昨天不管秦洲和林异怎么问，她都觉得难以启齿，现在谈到这件事，她的情绪依旧不稳定："秦学长，是我吧？是我吧？"

"不是你。"秦洲盯着周伶伶看了许久，最后说，"害了李颖的是 7-7 怪物，不只是李颖，还有王铎、屈嘉良。"

周伶伶忽然愣住，侧头看着秦洲，眼底有不解、有期望，她不明白 7-7 怪物是什么，她只听说过 7-7 规则世界。但她不知道 7-7 怪物的存在，因为秦洲说害死李颖的是 7-7 怪物，而不是她。

秦洲说："7-7 怪物，7-7 规则世界的缔造者，你知道它在哪里吗？"他注意着周伶伶的表情，周伶伶因为惊愕半响没有说出话。

秦洲说："它在我们之间，需要我再详细地说明一下吗？我们之间有内鬼。"

过了很久，周伶伶因为太过震惊，她忘记了去擦眼泪："7-7 怪物在我们之间？我们之间？我们八个人之间吗？"

"不，不对，我们只剩下五个人了。"忽然想到了什么，周伶伶猛地站起来，"是程阳吗？李颖最后见到的人是程阳！"说完，周伶伶猛地捂住自己的嘴，声音从指缝里闷闷地透出来，"程阳是 7-7 怪物。我竟然……我竟然放心地把李颖交给了怪物。"

秦洲把重心交给了椅背，他十分无奈又遗憾地道："是他。"没有再继续问下去的必要了，周伶伶的反应通过了秦洲的测试。

怪物乍然听到"7-7 怪物隐藏在他们之中"的消息，或许会像周伶伶一样表现出震惊、不可置信。但只会模仿、只会在特定的事件给出对应反应的怪物，是不会把李颖的死和 7-7 怪物的存在联系到一起的，也不会流露出比之前更加愧疚的表情，更不会闭上眼睛虔诚地道："李颖，对不起！真的对不起！原来真的是我害了你……"

秦洲感到很遗憾。遗憾的是周伶伶的离开确实给 7-7 怪物制造了机会，遗憾的是在 303 室，林异面对的程阳才是 7-7 怪物。

303 室。

程阳再次重复道："我们之间？"

林异道："是的。"

程阳又重复道："我们之间？"

林异看着程阳："7-7 怪物在我们之间。"

程阳紧紧地揪着枕头："7-7 怪物在我们之间？我们当中有一个人是内鬼。"

林异没有再吭声了，自从他说了 7-7 怪物的存在后，时间已经过去了十分钟，程阳一直在重复"我们之间"这句话。确实有人在面对无法让人接受的消息后会出现浑浑噩噩的状态，哪怕林异现在已经觉得程阳的震惊和害怕就像是一个写好的程序了，但他为了更加确认，还要继续他对程阳的测试。

"程阳兄。"林异说，"你猜我是被谁锁在值班室的？"

程阳摇了摇头："林异兄，我猜不到，你直接告诉我吧。"

林异说："7-7 怪物，知道它为什么把我锁在值班室吗？"

程阳继续摇头："不知道。"

"因为我被 7-7 怪物盯上了。"林异把程阳的一举一动收进眼底，他继续说，"因为我发现了 7-7 怪物制定的'死亡'规则，它认为我会影响 7-7 规则世界的进行，所以它要我消失。"

程阳想了想说："还好我来得及时。"

"嗯。"林异没有否定程阳这句话，他继续说，"我在值班室里面听到了 7-7 怪物的声音，你猜 7-7 怪物的声音是我们之间的哪个人的？"

程阳沉默了一下："林异兄，你别让我猜了，我真的猜不到。"

"是你的。"林异说。

程阳张大了嘴："我的？"

林异点点头："嗯，所以昨天秦学长才会把你逮到我的房间，问了你很多问题。你当时应该觉得很不耐烦了吧？"

程阳说："没有觉得不耐烦，我只是害怕我坏了你和秦学长的事。"

林异说："我还让你跳一跳，你猜……算了，不让你猜了。之所以让你跳一跳，是因为 7-7 怪物要杀我时用的武器是一根筷子。如果筷子从你的身上掉下来，你就是 7-7 怪物。"

程阳看着林异，过了一会儿才说："原来是这个原因，那林异兄，你还好吗？"

"但是筷子没有从你的身上掉下来……"林异迎上程阳的视线，他注视着程阳的表情，在程阳脸上的恐惧和害怕被关心取代后，他的话锋陡然一转，"所以，你把筷子藏到哪里了？"

程阳盯着他。

林异笑了一下，说："逗你的。"

程阳跟着笑了一下："哈哈，好冷的笑话，我以为我在北极。"

"不过……"林异的笑容敛去，"就算筷子没有从你的身上掉下来，我和秦学长都怀疑你就是 7-7 怪物。我们七个人当中，你只称呼我为'林异兄'。真正的程阳称呼熟悉的人的格式应该就是'X+ 兄'，你之所以只这么称呼我，因为你拥有的程阳的最后记忆里有我的存在，我们在一间旅馆里住过，你以为我们很熟。秦学长也在程阳的记忆里，不过只有一面之缘，所以你没有这么称呼秦学长。"林异学着程阳比画着他的胆子大小，"你说你的胆子只有这么大，你听到二楼的动静，我想你应该继续躲在 303 室里，而不是跑出来救我。"

"再者，确实可能存在机关，但在 7-7 规则世界里，窗户是比机关更可怕的存在。最后，你既然敢跑到值班室来救我，这么关心我的话，为什么明知道我被'死亡'规则找上门，我却从来看不见你关心我？"林异一通真假混合的分析后，问道，"程阳兄，你是 7-7 怪物吗？"

程阳脸颊的肌肉在隐隐跳动，他似乎是想露出难过的表情，毕竟他现在是被林异怀疑了，但他又开始露出生气的表情，因为他被熟悉的人怀疑了。生气和难过两种截然不同的情绪让程阳不知道该怎么表现，于是他的左半边脸是难过的表情，而右半边脸则是生气的表情。这种怪异、荒诞的表情让林异不由得后退了一步。

试出来了。

程阳就用这样扭曲的表情看着林异，他的声音都因为表情的扭曲而变得刺耳、怪异："林异兄，你说我是不是呢？"

林异往后退的动作不敢太大，程阳的表情虽然已经完全扭曲，但 7-7 怪物暂时还并没有要戳破这层纱窗的意思，他死死地盯着林异问："林异兄，你说我是不是呢？"

如果林异的回答让它不满意，它会立刻解决了他！它绝不让林异有开口复盘的机会！这是它给这种不安分者的一种惩罚，也是对下一轮进入 7-7 规则世界的人的一种警示。第一个复盘者不会有机会离开，别自以为自己就是救世主。

它逼近林异，双手抓住林异的肩膀："你，说，我，是，不，是，呢？"冰冷而且近距离的接触让林异浑身都变得僵硬起来，尤其看到程阳口腔深处的某个尖锐的东西。

那根消失的筷子！

林异的手指不安地颤抖了一下，他连呼吸都不敢重一分或者轻一分。他知道自己一旦没有回答好这个问题，他就再也出不去了，所以他说："程阳兄，我不知道。"

程阳愣了一下，伸出去的手停住了。

"我记得你说过，不知道今晚又是谁被怪物盯上，千万别是你，也别是林异兄，更别是秦学长。"林异说，"如果你是7-7怪物的话，应该不会对我说这样的话。"说着，林异流露出苦恼的表情。

"程阳兄，太矛盾了，所以我才来问你。"林异诚恳地看着程阳，"我希望你能给我一个解释。"

程阳死死地盯着林异，林异则坦然地迎上他的目光。

"7-7规则世界我已经全部探索完毕了，如果我认定你就是7-7怪物，我会直接找你复盘，而不是来问你。所以……"因为太紧张了，林异还是没忍住咳了一下。

这一咳嗽，程阳的目光变得更加犀利。

林异赶紧停下，诚恳地请求道："所以我才来问你，程阳兄，我很想听听你的解释，你能说给我听吗？拜托了。"他的五官漂亮而且显得十分温和，大多数人对林异的印象就是"好看""老实巴交"，尤其是当他露出诚恳的表情来请求什么，这很难让人拒绝。

林异说："程阳兄。"

程阳往后退了一步，林异的心就稍微收起来了一点。程阳说："因为只有你愿意跟我说这里的情况，所以我才把你当作兄弟。虽然我们认识不久，但我们也算同生共死过了，就算我的胆子再小，我当然不愿意看到你死，所以才来值班室救你。"

林异轻轻地点点头。

程阳留意着林异的表情，又继续道："你说我每天早上没有来关心你的生死，因为我每天早上都看见秦学长在你的房间门口站着，而且你也平安无事，说实话，不是非要问一问才算关心吧？你说对吗？林异兄。"

林异说："有点道理。"

程阳笑起来："那你现在知道了吧？我不是7-7怪物。"

林异摇了摇头。

程阳的笑容立刻凝固在脸上，跟变脸似的，目光阴沉地看着他："为什么？"

林异说："我相信你，但是秦学长不一定相信你。"他思考着，"要不这样……"

三楼走廊的喇叭声响起：午餐，午餐，吃午餐到 103 室。

林异拉开门从 303 室走出去，刚走了几步，301 室的门被猛地拉开，林异看见站在门口的秦洲微微愣了一下。他知道秦洲怔愣的原因。他面对的是 7-7 怪物，那番测试要么激怒了 7-7 怪物，他被 7-7 怪物杀死，规则世界继续。要么他复盘后活下来，7-7 规则世界结束，现在存活的所有人离开。但现在，林异还活着，而且 7-7 规则世界还在继续。

"小天才，你……"秦洲的话还没说完。

林异朝着秦洲轻轻地摇了摇头，程阳还跟在他的身后。

秦洲虽然还搞不清楚现在是什么情况，但他回头快速地给周伶伶递了个眼色，并不是所有人在知道程阳就是 7-7 怪物后还会保持冷静。

林异对秦洲说："秦学长，我不吃午餐了，我和程阳兄还有事。"

秦洲说："什么事？"

林异说："之后再告诉你。"说完，林异看了程阳一眼，"对吧？程阳兄？"

程阳点点头："对。"

秦洲深吸了一口气。

林异还活着，7-7 规则还在继续的原因并不难猜，复盘并不是那么容易的，7-7 怪物到底不是人类，它有一条"在卷入者复盘前随意杀人"的权限，尤其是吸收了这么多养分的 7-7 怪物，能力和凶狠程度可想而知，林异一个人是完成不了复盘的。但现在他俩汇合了，甚至还有一个已经知道所有情况的周伶伶。他们三个人面对 7-7 怪物。哪怕 7-7 怪物杀人的动作再快，它也没办法同时阻止三张嘴。

秦洲不觉得林异会想不到这一点，可林异分明没有要复盘的意思。他皱起眉头，冷冷地喊林异："林异，你到底要做什么？"

"秦学长，你放心，我们不会乱来，你待会儿就会知道了。"林异看见秦洲身后的周伶伶，她的脸色在看到程阳的时候变成了灰白色。他估计周伶伶已经知道了全部情况，担心周伶伶会在这个时候突然复盘，林异一把拉住程阳，语速飞快地道："我们先过去了。"说完，拉着程阳头也不回地往楼下跑去。

秦洲目光沉沉地看着林异和程阳的背影，周伶伶这才战战兢兢地问，"秦学长，怎么……怎么回事……不是，不是要一起去 303 室找 7-7 怪物复盘吗……"

秦洲满脸烦躁的表情，他也不知道林异要做什么。

"秦学长。"周伶伶看出秦洲的焦躁，小心翼翼地问，"那我们是跟着……跟着他们去吗？然后复盘。"她太想要复盘了，太想离开 7-7 规则世界了，在这里的每一分每一秒都是煎熬。

秦洲想逮住林异，狠狠地敲他的脑袋，把他敲得清醒过来。秦洲很想骂一句脏话，但忍住了，不知道为什么，他选择听从林异的话，这是之前从未有过的事。

秦洲的眉头皱起来："去 103 室。"

一楼公寓大厅。

林异用贴着"304"数字的钥匙捅着公寓大门的锁，程阳则站在值班室的窗户前，帮忙挡住宿管老头的视线。这是林异和程阳的约定，他去尝试手中的钥匙能不能打开公寓的大门，程阳则负责安抚宿管老头。

在 303 室时，林异对程阳说，秦洲不相信程阳，但是他有办法让秦洲相信程阳不是 7-7 怪物。办法就是他去捅门，程阳负责打掩护，让在 103 室吃午餐的秦洲看见，程阳也有想要离开这里的决心。这样秦洲就会相信程阳不是 7-7 怪物了，毕竟 7-7 怪物不会希望他们离开这里。

林异一边捅门，一边用眼角的余光去看程阳。值班室的玻璃窗能倒映出程阳的影子，玻璃窗上的影子在往 103 室的方向瞟。看得出来，7-7 怪物是真的很不希望被发现。林异只看了一眼就收回了目光，然后继续小心地捅着门锁。捅着捅着，他突然唤道："程阳兄。"

程阳回头，露出惊喜的模样："打开了？"

林异摇了摇头："没有。"

7-7 怪物当然知道林异是无法打开公寓大门的，林异手中的钥匙是304 室的钥匙，根本就不是公寓大门的钥匙。

程阳又露出沮丧的表情，随后他反过头来安慰林异："林异兄，没事的……一定有别的办法离开这里。"

林异朝程阳勾了勾手："程阳兄，你快过来看。"

程阳多看了林异一眼，随后才走到林异的身边。

林异一副发现了什么线索的模样，但是 7-7 怪物知道，公寓大门并没有线索，就连宿管老头看过来的视线都是平静的。

在程阳走过来的这几步里，林异的手心已经出了汗。

"林异兄，你发现什么了？"程阳走近林异，小声地询问。

林异的手心在腿上蹭了蹭，然后指着门上的某一处说："程阳兄，你看这里。"

程阳顺着林异手指的方向看去。

林异问："你发现了吗？"

程阳说："什么也没发现。"

林异说："你再看仔细点……"他又指了指，"发现了吗？"

程阳果然又去看，林异不动声色地闪到程阳身后。他先是握了握拳头，随后深吸一口气，把所有的力量都聚集在手上。

然后，猛地一推。

"嘭"——

"哐"——

程阳一个没防备被林异推到了公寓门外，值班室的宿管老头突然站起来。

林异把公寓的门打开了，在程阳过来的过程中，公寓的大门一直处在一种虚掩着的状态。

宿管老头气急败坏地从值班室出来，跌倒在公寓大门外的程阳转过头脸色阴沉地看着还站在门口的林异。

林异一脸平静地看着他："程阳兄，你把门撞开了啊！"

程阳的脸色瞬间一变，脸上的肌肉愤怒地跳动着。程阳的身体出现了明显的抽搐，但他的目光一直盯在林异身上，声音冰冷、怪异："林！异！"话音刚落，他突然诡异地站了起来，然后猛地朝林异扑过来。

林异立刻往后退，但他的速度根本比不上程阳。他刚后退一步，程阳已经冲到了门前。这个时候气急败坏的宿管老头已经冲了过来，他骂骂咧咧地要把门重新锁上。

锁门的动作暂时挡住了暴走的 7-7 怪物。

听到动静的秦洲跑了过来，看见这一幕后突然就明白林异要做什么了。

秦洲前往公寓大厅的脚步，林异听见了。在程阳疯狂地摇晃大门而制造出来的巨大动静中，他转过身快步走向秦洲："秦学长，我们走。"说完又朝躲在后边的周伶伶喊了一句："学姐，赶紧离开这里。"

林异几乎是一步跨越三四层的楼梯，秦洲就紧紧地跟他的身后。虽然林异和秦洲什么都没说，周伶伶能感觉得到他们的紧张，她还不知道到底发生了什么，只能亦步亦趋地跟随着。

"再快一点。"林异头一个冲进 304 室，对着后边两个人喊，"快进来。"

秦洲回头看了一眼周伶伶，看到周伶伶掉队，折回去帮着拽了她一把。

已经在 304 室内的林异，在秦洲和周伶伶刚进来，他立刻就关上了门。"嘭"的一声，震天的关门声在三楼的走廊上久久地回荡着。

关上门后，林异在 304 室东张西望，目光一触及残破不堪的衣柜的那一刻，他刚要上前，秦洲先他一步把衣柜推到门口堵着。林异仍旧不放心，又把椅子叠在桌子上，推过来抵住衣柜，虽然林异和秦洲进入 304 室后再也没有任何交流，但他们两个人的动作无不显示着紧张的情绪。用这么多东西堵住门，周伶伶再搞不清情况，也知道他们两个人是在阻止有人进来。

"是阻止 7-7 怪物吗？"

现在还是白天，周伶伶猜测林异和秦洲要阻止的就只能是 7-7 怪物。

"能……能有用吗？"她声音颤抖着问道。

可 304 室能用来堵门的东西就这么多，现在都在门口挡着了。

"应该有。"林异说，"就算阻止不了 7-7 怪物，我们三个人在这里，实在不行我们还可以复盘，不会有危险。"

看见周伶伶红着眼睛，林异不好意思地道歉："学姐，对不起！吓到你了。"

周伶伶虽然十分害怕，但还是听出了林异的意思。林异说的是"实在不行还可以复盘"，也就是说复盘是备选方案。

"林异，我们不……不复盘了吗？"周伶伶紧张得指甲掐进手心里。

林异回答这个问题前先看了看秦洲，秦洲冷哼一声，不过倒是没说别的，他这才小声地"嗯"了一声，随后说："不复盘了。"

周伶伶一听这话，两眼一黑："是……出现了什么意外了吗？"

复盘是他们活着离开 7-7 规则世界的机会，不复盘了也就意味着他们无法离开，还要继续待在这个明天不知道是死是活的鬼地方。

"学姐，你放心，没出现什么意外。"林异说，"只是我们暂时改变了策略。"

周伶伶问："是什么？"

林异："杀掉 7-7 怪物。"他的话刚说完，门口出现了刺耳的抓挠声。

"林异兄……"程阳追了过来，"是我啊，打开门好不好？"

周伶伶害怕地躲在角落，林异和秦洲同时看向门口。林异刚要上前，准备用自身的重量再来挡门，秦洲提高的声音响起来："他不在这里。"

敲门声停顿了一下，然后又重新重重地响起来，程阳的声音无比尖锐："秦会长，你是不是怀疑我是 7-7 怪物？你开门啊，我可以向你解释的。"

"是的。"秦洲说，"如果你再继续敲门的话，我会直接判定你就是 7-7 怪物。"

门外安静了下来，周伶伶小声地问："他走……了吗？"

林异摇了摇头，做口型："没。"

并没有离开的脚步声。7-7 怪物还在门外！

周伶伶问："现在怎么办？"

林异做口型道："等他离开。"

周伶伶的声音带了哭腔："如果他一直不离开呢？"

林异笃定地摇了摇头，不会的。7-7 怪物会离开的。

秦洲回头看着他们，他脸上的表情看上去有很多问题想要问林异，但最后什么也没说，毕竟 7-7 怪物就在门外。

304 室安静了下来，这一安静下来就直到天慢慢地黑了下来。

周伶伶崩溃地道："我们是不是已经失去了复盘的机会？"

就算现在7-7怪物不杀他们，NPC也会来找他们。

比如花瓶姑娘。第一条"死亡"规则，没能阻止花瓶姑娘从窗户爬进来。秦洲不在305室，他必定无法阻止花瓶姑娘进来。秦洲满足第一条"死亡"规则。

比如宿管老头的第二条"死亡"规则，夜晚时离开房间。秦洲和周伶伶都待在了304室，他们同时满足第二条"死亡"规则。

"它一离开，你们就可以回去。"林异说。

周伶伶说："还……还来得及吗？"

林异正要回答，沉默了许久的秦洲终于说话了："不用回去了，今晚我们都待在这里。"然后他看向林异，问道，"杀掉7-7怪物，你有几成把握？"

林异说："秦学长说过怪物制定规则并尊重规则，所以怪物不只是规则的缔造者，它也是履行者。"

秦洲说："这只是我说的。"

林异赶紧说道："事实上确实是这样的，为什么'死亡'规则不会找上程阳，因为7-7怪物也是'死亡'规则的履行者，它不能被'死亡'规则找上。如果7-7怪物被'死亡'规则找上门，它是无伤的话，它大可以用'死亡'规则来排除自己是怪物的嫌疑，这样我们根本怀疑不到程阳的头上。所以，'死亡'规则对7-7怪物同样有效。而且筷子被偷走的第一晚，我和秦学长都以为7-7怪物会带着筷子来敲304室的门，但它并没有来。因为它知道'夜晚离开房间'是一条'死亡'规则，它不能来。"

秦洲听完深深地看了林异一眼，然后说："你继续分析。"

林异听话地继续分析了："它选择在值班室杀我，也是因为它只能在白天出手。但是白天的时候，我总是和秦学长待在一起，也只有去值班室的时候我是单独行动的，这是它唯一的杀我的机会。综上所述，"林异说，"我有九成把握。"

"今天会出现新的'死亡'规则，但是宿管老头的'死亡'规则是可以抢先的。"林异说，"在《入住约定》上的第一条就是，不允许离开公寓。7-7怪物被我推出去了，它已经违反了规定，触发了第三条'死亡'

规则——离开公寓。"

秦洲把林异看了又看，林异说的这些，在他看到林异把程阳推出公寓的时候，他就已经明白了，只有唯一的一点疑惑。

秦洲问："门是怎么打开的？"

林异把钥匙从兜里掏出来："这是我溜进值班室的时候在宿管老头的枕头下发现的。"他把那把钥匙带出来了，但是为避免被宿管老头发现重要的东西不见，林异就把真正的贴着"304"数字的寝室门钥匙放回了宿管老头的枕头底下，他把数字重新贴在了这把钥匙上。

"这把钥匙放在宿管老头的枕头底下，必定是重要的钥匙，这栋公寓里重要的地方有两个，一个是二楼，一个是公寓大门。"这次不等秦洲先提问，林异主动说，"而二楼走廊有两道门，这是一把单独的钥匙，我就猜测这是公寓大门的钥匙。"

事实是他猜对了，他调包的钥匙果然就是公寓大门的钥匙。

秦洲盯着林异手里的钥匙，想了想说："你并没跟我说发现了钥匙。那个时候就想好了要这么做？"

林异觉得有点理亏，他小声"嗯"了一声。

"就算我们离开了 7-7 规则世界，7-7 怪物还是能够挑选猎物，不如……做了它。"他抹了下脖子，做完这个动作后他发现秦洲神色复杂地看着自己，又觉得自己的这个动作很傻，傻得让他觉得尴尬。

秦洲轻轻"哼"了一声，见秦洲问完了他想问的所有问题，周伶伶见缝插针地问道："林异，你说只有九成把握，还有……意外吗？"

"不会有意外。"林异想了想说，"只是今晚我们也不好过……"毕竟他们都触犯了"死亡"规则，就看他们能不能拖住了。拖到宿管老头先杀了满足第三条"死亡"规则的 7-7 怪物。7-7 怪物都没了，7-7 规则世界自然也不复存在。

门外终于响起了 7-7 怪物离开的脚步声。

周伶伶盯着门的方向倒吸了一口凉气，7-7 怪物离开了，预示最后一天的夜晚已经降临。周伶伶捂住脸："万一我们拖不住呢？"

林异笃定地道："不会的。"

　　周伶伶在非自然工程大学已经平安地度过一年，虽然这是她第一次被卷入规则世界，但是她还是听说过很多关于规则世界的传言。她不想要林异说的这句"不会的"，这只是一句安慰，她想要一个非常肯定的回答。

　　如果拖不住应该怎么办，他们还能出去吗？只是现在已经没有退路了，周伶伶也深知多问没有意义，她深吸一口气沉默下来。

　　林异看周伶伶一脸勉强的表情，知道周伶伶是没有什么信心。但接下来的是一场鏖战，他并不希望看见队友丧失信心，就给她大概解释了一下花瓶姑娘的来龙去脉。

　　见周伶伶冷静下来，林异轻轻说道："学姐，我们一定会拖住的，我不骗你。"林异好脾气地继续道，"花瓶姑娘恨这里的每一个人，我其实可以理解她，如果我被如此对待，我也会崩溃的，而且一个人在精神崩溃、心灵扭曲下展开的报复，一定有独属于她的仪式感，所以花瓶姑娘想让我们在痛苦中受到惩罚，肯定不会选择最简单的方法，也代表了我们可以找到漏洞，获取一线生机，但宿管老头可不会啊……"

　　"我们现在挡住门。"林异指着门口的这些东西，"学姐，如果你是宿管老头，而一晚上的时间有限，你会不会先挑容易的下手呢？"

　　周伶伶觉得林异说得有道理："可宿管老头毕竟是 7-7 怪物制造出来的，宿管老头能杀死 7-7 怪物吗？"

"能。"林异说。

周伶伶问："为什么？"

林异刚要回答，秦洲见他说得太多了，就替他回答："7-7 怪物为什么盯上林异？因为林异一直在与它制定的'死亡'规则抗争。你觉得它还会抗争自己制定的'死亡'规则吗？"

秦洲也知道这一点，所以他选择留在 304 室，跟着林异和怪物赌一次。

周伶伶终于明白了为什么他们这么笃定，她对林异道谢："谢谢你！林异。"她没有林异这么聪明，就算把线索摆到她面前了，她也不能够往更深层去联想。她很感谢林异愿意把一件这么简单的事，拆开了细说。

"不客气，学姐。"林异说，"现在你有信心了吗？"

周伶伶破涕为笑，正要点头时，一阵"沙沙沙"的声音传来，周伶伶的脸色一变："是，是花瓶姑娘来了吗？"

林异："不是！"

声音并不是从窗户外边传来的，而是……

门口！

宿管老头先来找他们了！

林异和秦洲同时往门口走去，又同时伸手抵住桌子。

周伶伶说不害怕是假的，刚在林异的帮助下建立的信心崩溃瓦解，她惊慌地看着林异："宿管老头不是……不是会先找 7-7 怪物吗？"这个问题，林异和秦洲都没有空来回答她，在"沙沙沙"声逼近时，周伶伶自己悟出来了。总要让宿管老头知道他们这边不好下手，让他碰壁，他才会去找 303 室的 7-7 怪物。

诡异的"沙沙沙"声消失后，房间里就安静了下来。

林异屏气听着这个声音，然后抬眸看了一眼身旁的秦洲，小声地问："秦学长，你觉得什么样的凶器才会发出这样的声音？"

秦洲回头看他："这不是你比较了解吗？"他们第一次见面，林异的箱子里就塞了很多刀具。

林异想了想说："我的箱子里的刀具都不会发出这个声音。"

"沙沙"声来到了 304 室门前，然后停止。

秦洲说："排除法。"

林异说："铁锤？"

秦洲说："铁锤的重量都在方头上，不是这个声音。"

林异想了想又说："……斧头？"

秦洲停顿了一下，然后一把将林异往后拽了一下。

"嘭"——

门外，宿管老头一斧头对着门劈下去。

304 室的铁皮门立刻出现了一条缝隙。

宿管老头用双手把斧头从门上摘下来，然后凑上去，通过门上的这条缝隙朝房间里看。

"啪"的一下，林异眼疾手快地关了灯。

304 室一片漆黑。唯一的微弱的亮光就是那条缝隙。房间内的三个人谁也不敢发出一点动静，沉默得仿佛有一个世纪那么久，终于"沙沙沙"的声音又响起来，预告着宿管老头的离开。

"秦学长，他去找 7-7 怪物了。"林异说。

"这就走了吗？"周伶伶小声地问。

"走了。"林异说，"他并不确定你和秦学长在 304 室。"

林异话刚说完，脑袋就被秦洲敲了一下："又胡来。"

304 室的监控被林异拆掉了。

"没……"林异抱着脑袋委屈地道，"我只是想着，如果《入住约定》有不允许拆监控这一条的话，室内的监控就没必要弄成针孔摄像头。"宿管老头自己主动提及过约定，说明并不惧怕被他们知道《入住约定》的存在，但针孔摄像头一般是用来窥视，不会希望被偷窥者发现。

宿管老头只是在仅存的监控里看不见秦洲和周伶伶，这才来 304 室找人。既然没有看到他们的人影，自然就走了。

"学姐，我们现在只管等……"林异回头看着周伶伶，他的本意是想安抚受惊的周伶伶，免得等周伶伶反应过来后发出尖叫又吸引来宿管老头。但他这次回头，声音停顿了一下。

周伶伶的身后，花瓶姑娘发现了林异看过来的目光，慢慢地露出了一个笑容。

"怎么了？"周伶伶问。

"没有。"林异说，"学姐，你真漂亮。"

周伶伶再傻也知道林异不会在这个时候谈论容貌，她深吸一口气，一边控制不住地流泪一边勉强回答道："你的夜间视力挺好的，这都发现了。"

林异缓解气氛道："还没完全发现，学姐，你走近些，让我仔细再看一下行吗？"

周伶伶说："好。"

在周伶伶往林异的方向走过来时，秦洲在林异的身后低声问："她来了？"

林异轻轻地"嗯"了一声，花瓶姑娘和他有过约定，三天内不会来304室，现在花瓶姑娘来了，只说明她去过305室，但是没有找到满足死亡条件的秦洲。现在她跟着秦洲来了。

林异握了下拳，303室一点动静都没有，而7-7规则世界还在继续。不知道是宿管老头的效率低，还是真的出现了什么意外。

等周伶伶走近他的身边后，林异把周伶伶拉到自己身后。随后才抬头重新看向花瓶姑娘，发现花瓶姑娘只是扒拉着窗户，并没有要进来的意思，她冲着林异发出"咕噜……咕咕"的声音。

秦洲也听见了："小天才，她好像有话要对你说。"

林异其实也是这么想的，他问："你想见王清强？"

听到这个名字，花瓶姑娘愤怒地抓了抓窗户，但仍旧没有要进来的意思。

林异顿时松了口气，然后说："我给你找来。"

宿管老头得手了，不然花瓶姑娘不会不进来。她来304室的窗户，只因为林异答应过她，他要把王清强找来。

秦洲说："小天才，我陪……"

"你"字还没说完，林异已经推开了衣柜打开了门。

林异飞快地跑到303室，303室的门是打开着的，并没有被破坏的痕迹。7-7 怪物确实如林异推测的那样,在触犯"死亡"规则后接受死亡。

怪物制造规则,并尊重规则。

只是林异到了 303 室,脚步却停下来。

303 室中,程阳倒在血泊之中。他身体在不断地扭曲,发生变化,慢慢地,替代程阳的 7-7 怪物现出了原本的面貌——花瓶姑娘,但又和花瓶姑娘不一样,现在这个花瓶姑娘浑身被黑色的烟雾缠绕着。它死死地盯住林异,眼底带着愤怒却又好似终于得到了解脱。

紧跟着来到 303 室的秦洲站住了脚,他在门边对林异说:"规则世界的主线其实和怪物的生平相关,但是怪物并不代表本人,它是恶念的滋生。"

7-7 规则世界里,花瓶姑娘想要报仇,她被父亲残忍地对待。珍奇小屋的其他工作人员也都随意打骂她,她被这些人摆出去作为展品展览,这些人用她挣来的钱吃喝玩乐。她在复仇中,慢慢地迷失了自我,忘记了她的初衷只是想要复仇而已。后来她什么都不记得了,她唯一的乐趣就是看着这些人在她制造的规则世界里死去,这里是她的世界啊,她是世界的缔造者。

可惜,唯一的乐趣也被摧毁了,她瞪着林异,凄厉地叫着他的名字:"林异——"

萦绕在她周身的黑色烟雾在慢慢消散,随着烟雾的消散,林异感觉到脚下的地动山摇。

7-7 规则世界在崩坏,周遭像碎片一样跌落。

7-7 规则小世界外,或者说全息世界外。

有个女孩从全息舱里睁开眼睛,如果林异能看见,会发现她就是这位花瓶姑娘。

全息舱已经停止进程,她掩面哭泣着。

她就是编号 7-7 的病人,童年时的她不幸被人贩子拐走,与父母分别,长大的日子里经常被人贩子打骂,每天的生活如履薄冰。后来她被解救,可被拐的遭遇依旧在她的心里埋下了隐患。每个被拐儿童的心底深处都埋藏着深深的痛苦，他们想要报复，想要去摧毁什么来发泄自己受到的伤害，但痛苦、自卑却如影随形。如今林异摧毁了她痛苦的内心世界，对于她而言何尝不是一种解脱？

林异化解了她的恶念，这也是《特殊治愈研究》计划最终想要达成的目的。

强烈的震感让林异反应过来，他急切地问秦洲："秦学长，宿管老头呢？"

秦洲说："7-7 怪物都没了，宿管老头又怎么还会存在？"

林异愣了一下，又要跑回 304 室去看作为 NPC 的花瓶姑娘还在不在，秦洲拦住了他："她不在了。"

林异立刻急了："我还没把王清强给她找来。"

"这个时候又犯蠢了。"秦洲说，"有没有一种可能，她并不是要见王清强呢？"

林异："那，那不然……能是怎样？"

秦洲："她是来感谢你的。"

林异："感谢我？"

秦洲："你把她的恶念化解了。"

在他们说话的时候，周遭的一切如碎片落在他们的脚边，一道白色的炽热的光似乎在远处升起。

秦洲轻声说："走啦，小天才。"

那道白光如朝阳升起一般暴涨，一瞬间就淹没他们。那仅剩的一点点黑色烟雾被白光覆盖，光芒太强烈，林异不由得伸手挡了一下。等他放下手，然后沉默下来。

回来了。

林异重新站在了那间教室里。

教室里只有他和秦洲两个人。

教室里那扇把他们卷入 7-7 规则世界的窗户还打开着，不过窗外不再是诡异的红光，而是能看见外边的景象了。

天色有些黯淡，不过还没有到夜晚，还能从窗户看到校园的一角。

秦洲一边弯腰拾起掉在地上的"八月二十九日学生会巡逻名单"，一边从兜里摸出手机："五个小时，果然吸收了很多养分。"随后回头看林异："愣着干什么？"

林异打量着这间教室："这就，结束了吗？"

秦洲"嗯"了一声："结束了。"

林异不知道出于什么原因，他还是有种恍如隔世的感觉。这种感觉让他觉得自己脚下踩着的地板都不踏实，他深究了一下这种感觉，甚至隐隐觉得与离家外出的心境差不多。直到他摸到兜里的随身听，他这才感觉到真实感。是回来了，回到现实世界了。但随即又愣住，这里是现实世界吗……

"秦学长。"林异问，"学姐也回去了吗？"

秦洲："嗯。"

林异问："程阳呢？"

秦洲说："躺赢了，估计这会儿正蒙着呢。"

林异想了想问道："那徐厦知呢？"

秦洲看着林异："不知道。"

林异："哦。"

过了一会儿，秦洲说："你还有什么事？"

林异摇头："没有了。"

秦洲："那你还待在这儿干什么？"

林异："我这就走。"说完，林异就往外走。走到门边，他又回头看着秦洲，"秦学长。"

秦洲看向林异。

林异的手摸到门把手："我们也算同生共死了，对吗？"

秦洲挑了下眉："勉强算，怎么？"

林异羞涩地道："能不能拜托您一件事。"

听着林异都用上"您"这个尊称了，秦洲想了想说："你先说来听听。"

林异："我能不交保险吗？我问过学生会的学姐，说是购买保险是您的规定。如果不购买保险，需要您的同意。秦学长，实不相瞒，我的家里很穷，我交不起巨额保险。"

秦洲说："我们只认识五个小时，不算熟。"

林异委屈地道："……秦学长，你刚刚还承认了我们就是同生共死过，您怎么变脸比翻书还快。"

"不好意思，我就是这样的人。"秦洲说着把林异的校园守则给他扔了过去，林异慌忙去接。

秦洲说："熟读校园守则，还有别去挑战校园守则上的规则。"

林异："唔。"

见林异还磨磨蹭蹭地没有走，秦洲看了他一眼，说："保险是买来给家人最后的安慰，如果不幸没能从规则世界离开，总要给家人一点慰藉。"

林异就不再继续说话了，他沉默了好一会儿说："秦学长，那我能买保额最低的那一种吗？"

秦洲被他逗笑了："你到底有多穷啊？"

林异把手机的余额短信给秦洲看，悲愤地道："秦学长，都成负数了！余额都成为负数了，我连饭都吃不起了。"

下一秒，秦洲给他递过去一张校园一卡通，说道："随便刷。"

林异："……这不太好吧。"

秦洲"嗤"了一声，道："不要？那可惜了，我这张卡是无限额的呢。"

林异："我要！感谢您！"

林异抱着校园一卡通和校园守则美滋滋地走了。他的寝室还没收拾，天也快黑了，要是还不收拾出来，今晚就没地方住。走在去学生宿舍的路上，林异害怕有人觊觎这张无限额一卡通，准备把卡夹在校园守则里。随手一翻，直接翻到了第七页，于是顺便去看第七条规则。

7-7 规则：无规则。

林异愣住了，他揉了揉眼睛，虽然进入 7-7 规则世界对应到现实世界只有五个多小时，但他确确实实是很多天没合眼。他以为自己看错了，但这次认真一看，第七页第六条的规则确确实实地写着"无规则"。他们刚从 7-7 规则世界出来，根本没有时间去修改规则。林异觉得自己好像发现了什么不得了的事，下意识地就要转身去找秦洲求证，走出几步后又停住了。

天快黑了，校园守则有夜间不能在校园里溜达的规定，他要是去找秦洲，说不定什么都问不到不说，还要被秦洲逮着说教。知道校园守则是活的之后，林异没敢把一卡通夹进校园守则里，就怕一个万一把他的一卡通给吞了，他哪好意思张嘴再去找秦洲要一张。这么想着，林异把一卡通小心地放在自己的兜里，和他的随身听放在一起，随后快步往分配的宿舍走去。

非自然工程大学的所有学生宿舍集中在一块儿，一共有三栋楼，并没有分男女。

林异去宿舍阿姨那里领到了自己宿舍的钥匙，看到钥匙上贴着的数字，他沉默了一下。

304。

有些过于巧合了。

"钥匙好好保管，遗失钥匙的话会很麻烦。"宿舍阿姨对每个学生都叮嘱了这句话，随后说，"没事别往四楼五楼去，四楼五楼是女生的地盘，除非有特殊情况，不然会扣学分。"

林异点了点头，宿舍阿姨又说："你怎么来得这么晚？快去收拾收拾睡觉吧。"

宿舍阿姨借给林异清扫工具，然后说："天快黑了，不敢在晚上下楼的话，明天白天归还也可以。"

"谢谢阿姨。"林异礼貌地道谢，带着钥匙和清扫工具去了他自己的寝室。

林异住的这栋寝室楼都是单人间，宿舍像是很久都没有住过人，林异一开门，"啪"地一下打开灯，肉眼可见的灰尘在光线中起起伏伏。他算是比较晚到宿舍的了，但林异发现，在他前面已经到宿舍的新生们并没有心情去整理内务。新生进入宿舍后就无助地放声大哭。哭声很容易就牵动了其他人的情绪，于是或是压抑的呜咽，或是崩溃的大哭在整栋楼此起彼伏。比 7-7 规则世界还吓人。

林异没再关注这些，他现在特别想躺在自己的床上睡一觉。于是飞快地整理内务，等他收拾完了，宿舍里还是散发着一股儿灰尘的气味。他本来想打开窗散散屋里的味道，但是窗户还是封死的状态，虽然知道就算把窗户打开不会出现任何问题，但可能还是有麻烦。于是林异打开了门，他刚打开门，发现对面的宿舍也把门打开了，对面的男生从他自己的宿舍走出来，然后看向林异。

"同学，我叫程阳。"程阳"嘿嘿"笑了一声，站在门边上递过一根烟，"程是禾字旁的程，阳是太阳的阳，你呢？"

林异现在看到程阳的这张脸有点应激反应。

不等林异回答，程阳"咦"了一声，奇怪地说："同学，我们是不是在哪里见过？"

"……没有。"林异思考了一下摇头，他并不是不想相认，而是现在他只想睡觉，如果说见过，那他就和程阳有得聊了。

"没有啊。哦，也是，可能是我太紧张了。"程阳叽里呱啦地说了一堆，随后问，"兄弟，你叫什么名字啊？"

程阳表现得太热络，林异用程阳的自我介绍格式说："双木林，奇异的异。"

"哦哦，林异是吧？"程阳点着头，"不错，挺好的，挺好的名字。"

林异知道程阳是在害怕，找他聊天也是为了转移注意力，他配合地道："程阳兄，你打扫完了吗？"

"还没开始打扫。"程阳看了一眼自己的宿舍，然后又看了看林异，赶紧说，"那你……那你先打扫。"

林异打算把清洁工具还给宿舍阿姨，他还没有收到课表，猜测应该不会这么快就上课，所以他想今天把东西归还了，明天就可以安心地睡到自然醒。

程阳刚要回到自己的宿舍，又转身过来："那个，林……林异同学，你的清洁工具在哪里买的？"

林异说："宿管阿姨那里就可以……"话还没有说完，被一阵电话铃声打断了。

林异从兜里摸出自己的手机，程阳也拿出他的手机，同一时刻，他和程阳的手机都响了起来。甚至不只是他们两个人的手机，林异听见整层楼都响起了各种手机铃声。来电不是一串电话号码，而只有三个大字——学生会。

手机屏幕上没有接通或者挂断的选择，同样的铃声响过后，就响起了人声，像学校广播站的播报员："所有新生立即到宿舍一楼大厅集合，三分钟不到的话后果自负。"这个声音只响起了一遍，手机就沉寂了下去。

林异看见程阳停顿了一下，然后欣喜若狂地拨了一个电话出去。手机刚拿到耳边，程阳又失望地放下了手机。手机仍旧没有信号，他们无法联系外界，或者被外界联系。

早睡是没办法了，林异把手机放回兜里。

旁边程阳犹豫着问他："林异同学，一起吗？"

林异点了点头："好。"

说话间，三楼陆陆续续传来了开门声。经历小旅馆的一晚以及校园道路突变泥泞，再加上学生会用这么诡异的手法发了通知，新生们不敢不听话，都按照通知沉默着往宿舍一楼走去。林异把门关上后，带着清洁工具和程阳加入集合的人群中。

到了宿舍一楼大厅，大厅内已经满满当当地站满了大一的新生。人数虽然多，但却出奇的安静，众人的视线都盯着宿舍大门。林异的个子高，轻轻一抬头就看见了宿舍大门附近站着的几个人。他们的胸前别着徽章，徽章是代表学生会的标志，标志之下有他们的名字。学生会的人看了看时间，三分钟已经到了。但他们明显还没有开始要讲话的意思，而是几个人在互相低语，不断地往门外看着。

"洲哥还没有来吗？"

"会议还没结束，说是让我们先开始。"

"那就不等了。"一个高挑的女生朝着大一新生看过来，随后清了清嗓子，高声说，"我是学生会副主席，欧莹。我非常非常非常清楚大家此时的心情，所以我给大家一分钟调整心态的时间，一分钟后我将告诉大家，一些关于学校的说明。"

众人面面相觑，脸上无一例外地出现了害怕的表情，但是没有办法，他们已经来到了这里，这所学校到底是怎么回事，这是他们必须要知道的事。林异站在人群的最后，秦洲虽然对他说了许多关于规则世界的情况，但对于这所大学也只是说了寥寥几句。他对这所大学也有好奇心。于是耐心地等待这一分钟的时间过去，旁边的程阳又"咦"了一声。

林异看他："……"

程阳尴尬地笑了一声，靠近林异说："林异同学，你别看我长得壮实，其实我的胆子和我的身材成反比，但不知道为什么，我站在你身边，心里竟然升起了一丝安全感，就好像你救过我的命一样。"

林异默默地与他保持着距离，说："你别看我表面上很冷静，其实我现在也觉得心慌。"

程阳说："没看出来啊。"

因为人挤人，程阳被挤得更加靠近林异了，他想了想，说："林异同学，既然你叫我程阳兄，那我也就大胆地称呼你为'林异兄'了，你不介意吧？"

林异听到这个熟悉的称呼，一时间还觉得有些感动。

一分钟的时间在他和程阳贫嘴间很快过去了，欧莹开口："好，时间到。"

数道视线都落在了欧莹的身上。

"接下来我说的这些或许会打破你们的信仰。"欧莹先打给所有新生打了一剂预防针，一个短暂的停顿后，欧莹郑重地道，"非自然工程大学有很多真实存在的怪物，而你们，我们，在这所大学里稍有不慎就会被怪物撕碎。"她加重"怪物"和"撕碎"两个词。

人群顿时变得不安。

欧莹的声音还在继续，之前她已经给过大家调整心态的时间，因此在介绍这所大学的时候，她没再给众人消化诡异事实的时间。

"怪物就是守则上的一条条规则，每一条规则对应一个怪物。触犯规则的人会被拖入到规则世界，通俗来讲就是怪物的世界。被留在规则世界的人，在现实中也会消失。不要寄希望有人能够来救我们，被学校选中的我们，都会逐渐被现实遗忘，无论是父母、好友，关系再亲密无间的人都会忘记我们，就好像我们从未来到过这个世界上一样。"

不安在聚集的人群中加剧蔓延。林异显得很震惊，他觉得这句话好像在哪里听到过。旁边的程阳显得更加惊讶，他的嘴巴呈"O"形，整个人呈现石化状态："会被遗忘……"

林异其实挺能理解程阳的震惊，毕竟被富豪爸爸忘记是真的很惨。林异这时反应过来秦洲要为所有学生购买保险的另一层含义了，保险不仅仅是留给家人最后的慰藉，也是希望能在亲人的记忆里留下一抹色彩。亲人或许不再记得他们，但是当保险赔款送到家时，亲人会重新认识他们的姓名。

林异忽然觉得一卡通拿得有些不再心安理得了。他当时只想着保险赔款对于他的父母没有作用，没想到还有这层意思在里面。找个时间把一卡通还给秦洲吧。可是还是有点舍不得，那毕竟是无限额的一卡通啊！

林异正在优柔寡断之际，听到欧莹又开口道："能救我们的只有我们自己，大家可以看见守则上，大部分的规则都有应对办法。今天很多同学都遇见了 3-7 怪物，也就是第三页第七条规则，当水泥变成沼泽，如果你没能及时离开，就会被沼泽拖入规则世界。所以大家一定，一定要熟背校园守则。"

新生们面面相觑，他们之中有带着校园守则来集合的。于是翻书声在死寂间"哗哗"响起，这时忽然有人问："第一页第三条为什么是待补充？"

听见这个"第一页第三条"，林异的心里微微一动。

周遭的声音还在继续：

"第二页第六条为什么是待补充？"

"第三页第九条也是待补充。"

"第四页第五条也是待补充。"

"第八页第五条也是！"

"第九页……"

"第十页……"

声音越来越多了，林异就有些怔愣。他其实还没有时间认真地翻阅校园守则，暑假在家时父母会阻挠他阅读校园守则。录取通知书上写着禁止向他人借阅校园守则，来学校的路上他也不敢把校园守则拿出来。好不容易到了学校，他立刻就被卷进了 7-7 规则世界。林异没想到待补充的规则原来会有这么多。

"待补充的规则的意思就是至今还没有应对的办法。"欧莹回答众人的疑问，"不过不用过分担忧与焦虑，到目前为止，待补充的规则中除了 7-7 规则外，其他待补充的规则出现的概率并不高。"

有人翻了翻校园守则，然后茫然地问："7-7 规则是什么？"

欧莹虽然觉得他们问的问题很奇怪，明明校园守则上就有答案，不过她受学生会主席所托，还是尽量回答所有人的问题。于是耐心地答道："校园所有的窗户都是封死的，如果出现打开的窗户（待补充）。"

"那不就是说，如果窗户突然打开，就是 7-7 怪物找上门来了？我们没有任何逃离的办法，只能被它拖入怪物的世界？"

有人发现了"至今没有解决办法"的真正意思。恍若一滴水珠落入沸腾的油锅，不安彻底散播开来。

"进入规则世界不一定就会出事。"欧莹看了一眼说话的男生，"不过大家也不必过分担忧，为了更大力度地保障大家的安全，学校有相关的保护的措施。"

"真的……真的吗？"胆子小的女生已经哭了起来，听见欧莹说的这句话，又抬眸看着她，就像在看一根救命的稻草。

欧莹说："学校所有学生的信息都会被学生会记录，然后根据在校表现等方面进行评估，刻意触犯规则以及因为焦虑、恐慌等情绪霸凌、嘲讽、打扰其他同学，并且屡教不改的学生将以抓阄的方式投放进入待补充的规则世界。只要进入规则世界的人数达到一定数量，规则世界在下一轮刷新前就不会再卷入其他人。"

宿舍一楼有一瞬间的安静，然后触底反弹。

"什……什么意思？"

"主动投放？"

"是……是要让我们送死的意思？"

欧莹沉默地与大家对视，这时有人忽然联想到了什么，大声喊道："怎么可以这样？"

一石激起千层浪。

林异则是眼观鼻、鼻观心。他这时才想到，在7-7规则世界里自我介绍时，王铎和徐厦知没有休息和打球而是在学习。原来王铎和徐厦知的"卷"是因为这个。大家对学生会怒目而视，欧莹早料到了大家会有这个反应，她解释道："这是学校的规定，目前学生会一直在和学校周旋。在有结果前，请大家放心，学生会不会暗箱操作，学生会一直在想办法保护大家。"但此时，喧闹几乎要把楼顶掀开来，没有人把欧莹的这句话听进去。欧莹的旁边，有人附耳对欧莹说了几句话。欧莹的表情变了变，然后几次制止新生们的吵闹："更正一个信息，7-7规则已经消失……"欧莹的话说了一半，随后皱起了眉头。

大家都沉浸在学生会的抓阄投放问题上，纷纷对欧莹怒目而视，没有人关心欧莹的信息更正。

林异思考着这些话，旁边的程阳讶异了一瞬间，然后挠了挠脑袋："我肯定没救了，我属于学习不好还运气超差的那种，还不是一抽就被抽上了。"然后又问林异，"林异兄，你觉得呢？"

林异无比后悔自己让程阳"林异兄""林异兄"地叫个没完。他正要恳求程阳不要这么称呼自己时，一个冷冷的声音传过来。

——"声音最大的，穿黄衣服的那个，你过来。"

这个声音对林异来说算是很熟悉了，那是他不是很想归还的一卡通的主人来了。

林异捏了捏兜里的一卡通，随后抬眸去看。

秦洲大步从宿舍外面走了进来，精准地把一个穿黄色衣服的男生从人群中单独拎了出来。

林异是了解秦洲的手劲的，那个穿黄色衣服的男生挣扎了几下都无果，直到秦洲放开他。

秦洲："闹什么？"

穿黄衣服的男生脸涨得通红，他的声音低了许多："你们学生会凭什么决定别人的生死？"

"学生会并没有这么做。"欧莹解释道："学生会由学校授权成立，这里和寻常大学不一样，学生会的职责也不一样，非自然工程大学的学生会负责全校学生的安危，抓阄投放的方式是为了保证学校的安定。"

穿黄衣服的男生连一个字也没听进去，一直嚷嚷着。

这时秦洲突然问："你亲眼看见学生会随意决定别人生死了？"

穿黄衣服的男生被噎住，随后嗫嚅着道："猜也知道……不然为什么要设立这个规则，这个规则根本就不是保护我们的好吧？是用来保护你们学生会的还差不多。说什么学校的规定，我看就是你们学生会自己的规定！"

"你的意思是废黜这条规定，让怪物随意寻找猎物，不管你再努力、再小心，但威胁、恐慌还是如影随形？每一分一秒都提心吊胆的？"秦洲盯着他："还是你觉得，你永远不会被怪物找上，而被怪物盯上的人活该倒霉，是吗？这位学弟，你是这个意思吗？"

穿黄衣服的男生又哑然了。他根本没法保证自己不会被找怪物上，这里每个人都有被怪物找上的可能。这个办法其实勉强能让学生安心下来，能感到一丝生还的希望，只要成绩上去，在学校表现良好，那么就有极大概率不会进入规则世界。但穿黄衣服的男生还是磕磕绊绊地说："那学生会的成员会自己主动进入规则世界，寻找怪物的破绽吗？"

秦洲懒得解释了，他站在人群的对面，一眼扫过去："那就给你们一个加入学生会的机会，想加入学生会的人举个手，我看看。"

大家犹豫了一会儿，暂时没有人举手。

"真的让你们加入学生会，不骗人。"秦洲说，"反正加入学生会没有什么要求，全看个人意愿。"

新生们你看看我，我看看你。穿黄衣服的男生咬了咬牙，高高地举起了自己的手。在这位同学的带头下，其他新生也举起了手。

"都举手了？"秦洲虽然这么问，却也不意外，他低声叫来欧莹，"欧莹，登记。"

　　林异是没举手的，他其实知道秦洲一直是在保护他们这些人，隔着密密麻麻的"手臂林"，林异也察觉了秦洲似乎在生气。为了心安理得地昧下秦洲的这张一卡通，他赶紧发声讨好道："秦学长，我……我不加入。"天知道这一声，耗费了他多少勇气，林异这一声吸引了无数视线，其中就有秦洲的。

　　秦洲看了看林异，然后他勾勾手指："你来，站在这儿。"指了指自己旁边的位置。

　　林异顶着众人审视的目光硬着头皮上前，程阳看兄弟上前，他也立即放下手，朗声道："我也不加入了。"

　　秦洲看程阳一眼："你也来。"

　　于是林异和程阳以及学生会的人一起站在了众人的对面，程阳丝毫不觉得不适，偏头小声地对林异说："林异兄，我够朋友吧。"

　　林异觉得有些崩溃，声音嘶哑地道："……叫我林异就行了，求你。"

　　程阳"嘿嘿"一笑："真把你当兄弟，这是我应该做的，不用觉得压力。"

　　林异决定散会后就算花上再多的时间也要把7-7规则世界的故事讲给程阳听，果然，人犯懒是会遭报应的。

　　欧莹组织要加入学生会的新生排队登记，秦洲听到林异和程阳的低声交流，回头看了林异一眼。也仅仅是看了林异一眼，然后秦洲就移开了视线。

　　然后秦洲看着排队登记的队伍，说："简单说说学生会的责任。"

　　众人不约而同地看向秦洲。

　　秦洲慢悠悠地道："学生会最主要的任务就是监察，查学分、查表现、查有问题学生。次要责任呢，就是值勤。这个值勤我要好好说道说道，和大家认知的值勤不太一样，不一样就不一样在，轮到你值勤时，你站岗的地点是怪物出没的地点，提醒其他同学不要被卷入规则世界。"

　　"是不是很轻松？"秦洲望着众人。

　　新生们已经愣住了，万万没想到事态会往这个方向发展。

　　"当然，困难一点的任务也有。"秦洲说，"学生会有一支主动进入规则世界的先锋队，大家都猜到了吧？先锋队的成员也是轮换制。"

这下，宿舍一楼彻底沉默下来了。

"还加入学生会吗？"秦洲问。

没人再举手了。已经填写报名表申请加入学生会的人的脸上露出后悔的神色来。

"秦洲，学生会主席。有什么事来找我。"秦洲靠在墙上冷冷地开口。

没有人说话了。

秦洲的目光从众人的身上掠过："现在都回去背校园守则，明天什么情况等你们辅导员的通知。"

集合的人群散了，穿黄衣服的男生也要离开时，秦洲忽然说道："站着。"

穿黄衣服的男生停下脚步，不安地看着秦洲。

"名字？"秦洲睨了他一眼。

穿黄衣服的男生的表情顿时一变，这个时候才暗暗地感到心惊和后悔。学生会刚刚提到，平时的表现也会记录在案，他刚刚的一系列举动是不是就算表现不好了，还引起了这位学生会主席的注意。

穿黄衣服的男生双唇颤抖着，秦洲不耐烦地又重复道："名字？"

穿黄衣服的男生一下子绷不住了，不停地保证以后一定配合学生会的工作，秦洲皱着眉头不耐烦地挥挥手。穿黄衣服的男生如蒙大赦，转头就跑进了宿舍楼。

秦洲只是想知道这个穿黄衣服的男生的名字，一般这种人都不服管，需要格外注意一些。就像他第一次和林异见面，也觉得林异是个异类。但两个人一对比，就出现了差别。秦洲这才看向林异，林异下意识地躲开了他看过来的视线，然后又意识到不对劲，回正脑袋朝秦洲礼貌地问好："秦学长好。"

秦洲问："天快黑了，你不回去睡觉，还在这儿站着干什么？"

林异简直不要太感谢秦洲的这句话，他就是想溜了，明眼人都看得出来秦洲现在憋着火。他才不想触霉头。

"秦学长晚安！秦学长再见！"林异赶紧溜了。

程阳赶紧跟着："哎，林异兄，等等我……"

等这两个人走后，欧莹走了过来，一脸焦急的表情："洲哥，校园守则……"

秦洲说："自动更新了。"

欧莹的脸色顿时变得煞白："怎……怎么会？"

校园守则是由学生会制作成册，每一条规则都是他们亲手记录的。每当有人从规则世界成功出来，学生会就会立即召开会议，通过规则世界的"死亡"规则去推算应对的措施。学生会再通过推算出来的应对措施试验看能否够逃脱，如果成功，学生会则立刻更新校园守则。

欧莹以为这次也一样，但事实是秦洲因为校园守则自动更新而没有召开会议。校园守则自动更新，让欧莹不由得联想到那位前辈的推论——非自然工程大学是建立在现实世界的规则世界。寒意从他们身上的每个毛孔趁机钻入，欧莹只觉得一阵恶寒："洲哥，你在 7-7 规则世界里遇到了什么？"

"你们先回去。"秦洲对学生会的其他同学说，随后看向欧莹道，"边走边说。"

非自然工程大学一共有三栋宿舍楼，大一新生单独住一栋，大二和大三学生各有一栋，但会有大四学生一起住，因为一般来说，能活到大四的学生人数实在是太少了。

秦洲和欧莹都住在大二学生的宿舍楼里，就在大一新生的这栋宿舍楼后面。

回宿舍的路上，秦洲对欧莹说："7-7 怪物被杀了。"

欧莹的脚步停住，脸上露出不可思议的表情，看着秦洲："7-7 怪物被杀了？怎么回事？"她了解秦洲，虽然秦洲也与她谈起过用"死亡"规则反杀怪物，但秦洲的身上还有责任，他一向是求稳的。

"嗯。"秦洲点了一根烟。

欧莹是秦洲最得力的副手，校园守则中有好几条规则都是欧莹解决的。因此秦洲并没有隐瞒什么，简单地道："这届新生中有个天才……"

欧莹光是听着秦洲对于 7-7 规则世界的最后一个夜晚的讲述，都觉得紧张，她后怕地道："洲哥就由着这位天才去了？万一……洲哥，你怎么想的。"

秦洲沉默了一会儿："我也不知道，可能是理智和直觉都让我选择相信他。"其实这么做还是很冒险的，但当秦洲还不知道林异要做什么的时候，他也没拦着，还带着周伶伶去了餐厅。看到林异把程阳推出公寓楼外，他反应过来后第一个想法也只是"小天才果然胆子大"，但也没有想过阻止林异，但是秦洲的心底隐隐约约也有答案，他信任林异的判断。

欧莹面露赞叹之色："新生能有这个临场反应是真的很厉害，洲哥，不考虑邀请他加入学生会吗？"

秦洲说："人家刚刚才表示不加入学生会。"加入学生会讲究一个你情我愿，特意去邀请没意思。他扭头问欧莹，"明天都安排好了吗？"

另一边，林异向程阳讲述完了在 7-7 规则世界里发生的故事，不过用的是他自己的视角。在 7-7 规则世界里，他几乎都是和秦洲待在一起的，和程阳的接触并不多，所以讲述时有关于程阳的出场次数不多。但一句"你被 7-7 怪物附体"了，已经足够让程阳觉得害怕，他一连几声"我的妈呀"，然后说："不是梦啊，我的天啊……"

林异问程阳："你有意识吗？"

"没有吧……哎……"程阳挠了挠头，尽力回忆那种滋味，"我也不知道，林异兄，你知道做梦的感觉吗？就是你完全操控不了自己，你也不知道要干什么，但是面对的东西再荒诞又觉得很正常。我现在就处于梦醒的状态，你给我讲的那些，我倒是朦朦胧胧地能记得一点点，但是细节完全记不得了。"

林异就是随口一问，他本来也没抱什么期望。

程阳说："林异兄，我有个不情之请。"

林异："什么？"

程阳说："我今晚能在你的寝室歇一晚吗？我有点，害怕……"

林异说："你说什么？"

程阳老老实实地重复道："林异兄，我今晚能在你的寝室歇一晚吗？我不敢一个人待着。"

林异说："上一句。"

"上一句?"程阳想了想,"我有个不情之请?"

林异冷酷地道:"你没有。"

林异这么直接拒绝了程阳,又觉得有些尴尬,主要是替程阳感到尴尬。他想了想又解释道:"我没有别的意思,主要是和你在一起,我害怕。"毕竟程阳可是7-7规则世界的怪物。

程阳被林异说服了,把恐惧转移给好兄弟还算什么兄弟?程阳一步三回头地走了。

林异看着程阳回到自己的寝室后,关上了寝室的门。他本来是打算睡觉的,在规则世界里几天没合眼,他现在感觉到了疲惫。他现在迫不及待地想要拿出自己的随身听,让白噪音陪伴自己入眠。林异转身去洗漱,拧开水龙头时,水管"洄洄"响了几声。这几声让林异暂时停下动作,然后盯着水流。随后,林异咬着牙刷去翻校园守则。没一会儿他就找到了一条守则。

1-6:学校只会在7:00-21:00提供热水,其余时间务必拧紧水龙头。

林异看了看时间,松了口气。好险,还差五分钟就到晚上九点了。随后,林异的眼里也露出了一分庆幸。他不是太看得上这些已经有应对办法的规则世界,能轻松地被找到"死亡"规则,想必也是低级怪物,他想要见见比7-7怪物还要高级一些的怪物。

林异在最后五分钟内快速洗漱完毕,然后拧紧了水龙头。他带着校园守则躺在床上,如果不背熟校园守则的话,确实很容易犯错误,但林异目前还不打算背书,他想到了学生会把大一新生聚集在一起时,新生找到的那些待补充的规则,对于整本校园守则来说,这些待补充的规则不算多,但单独拎出来也不算少了。林异看着这些规则,他记着欧莹的一句话,这些规则出现的频率没有7-7规则高,但林异不知道这个频率不高到哪种地步。他抱着校园守则想了想,既然学生会的职责是负责全校学生的安危以及对抗有怪物的规则世界,并且还能获得学生的全部信息,那也就意味着这件事情是学校认可的,并且给予了极大的支持。突然,林异的手机"嗡"地响了一下,打断了他的思路。

手机就在林异的手边,秦洲让他们离开时说过辅导员会联系他们,所以林异就把手机放在了伸手就能触碰到的地方。手机屏幕的右上角依旧没有显示有信号，看完这个，林异才看手机最新接收到的消息。是一张表格，林异用手指放大才发现是一张课表。

班级课程表

班级名称：22 级生物工程（14 人）

周一：大学物理（生工与环境）

工程应用数学 B（生物）

化学基础 2

化学基础 3

周二：高等数学

线性代数

工程基础 2

工程基础 1

周三：大学英语

细胞生物学

植物组织培养技术

有机化学

周四：……

周五：……

周六：……

林异一眼扫过去，感到了一丝窒息感。

林异："满课啊？"

紧接着，林异感受到了一丝诡异的感觉，这份课表本身没有诡异感，但课表出现在他的手机里，在不正常的世界里出现一切正常的东西，反而就显得无比诡异起来。说实话，林异当时报专业是随便填写的，他并没有想到这里竟然会真的有老师授课，并且课程正常得不能再正常了。真的会有教师来这所学校授课吗？

林异抿了一下嘴唇，正琢磨着，手机响了起来。这一次是来电话了，手机屏幕上写着三个字外加一串数字：辅导员 0213。

林异还是没有选择接通或者挂断的权力，他只能等着。手机铃声响了一会儿，手机屏幕里赫然出现了一个男人，吓得林异差点把手机从床上扔下去，怎么是视频通话？

"各位同学晚上好！"视频画面里的男人盯着镜头，"我是你们的辅导员，非常遗憾在这所大学与你们相遇。"

林异小心地觑着手机屏幕，确定手机屏幕里没有自己的身影，是辅导员单方面露脸时，他才松了一口气。

"22级生物工程专业一共十四个人，我拉了一个群，之后你们之间就可以互相联络了。"

辅导员接着说："这次通话主要有几件事要告诉大家，第一个，也是最重要的事，想必学生会已经找过大家了，也向大家介绍了这所大学的情况，还有大家必须要注意的两件事。这里我再重申一遍，第一，熟背校园守则，第二，好好学习，天天向上！然后，我再说第三点，人活着才会有希望，千万不要想着逃跑或者做傻事！你们一定要记住，只有活着才能找到真正的解脱办法！请坚信，我们终有一日能够离开这里！如果觉得有压力可以同学之间互相开导，校园医务室也设立了心理辅导室，免费向大家开放！"

辅导员说完之后，他自己又沉默了一会儿，随后平静地道："再说第二件事，明天早上十点前统一来A栋教学楼101教室领取教材，我会在教室等着你们，领取完教材后可以返回寝室，也可以前往图书馆，当然也可以去食堂用餐。这几天暂时不开始上课，等过了这段时间我会再通知你们开始上课的时间，嗯，等过了这段时间……"

林异盯着辅导员看了看，这位辅导员的年龄并不大，看起来只比他们年长个七八岁的样子。看着手机"嗡"了一下，一条推送气泡浮现在屏幕上。

22级生物工程 — 程阳："我怎么感觉……这位辅导员有点……"

22级生物工程 — 程阳："心理上有点压力。"

林异看见辅导员往镜头前凑了一下，身体前倾，他应该是在看程阳发的这条类似弹幕一样的消息。看完之后，辅导员扯了扯嘴角道："我刚刚才从心理辅导室回来，也吃了药，我没问题的，谢谢程阳同学的担心。"

22 级生物工程 —— 程阳："0213 老师，您辛苦了……"

22 级生物工程 —— 张姣："既然不开始上课，能不能开始上课后再领书啊？"

22 级生物工程 —— 曹晨阳："对对对。"

林异不知道他的这些大学同学是怎么发的弹幕，他一直都不是很喜欢研究这些电子产品的功能，但他听到辅导员在一一回答弹幕上的问题后，林异开始着急了，他也有问题想问。

"0213 是我的通讯编号，哦！对，忘记自我介绍了，我姓蒋，单字一个稻。以后称呼我蒋老师就好。然后开始上课后再领书也可以。"辅导员说，"但是，你们确定不早点领书，开始预习吗？"

辅导员："我知道你们害怕，所以我把领取教材的时间定在了上午十点钟。至于提问吗？结束视频后，你们可以翻找通讯录，你们的手机通讯录里就会出现其他十三位同学的姓名，像平时打电话一样，直接拨号就行。"辅导员说，"但前提是手机得保持有电，你们的寝室里有插座。"

22 级生物工程 —— 程阳："蒋老师好！请问只能本专业的同学才能互相联络吗？"

"我的权限只能建立本专业的群，你想要联络其他人可以向学生会申请。"辅导员说，"从某种程度上来说，在咱们这所学校中学生会的权限比老师高，因为他们是负责你们安全的人员，而老师只负责你们的学习，我们不管这些事。你们的学习成绩也是考核的一部分，所以你们真的打算开始上课前才领取教材吗？"

22 级生物工程 —— 程阳："蒋老师，请问你有权限查到林异同学在哪个专业吗？"

"我不可以，不过……"辅导员说，"林异同学不就是我们专业的同学吗？我没记错的话，他这个名字在学校内还没有重名的。"

"同学们还有别的问题吗？什么都可以问。"辅导员说，"我知道的都会告诉你们，没有问题的话，我们就可以结束视频了。"

林异还是没研究出来怎么发消息，他想按照辅导员教的那样给程阳打个电话，但是视频却挂不断。林异开始觉得气急败坏。好在这个时候，他不知道按到了哪里，竟然弹出了一个文字输入框。林异赶紧打字……

"没有别的问题了话——"辅导员的声音戛然而止，他的脸拼命地往镜头前挤，整张脸似乎都要从屏幕里穿出来。

22级生物工程 — 林异："蒋老师您好！"

22级生物工程 — 林异："这几天暂时不能开始上课的原因是因为这段时间是待补充规则怪物的投放期吗？"

22级生物工程 — 林异："蒋老师，您知道这段时间是投放给哪个编号的怪物吗？"

22级生物工程 — 林异："蒋老师，您一定会回答我的问题，对吧？对吧？对吧？"

22级生物工程 — 程阳："……"

怕文字输入框突然消失，林异一口气把自己的问题都问了，毕竟对于大一新生来说，暂时不开始上课的这几天是新学期的开始。对于老生来说就不是了，对大二、大三和大四的学生来说，新学期的开始意味对上学期成绩的一个清算。结合学生会对进入"怪物"世界学生的安排，能让他们延迟开始上课，想必是怕学生会成员与学生进入规则世界时，让其他人撞上。毕竟是待补充的规则世界，如果其他人撞上，没有应对措施就只能被拉入规则世界。

林异盯着手机屏幕，他看见辅导员紧张地咬了咬指甲，他也觉得紧张啊，他怕辅导员跟秦洲一样，软硬不吃。他等了一会儿，辅导员终于点了下头。

"确实是这样，这几天是投放期。"辅导员的声音听起来似乎了无生气，"2-6怪物会在这几天出现。不只是你们延迟开课，大二、大三和大四的学生也都停课了，为的是保证你们的安全。"

辅导员勉强打起精神安慰他们道："不过也不用害怕，学生会会在2-6怪物的出没点值勤，就算你们不幸遇见了，学生会的人也会提醒你们。"

林异立即翻开手边的校园守则。

"第二页第六条，第二页第六条，第二页第六条。"

他在心底默念，然后翻到了 2-6 规则。

2-6 规则："校园内没有诅咒，如出现……（待补充）"

林异想了想，手指在手机屏幕上一阵乱点，然后文字输入框又被他乱点出来了。

22 级生物工程 —— 林异："蒋老师，您知道 2-6 怪物出现的周期吗？"

22 级生物工程 —— 林异："蒋老师，您知道 2-6 怪物每一轮会卷多少人进入 2-6 规则世界吗？"

22 级生物工程 —— 林异："蒋老师，您知道 2-6 怪物至今存在了多长时间吗？"

22 级生物工程 —— 林异："谢谢蒋老师！"

林异想着，哪怕 2-6 怪物出现的频率不高，但只要它存在的时间够长，也能证明 2-6 怪物的等级不低。毕竟这么长时间了，秦洲还把规则放着，证明它也是棘手的。只是相对于 7-7 规则，2-6 规则显得没有那么急罢了。

林异问的这些问题其实也是很多新生想知道的，他们不一定能像林异想得这么多，但是林异既然问了，他们也都想知道答案。在束手无策的地方，知道得更多一点会给人一种心理上的慰藉，虽然这种慰藉的作用换算成重量的话，只有四个字：轻若羽毛，

"存在多长时间了？"辅导员垂眸想了很久，想着想着他又掰着手指头算了算，"我想不开的那年，2-6 规则就已经存在很久了，到现在……"

林异一愣，抬头猛地看向手机屏幕。

程阳颤抖着手发了一条弹幕："是我听错了吗？有没有好心人重复一遍，蒋老师刚刚说了什么……"

辅导员说："哦，我自己就可以重复啊。我想不开的那年……"

林异都能感觉到群聊里令人感到窒息的气氛，屏幕上的辅导员还在掰手指头计算时间，喃喃地重复着："我想不开的那年，2-6 规则就已经存在了六年。但是我做傻事的那年是什么时候呢……"

林异抿着嘴唇，如果不是辅导员的这句话说得太恐怖，他这个时候就已经开始琢磨 2-6 怪物了。但是现在他的注意力都在辅导员说的这

句话上……

想不开? 做傻事? 林异立即去摸兜里的随身听,摸到随身听后,林异非但没有松一口气,思维反而不受控制地变得活跃起来。规则世界里不能带东西进去,他现在还躺在自己刚铺的床上,他的手机在他的手上,他的随身听也还在他的兜里。所以,他还在现实世界。那么辅导员这句话就显得有些不可捉摸了。林异从床上坐了起来,他用手指戳了戳屏幕,靠着不知道按到哪里的办法又把文字输入框点了出来,随后敲字。

22 级生物工程 —— 林异: "蒋老师,您还好吗?"

辅导员说的这句话实在是把 22 级生物工程专业的另外十三个新生吓得够呛,这个时候没人再敢发弹幕,直到看到林异的消息,辅导员才停止了将近十多分钟的思考,面带微笑地说:"林异同学,各位同学,我很好。既然大家要开始上课后再领教材,那领教材的前一天我再通知你们……"话还没说完,辅导员看见这个名字奇怪的林异同学又发了一条消息。

22 级生物工程 —— 林异: "蒋老师,我明天就想领教材,可以吗?"

22 级生物工程 —— 林异: "我想提前预习一下。"

辅导员停顿了一下,应该是觉得林异没再刨根问底,他庆幸地松了口气,随后说:"可以。"想了想,他又补充道,"明天想要领教材的同学,明天上午十点来 A 栋教学楼 101 教室。暂时不想领教材的同学也可以等我另行通知。"

22 级生物工程 —— 林异: "谢谢老师!"

辅导员说了告别语,赶紧切断了视频通话。

手机在视频通话结束的那一刻,屏幕就暗了下去。林异从床上跳下去,去找充电器充电。等他再回到床上时,手机里多了很多条短信。就跟平时收到的短信一样,未浏览的短信存储在"信息"里。有二十多条。

大部分是程阳发来的。

程阳:"林异兄,我现在害怕死了。"

程阳:"你明天真的要去领教材?你不觉得辅导员很奇怪吗?他是不是……"

程阳："你明天几点起床？起床了能不能叫我一声？我跟你一起去吧。"

另外的短信就是同专业其他同学发来的，他们忐忑不安地询问林异，希望林异能够顺便帮忙把他们的教材领回来。林异不太会拒绝人，所以他装作没看见。倒不是不愿意帮忙，看课表上这么多课程，想来教材肯定不少，他帮不了这么多人。他只给程阳回了短信，相比于乱点屏幕触发文字输入框，发短信的操作他很熟练。

林异给程阳回了个"我一个人就成"。然后他收到了程阳的夺命连环短信，颇有种林异不答应他就要不死不休地继续发下去的架势。对于程阳锲而不舍的精神，林异实在招架不住，而且他真的想睡了，只好给程阳回了个"好"。手机终于安静了下来，林异设置了一个早上九点钟的闹铃，随后把手机放到一边。他之所以约辅导员第二天领取教材有两个原因，一个是亲眼看看辅导员的情况，以论证他脑海中对于辅导员身份的猜测。

第二个就是，他想在校园里转转，他想看看 2-6 怪物。程阳非要跟着的话，对他来说没有什么影响。他目前暂时不准备再进入规则世界，在 7-7 规则世界里的时候，他的思维太活跃了，这让他的身体处于极度疲惫的状态，至少要休息个一两周才缓得过来。不然，身体就会出现一种"不像是自己"的状态。

辅导员虽然给人的感觉有点奇怪，但是他给林异提供了一个重要线索。2-6 规则存在的时间大于六年，一条六年前就存在的规则，想必十分棘手。林异再想进入规则世界找规则怪物，他也得保证自己的状态良好，所以 2-6 怪物，他只是单纯地想看看。

现在程阳要跟着，林异就干脆让程阳跟着。他知道秦洲虽然没明说，但心里一定对他充满了怀疑。他还是小心点比较好。有程阳跟着的话，他的目的性就显得没有那么强烈。放下手机后，林异从兜里把随身听掏了出来。看见久违的随身听，林异有种"小别胜新婚"的激动，快速将耳机塞进耳朵里，白噪音响起，林异舒舒服服地闭上眼睛，终于可以睡觉了。

第二天，林异是被闹钟吵醒的，他关了闹铃，还在床上赖了一会儿，随后才恋恋不舍地起床。他换好衣服，跳下床去洗漱。洗漱后他去敲程阳的寝室门，程阳很快打开门。

林异看见程阳的眼底一片乌青，想来是因为一晚上没睡觉。鉴于此，林异好心地问："你要不要睡一会儿，我可以帮你把教材……"

程阳一个人待着觉得害怕，他还是想和林异待在一起："林异兄，你等我两分钟，我洗漱很快。"程阳一边说一边放倒行李箱，取出里面的牙具和洗漱杯。

林异在门口等着，自然就看见了程阳寝室的全貌。似乎大一的宿舍楼每间寝室的格局都是一样的，大致分为三个区域，休息区，这里摆着一张单人床。学习区，有一套桌椅。还有就是洗漱区。不过程阳的寝室没有收拾，床铺也没有铺床单，就连行李箱里的东西都没有取出来，不知道程阳昨晚是怎么过的。

程阳的动作如他自己所说，果然很快，他看了一下时间："九点半，林异兄，我们现在就去教学楼的话，辅……"提到辅导员的时候，程阳还是有一丝害怕，"辅导员会在吗？"

林异说："先去吃早饭。"

程阳："……哦。"

林异看出来程阳还在害怕，想了想还是又说了一句："你害怕的话可以不去。"反正他今天是去领教材的。他有正当的理由，秦洲应该不会找他的麻烦。

程阳一听林异不让他去了，哪里肯答应，两个人从宿舍走出来，食堂就在宿舍楼的左边，走路大概五六分钟就能到食堂。食堂的窗口不少，但是都没有什么人，每个窗口都不需要排队，在食堂内就餐的学生也寥寥无几。

林异拿出那张无限额一卡通，走到售卖茶叶蛋的窗口。

"阿姨好。"林异礼貌地说，"要两个，不，三个！"

"九块。"食堂阿姨说，"刷卡。"

林异快乐地用无限额一卡通刷卡买了早餐，带着奢侈的三枚茶叶蛋，找了个地方坐着。他没有立刻去吃茶叶蛋，程阳还在买早餐，他不等程阳提前吃的话感觉不太礼貌。等着程阳买早餐的时候，不知道是不是受辅导员影响，林异不动声色地把每个窗口后面的阿姨或是大爷都打量了一遍，没看出什么异样。

"哎。"程阳带着他的早餐走了过来，在林异旁边坐下。他不缺钱，早餐都买的是单价最高的食物，但还是唉声叹气地道，"没有苹果吐司螃蟹薄饼，也没有红醋果酱和麝香咖啡。"

林异："那是什么？名字听起来怪怪的。"

程阳："我平时吃的早餐啊，林异兄，你没吃过吗？"

"没有。"林异好奇地问，"螃蟹也能做成饼吗？和手抓饼一样吗？"

程阳"嘿"了一声说："那怎么能一样？林异兄，我跟你说哦，最好吃的螃蟹薄饼莫属 F 洲里一家知名游乐园中的餐厅，我上次去玩的时候吃了一次，一直念念不忘。"

林异："你家里这么有钱，应该可以吃第二次的吧。"

"嗨！"程阳说，"我把餐厅的大厨聘请到家里了，不过感觉少了点氛围，吃起来味道就不对了。不过也还是不错的，我的很多朋友都会来我家吃螃蟹薄饼，毕竟那味道简直绝了……"他看了一眼林异手中的茶叶蛋，举例道，"那个味道可以甩茶叶蛋一百条街。"

林异看着手中的茶叶蛋，突然就觉得茶叶蛋不香了。

吃过早餐后，时间将近十点钟。两个人往约定的 A 栋教学楼走去，由于全校都因为投放期而停课，校园内并没有学生走动，能看见的只有学生会的人。在宿舍通往教学楼的那条道路上有值勤的学生会成员，3-7怪物就是通过泥泞的水泥路把人卷入规则世界的，这里会有学生会的人站岗，就像昨天一样，如果 3-7 怪物出现，负责帮助陷入其中的同学紧急离开。

3-7 怪物的出没地点有两名值勤的学生会成员，见到林异和程阳，一个人问："去哪儿？"

这几天学校大规模停课，虽然没直接说是投放期，但辅导员必定会提醒学生尽量不要外出。

有程阳在旁边，林异就少了跟陌生人交流的烦恼。用不着林异去交流，程阳解释道："学长，我们去领教材。"

这位学生会的学长看了一眼时间，说："快去快回。"

林异和程阳快速走过这条路，眼看就要到教学楼的时候，程阳脸上的表情变得越来越痛苦："辅导员是不是压力太大了，导致精神出了点问题？"

林异叹气道："可能是。"

两个人在九点五十分的时候到达 A 栋教学楼 101 教室。101 教室的门没有关，程阳抬脚就要往里走，林异拉住他。

程阳正要说什么，林异把食指放在唇上："嘘。"虽然不知道林异要做什么，程阳还是听话地噤声了。

他们看见辅导员就在 101 教室里，坐在一堆教材前眼神空洞地发呆，看起来就像蜡像馆里的人形雕塑。林异观察了好一会儿，辅导员放空自己的时候，在某个瞬间和他的父母的状态有点像。虽然父母不能说话，但他们呆滞的时候跟现在辅导员的状态很像。

林异敛了眸，随后才敲了敲门。

敲门声没有打断辅导员的发呆。

林异便轻轻地喊："蒋老师？"一连喊了三声，辅导员都还沉浸在自己的世界里。

程阳就大喊了一句："蒋老师！"果然是力量型选手，程阳这一声大喊终于让辅导员看了过来。

辅导员茫然地转头看了看门口的两个学生，这个动作让他的衣领往下滑了一点儿，露出了脖子。过了好一会儿辅导员才反应过来，他站起来："林异同学，还……"

程阳说："蒋老师，我是程……"他差点咬了舌头，"阳。"然后疯狂地去扯林异的衣角，小声道，"看他的脖子，看他的脖子。"

林异当然也看见了，辅导员的脖子上有一道勒痕。林异盯着辅导员脖子上的勒痕，紧接着沉默了下来。

发现林异和程阳注意到自己的脖子，辅导员赶紧把领口往脖子上提了提，让高高的衣领藏住勒痕。

"抱歉！吓到你们了，之前不小心出了点意外。"辅导员解释了一下，随后说，"教材我已经分好了，你们随便挑一份就好。"

林异随便挑了一份教材，辅导员拿出一张本专业学生名单，找到林异和程阳的名字，在他们的名字后面打了个勾，表示他们两个人已经领取了教材。

林异想了想问："蒋老师，我能向您打听一个人吗？"

辅导员看着林异，说实话，他有点害怕林异提问，但还是说："可以啊。"

林异说："您认识林圳吗？"

辅导员认真地想了想，想着想着他抓了下头发："我……我不记得了。"他回答的是"不记得"，而不是"不知道"。

林异见状又问："蒋老师，那您认识袁媛吗？"

辅导员还是摇了摇头道："不记得了。"

林异虽然没有太大的期望，但得到这个答案还是不由得有些失望："我知道了，谢谢蒋老师！"

辅导员见林异的提问结束，他放下自己被揪得没剩多少的头发，表情也随之平静下来，看了一眼时间后问道："还有别的事吗？"

"没有了。"林异说，"蒋老师再见。"

两个人正要离开，辅导员在身后又喊住他们："林异同学，程阳同学。"

程阳已经被辅导员吓得魂不附体了，听到辅导员叫他们的这一声，手里抱着的书本全都掉下来了，程阳便赶紧去捡。

林异则回头看着辅导员："蒋老师？"

辅导员道："这几天就待在寝室里预习吧，除了食堂和图书馆，其他地方尽量就不要去了，但就算这两个地方，能不去还是尽量不要去，可以去食堂购买一些食物。如果看到有学生会设立的 2-6 执勤点立即远离。"

林异点头："知道了。"直到他们抱着教材离开教室，程阳都还没有从惊吓中缓过来。林异有些不好意思带程阳专门去看 2-6 怪物了。毕竟辅导员反复叮嘱，而且学生会还专门设了 2-6 执勤点，想来 2-6 怪物确实让他们感觉到了棘手。林异决定还是和程阳先回宿舍，之后他再一个人溜出来。

宿舍到教学楼之间只有一条路，但是教学楼区域的路况就复杂得多了。林异准备原路返回，因为他们来时的路上并没有看到学生会设立的 2-6 执勤点。走了一会儿，程阳好歹缓过来了，他问林异："林异兄，你刚才问的那两个人是……"他的话还没说完，被远处的几声大喊打断了。

"别乱跑！"

"停下！"

林异和程阳循声去看，一个男生飞快地朝他们奔来，在男生身后追逐的是学生会成员。

这个男生边跑边叫："我不要去……我不要去……"

几乎是一眨眼的工夫，林异就看见这个男生冲到了他和程阳跟前。然后这个男生撞了一下林异的肩膀，林异没来得及躲，怀里抱着的教材全都掉在地上。相撞的这一瞬间，林异把男生的叫嚷听得更清楚了，这个男生说："我不要去 2-6，我不要去 2-6。"

这个男生不想去 2-6 规则世界，一点都不想去。哪怕他知道是因为自己抓阄导致的，学生会也是迫不得已。并且有学生会的成员跟他一起进入 2-6 规则世界，但他还是感到害怕，还是担心自己会被永远留在规则世界里。

林异抿了下嘴唇，撞了他的男生想必就是即将被投放进 2-6 规则世界的学生。看见林异被撞得往后退了几步，程阳赶紧关心地问道："林异兄，你还好吧？"

林异的肩膀被撞得有些疼，他暂时没有去管掉在地上的教材，而是拉着程阳往旁边靠。下一秒，追逐这个男生的学生会成员也紧跟着冲了过来。

"我不去，我不去，放开我——"这个男生被另一边跑过来的学生会成员逮住，疯狂地挣扎着："再给我一个重新抓阄的机会好吗？"

让开道路后，林异和程阳都看向了眼前的一幕。追逐这个男生的人与过来截住这个男生的人汇合，林异看到截住这个男生的人中的某个人之后，赶紧蹲下来去捡地上的书。

是秦洲。虽然隔着十几米的距离，但是林异都能感觉得到秦洲的怒意："我有没有说过，不要乱跑，你要是把 2-6 怪物带到人多的地方，让所有人在毫无准备的情况下进入 2-6 规则世界怎么办？"

这个男生挣扎着道："不，我不要去 2-6 规则世界，我不要去 2-6 规则世界。"

跟着秦洲一起截住这个男生的欧莹走了过来，对这个男生说："我清楚地说过，每一次投放，学生会都会派人跟着你们一起进入规则世界。我们会尽全力保护你们。"

男生大吼道："你们要是能解决问题，2-6 规则世界还会存在这么久吗？别以为我不知道，2-6 规则世界存在至今已经十年了，十年！十年！没有人能从 2-6 规则世界里面出来！"

男生还在挣扎，见挣脱不了，他怒视着秦洲："你这么厉害，为什么你不跟着我们一起去？"

秦洲睨他一眼，冷冷地道："恭喜你，这次确实是我带你们一起进入 2-6 规则世界，满意了吗？"

男生愣了一下，但还是继续说道："我不去，我不去！"

林异埋头捡书，程阳也蹲下来帮他一起捡，然后问："2-6 怪物还……还能跟着过来啊……"

林异："好像是吧。"

程阳觉得腿肚子发软，声音颤抖着道："林异兄，九点钟方向，你看看站在柱子后面的那个东西像不像……2-6 怪物……"

林异愣了一下，小心地抬眸往程阳说的位置瞥了一眼。一个穿着红色衣服的女人，她正看着秦洲。

程阳咽了口唾沫："影子……林异兄，她没有影子。"

林异也看见了，今天是个艳阳天，每个人的脚下都有影子，除了那个女人。

程阳快要哭出来了："我的天啊……要不要……找那个学生会主席……"

林异思考了一下，因为女人站在柱子后，从秦洲所在的方向是很难注意到的。

"还是……"林异说，"说说吧……"

"好。"程阳试图站起身，但没站起来，"腿软了，站不起来了。"

林异就去拉程阳，还没把程阳拉起来，他们俩就被秦洲注意到了。

"蹲在那边的两个。"秦洲朝他们说，"过来！"秦洲担心这个突然失控的男生把2-6怪物吸引过来，万一真的引过来了，这两个蹲在地上的新生就倒霉了。看这两个新生还在拉拉扯扯，秦洲觉得气不打一处来，不知道天高地厚的气人玩意儿。他朝着两个新生走过去，刚走两步，就辨认出来这两个气人玩意儿是林异和程阳。

秦洲停下脚步，与林异对视着："小天才，你怎么在这儿？"

林异赶紧解释："秦学长，我们刚才去领教材。"然后他疯狂地向秦洲眨眼睛，希望用在7-7规则世界建立起来的微弱的默契，引导秦洲发现柱子后边的2-6怪物。

秦洲察觉了，他的视线飞快地往柱子后面一扫，还没看清楚那个东西，诡异的红光在眼前暴涨。秦洲在心里暗骂一声，糟糕，那个逃跑的学生真的把2-6怪物引了过来。

估计出现这里的人都要卷入2-6规则世界，秦洲气得想骂人。他深吸一口气，暴躁地等待红光褪去，等待2-6规则世界在眼前展开。时间流逝的速度似乎从诡异的红光亮起的那一瞬就变得缓慢，每一分每一秒的时间流逝，都缓慢得似乎被设置了0.1的播放倍数。

秦洲等了很久都没有等到红光消退，慢慢地，他的眼皮变得沉重，犹如灌了铅。困意如潮水般涌来，他感觉到自己的大脑好像被一股无法招架的力量敲开，有什么东西在窥探他的记忆……

与此同时，嘀嘀嘀——

放着全息舱的试验室响起机械音：

2-6规则：校园内没有诅咒，如出现……（待补充）

第四批非自然工程学生（志愿者）将进入2-6规则世界。非自然工程学生（志愿者）将进入全息世界的小世界。

小世界分为三个阵营：1. 全息舱生成的 NPC。2. 学生阵营。3. 被怪物选择替代的学生阵营。

提示：全息小世界并不会有人真正死亡，尸体及死亡现场由全息舱自动生成。

健康检测功能已开启，弹出功能已预备，若志愿者在 2-6 规则世界触犯规则，将第一时间结束进程。

预祝各位志愿者在小世界内取得胜利。

小世界内，林异和程阳面面相觑，他们对视了很久，程阳说："林异兄，不会是我想的那样吧。"

林异："……"

程阳露出痛苦的表情："这是什么运气啊？昨天才有惊无险地从 7-7……是 7-7 吧？"

林异也痛苦地点了一下头。

生活不易，林异叹着气。他真的不打算进入规则世界的，他还没缓过来呢。要是在这个世界再用脑过度，让思维活跃异常，他真的会出现"身体不属于自己"的状态，那可就糟糕了。

"去找学长吧。"林异提议道。

程阳"哎"了一声："是那个学生会主席吗？"

林异点点头。

程阳脸上的痛苦之色减少了几分，两眼放光："他也跟着我们进入这里了吗？"

"应该吧。"林异说。

暴涨的红光不至于只把他和程阳卷入 2-6 规则世界，应该在场的所有人都被卷进来了。虽然不厚道，但对于林异来说，在场的人都被 2-6 怪物卷入规则世界算得上是不幸中的万幸了。学生会主席秦洲，学生会副主席欧莹，还有好几个学生会的人。他们都在这个 2-6 规则世界的话，兴许就用不着他费脑子了。

"好！好！好！"程阳同样不厚道地惊喜地道，"我们去和秦会长组队。"

林异看了程阳一眼，通过程阳的反应初步来看，程阳暂时被他排除了被2-6怪物附体的可能。

秦洲说过，怪物就算吸收了再多的信息也还是怪物，是怪物就无法做出属于人类的正确的反应，除非它附体的人类记忆中有相关参考，周围也有能模仿的对象。不然就会像7-7规则世界最后一天的程阳那样，表情彻底崩坏。

程阳的记忆里其实没有进入规则世界的反应——毕竟他根本不记得在7-7规则世界都发生了什么，而他们两个人身边也没有第三个人存在。如果程阳倒霉得再被2-6怪物附体，他现在是做不出来这种迫不及待地找厉害的人组队的反应的。

程阳左右环顾："但是，林异兄，我怎么没看见秦会长。"

林异指了指他们眼前的别墅，"我猜秦会长应该在里面。"

7-7规则世界里，林异也是在公寓门前看见的秦洲。

程阳说："那还在这站着干什么，走吧！林异兄，去找秦会长。"

两个人就往别墅的方向走去，五分钟后，他们两个人到达了别墅。林异抬头看这栋别墅，比起7-7规则世界出现的公寓楼，这栋别墅显得更加破旧，或许已经不能用"破旧"这个词来形容了。这是一栋看起来已经荒废很多年的别墅，占地面积不小，外观也是破破烂烂的，但通过保留下来的建筑风格可以看出，这栋别墅应该是请了专人设计的，处处讲究，建筑材料都是最昂贵的那种，造价不会低。

程阳道："建筑风格很像著名的设计师刘佑浩，这个人恃才自傲，能请得动他来设计，想必别墅的主人身份、地位不低。"

程阳的一波分析引得林异连连侧目，林异感到十分惊讶："程阳兄，原来你是深藏不露，连这个都知道！"

"这没什么。"程阳说，"我家房子就是请这个人来设计的。"

林异："……哦。"

进入别墅，林异和程阳想找的人果然已经在别墅里了。他们两个人似乎是最后到达的，林异通过别墅客厅里的气氛敏锐地发现，在前面到达的人似乎分成了三拨。一拨是秦洲、欧莹，还有一个看起来非常面生的人。林异朝他们悄悄地望了一眼，他们三个人的表情都是无比镇定，秦洲没骨头似的靠在墙上，和另外两个人说着什么，然后往兜里摸了摸。但什么也没摸出来，镇静的表情出现了点烦躁。

林异思考秦洲在摸什么东西。他旁边的程阳也摸了摸口袋，一个劲地纳闷道："哎，我的东西呢，我记得我是放在兜里的啊……"

林异问："找什么？"

程阳说："我的口袋里有盒糖，我打算给他们一些，这是社交的第一步，吃人嘴软嘛。"

林异顿时醒悟过来。他看向秦洲。秦洲也有摸兜的动作，也是为了社交吗？但他和程阳一样，什么也没有摸出来，所以觉得烦躁。但规则世界里无法将除衣物外的任何东西带进来，秦洲是忘记了吗？

林异继续看着他们。他眼睛看到的东西挺多的，他估计那个面生的人也是学生会的学长，并且在学生会中有重要的职务。他能够比较自然地和秦洲聊天，在学生会主席和副主席谈论问题的情况下，他能有说话的机会，证明他也有自己独特的见解。

想到欧莹说的学生会会派人跟着排名末尾的学生进入 2-6 规则世界，林异估计可能这位就是欧莹口中说的要派去的人。因为当时秦洲对逃跑的男生说他会跟着去的时候，欧莹的表情有明显的意外和不赞同。

另一拨还是学生会成员，这四位学长，林异看着是眼熟的。有两个人是追逃跑的男生来到教学楼区域的，另外两个人是跟着秦洲过来截人的。他们表情虽然不至于出现明显的恐惧、害怕，但无法做到像那三个人一样镇静，眼底多多少少还是有惊慌的情绪。林异估计这四位学长属于学生会的一般成员，那三位学长讨论时都不带他们。但是他们的目光时不时地会往那三个人的方向瞟，试图寻找安全感。

第三拨就是成绩排名靠后的学生，一共也有四个人。他们沉默地待在角落里，脸上一片灰败之色。

"程阳兄，别找了。"林异小声地对程阳说，"你的糖被怪物没收了。"

程阳停顿了一下，说道："好过分啊。"然后程阳又问林异，"林异兄，我们现在还去找秦会长吗？我怎么觉得他不是很想搭理我们。"

进入别墅前程阳的目标还很肯定，那就是找秦洲组队，提高逃离2-6规则世界的成功率。但是进入别墅后，连程阳都发现了，秦洲并不是很想搭理他们。他们两个人从别墅门口进来后，秦洲也只是朝他们两个轻飘飘地看了一眼，随后就收回了视线。

"因为，秦学长在……"林异的声音特意压得更低，"防备我们。"他们当中会有一个人被2-6怪物替代，在场的所有人都有可能被2-6怪物选中，在被排除嫌疑之前，秦洲确实不会与他们有过多的交流。于是目前被卷入2-6规则世界的十三个人中就分成了四拨人，第四拨人是林异和程阳两个倒霉蛋。

2-6规则世界还没有正式开始，林异暂时停止了去找秦洲组队的心思，他和程阳两个人跑到了别墅客厅里另一个无人问津的角落。

程阳不是很懂林异为什么把他带到这个角落来，他说："林异兄，秦会长应该没什么问题吧？他要是2-6怪物，就不必防备我们了。"程阳越说越觉得自己说得非常有道理，他继续说道，"就算秦会长不想搭理我们，但人只要脸皮够厚，生命值就能和脸皮厚度成正比。"

林异觉得程阳后半句话说得有道理，不然他也不会在7-7规则世界开始时厚着脸皮去找秦洲组队了。但是，林异说："秦学长有问题。"

程阳愣了一下："秦会长有问题？"

林异抓狂地道："你小声点！"

"好好好。"程阳赶紧捂住嘴巴，声音从指缝里小心地透出来，"怎……怎么说？"

林异看着可怜兮兮地看着他的程阳，说道："程阳兄，在这之前，先答应我一件事好吗？求你了。"

程阳说："好的，是什么？"

林异怕伤到程阳的自尊，尽量委婉地说："扮演一个哑巴。"与秦洲这个前队友相比，程阳简直是拖后腿的存在，但是现在林异唯一能排除的人只有程阳，他的队友没得选。他也不能放弃程阳，毕竟程阳是跟着他一起去领教材的，如果不管程阳，他的良心会受到谴责。那么带一个拖后腿队友的队友，林异对程阳唯一的要求就是，别说话。

林异盯着程阳，怕自己说话伤害程阳，又怕程阳不答应。不过他在这边担惊受怕的，程阳却不以为然地比了一个"OK"的手势。

"我还以为是什么呢，这个简单，我最喜欢角色扮演了。"程阳做了个把嘴巴的拉链拉上的动作，然后看向林异，等待林异讲秦洲表现出来的奇怪的地方。

林异说："秦学长很厉害。"比他想象的还要厉害，尤其是从 7-7 规则世界出来后，林异才切身地感受到了秦洲在学校的地位，如果秦洲不厉害，就不会被选为学生会主席。

程阳点点头。

"秦学长进入过很多规则世界，校园守则大部分的应对办法应该都是秦学长的功劳。"林异说。

程阳又点点头，林异的铺垫显得有些长，这让程阳感到有些着急，因为以他的智商，如果林异不说清楚，他很难明白这些铺垫和秦会长有问题的关联。

林异把音量压低了一些："规则世界里不能带东西进来，我觉得秦学长应该比谁都熟悉这条规则。"

程阳瞪大着眼睛，林异说："秦学长刚刚在找东西，或许是烟。"

程阳这时候就明白过来了，他第一次清醒地进入规则世界，所以不知道规则世界无法带东西进入的规则，所以他找东西的行为是合理的，但对于秦洲来说就不合理了。

程阳对林异竖了一个大拇指，眨了眨眼睛。

这只是一个很细微的发现，用这个细节压根无法证明秦洲就是 2-6 怪物，但它的存在足够阻止林异去找秦洲了。程阳朝林异惊恐地眨了眨眼睛，意思是问林异接下来该怎么办？

林异瞥了程阳一眼，就知道了程阳的想法，如果秦洲有问题，那么被卷入 2-6 规则世界的人可就都危险了。不用想也知道秦洲的记忆里装着不少东西，而这些东西又是多么重要。

"只能以不变应万变了。"林异思及此，摆烂道："反正这次不是天黑开场。"

2-6 规则世界目前是白天，虽然没有明艳的日光，天气有些阴沉，但确确实实是白天。

NPC 只会在夜晚杀人，他们还有时间。

暂时不能靠秦洲了，他们两个人就只能自己行动了。虽然林异不想自己动脑子，但这也是没有办法的事了，林异决定先观察一下别墅内部，看看有没有线索。毕竟谁也说不清，他们谁会成为第一个被"死亡"规则找上的人。

林异的心态正从摆烂往试图自救上转变，欧莹朝着他们走了过来："林异同学、程阳同学，请跟我过来一下。"

程阳看了一眼林异，林异点了下头："哦，好。"

欧莹领着林异和程阳到了他们三个人一直待着的地方。

秦洲看着他们俩，问道："现在开心了？"

林异解释道："秦学长，我们俩真是去领教材的，没有想过会被卷入 2-6 规则世界，真的，我以我的人格发誓。"

秦洲看着他，不过没有再吭声。

林异又说："秦学长不相信的话，那我把程阳兄的人格也加上。"他偏头问程阳，"对吧，程阳兄。"

程阳点头如捣蒜。

"我叫罗亦，洲哥说你们俩都是新生，应该还不认识我，我担任学生会巡逻队队长。"那个被林异猜测在学生会担任重要职务的学长开口，"叫你们过来是有一件重要的事情需要向你们说明。"

罗亦说："知道 2-6 怪物的人不多，知道 2-6 怪物会藏在我们之间的人更少，就连学生会也没有几个人知道这件事，负责进入各个规则世界的巡逻队人员也被要求严格保密，你们知道要求保密的原因吗？"

林异点了一下头，这些话在 7-7 规则世界的时候，秦洲对他说明过。原因是担心引起卷入者的恐慌，人一旦面临多重绝望的困境，不知道会做出什么样的事来。

"除了避免卷入者的恐慌外，还有一个更重要的原因。"罗亦道，"怪物会窥探记忆，如果它从窥探到的记忆中发现我们当中有人知道它的存在，我们会被怪物盯上。"

林异点点头，他明白欧莹为什么要叫他和程阳过来跟他们一起讨论了。

程阳瞪着眼睛，想了好半天才明白罗亦的这番话是什么意思，他下意识地就要朝秦洲看，但是好歹忍住了，他后怕地打了个嗝。

林异倒是用余光偷偷瞄了秦洲一眼，发现在罗亦给他和程阳讲道理的时候，秦洲再次烦躁地皱了下眉头，尤其是听到"窥探记忆"这四个字的时候，眉头几乎要皱在一块了。

"一般来说，我们只会派一个知情者跟着进入规则世界。这样能够有效地保护大家不会被怪物盯上，但这次不一样，知情者太多了。"欧莹说，"林异同学，程阳同学。鉴于你们两个人都参与了 7-7 规则世界，知道 2-6 怪物的存在，还有它存在的形态，所以我们需要你们的自证。"

这是把每个规则世界最后才做的事情提前了。

林异道："可是，学姐，秦学长说过怪物的模仿能力很强，我们就在这里自证，如果 2-6 怪物就在我们之间，我们就给了它模仿学习的机会，之后要想找出 2-6 怪物来就会变得非常困难。"

欧莹道："这确实是一个问题，但我们首先要保证大家的安全。"

林异想了想，又问道："如果 2-6 怪物是我们之间的某个人，单靠自证，有办法分辨吗？"

"不能。"欧莹道，"但每个人有自己的想法，该防备还是该怎么样，我们自己的心中要有数。"

他们都是去过很多规则世界的人，有自己分辨怪物的办法。

林异没话说了，他想了想，说："程阳兄不是怪物。"他把自己排除程阳是 2-6 怪物的原因向学生会的三个大人物说了，欧莹又问："那你呢？"

林异道："我就更不是了。"说完这句话，林异就没有再开口说话了，没有解释自己不是 2-6 怪物的原因。

欧莹问："没有了吗？"

林异点了点头："嗯。"

欧莹道："林异同学，你这样……"

一旁的秦洲打断欧莹道："他不是。"

欧莹疑惑地看着秦洲。

秦洲的下巴轻轻一抬，说道："他要是 2-6 怪物，把自己身上的怀疑摘干净就行了，顾不上其他人，也巴不得被怀疑的对象是别人，没必要先帮别人解释。"

欧莹一愣，然后看着林异："洲哥说你是小天才，果然。"

林异的一句话自证了两个人的清白。

罗亦感兴趣地看了林异两眼："小天才？洲哥还没有这么夸过人，从这里出去后加入巡逻队吗？巡逻队需要你这样的天才。"

面对夸奖，林异害羞地抿着嘴唇一笑，道："该学长和学姐自证了。"

"说实话，我进入的规则世界远比不上洲哥和罗亦，能力也比不上这两位。"欧莹道，"我去过的规则世界都是去找别人是怪物的蛛丝马迹，还没有经历过需要自证的时候，我不知道应该怎么去自证，我的自证办法就只能是一句'我不是'。"

林异只是认真地听着，没有表态。

"我的自证办法就是，提出说自证的人是我。"见程阳露出一脸茫然的表情，罗亦就向他解释道，"怪物想要隐藏自己还来不及，不会想要自证的。话越多，破绽就越多，程阳同学，你能理解吗？"

为了不给林异丢面子，程阳重重地点了下头。虽然他还没有完全理解罗亦的自证说辞，但是没关系，程阳自认为自己的悟性还是不错的。

最后就是秦洲了，林异尽量表现出平静的样子："秦学长，该你了。"其实林异的手心已经出了汗，如果可以选择，在场的人谁都可以是 2-6 怪物，但秦洲不能是。

林异是和 7-7 怪物面对面过的，他知道怪物会灵活地运用人类的记忆以及能力。在他看来，如果 2-6 怪物选择的这个人是秦洲的话，或许根本用不上秦洲的力量，它单是利用秦洲的记忆，都能把其他人骗得团

团转。说句不好听的，7-7 怪物选择程阳，它的实力被程阳自身的实力
给拉低了，而 2-6 怪物选择秦洲，它的实力就会因为秦洲自身的实力而
恐怖地增强。

林异不由得显得有些紧张，秦洲注意到了他的紧张，但没戳破，只
是说："这是他们两个人的第二次自证，我是第一次。"

林异："啊？"然后反应过来，"哦。"

看来刚刚他们三个人讨论的话题就是自证，只是秦洲一直没有开口。

这时，秦洲睨了林异一眼说："专门等着你。"

林异停顿了一下，有种心思被秦洲看透了的感觉，感到很不安。

众人也都感到十分不安。

"先做一下心理准备。"秦洲提前打预防针说，"别大惊小怪的。"

欧莹和罗亦的表情一下子变得更加严肃。

林异也抬头看着秦洲，程阳提前就捂住了嘴巴。

秦洲淡淡地道："2-6 怪物一开始选择的人是我。"他虽然尽量用最
平静的语气，但是奈何信息量太大，所有人都愣在了原地。

林异愣住了，罗亦愣住了，欧莹也愣住了。

程阳死死地捂住嘴才没有发出一句"天啊"来。

秦洲看着他们："有什么就问，问清楚了，2-6 怪物棘手，别因为这
个拖后腿。"

欧莹深吸了一口气，问道："洲哥，你怎么知道你被选择了？"

秦洲用食指敲了下自己的额头，说："感觉。"

"这是棘手的问题也是我把这件事说出来的原因。"秦洲说，"它看过
我的记忆。"

罗亦问："洲哥，为什么它最终没有选择你。"

秦洲神色复杂地看了罗亦一眼，本来他想说"我怎么知道"，但想了
想还是说："我尝试了一种驱赶办法，这时候你别问具体方法，能离开 2-6
规则世界我自然会说。"

罗亦还想再问什么，但触及秦洲看来的视线，他说："我知道了。"

秦洲现在是在自证，意思是他若是怪物就没必要把这个情况说出来。

而且这个办法的具体内容与 2-6 规则世界没有什么联系，如果罗亦要刨根问底，秦洲会怀疑他的目的性。

罗亦噤声后，秦洲看向林异："你呢？小天才，没有问题？"

林异摇了摇头："没有。"本来是有的，他想问秦洲为什么要摸烟。但是秦洲把这个情况一说，林异就没有问题要询问秦洲了。

秦洲是真的觉得烦躁，差点被 2-6 怪物选中，记忆被窥探，他记忆里的很多东西被 2-6 怪物看了个一干二净，他的记忆里出现的人都会被 2-6 怪物盯上，一个都跑不了。尤其是这位叫林异的小天才在 7-7 规则世界的亮眼表现，2-6 怪物亲眼看见同类被杀死。

正如欧莹说的那样，他们根本无法从自证里来分辨 2-6 怪物是否存在于他们几个人之中，唯一的用处就是心里多点数。大家都有经历过规则世界的经验，心中有数了，多多少少在危险降临时不至于慌乱而错失生机。

罗亦开口叫另外八个人过来，于是他们这几个知情者就默契地保持了沉默。但只有学生会的另外四个人走了过来，另外四个不属于学生会的学生只是在原地仇视地看着他们。在这四个人心中，他们原本是不应该出现在这里的，都是因为学生会。尤其是那个把 2-6 怪物引到教学楼区域的男生，他毫不掩饰眼底的恨意。就连秦洲与他对视时，哪个男生也只是先瑟缩了一下，随后带着更加浓烈的仇恨瞪着秦洲。

"洲哥，罗亦哥，欧莹姐。"学生会的一个男生说，"要不要把他们带过来？"

"不用了，只是自我介绍而已。"欧莹说，"他们不愿意来就算了，我认识他们。"

欧莹说完还是问了秦洲和罗亦的意见。

"也行。"罗亦说。

秦洲移开盯着男生的视线。

发现秦洲一直在看那个男生，欧莹抱歉地道："是我的问题，我失职了。"

昨晚秦洲还问她有没有安排好，今天就出现了这样的纰漏。要不是秦洲规定投放期全校停课，今天被带进 2-6 规则世界的人就会更多。

秦洲说："出去再说其他的。"

欧莹点点头："好。"

罗亦也是经常出入规则世界的人了，他说道："大家互相认识一下，之后也有个照应。"

"先从学弟开始吧。"说完看向林异。

林异心想，好突然。这比第一个被"死亡"规则找上还突然。

"学长、学姐好，我……我叫林异。"林异突然就紧张起来，"我大一，今年十八岁。"他讨厌做自我介绍！等他磕磕绊绊地自我介绍之后，众人就陷入了沉默。林异以为自己说错了什么话，他的心里确实觉得有些不对劲。

这时候，旁边的程阳扯了一下他的衣角："咳……唔……"

林异差点忘了，他还有个哑巴队友。

"这是程阳，是我的同学。他的嗓子昨天晚上哭哑了，所以说不了话。"介绍程阳也不比自我介绍轻松，但是林异还是给程阳找了一个不用开口说话的正当理由。

罗亦看着程阳笑了一下："哭哑了？看不出来。"

单从程阳的外貌来看，程阳就是一个流血不流泪的硬汉形象，众人听到林异这么说之后，都惊讶地打量着程阳也，果然人不可貌相。

程阳虽然胆子小，但他的脸皮厚。不仅不计较林异这么说自己，还非常配合地吸了两下鼻子，抽噎了一下。

"陈进南，大一下学期加入学生会，现在大三。"

"周乾，和陈进南一样，我和他是同学。"

陈进南和周乾就是追逐那个逃跑男生的两个人。

"李宕，刚加入学生会没多久，两个多月吧。"

"苏天乐，加入学生会到今天为止正好两年。"

李宕和苏天乐是跟着秦洲截住那个逃跑的男生的两个人。

秦洲、罗亦和欧莹就没必要自我介绍了，在场的人都认识。

然后欧莹向他们介绍道："那是高旭，大二，全校综合考核排名倒数第一。"

高旭，也就是那个逃跑的男生，欧莹说："主要扣分项是表现分，他几乎不去上课，成绩就不用我说了吧。"

欧莹补充道："高旭的心底有怨气，大家要小心一点。"

听出欧莹在提醒大家，林异赶紧开口："学……学姐。"

欧莹问："怎么了？"

大家都看着林异。

林异问道："……在规则世界里可以向队友动手吗？"他以为会有人先他一步提问的，但是没有人问这个问题，他只好自己问出来了，"我没有别的意思，我就问问。"

罗亦替欧莹解答了："可以。不过他要是动手的话会被怪物惩罚。"

"我知道了。"林异乖巧地道："谢谢学长！"

欧莹继续介绍："穿白色衣服那个男生叫曾静，大三。"

"曾静左手边那个同学叫何袂，和别人有过冲突。"

"剩下的戴眼镜的同学叫叶琼。"

介绍完这些问题学生后，欧莹道："是我的失职让大家受累，对不起！"她俯身向大家鞠了个九十度的躬道歉，"我会尽我最大的努力保证大家的安全。"

欧莹道了两次歉。第一次道歉是对秦洲，辜负了秦洲的期望。第二次道歉是对大家，连累众人被卷入进来。

林异的性格其实有些别扭，别人使劲夸他，他会觉得尴尬和不好意思。同理，道歉也是，尤其是欧莹这么正式地道歉。但这个时候，林异没有感觉到尴尬，他对欧莹的印象特别好。或许陈进南、周乾还有李宕和苏天乐一开始对欧莹是有些怨气的，但欧莹真诚的道歉让他们的怨念荡然无存，都说着安慰的话。毕竟他们四个人今天的任务也是协助欧莹投放，出了事大家都有责任，不能让一个女孩子去背锅。真正被连累的倒霉蛋大概只有林异和程阳了。

"对不住啊！两位学弟。"

"林异同学，程阳同学，抱歉！"

"没关系！没关系！"林异开始有些招架不住这样的场面了。

秦洲替他解了围："好了，她等你们结束等了很久了。"

秦洲没说姓名，只用了一个"她"，但是谁会在规则世界等他们结束交流，只有 NPC。

众人顿时噤声了。她不知道是什么时候出现的，站在别墅二楼的廊道，撑着栏杆向下看着他们。

林异听到程阳的呼吸都变得急促起来，一楼的友好气氛仿佛被摁进死水里，沉闷死寂在耳边疯狂涌动，她穿着一身红衣，在光线昏暗的室内叫人难以忽略。可是除了秦洲，没有人留意到她的出现，林异看了秦洲一眼。

秦洲说："没好意思打断你们。"

众人："……"

她就是程阳和林异在教学楼区柱子后面发现的人，2-6 怪物。不过怪物本来就会把自己设立在规则世界的剧情线里，林异也没有感到过多的惊讶，唯一奇怪的是，相比于花瓶姑娘，2-6 怪物本体出现得有些早。她发现大家看向自己了，慢慢地露出一个笑容。这个笑容让众人觉得头皮发麻。

"我的朋友们。"她说："欢迎你们到我家做客。"她一开口，原本只是觉得头皮发麻的众人觉得身体也开始变得冰冷起来。她的声音尖锐刺耳，当然让众人感觉周身冰冷的原因也不单单是因为她的声音，她开口代表着 2-6 规则世界开始运行。

故事开始了。

她说："我为大家准备了丰盛的午餐，请大家移步到餐厅。"说完，她从二楼走廊走下来。她走路时没有发出一点声音，更像是飘下来的，很快就来到大家面前，"请跟我来。"她先走了几步，似乎时发现没有人跟上来，她转身看着大家。也不催促，十分有耐心地等待着，就像等待林异他们结束和谐友爱的交流一样。

"洲哥……"罗亦问。

"去看看。"秦洲说。

秦洲带头跟了上去，她见到秦洲走过来，又无声地继续带路。罗亦和欧莹也紧跟着走了过去，四个学生会的成员虽然害怕，但是深吸一口气都跟上他们的脚步。

那四个末等生见有人开路，这才磨磨蹭蹭地跟在后面。

最后客厅里就剩下林异和程阳。

林异问："程阳兄，你还好吧？"他都能听见程阳两腿打战的声音。

程阳见没人了，开口道："我不害怕……我不害怕……"等他说完了之后，一脸视死如归的表情，"现在的我好了那么一点点。走吧，趁着我还有一口气在。"他们两个人最后到达的餐厅。

一进入餐厅，程阳"吱"了一声，直接晕倒在了林异的脚边。林异没空去管程阳怎样，他看见前面进入餐厅的人都露出震惊的表情。

她坐在餐桌主位上，抬头看着众人："你们不喜欢我准备的食物吗？"

餐桌上的食物，让人不忍直视。

"没有不喜欢。"罗亦顺着她的话，忍着恶心说，"我们吃过饭了。"

她转过头看着餐桌上的美食，兴奋地道："啊！这样啊。"

罗亦拒绝了她的美食，按照事态的发展，她应该变得气急败坏才对，但是她没有，相反，她因为兴奋而阴冷地笑起来。

林异抿了下嘴唇，他感受到了她的高兴，然而她越高兴就越代表事情有蹊跷。林异沉默着往桌面上看了一眼。其实想要解释她的高兴很简单，这些"美食"并不是2-6规则世界的重点，重点是在"美食"之后。可惜，他们已经失去了缓冲的机会。

不只是林异，秦洲、欧莹还有罗亦其实都反应了过来，但他们并没有人出声说一句"饿了"，餐桌上的这些东西，没人敢真的吃下去，或许红衣女人用这些东西招待他们，就是为了推动事态的发展。

"既然大家已经吃过午餐了，那我们开始吧。"红衣女人站起身来，"大家请跟我来。"

罗亦也知道因为自己的一句话让所有人跟着错失换缓冲的机会，他补救道："这里不需要收拾吗？"

餐桌上的东西或许难以下咽，但收拾餐具的话也还是可以争取一点时间的。

红衣女人用奇怪的目光盯着罗亦，反问道："为什么要把时间浪费在这些微不足道的小事上呢？"

罗亦被问住了。

欧莹见红衣女人是会回答大家的问题的，于是问道："我们接下来要做什么？"既然无法获得缓冲时间，她试着套话，希望提前知道接下来会发生什么，他们也能有所准备。

"玩游戏啊。"红衣女人道，"我的朋友们，我们不是约好了的吗？"

"什么游戏？"秦洲问。

红衣女人手掌向上翻转，在她的掌心间，有一枚骰子："我们约好了，每个人都要参加哦。"

林异一眼看过去，发现这枚骰子和一般的骰子并不一样，一般的骰子一共六面，而红衣女人手心的这枚骰子被规则地切割了很多面。看起来是一个骰子游戏，不是什么凶险的玩命游戏。众人稍微松了口气。

红衣女人要带他们离开餐厅，然后她停住，低头看了看地下。

林异默默地把昏倒在地上的程阳往后拉了拉，程阳挡住了红衣女人的路。

没了挡路的程阳，红衣女人率先走了出去。

学生会那三位领导互相看了一眼，没别的办法，要想离开 2-6 规则世界就要找到 2-6 规则世界的主线，就算知道等待他们的游戏不会是什么好玩的游戏，但只能跟着红衣女人去了。

秦洲跟着要去的时候，稍微停顿了一下，目光看向林异，又看了看程阳。赶在秦洲要皱眉前，林异说："秦学长，我马上弄醒他。"

林异开始用力掐程阳的人中。

秦洲见程阳有醒来的征兆，这才跟上红衣女人往外走。

林异等着程阳醒来，程阳先是哼哼了一句："林异兄，我还活……"

"活着。"林异飞快地说，"如果再躺下去，那就不好说了。"

餐厅里已经只剩他和程阳了，林异自我感动了一下，再也没有哪个队友像他这样尽职了。

程阳也怕拖累林异，虽然觉得腿软还是咬着牙站起来，他们追上人群。

红衣女人把他们带回到别墅的客厅。但这个时候，别墅的灯光大部分都熄灭了，客厅的光线很暗，只有一盏灯亮着。红衣女人就站在灯光下，在她的面前有一张半人高的桌子。

林异回忆着，他们之前待在别墅客厅的时候，似乎还没有这张桌子。此时的灯光像是受到了限制，能照亮的仅仅只有这么多。

红衣女人露出诡异的笑容道："大家随便坐吧，游戏马上要开始了。"

虽然大家根本看不见其他地方，但好在 2-6 规则世界开始时，他们在客厅待了很久，于是摸黑找地方各自坐下。

林异的夜视能力极佳，他暗戳戳地拍了下身后的程阳，示意程阳跟着他。然后他找到沙发的位置，慢慢地把屁股放在了沙发上，生怕闲置多年的沙发发出什么响动，引来不熟悉的人和他同坐。毕竟他看见很多人是坐在地板上的。虽然林异更希望自己一个人坐，但谁叫他是最佳好队友呢？

林异坐下后，听到旁边程阳坐下的声音。程阳坐下以后，又有一个坐下的声音。不是隔着程阳坐下的，而是坐在林异旁边。

林异往左边偏头一看："……秦学长。"

"我也不想坐在地上，跟着你的动静过来的。"秦洲说。

林异咳了一下，正要说什么，被红衣女人打断了。林异只好噤声，朝着红衣女人看过去。

他们所有人都能看见站在灯光下的红衣女人，不安地等待红衣女人说的游戏开始。

红衣女人没有说任何游戏的开场语，直接切入正题道："你们来自五湖四海，相约在这栋被诅咒的别墅冒险。"

林异盯着红衣女人，寥寥一句话，他还摸不清这个游戏到底是怎么个玩法。但可以确定的是，红衣女人给他们每个人都安排了一个身份。

旁边的程阳呼吸变得急促，他关注的重点显然不是身份，而是"诅咒"两个字。怕自己再被吓晕过去，程阳的手放在了自己的人中上。程阳摸到自己人中位置的掐印，又有点幽怨地看了林异一眼，林异下手有点狠啊！

　　红衣女人说："让我们看看你们的旅途顺不顺利。"说完，"哐啷"一声。这个声音是红衣女人手中的骰子掷在桌面的响动，响了两三声，声音就停止了。

　　红衣女人道："看来不顺利。让我们看看旅途不顺利的原因，是你们当中有人爽约，是你们当中有人迷路，还是因为发生了奇怪的事呢？"

　　"哐啷哐啷"又是两三声响动。

　　偌大的客厅里只有红衣女人掷骰子的声音，声音停下了，她低头看了一眼骰子点数："啊！原来是因为发生了奇怪的事，才导致你们的旅途不顺利。"

　　林昇看着红衣女人，那张桌子上有个凸起的挡板，他们看不见骰子的具体点数，能看见的只有红衣女人掷骰子的动作。

　　红衣女人道："那到底发生了什么奇怪的事才导致你们的旅途不顺利呢？是因为你们当中有人突然生病了，还是因为你们当中有人有人突然离世，抑或是因为你们当中……"

　　红衣女人咧开嘴笑起来："多出了什么东西。"

　　"哐啷"——她又开始掷骰子。

　　林昇始终盯着红衣女人，说是玩游戏，但从游戏开始到现在，他们十三个卷入者根本没有参与感。这场游戏更像是在听故事，自始至终都是红衣女人一个人在说话，在掷骰子。

　　"天啊！奇怪的事情竟然是你们当中多出了什么东西。"红衣女人虽然用上了表示惊讶的语气词，但她的表情完全不是这样的，她显然很满意这个故事的发展，"到底是多出了什么东西呢？"

　　"是某种动物？是精神分裂者？还是说……是被魔法诅咒的人……"红衣女人提到"被魔法诅咒的人"这几个字时掷骰子用得力气更大了。于是这一次的"哐啷"响动更大更久。

　　被魔法诅咒的人？林昇思考着。

　　红衣女人低头去查看点数，双眼瞪大："是被魔法诅咒的人啊。"她的声音让一些人开始感觉不舒服了，不过他们虽然觉得心里有点慌，但红衣女人并没有对他们造成实际的伤害，还能再坚持下去。

"吱吖"——很轻很轻的一声推门声，轻得林异以为是自己产生了错觉。他循声朝着别墅的大门看去，以证实这个声音是不是真的是幻听。黑暗中，他看见别墅的大门好像打开了一条缝。林异不是最后一个进入别墅的人，最后一个进入别墅的人是程阳，他不知道因为程阳没有将大门关好，还是真的有什么东西推门而入了。

林异问程阳："程阳兄，你进来时关门了吗？"

程阳摇了摇头。

林异松了口气："没关？"

程阳又摇了摇头。

林异停顿了一下，然后沉默着开口："你不记得了。"

程阳点点头，然后看着林异，哑巴扮演者无声地询问林异，怎么了？

为了避免程阳吓晕过去，林异想了想，说："没什么，分散注意力缓解害怕，你也可以试试，比如想想你喜欢的螃蟹薄饼。"对程阳说完这句话，林异就开始努力回想当时他们进门后，到底有没有关紧大门，而刚刚听到的那个声音是风吹开了门，还是……

"怎么了？"秦洲发现了林异扭头的动作。

林异回正了脑袋，他通过秦洲的这句话判断出来，秦洲并没有听到那声"吱吖"，于是道："没有，只是脖子有点酸。"

红衣女人还在掷骰子："原来是被魔法诅咒的人跟着你们一起来到了这里，那么被魔法诅咒的人的数量有多少呢？"这个问题，红衣女人没有自问自答。只听到骰子落下的声音，看样子这个答案会跟骰子掷出来的点数有关。

"一个……"红衣女人脸上表情变得阴沉，她并不满意这个数字，于是又掷了一次骰子，"这个被魔法诅咒的人跟着你们一起来到了这栋被诅咒的别墅，那么这栋被诅咒的别墅原本有多少个被魔法诅咒的人呢……"

"哐啷"——红衣女人脸上的表情并没有变得开心，骰子的点数仍旧不能让她感到满意："这栋被诅咒的别墅原本有两个被魔法诅咒的人，现在一共有三个被魔法诅咒的人在……"红衣女人抬起头冷冷地说，"在你们之间。"

众人在黑暗中屏着呼吸，他们当中有人还没有搞清楚这究竟是个什么游戏，但是黑暗搭配红衣女人诡异的声音以及这个不明所以的游戏，让他们感到十分紧张。

欧莹低头小声对坐在自己左手边的罗亦说："是安科游戏。"

罗亦声音冷冷地问："什么？"

欧莹用解释道："大致是指多种后续走向的文字故事，这种文字故事会有很多种故事走向，而决定故事走向的就是掷骰子。因此整个故事是随机的，而非作者决定。"她还继续分析，"要把安科游戏变成我们都能参与的游戏，就要小心她讲的内容，很可能……"欧莹的话还没有说完，右边的肩膀被拍了一下。

罗亦的声音传进她右耳："欧莹姐姐，你在嘀咕什么？"

欧莹的手指突然蜷缩了一下，她闭了闭眼睛深吸一口气。

罗亦问："你在跟洲哥说话吗？我怎么记得洲哥好像跟着那个小天才去了那边。"

大概是熟悉的人的缘故，欧莹想明白游戏和现在出现在自己左右两边的两个罗亦的联系后，本能的恐惧悄无声息地在心底蔓延了开来。但她压抑着没让自己因为恐惧而叫出声来，欧莹表现得很好，她的声音很平稳："……没有。"

林异盯着红衣女人看了看，他直觉"在你们之间"不是什么好的预兆。于是在心里默数着坐在地上人数。

一、二、三、四、五、六、七、八、九、十……

数到"十"时，林异沉默了一下。地上坐着的十个人，加上沙发上的他、秦洲和程阳，这就应该够十三个人了。卷入 2-6 规则世界的人数是十三。

但是……

十一、十二……

地上坐着的人多出两个。

林异又看了看红衣女人，红衣女人说了，一共有三个被魔法诅咒的人混在他们当中，如果被魔法诅咒的人是他理解的那样，那么十三个人加上三个被魔法诅咒的人，就等于房间里的人数应该是十六，但是现在地上的十二个人，加上沙发上的他们三个，一共是十五个人，那么，混在他们当中的第三个被魔法诅咒的人是谁呢？林异用目光在别墅内搜索，别墅的客厅是比较开阔的，所以卷入者彼此之间说悄悄话不会显得很突兀。他先是往二楼走廊那里看了一眼，因为一开始红衣女人就站在那里观察着他们。

二楼走廊没有人。

林异又往别的地方看，忽然他眼角的余光看见了什么东西一闪而过，林异定睛去追寻那个掠过的身影，但他扑了个空。

红衣女人又开始摇骰子："那么，这三个被魔法诅咒的人对你们有没有恶意呢？是好奇？还是想诅咒你们呢？"

骰子在桌子上转动，发出的响声给人毛骨悚然的感觉。十三个卷入者当中除了林异和程阳是新生外，其他人都已经是老生了，尤其这一次学生会的人数就占了大半。他们都知道规则世界里"死亡"规则的存在，只有触犯了"死亡"规则，他们才会在夜间被 NPC 杀死。但现在红衣女人的口中出现"杀掉你们"这四个字，便很容易地就使人联想到，或许"死亡"规则以某种他们想不到的方式出现了。

骰子的"哐啷"声停止，红衣女人低头去看骰子。

"啊。"红衣女人脸上的表情变得惊讶起来，但是笑着的道："原来那三个被魔法诅咒的人跟着你们是因为要诅咒你们啊。可是为什么呢？为什么要诅咒你们呢？"

林异没有再去找那个飞快地从眼前掠过的身影了，他重新抬头看向红衣女人。和大部分人的想法一样，林异也感觉到"死亡"规则的出现，或者说是像"打开的窗户"一样，是"死亡"规则找上门的讯号出现了。

红衣女人接连问了两次"为什么要诅咒你们呢"，但她没有再掷骰子，也没有列举出原因，让骰子的点数来选择其中一个。她轻快地说："我的朋友们，今天的游戏结束了，我们明天再继续。时间不早了，我需要去为你们准备晚餐了，希望我们能度过一个美好的晚餐时间。"说完，她转身离开，朝着厨房的方向走去。

随着红衣女人的离开，那别墅客厅里唯一的灯光也熄灭了，整个客厅完全陷入了黑暗。之前他们靠着那束光，还能大致看出别墅客厅里的一些物品的轮廓，但现在客厅里黑得伸手不见五指。

林异目送红衣女人离开，等他收回视线后发现，那张被红衣女人用来掷骰子的桌子像出现时那样，又悄无声息地不见了。

红衣女人离开了，在黑暗之中的卷入者紧绷着的神经才慢慢放松下来。

"走了？"

"游戏……这就……结束了吗？"

"会不会有诈？"

"被魔法诅咒的人是什么？诅咒又是什么？"

林异思考着红衣女人说的这句话，她要去准备晚餐，也就是说，他们目前还处于白天的状态，只是白天的时间已经不多了。当红衣女人准备好晚餐后，也就预示着 NPC 可以动手的夜晚即将到来，林异倒是不怕夜晚来临，他偏头问秦洲："秦学长，她的意思是不是我们能够自由活动了？"这才是林异思考红衣女人的话的目的，之前在 7-7 规则世界的时候，宿管老头还要让他们签合约，签了合约之后才能触发属于宿管老头的"死亡"规则。但红衣女人没说不允许他们在别墅内随意走动，也没有任何类似签订合约的想法。

虽然林异觉得是这样的没错，但在 7-7 规则世界的时候，他有些习惯让秦洲给他的推论做判断了，现在在 2-6 规则世界里，他也下意识地问了一句。

秦洲说："是。"

得到秦洲的答案后，林异就想要去寻找线索了。

"我去开灯。"林异说。

十三个卷入者里，只有林异能在黑暗里看清东西，但是白天已经快过去了，他需要让更多的人加入寻找线索的队伍。

林异从沙发上站起来，秦洲喊他："小天才。"

林异停下来："啊？"

秦洲说："小心点。"

林异深深地看了秦洲一眼：“哦，知道了。”然后林异转头对程阳说，“程阳兄，别慌，我去去就回。”

程阳胆战心惊地点了下头。

林异其实并不知道别墅的灯的开关在哪里，只能慢慢去找。他去找灯的开关前，还往席地而坐的人群中看了一眼，通过人数，那两个被魔法诅咒的人还在其中。剩下的那个仍旧不见踪影。

不过比起找灯的开关给众人提供照明寻找线索，比找剩下那个被魔法诅咒的人有用得多，他沿着别墅的墙壁走，一般来说灯的开关都是嵌在墙壁上的。因为别墅修建的年头久远，整面墙斑驳不堪，也不知道灯的开关会破损成什么样子。

林异找得很仔细也很缓慢，不过他也并不着急，黑暗中其他卷入者开始讨论起来，陈进南、周乾他们几个开始分析这个游戏的意思。

林异慢慢走到了一面墙前，通过墙壁上面的钉凿痕迹，这是一面电视墙。只不过电视已经没有了，只留下了这面墙。电视墙应该是有电源线的，林异找了一圈没找到灯的开关，就想在这里碰碰运气。他蹲下来，避开了看起来是电视屏幕的几块碎片。去找电源线前，林异的眼睛往碎片上瞄了一眼，然后停顿了一下。

思考了很久，林异还是伸手拿起了一块较大的电视屏幕碎片，然后深吸了一口气，举起碎片。在碎片上——他看到了那个一直没找到的被魔法诅咒的人，就在他的身后。

　　林异的手一抖，碎片"啪"的一声掉在地上。他决定忘记刚才看见的一切，他不能自己吓自己！他开始想，螃蟹薄饼长什么样呢？被做成螃蟹薄饼的螃蟹是公螃蟹还是母螃蟹？螃蟹薄饼多少钱一个？他一个月生活费够不够买一个螃蟹薄饼吃……

　　林异一边想用螃蟹薄饼缓解受到的惊吓，一边去找电视墙的线路，好在找到了。在电视墙右边下方位置，有一个电闸开关。他也不确定这个开关是不是自己要找的，不过还是伸手试了试。

　　"啪"，把电闸扳上去。电闸发出了"滋滋"的电流声，打断了其他人的讨论。他们原本以为发生了什么恐怖的事，一时间谁都没有出声。好在下一秒钟，客厅的灯终于被打开了。因为年头久，能成功亮起来的灯不多，但不至于让他们在身处黑暗之中。

　　林异其实还是挺紧张的，他扳上电闸后就朝人群看了过去。多出来的两个"人"还在他们之中，林异原本以为有光线后客厅里会传出尖叫声，但并没有，就是林异的一个眨眼间，也是灯光亮起的那一瞬间。混在他们之中那两个"人"不见了，客厅里只有被卷入 2-6 规则世界的非自然工程大学的学生。

　　林异停顿了一下，然后低头去看脚边的屏幕碎片。碎片里只剩下了他，一切都归于平静，好像什么都不曾发生过。当然，对于林异是一切归于平静，对于其他的人来说，是一直都十分平静，因为他们什么也看不见，只有欧莹的脸色煞白，一副很不舒服的模样。

林异看见罗亦关心地问了欧莹一句，欧莹勉强摇了摇头。林异知道发生了什么，他数人头的时候是看见了的。多出来的那三个"人"其中的一个，就在欧莹的左手边。

程阳朝林异勾勾手，示意林异赶紧回来。

秦洲和罗亦他们在商量寻找线索的事，因为白天即将结束，罗亦为了提高线索的搜索效率，在给每个人分配任务。

程阳哪里敢一个人去找线索，他想和林异一起，但是还在装哑巴，只能让林异来帮他说。

林异收到了程阳的求救讯号，快步走了过来。

罗亦正在问程阳："程阳同学，你胆子小，就留在客厅找线索，行吗？"

程阳的脸上写满惊恐，不，他不要。

看见林异走过来，罗亦说："小天才，你跟我们去三楼看看吧。"

秦洲皱了下眉头，看了罗亦一眼。

罗亦问："我安排得有问题吗？"

"没有问题。"林异挠了挠脸颊，他完全不擅长在别人已经做了决定的时候改变他人的决定。

罗亦都已经安排好了，高旭、曾静、何袂、叶琼和程阳负责搜索别墅一楼，程阳就待在客厅找线索，另外四个学生去一楼的其他房间察看，他还警告了他们四个人："你们不去也可以，线索换线索，你们没有线索，就只能被永远留在这里。"

这四个人被吓得不敢吱声，只能点头答应。

陈进南、周乾、李宕还有苏天乐负责搜索别墅二楼，他们四个人习惯了听从学生会的安排，对此没有任何异议。

最后，林异与学生会的三位领导去别墅的三楼，他们从外面进入别墅的时候看见别墅一共有三层。

如果林异开口要和程阳一起，就会打乱罗亦的安排，他正在心底打草稿准备说辞的时候，欧莹的脸色终于缓和了一些，她这时才开口："别单独行动，最好两三个人一起行动。"

罗亦不是很赞同，他往厨房的方向看了一眼，能看到红衣女人的身影，晚餐似乎快好了。

"欧莹，别墅太大了。"罗亦说，"马上要到晚上了，不找到点什么东西，今晚不会好过。"

尤其是红衣女人在安科游戏中提到，有三个被魔法诅咒的人混在他们当中要诅咒他们。于是很有可能，今晚被盯上的人会有三个。这又是一个长达十年没有被破解的规则世界，越晚找到线索，对他们来说越不利。

欧莹摇头道："我刚刚是怕吓到你们，所以一直没有说。"

这是一句不算什么好话的开场铺垫，罗亦和秦洲看着欧莹，秦洲问："怎么了？"

欧莹说："那三个被魔法诅咒的人出现了。"

"你看见了？"罗亦问，"被魔法诅咒的人到底是什么？"

欧莹沉默了一下，说："人。他们有体温，他们的表情很痛苦，语气很沉重，好像很想把我们也卷入他们的痛苦之中。"

程阳没忍住，惊恐地叫了一声。

罗亦低声琢磨着："人？痛苦的人？"

欧莹看着罗亦道："你刚刚问我在嘀咕什么。"

"因为我把某一个被魔法诅咒的人当成了你，还在给它讲这个游戏。"欧莹回想起来还是觉得害怕，她深吸了一口气，把对被魔法诅咒的人讲的话重新对大家讲了一遍，"这是一个安科游戏，很显然，这并不仅仅是一个单纯的文字游戏，她讲的东西会成真。"说到这里，欧莹的声音变得有些不安，"所以寻找线索还是两三个人一起找一个地方，这样比较安全，如果单独行动的话……"

林异明白欧莹的意思。三个被魔法诅咒的人很明显和 2-6 规则有关，就像 7-7 规则，窗户是一个危险的存在，也和"死亡"规则息息相关。那么换算到 2-6 规则世界，三个被魔法诅咒的人就如同窗户一般的存在。打开的窗户是"死亡"规则找上门的讯号，对应的"死亡"规则是，没能阻止花瓶姑娘爬进来以及被花瓶姑娘看见。而现在，三个被魔法诅咒的人必定也是"死亡"规则出现的讯号，只是他们还无法知道对应的"死亡"规则是什么。所以这个时候就需要两三个人同行，这样如果他们当中有人在今晚不幸死去，有同行的人才会知道死者做了什么，从而从死者的行为推测"死亡"规则。

秦洲皱了下眉头，问欧莹："你现在怎么样？"

罗亦也担忧地看了欧莹一眼，欧莹勉强道："我没事，先去找线索吧。"

罗亦便重新安排了，赶在罗亦安排之前，林异开口道："罗学长，我可以和程阳一起吗？"

"行。"罗亦说。

"那就这样，跟刚刚的安排一样，该负责一楼的负责一楼，该负责二楼的负责二楼，只是别单独行动，能找多少线索就找多少，二十分钟后回到客厅交换线索。"罗亦说。

虽然欧莹的讲述让他们觉得害怕了，但众人还是点了下头。可惜这一次当大家都接受了罗亦的安排时，红衣女人却出现了。

"我的朋友们。"红衣女人说，"晚餐已经准备好了，请移步到餐厅享用晚餐。"

众人面面相觑，来不及了。

和午餐一样，晚餐也都是带着腐败气息的生食。

红衣女人却吃得很享受，看着脸色不好的十三个人，红衣女人疑惑地问道："你们不吃吗？"

罗亦这次没有吭声，晚餐是白天与夜晚的过渡，他们当中没有人想结束这个过渡，哪怕这个过渡让他们的胃里一阵阵泛着恶心。

红衣女人也没管他们，自己吃饱后，用丝巾擦了擦嘴。随后道："大家可以随意选择房间，有什么需求也都可以告诉我，愿大家度过一个美好的夜晚。"

没有人感谢她，红衣女人也不介意，她离开餐厅走上了楼梯。她走路是没有声音的，因而不知道她到底去了二楼还是三楼。

三层别墅的每一层都有房间，欧莹还是提议每两个人住在一起。

"她没有规定每个房间住的人数，大家在一起互相有个照应，遇到危险也能帮一把。"欧莹道，"我们十三个人，正好多出来一个人，我单独住一间。"

陈进南说："欧莹姐，虽然你是女生，和我们这些男生住在一起不方便，但都这个时候了，还是跟我们一起住吧，你也说了，NPC 没有规定每个房间的人数，那么两个人可以住一起，三个人也是可以的。"

欧莹摇了摇头："没关系，我一个住。"

陈进南还想再劝，欧莹说："就这样决定了，时间不早了，你们赶紧组队吧。"

陈进南说："欧莹姐！"

秦洲和罗亦都没有说话，陈进南没懂欧莹的意思。

欧莹一个人住其实是在保护他们，她和被魔法诅咒的人有过交流，如果这是今晚的"死亡"规则的话，被魔法诅咒的人会找上她，那么和她同住的人就会有危险。

"行了，别劝了。"罗亦了解欧莹的性格，让陈进南闭嘴后，他说，"应该用不着我来分配房间，自行组队吧。"

程阳立刻眼巴巴地看了林异一眼，林异挠了挠头："那个……我也一个人住。"

其他人没反应过来，秦洲、罗亦和欧莹惊讶地看了林异一眼，明白了林异的意思。林异和被魔法诅咒的人也有过接触。

罗亦愣了一下，说道："那你和你欧莹学姐住一个房间吧。"

林异说："好。"

程阳用被抛弃的目光哀伤地看着林异，罗亦对程阳说："我跟你住一个房间。"

随后罗亦看着秦洲："洲哥，我们仨一起吗？"

秦洲答应了一声。

众人没有选择的心思，都是随便挑的队友。

林异和欧莹住的房间在二楼走廊最里边，林异要进入房间时，秦洲喊了他一声："小天才，过来。"

欧莹知道秦洲要和林异说悄悄话，道："你先去吧，我给你留着门。"

林异就走到了秦洲面前。

"小天才。"秦洲问他，"还有一个是谁？"

一共有三个被魔法诅咒的人，欧莹被找上了，林异被找上了，还有一个不知道是谁被找上了，或许他本人都不知道。但秦洲知道林异的夜视能力，他知道林异肯定看见了。

林异想了想说："秦学长，把手给我。"

秦洲："干什么？"但还是伸出了手。

林异用食指在秦洲的手心写了一个名字。

林异说："就是他。"

秦洲的表情变得凝重了。

林异没有离开，而是盯着秦洲紧张地问："秦学长知道我写的是谁的姓名吗？"

心脏在胸腔里猛烈地跳动起来。他没有按正常笔画写这个名字，甚至算得上是意想不到的落笔方式。但他肯定秦洲不可能不认识这个姓名，除非他是2-6怪物。因为他写的是——秦洲。

林异问："秦学长能念出来吗？"

秦洲看着林异，慢慢皱起了眉头。

林异的心怦怦直跳，但还是重复道："秦学长，你能念出这个名字吗？"他不知道在秦洲的记忆里，是否有人在他的手心上写过字。但林异敢保证，没有人会像他这样，以这样的笔顺来写秦洲的名字。

如果不是他特意去记自己写下的笔画顺序，他的记性再好，要完完全全地按照刚刚的笔画顺序重新写一遍的话，他都要停下来仔细回忆一番才能做到。人最熟悉的文字就是自己的姓名，哪怕林异的笔画顺序再难以捉摸，秦洲只需要一个简单的思考就能感觉到这个名字的熟悉。

是的，是一种对自己名字熟悉的感觉。

程阳对林异说过，被替代的时候，他感觉像做梦一样，除此之外并没有任何自我感情的波动。2-6怪物可以窥探并运用人的记忆，但它无法理解人类的感情，就像面对未处理过的事件无法给出反应一样，林异猜测 2-6 怪物同样没办法通过手心的触觉感觉到名字的熟悉。

秦洲盯着林异看了一会儿，他的表情慢慢变得阴沉。秦洲盯着林异说："一开始我就说了，有什么要问的给我问清楚了，之后别拿这件事耽误正事。林异，你现在就在耽误正事。"

"第三个被魔法诅咒的人接触的到底是谁？"秦洲的语气加重了些。

林异后退了一步，因为秦洲没有正面回答，他的心跳快起来，他冒险问道："秦学长真的是 2-6 怪物吗？不然为什么要转移话题啊？"

秦洲停顿了一下说："秦洲。"

林异抬眸看着他。

"别人不好说。我有没有和被魔法诅咒的人接触，我自己不知道吗？"秦洲气笑了，"有时间让你问清楚，你不问。就算怀疑我，之后多的是机会，偏偏在这个节骨眼上，你来试探我。小天才，不至于聪明反被聪明误吧？"

林异有种被老师训话了的感觉，他低着头小声解释："……因为不希望秦学长是 2-6 怪物，所以想要第一时间排除秦学长的嫌疑。"

林异感觉秦洲的目光在自己身上停留了好一会儿，随后听见秦洲问："怀疑的理由，我看能不能解释。"说完又说，"赶紧，时间不早了。"

林异问："刚进入 2-6 规则世界时，秦学长是在找什么东西吗？"

"嗯。"秦洲坦然地承认，"心烦，所以想找颗糖吃。"

林异又说："为什么不告诉罗亦学长具体办法。"

秦洲说："他的身份我没法确认，在这里不能说。"

林异接着问："秦学长为什么要模仿我？"

秦洲看着他："什么时候？"

林异说："我替程阳解释他不是怪物，然后秦学长立刻也模仿我，帮我向欧莹学姐澄清。"

秦洲不解地问："替你说话反而不对了？"

林异思考着秦洲的回答，秦洲也不问自己的答案是否让林异感到满意了，他又问："所以，林异，第三个和被魔法诅咒的人接触的人是谁？"

林异："我还没问完呢。"

秦洲愣了一下，随即道："赶紧！"

林异说："为什么我与罗亦学长对话的时候，秦学长露出了我看不懂的眼神。"

秦洲这次的回答停顿了片刻，解释道："他叫你小天才。"

林异："啊，怎么了？"

"嗯。"秦洲说，"没怎么。"

林异狐疑地看着秦洲，随后又说："秦学长的这种眼神，让我怀疑秦学长就是 2-6 怪物。"

秦洲："因为不喜欢有人学我。"

林异思考着这个"学"字。

"问完了吗？"秦洲把话题拉回去，问道，"你、欧莹，还有一个人是谁？"

林异说："有三个被魔法诅咒的人，但没有第三个接触到他们的人。"

秦洲正思索着什么，林异说："但我还没问完。"

秦洲："……没完没了了是吧？"

"因为我想要彻底排除秦学长的嫌疑嘛。"林异竖起一根手指，比了一个"1"，"最后一个问题了。"

秦洲："问。"

林异道："天已经黑了，秦学长是真的关心第三个接触者吗？就算秦学长知道了第三个接触者是谁，但是天已经黑了，房间也都已经分配好了，秦学长还能把第三个接触者拖出来让他单独住一间屋子，或者塞进我和欧莹学姐住的房间吗？秦学长不觉得现在来问我，已经晚了吗？"

"这是三个问题。"秦洲说，"统一回答，替你瞒着你的夜视能力，只有这个时候我们才单独相处了，我只有这个时候来问你，除非你又想被 2-6 怪物盯上。最后，如果有第三个接触者，怎么处理是我的事，我既然来问你，我这里就有想法。"说着，秦洲点了下自己的太阳穴。

林异："哦……"

秦洲说："确定没有第三个接触者？"

林异："嗯。"

秦洲说："行，赶紧回去，不用我说了吧，小心点。"

"嗯……秦学长再见！"

林异说完这句转身回到了房间，关上门前，他看见秦洲也回到了房间，他们选择的房间都在别墅的二楼。

关上门后，欧莹正在房间里寻找什么，见林异回来，她停下动作说："我想找找看房间里有没有什么线索，你和洲哥聊完了？"

林异表情僵硬地点了下头。罗亦让他和欧莹一起住的时候，林异当时觉得没有什么，现在觉得有那么一点点的尴尬。林异从小到大就没怎么和女生说过话，更别说和女生共处一室了。

欧莹发现了林异同手同脚地走进来，进门前林异还很正常，进入房间后就变成这样了。欧莹很快反应了过来，安慰道："林异同学，你放松一点。"

林异："学姐，我很放松，我只是忘记了怎么走路而已。"

欧莹笑了一下，说："还没有谈过恋爱吗？"

林异："嗯，还没有吃过爱情的苦。"

欧莹脸上的笑意更甚了些："不会吧，你长得这么帅，没有小姑娘追你吗？"

林异停住脚步，遗憾地摇了摇头，说："没有呢。"

欧莹被逗笑了，因为和被魔法诅咒的人交流过而始终紧绷着的神经，终于放松了下来。欧莹也帮着林异转移注意力："房间里我已经找过一遍了，可惜没有发现线索。"

林异看了一眼，房间内的陈设很简单，就像外边几十块钱一晚的旅馆一样，一张床，一面穿衣镜，一个衣架，衣架上还贴心地挂了一个水银温度计，显示着室内的温度。

"NPC 既然让我们随便选择房间，就证明房间里应该没有什么线索。"林异说，"学姐，你别害怕，与那个东西接触不会是'死亡'规则，连'死亡'规则找上门的讯号都算不上。"

欧莹愣了一下："怎么说？"

林异道："有一个被魔法诅咒的人是站在我背后的，离我很近。还有一个被魔法诅咒的人坐在人群后面，没有与任何人接触。上一个规则世界里，'死亡'规则找上门的讯号都是窗户被打开，但这三个被魔法诅咒的人在同一时刻出现，却各自做了不同的事。"

"越是简单的'死亡'规则越容易触犯，但越简单的'死亡'规则就越容易被找到和躲避。2-6 规则存在这么久，它的'死亡'规则绝不会是简单地比如'与被魔法诅咒的人交流'或者'与被魔法诅咒的人近距离接触'。"林异安慰道，"所以，学姐，不要害怕。"

欧莹思考着林异的话，其实林异说得不无道理，只是她又问道："既然你知道自己没有触犯'死亡'规则，那你为什么不和程阳住在一起呢？"

林异没有撒谎："因为我想给 2-6 怪物制造一个找我的机会。"只是没想到罗亦安排了他和欧莹住在一起。

欧莹问："你知道是谁了？"

"不知道。"林异摇头道，"因为不知道，所以才想要冒险。"

秦洲从 7-7 规则世界出来时就向欧莹讲过林异大胆的行为，所以此时欧莹对林异的大胆也并不感到意外，她反而问："那有怀疑的对象吗？"

"刚刚有。"林异朝门口看了一眼，"我刚刚怀疑秦学长……不过秦学长的回答我没发现什么问题，秦学长也通过了试探。"

欧莹道："洲哥应该没问题，不然他不会告诉我们 2-6 怪物窥探过他的记忆。"

林异想了想说："可是，学姐，以秦学长的能力不可能不懂反套路，2-6 怪物如果通过秦学长的记忆学习了这一点，主动自己说出来，打消我们的疑虑，也不是没有可能。"

"我当然想过这一点。"欧莹说，"可不管秦学长是不是 2-6 怪物，他这么做只会让我们更怀疑他，不是吗？而且当洲哥自己说出来后，我们知道 2-6 怪物窥探过洲哥的记忆后，都会有所防备。这对 2-6 怪物来说有百害而无一利，林异，如果你是 2-6 怪物，你选择了洲哥，在拥有洲哥的记忆后，你绝对会有更好的办法，在隐瞒自己的同时化解我们的防备，这样才会更方便下手，不是吗？"

林异觉得有点道理。

欧莹说："当然，这只是我的想法，我只是和你交流不同的意见，没有反驳你的意思。"

林异点点头："我知道的，我是真的觉得学姐说得有道理。"他也觉得欧莹很厉害，怪不得会是学生会的副主席。

"先睡觉吧。"欧莹说，"2-6 怪物是谁，在今晚都不重要，重要的是把这一晚熬过去。"欧莹在说话时，把被子从被套里抽出来。房间里只有一张床和一床被子，虽然这个时候也顾不上男女有别了，但怕林异觉得尴尬，欧莹说，"我把被子拆出来了，咱俩就分被子睡吧。"

"不不不。"林异疯狂地摆手说，"不用了，学姐，你睡床就好。"

欧莹说："那你睡哪里？"

房间里没有沙发，林异不睡床就只能睡地上。然而房间的面积并不大，林异的个子高，要想把腿伸直了，能躺的位置就只有门边那一块地方。天气并不冷，林异在地板上将就一晚也不是不行，但是靠着门，房间门的底缝又宽，伸一只手进来都绰绰有余，总让欧莹觉得那里很危险。如果有什么东西进来了，林异躺着的地方连活动的空间都没有。

欧莹想了一下说："我害怕，就当陪我，行吗？"

林异不知道应该如何回答，赶紧转移话题："学姐，你觉得世界上有诅咒吗？"

欧莹一时没反应过来林异问这个问题的目的，过了一会儿，她思考着道："就连童话里都有诅咒，被诅咒的王子变成青蛙，被诅咒的王子变成野兽，还有公主因为诅咒变成睡美人。"欧莹叹了口气，继续说，"世界上到底有没有诅咒不是我能决定的。"

林异说："学姐害怕的话，我可以帮学姐洗脑。"

欧莹："洗脑？"

林异："就是在心理上暗示学姐，世界上没有诅咒，这样学姐就不会感到害怕了。"

欧莹笑道："你说的是催眠吧？"

林异说："学姐试试吗？"

欧莹也不好真的强求林异和自己一起睡在床上，也算是给自己找了个台阶下，她说："试试吧。"

林异开始了，他不断地重复着："学姐，世界上没有诅咒，世界上没有诅咒，世界上没有诅咒。"像个程序单一的机器。

欧莹："果然洗脑……"

"世界上没有诅咒，世界上没有诅咒……"

别墅二楼走廊的灯突然闪了几下，然后熄灭。黑暗之中，三个身影悄无声息地出现在走廊上。它们彼此间并没有交流，和安科故事进行的时候一样，它们三个各做着各自的事。它们无声地走在走廊上，各自在某一个房间外驻足。

林异往房间的门口看了一眼。发觉林异沉默下来，迷迷糊糊的欧莹说："我们轮流睡吧，我先睡一会儿，等下你叫醒我。"

林异盯着门口，看着门底缝下多出的一双脚："……好。"

欧莹闭上眼睛："一定记得叫醒我哦。"

林异是怎么回答的，欧莹没有印象了，她只觉得有些冷，下意识地把被子裹紧了些，"林异，你冷吗……冷的话……"

"学姐，我不冷。"门底缝下的那双脚消失后，林异回过头，他看了看挂在衣架上的温度计，温度计刻度的红线一直在下降，降到最后，那根靠着水银热胀冷缩的红线似乎都消失了。房间里的温度似乎骤然跌到了冰点。

林异又看向房间里的穿衣镜，镜子的摆放方位实在不太好，它正对着床。因为还不清楚"死亡"规则，林异和欧莹都没有挪动镜子。盯着镜子瞧了一眼，林异决定算了，不自虐了。他低头继续念叨着。

趴在林异背上的东西等了一会儿，然后身形慢慢地变得透明。它离开了，重新出现在走廊上。它的另外两个同伴进入的房间已经相继传来了惨叫声，它的身体没有动，转过头循声看了看，又转过头来继续往下一个房间走。走到隔壁房间，它停了下来，静静地听着房间里的动静。

"叶琼，你把衣服脱下来给我。"高旭说，见叶琼没有搭理自己的意思，高旭踹了他一脚说，"叶琼，我跟你说话呢。"

只占据床边一点点位置的叶琼说："我也觉得冷。"

高旭："谁管你，快点，把你的衣服脱下来给我。"

叶琼颤抖着说："脱给你也没用。"

高旭："你……"高旭正要威胁叶琼，他感觉到了叶琼的颤抖，整张床都因为叶琼的颤抖而抖动着。

高旭声音低了下去："你抖什么呢？"

叶琼颤颤巍巍地伸出手指了指门底下的缝隙。

高旭一眼看过去，就卡壳了。门底的缝隙处隐约能看见一个人的脚。高旭的心里顿时咯噔一下，然而等他眨了一下眼睛，门底缝隙处的那双脚就不见了。

"叶琼，好……好像走了。"高旭不敢保证，叶琼浑身发抖，连大气都不敢出，更别提回应高旭了。

"你去看看，看看它是不是走了。"高旭一脚把叶琼踹到床底下，"咚"的一声后，房间内就安静了下来。

高旭没听见叶琼的呼痛声，也没见叶琼爬起来。

"叶琼。"高旭试探着喊了一声，叶琼没有回答他。这下高旭的身体也忍不住开始发抖，他又喊，"叶琼，你别装神弄鬼的，你可吓唬不了我。"床下始终没人回应，这下高旭不得不往床边靠了靠，去察看叶琼的情况。叶琼被他踹下床的时候应该是脑袋先着地，加上本来就受到惊吓，已经晕了过去。

高旭收回试探叶琼呼吸的手，小声地抱怨道："你是纸糊的身体吗？竟然被吓晕了。"

室内的温度越来越低，高旭就算已经霸道地抢了被子，但还是觉得冷，他想既然叶琼已经被吓晕了，也不知道冷了，索性就跳下床去脱叶琼的外套，打算自己穿上。

太冷了，高旭把叶琼的衣服套在自己的衣服的外边，正要拿过床上的被子准备重新裹在自己的身上时，高旭的身体猛地一僵。他的牙关开始不受控制地打战，他看见了床头镜子里的自己，还有他身后出现的女人。

高旭听见它在耳旁问了一句。他疯狂地点着头，然而高旭的回答让它并不满意。

仿佛有一个世纪的时间那么长，2-6规则世界的一夜终于过去。

欧莹醒来后看见站在床边盯着门的林异，她赶紧起身："林异，你昨晚怎么不叫我？"

林异回头看了欧莹一眼："学姐，我忘记了。"

"谢谢。"欧莹哪里会相信，知道林异是故意让她睡了一个整觉，她说，"昨晚出什么事了吗？你怎么一直在门口站着。"

林异说："在7-7规则世界的时候，秦学长每次天一亮就会来敲我的门，确认我的安全。"

"但是现在，天亮很久了……"林异说，"秦学长没来。"

欧莹的心头一紧："不会出什么事了吧？"

林异没吭声，昨晚，他听到的三声惨叫，一声来自何袂，一声来自曾静，最后一声来自高旭。

欧莹说："去看看。"

林异："好。"

打开门，两个人快步往秦洲的房间去。林异越靠近秦洲的房间，心就越往下沉，他们的房间透着一股浓重到叫人难以忽视的血腥味。

这股味道让欧莹脸色变得苍白，她干脆跑了起来。林异也加快脚步，他看见欧莹站在门边，本来就没有血色的脸这下变得煞白。

林异预感到不妙，他三两步跑到房间门口，站在欧莹的背后。他比欧莹高出一个头，可以清楚地看见房间内的情景。

罗亦出事了，并且和李颖被害的手法一模一样。

嘀嘀嘀——

罗亦的全息舱结束了进程，机械音开始播报：

非常遗憾，由于你被怪物淘汰，您此次的社会实践项目结束，全息舱将会自动生成您的淘汰现场，非常感谢你的参与！请您稍作休息，稍后会有专人为您进行全身检查。再次感谢您对"特殊治愈研究"的付出。

自从林异进入 7-7 规则世界后，他就发现，每个出事的人都会对他露出诡异的笑容，在 2-6 规则世界也一样，罗亦瞪着眼睛盯着门外的林异，他笑的嘴角几乎要咧到耳根了。但这次，林异有一种直觉，罗亦的笑，是 2-6 怪物在向他打招呼。大概是因为他杀死了 7-7 怪物，2-6 怪物的同类。所以 2-6 怪物礼尚往来，送了他这份礼物。

房间里除了罗亦的"尸体"，还有晕死在角落里的程阳，以及站在原地郁闷地与林异对视的秦洲。

"洲……洲哥。"欧莹的尾音带上了哭腔，"发生了什么？"

秦洲没有回答，他低头看了看自己的双手。不断地翻转着。满手的鲜血，有血液顺着他的手滴下来，"啪叽"一下落在地板上，随着这个声音，秦洲才恍若初醒："我……不知道。"

林异出声："秦学长，你……"

秦洲神色复杂地看了林异一眼，然后大步从房间内走了出去。

欧莹被他撞得往后退了几步，全靠林异在她的身后帮忙扶了一把，才不至于跌倒。林异扶稳欧莹后，看向秦洲的背影。

秦洲的身影很快地消失在别墅二楼，不知道去了哪里。

等秦洲的身影完全消失不见，欧莹才反应了过来，她冲到罗亦身旁。

林异犹豫了一会儿，最终决定还是不追秦洲了，他走进房间，先看了看程阳，然后看向欧莹和罗亦的"尸体"。想来罗亦和欧莹的关系是很好的，毕竟都是学生会的顶尖人物。虽然林异并不知道怎么安慰别人，但他觉得这个时候还是应该开口说点什么。

"学姐……"林异刚开口就卡壳了。林异觉得在这个时候无论说什么都显得不大合适，他干脆就闭嘴了。

欧莹说："没关系。虽然不想承认，但事实上我们还是控制不住地去设想过，我们自己或者同伴离开了会怎么样，我们有心理准备。"

林异点了下头。

欧莹说："洲哥说过你很厉害，你也确实厉害，能解决 7-7。所以，我现在想听听你的想法。"

林异说："学姐，可以给我五分钟时间思考一下吗？"

欧莹点头："好。"

五分钟之后，林异准时问："学姐怎么想？"

欧莹说："首先肯定，罗亦没有触犯'死亡'规则。我知道 7-7 怪物也是用这个办法杀死过进去 7-7 规则世界的人，这个现场看起来更像是 2-6 怪物在窥探洲哥的记忆后的一次模仿。"

林异点点头。

"我陷入了思维的死胡同。"欧莹说，"罗亦是被 2-6 怪物杀死的，我唯一能确定的只有这一点。或许罗亦的能力还没有在你的面前表现出来，但单凭他在学生会的职务是洲哥亲自任命的，你可以尽情去想象他的能力。学生会内部如果排名的话，洲哥排第一，罗亦绝对就是第二。"

欧莹盯着罗亦看了看："第一和第二住在一个房间里，2-6 怪物如果是别人，肯定连门都进不来。就只能是 2-6 怪物也在这个房间里，那么 2-6 怪物要么是洲哥要么是程阳，如果是程阳，2-6 怪物没办法得手，毕竟学生会的第一、第二都在这儿。所以 2-6 怪物只能是洲哥，也只有是洲哥才能胜过罗亦。"

林异认真地听着。

欧莹说："但是我想不通，洲哥一上来就主动说被 2-6 怪物窥探过记忆，不管是正向思维还是逆向思维，唯一的作用只能是打消我们的猜忌。但是第一天晚上，洲哥就做了与其完全相悖的事，并且专门等到我们到来后，才带着满身血迹离开？规则怪物确实可以在复盘前随意杀人，但比起亲自动手，它更希望我们去触碰它所制定的'死亡'规则，除非人的存在会影响到规则世界的秩序。'死亡'规则到底是什么？我们目前一点头绪都没有，但是 2-6 怪物在第一晚就动手了。它觉得罗亦的存在影响到了 2-6 规则世界的后续发展，可是罗亦与我讨论过，他和我的想法一样，我们都没有怀疑洲哥就是 2-6 怪物。那么罗亦的存在，到底是如何影响到 2-6 规则世界的后续发展的呢？"欧莹把自己的疑问一点点地抛出来，满含期冀地看着林异，似乎是希望林异能给她一个完美的解答。

"再说，洲哥就是 2-6 怪物的可能，对，现在洲哥确实是 2-6 怪物的最大嫌疑人，可是他身上的嫌疑完全是他自己亲手给自己添上去的，2-6 怪物会这么做吗？利用人的逆向思维来到达一种悖论矛盾式的自证？"欧莹摇头道，"它要是这么做，就不会存在十年了。2-6 规则世界每一轮会卷入十三个人，十三个人当中或许有人擅长用逆向思维来推断，但总有人的思维是一条直线，不会被它的行为所迷惑。"

林异没有点头，也没有摇头，他说："学姐，你用简单的思维想想昨天发生的事，你觉得 2-6 怪物在做什么？"

欧莹看着林异，没有明白林异的意思。

林异说："像不像嫁祸。"

欧莹沉默了一下。怎么不像呢？没有哪个凶手会在蓄意杀人后还逗留在现场，秦洲就像是被 2-6 怪物特意放在案发现场的替死鬼，专门用来引起其他人的怀疑。

"学姐，或许秦学长的话是真的，没有什么正向、逆向思维。"林异道，"你刚刚也说错了一点，昨晚这个房间内确实是学生会第一、第二厉害的人都在，你认为 2-6 怪物是其他人的话，没有办法赢过秦学长和罗亦学长，但是你忘记了一点，2-6 怪物是看过秦学长的记忆的。"

欧莹猛地一惊。

"所以，它就算是我们当中的任何一个人，它也拥有秦学长的记忆，实力不容小觑。"林异说，"这样就很好解释了，为什么它会杀死罗亦学长？因为罗亦学长的死亡，怎么看秦学长都撇不清干系，秦学长兴许自己都会怀疑自己。学姐，你看见了吗？秦学长好像受到的冲击不小的样子，这样的秦学长不就没办法影响 2-6 规则世界的进行了吗？我们的主力已经被它折断了。"

为了让欧莹相信自己的说辞，林异指了指程阳："程阳是被 7-7 怪物选中的人，我问过他的感受。他说像做梦一样，但是并没有记忆被窥探的感觉。为什么秦学长有？是否是 2-6 怪物故意留给秦学长的印象，以此来影响秦学长？如果是，在这样的前提下，已经被影响的秦学长和罗亦学长的战斗力加起来又怎么能比得过，完完整整地窥探秦学长记忆，并且已经存在了十年，不知道 2-6 怪物吸收了多少记忆和养分呢？"

欧莹一时说不出来话，过了好一会儿，欧莹才惊愕地说："从来没有出现这样的情况。"

林异知道欧莹是指，怪物先窥探一个人记忆后又寄宿在另一个人身体内的事。

欧莹把林异的话在脑子里重复回想了好几遍："如果是这样，2-6 怪物不好找。"

林异往门口看了一眼，压低声音在欧莹的耳边说："学姐，我已经找到了 2-6 怪物了。"

欧莹立刻要问是谁，林异却把食指放在唇边，这是一个让欧莹噤声的手势。

"现在还不能说。"林异道，"弄清楚 2-6 规则世界的主线后，我会主动告诉学姐的。"

欧莹只得放下好奇心，又偏头看了看罗亦，轻声问："能确定吗？"

"非常确定。"林异笃定地道，"百分之百的确定，请学姐相信我。"

欧莹重重地点了下头，因为罗亦的事和这些错综复杂、真真假假的线索，欧莹的脑子已经不太清醒了。

"那现在……"欧莹看向林异。

"得让秦学长自己想清楚，我们问太多的话，可能会弄巧成拙，我觉得以秦学长的能力，他一定能想明白的。"林异说，"学姐也不用担心秦学长，2-6 怪物还需要秦学长替它背锅，至少到目前为止，它应该不会盯上秦学长。"

欧莹垂眸，苦涩地道："也是。"她的心底又开始觉得内疚，如果她的工作不出纰漏，秦洲不会来到 2-6 规则世界，2-6 怪物也不会因为窥探过秦洲的记忆而变得这么强大、棘手。

"那么，学姐，我们去找'死亡'规则吧。"林异说。

欧莹最后看了罗亦一眼，把愧疚暂时压下来："好。"

林异站起身，想了想，还是没把程阳弄醒，他也没打算问程阳些什么，连秦洲都不知道罗亦是怎么死的，就更别说程阳了。而现在他要和欧莹去查看昨晚三声惨叫的情况，把程阳弄醒大概率也是让程阳换一个地方再晕过去。

　　林异和欧莹先去了高旭和叶琼的房间。曾静和何袂是住在一起的，他们两个人昨晚的惨叫都被林异听见了，在规则世界的夜晚的惨叫几乎没有幸存者。但是高旭和叶琼两个人，林异只听见了高旭的惨叫。如果和高旭同住在一间屋子的叶琼还活着，或许能找到一些与"死亡"规则相关的线索。

　　林异敲了下门，房间内有窸窸窣窣的声音，但是没有人来给他们开门。

　　欧莹猜是叶琼受到了惊讶，便喊道："叶琼！是我们。"

　　其实学生会对叶琼来说，也起不了什么作用，毕竟是学生会将他投放在这里来的。也许是太想知道 2-6 怪物是谁，所以按照林异的要求就要先找到'死亡'规则。欧莹皱着眉，使劲在门上敲了敲："叶琼，你要是不想从规则世界出去了，你就别开门，继续在房间里待着！"

　　林异在一旁安静地等待，果然，欧莹的这句话起到了作用，房间里窸窸窣窣声慢慢地向门边靠近。

　　林异低下头，在门底的缝隙处看见了阴影。

　　下一秒，房间门被叶琼打开。

　　欧莹："叶……"后边的话戛然而止。

　　叶琼抬头看着门外的两个人，他已经被吓得什么话都说不出来了，只能发出几个嘶哑的音节。

　　欧莹只得把嘴边的问题压了下去，但是她还是看了林异一眼，商量着道："我先带他去整理一下自己。"

　　林异点了点头。

　　此时，E 级试验室高旭的全息舱结束了进程，机械音开始播报：

　　非常遗憾，由于您被怪物淘汰，您此次的社会实践项目结束，全息舱将会自动生成您的淘汰现场，非常感谢您的参与！请您稍作休息，稍后会有专人为您进行全身检查。再次感谢您对"特殊治愈研究"的付出。

欧莹把已经吓傻了的叶琼带去了二楼的卫生间，林异走进这个房间查看，高旭身上没有明显的线索，林异又去察看房间内的格局和陈设，都和他住的那个房间差不多，也有一张穿衣镜正对着床。林异看了看高旭所在的位置，又看了看这个穿衣镜。

林异踩上床，正面看向穿衣镜。林异伸手戳了戳镜面，手指抵在上面，触感和摸每面镜子的感觉一样，这面镜子本身没有什么问题。

"林异……"有人在身后喊了他一声。

林异循声望去："秦学长？"

秦洲皱了皱眉，问道："房间里的另一个人呢？"

"学姐带他去洗手间清洗一下。"林异从床上跳下来，走到秦洲面前几步远的地方停下，犹豫着问，"秦学长，你……还好吗？"

秦洲没有回答这个问题，而是说："我不确定昨晚发生了什么。"

林异留意着秦洲的表情，秦洲似乎已经冷静下来了。

林异摸了摸鼻子："哦。"

秦洲说："我把你怀疑我的点又仔细地回想了几遍，除此之外呢？你还有没有其他的怀疑我的地方？"

果然如林异对欧莹说的那样，秦洲开始怀疑自己。林异沉默了一下，问道："秦学长，你有感觉吗？"

秦洲盯着林异，过了良久后说："没有。"

林异追问道："什么感觉都没有吗？"

秦洲说："我和罗亦轮流睡觉。"

林异反应过来秦洲是在讲昨晚的情况，他就认真地听着。

秦洲说："前半夜是罗亦先睡，后来他起来换我。我对他说了前半夜的情况，两个末等生悬了。我只记得这些。"

"小天才。"秦洲又唤他，"你怎么看？"他喊着给林异起的外号，无比期望这位小天才能给他答案。

林异把自己的分析讲给秦洲听，但讲完之后，秦洲并没有什么表示。林异沉默了一下，问道："秦学长不是这么认为吗？"

秦洲说："姑且先这样吧，之后我会单独行动，你们找到的任何线索不要再分享给我，也不必管我，不要离我太近。"

林异还想说什么，秦洲转身走了。他盯着秦洲的背影看了一会儿，又继续察看穿衣镜了。

大概七八分钟之后，欧莹领着叶琼回来了，叶琼身上的衣服在高旭身上，已经不能再穿了。

林异问叶琼："叶琼学长，昨天晚上发生了什么？"他和程阳都是大一新生，其他人都是学长和学姐。

叶琼目光呆滞地看着林异，张着嘴还是"咿咿呜呜"，半句能让人听懂的话都说不出来。

欧莹摇了摇头道："惊吓过度了，我刚才也问了他，什么都问不出来。"

林异就不再说话了，他看着叶琼，被欧莹拿着水管冲洗干净后，林异发现叶琼的额头有一大块乌青。他就盯着叶琼额头上的这块乌青陷入了思考，欧莹唤了他两声："林异。"

"学姐？"林异反应过来，看着欧莹。

欧莹示意林异去看门外，林异转头过去，红衣女人站在门口正等待着他们主动注意到自己，等房间里的人注意了她后，红衣女人说："朋友们，早上好，我为大家准备了早餐，请大家移步到餐厅。"

虽然林异和欧莹都没有给红衣女人回应，红衣女人也毫不介意。她在确定房间内的人听到了她的话后，继续往下一个房间走去，去通知别墅里的其他客人。

等红衣女人离开后，林异忽然想到了什么，语速飞快地对欧莹说："学姐，麻烦你叫醒程阳。"

欧莹也没有问林异要去做什么，只说"好"。

林异快速地下楼往别墅一楼的餐厅的方向走去，到了餐厅，他往桌子上看了一眼，又是一桌的生食。林异的目光在餐桌上只有短暂的停留，随后就钻进了与餐厅相连的厨房。

十多分钟过去后，林异从厨房走出来。正巧撞上红衣女人领着昨夜的幸存者们来到餐厅，红衣女人看了一眼已经在餐桌旁坐下来的林异，随后拉开了主位的餐椅坐下。她似乎对客人的不愿就餐已经习惯了，见客人们依旧不吃早餐也不再劝，自己优雅地拿起盘中的食物小口地放进嘴里。

林异坐在红衣女人的旁边，他似乎听见了红衣女人"沙沙"的咀嚼声。

程阳的人中有些红肿，短时间内他被掐了太多次。这会儿想晕也晕不过去了，人中的位置一直隐隐作痛。看着林异坐在餐桌旁，他胆战心惊地摸过去坐在林异旁边。

见林异和程阳都坐下了，欧莹也找了个位置坐下，同时，把叶琼也拉过来坐下。陈进南、周乾他们四个人也都坐下了，只有秦洲站在一旁，表情阴沉地看着餐厅里的诡异情况。不过虽然大部分人都坐了下来，并没有人去动餐桌上的食物。

昨天他们还有十三个人，而现在只剩下了九个人，这九个人当中还有一个人被吓得神志不清。一种恐慌无声地蔓延开来，众人沉默着等待红衣女人吃完早餐。但是他们丝毫不觉得这样的无聊等待漫长，红衣女人用餐前提到，吃完早餐后大家又可以相聚在一起玩游戏了。

终于，红衣女人吃完早餐。用丝巾擦嘴后，她站起来："我的朋友们，游戏时间到了哦，我已经觉得迫不及待了，我想你们也是这样吧。让我们一起享受游戏带来的快乐吧！"她说着，"请大家随我来。"

红衣女人还是把众人带回了别墅的客厅，和昨天下午一样，此时虽然天亮不久，但别墅客厅的灯光已经都暗了下来，唯一留下的一束光就在她用来掷骰子的桌子上边。

"大家随意坐吧，游戏马上开始了。"红衣女人站在桌子前说着。

"学姐，你牵着我。"林异把自己的衣角递给欧莹，然后又拍了拍程阳，示意程阳跟上自己。在模糊的黑暗之中，他还是把程阳和欧莹带到了客厅的沙发边。这里距离红衣女人比较远，小声说话并不会被红衣女人听见。坐到沙发上时，林异看了一眼秦洲，秦洲没有跟过来了，他靠在墙壁上，目光紧紧地盯着红衣女人。

林异收回了视线，欧莹在他的耳边轻声问："林异，你是有什么发现吗？"

"嗯。"林异点头。

　　在红衣女人等待众人坐下的时间，林异压低声音说："学姐，我刚刚去了一趟厨房。"罗亦是被筷子杀死的，所以他就去厨房看了看，想看看厨房内有没有留下 2-6 怪物的痕迹。

　　欧莹小声问道："厨房有什么？"
　　林异原本以为自己会在厨房见到非常恐怖的场景，毕竟餐桌上的那些东西就足够引人遐想，但他没有见到。反而看到了一些更奇怪的东西。
　　林异说："一些食用色素，大部分是红色的。"
　　"还有很多奇形怪状的模具。"林异说。
　　程阳带着已经宕机的脑子捂着嘴听着，欧莹思考了一下："你的意思是，餐桌上的那些东西是通过这些模具仿做出来的。"
　　"是的。"林异点头，"是面粉之类的东西，厨房里有很多材料。"
　　红衣女人的咀嚼声也证明了一点，咀嚼时不会是绵密的声音。
　　"最奇怪的是……"林异说，"整个厨房只有一双筷子。"并且这双筷子被清洗过，被很好地放置在一边。林异特意看了看这双筷子的尖端，其中一根筷子的一端被打磨得很尖锐。罗亦应该就死于这根被磨尖的筷子，7-7 怪物要杀林异的时候也削尖了在早餐时偷走的筷子。
　　欧莹脑子里有个想法一闪而过，她重复林异提到过的关键词，试图捕捉脑子里还不太成形的想法："一双筷子，奇怪的模具，还有大量的面粉……"
　　"嗯嗯。"林异说，"筷子被清洗过，证明还有用。"
　　欧莹的心头一跳："它今晚的武器还是筷子？"
　　知道欧莹的思路是被罗亦的死影响了，林异耐心地纠正道："不是的，学姐，筷子原本就是 2-6 规则世界里的东西，是先有 2-6 规则世界，才有被卷入 2-6 规则世界的我们，是 2-6 怪物窥探秦学长的记忆，才模仿 7-7 怪物杀人。如果秦学长没有进来，或者说 2-6 怪物没有窥探过秦学长的记忆，那么这双筷子就有其他的作用。"
　　欧莹皱起了眉头，她在思考这双筷子有什么用。
　　旁边的程阳终于没忍住出了声，他知道，他知道，这是他唯一知道的！

程阳说："吃饭。"

听到程阳的话，欧莹愣住了。筷子的作用不就是用来吃饭吗？而它仅有一双……

欧莹说："是红衣女人用来吃饭的？"

"对。"林异点点头。

餐桌上的那些东西根本用不着筷子，红衣女人自己也没有使用筷子，而是戴着手套直接拿起餐盘里的食物。

"筷子的存在，应该是她私下吃其他东西的时候需要使用的。"林异看了一眼红衣女人，道，"她是人，她头顶的灯光也可以证明，关了灯后，她和我们一样同样看不清。"就跟宿管老头一样，是 NPC，也是人。

"她是人的话，也就吃不了真正的内脏和蛇虫鼠蚁，所以她利用模具做出和这些东西一样的食物。"欧莹说，"可是为什么要这么做……"

林异说："她在故意吓唬我们。"

欧莹愣了一下："吓唬我们？"

林异说："穿一身红色的衣服，再加上阴森恐怖的氛围，还有她玩的安科游戏，说到底她就是在吓唬我们，让我们产生恐惧心理。"

欧莹想了想："可……"

林异说："学姐，你说。"

欧莹："可是她的安科游戏成真了。"

"证明她的安科游戏就是'死亡'规则出现的讯号，或者说是她在召唤'死亡'规则出现。昨天她的安科游戏里掷出三个被魔法诅咒的人，就像 7-7 规则世界，有三个房间同时打开窗户一样。'死亡'规则在初始时只有一个，但并不代表这条'死亡'规则只会盯上一个人。"林异说，"秦学长之前跟我说过，怪物吸收的意识越多，能力就会增强，2-6 怪物存在这么多年，用一个'死亡'规则在一个晚上同时杀害多人，应该就是它进化出来的能力。"

安科游戏中，骰子掷出有三个被魔法诅咒的人混入了他们。昨晚出事的人。这都在印证林异的推测。

"白天时，她一直制造恐怖氛围，就是为了让我们认为这里有诅咒的想法。"林异说，"夜晚房间里的温度骤然下降，是为了给我们心理暗示，被魔法诅咒的人来了，温度下降是为了让我们感到更加害怕。摆放忌讳的穿衣镜也是，为了让我们看到站在身后的被魔法诅咒的人。"

"看到再感受到被魔法诅咒的人……"欧莹说，"所以'死亡'规则是……"

林异道："相信世界上真的有被魔法诅咒的人，换句话说，相信世界上真的有诅咒。"

程阳打了一个哆嗦。

欧莹还想再说什么，但掷骰子的声音在客厅响了起来，红衣女人说："原来三个中有两个被魔法诅咒的人得手了，让我们看看没得手的那个被魔法诅咒的人会怎么做呢？是放弃还是继续？还是召唤更多被魔法诅咒的人。"

红衣女人低头看着骰子的点数，表情冷了下去："它决定放弃。"

程阳喜极而泣："太好了，世上无难事，只要肯放弃，就这样放我们离开吧！"

林异和欧莹没程阳这么乐观，既然安科游戏是红衣女人用来召唤"死亡"规则的手段，但掷骰子点数时会有不确定性，在这样的情况下，红衣女人必定会在其他方面使手段。

果然，红衣女人脸色阴沉地说："它放弃的原因是什么？是因为它想休息一天，还是因为昨晚出事的人已经成为新的被魔法诅咒的人，或者是别墅内存在着更可怕的被魔法诅咒的人呢？"

　　欧莹的脸色难看到了极点，红衣女人的三个选择都不是什么好事。不论是因为昨晚出事的人已经成为新的被魔法诅咒的人，还是别墅存在一个更可怕的被魔法诅咒的人，都是无解的。哪怕骰子掷出来的点数是红衣女人提供的第一个选择，红衣女人也会在接下来给出更可怕的选择。她不会轻易放过他们。

　　林异猜到了红衣女人会把文字游戏绕回到诅咒上，因此也没有什么反应，他身旁的程阳痛苦地闭上眼睛说："让我晕过去好不好……"

　　骰子在桌子上打转，红衣女人看见点数后，阴沉的脸色才好转了点。但并没有好很多，她的视线死死地钉在骰子上面，用尖厉的声音说："哦，有答案了。"

　　红衣女人第一次玩安科游戏时大家还不知道会发生什么，所以觉得带来恐怖感觉的只有红衣女人的声音。经历了昨晚之后，2-6 规则世界的卷入者都已经反应了过来，此时红衣女人宣布选择的声音犹如索命的魔咒。

　　"原来是昨晚出事的人已经成为新的被魔法诅咒的人。"红衣女人说着又开始掷骰子，"被魔法诅咒的人回来之后会做些什么呢？是告别，或者是也把你们变成被魔法诅咒的人呢？"

　　程阳立刻双手合十，开始虔诚地祈祷："告别就行，告别就行，冤有头债有主，千万别来诅咒我们。"

"哐啷"一声停下，红衣女人久久地盯着骰子的点数。

黑暗中有人松了一口气。一旦红衣女人掷到她想要的数字，她的语气是兴奋的，会立即宣布骰子点数代表的选择答案。而骰子上的点数如果不是她期望的，她的表情就会变得阴沉。此时，红衣女人的表情慢慢地变得阴沉下来，2-6 规则世界的卷入者们虽然看不见骰子，更看不见骰子的点数，但红衣女人的表情已经说明了一切，她不高兴了，他们才能高兴。

程阳又露出喜极而泣的表情："看来我就是受幸运女神眷顾的幸运男孩！"

程阳的话还没说完，"哐啷""哐啷"。

欧莹脸上的表情更加难看了。

红衣女人装作不小心把骰子拂落在地的样子，骰子在地上打转，原有的点数发生了改变。红衣女人弯腰去拾骰子时，忍不住笑了起来。一种不好的预感在黑暗里蔓延，伴随着早就弥漫着的恐慌，像一双无形的大手把他们推到了悬崖边上，再往下是深不见底的万丈深渊。

红衣女人的笑声让程阳浑身的汗毛倒竖起来，过了好半天才憋出一句："林异兄，她，她还……还能作弊？"

林异沉默了一会儿，从他的角度看过去，骰子掉落的位置是一个视线盲区，他看不见骰子具体掷出来的点数。他只能看见红衣女人的嘴唇动了动，似乎念出了一个数字，随后她把骰子捡起来时，放在面前的桌子上。林异的视线随着红衣女人的动作也落到她面前的桌子上。

桌子凸起的部分挡住了骰子，林异并不知道骰子具体长什么样。昨天红衣女人把骰子伸出来给大家看时，也是虚晃一下，林异只发现了红衣女人手里的骰子不是常见的正六面体骰子，而是被规则地切割出来更多的面，但具体有多少面林异并不知道，唯一能确定的是，骰子是一个正多面体。

"哦！啊！原来被诅咒的人会在今晚回来。"红衣女人兴奋地说，"也会把你们变成被魔法诅咒的人。"那双无形的大手在一瞬间把所有人推落了深渊。

红衣女人收起骰子："真想知道它们会怎么对付你们，可惜这是明天的游戏了，今天的游戏时间结束了。快乐的时间总是短暂的呢，现在大家自由活动吧！我去为大家准备午餐。"和昨天一样，红衣女人离开了别墅的客厅后，那张桌子就消失了。

不过这次林异的视线锁定在桌子上，他发现桌子像升降台一样，被收进了地板之中。

欧莹征得林异的同意："林异，我可以把'死亡'规则告诉大家吗？"

被诅咒的人都会回来，或许不单单指昨晚出事的四个人，十年间在2-6规则世界出事的人算不算在其中，或者这栋别墅原本就有被诅咒的人，这些都是不确定的。

今晚的凶险程度可见一斑，虽然欧莹一万个不希望再有人会"死亡"，但毕竟"死亡"规则是林异找到的，她想要告诉更多的人也需要先问问林异的意思。

林异没有立刻回答，欧莹便沉默了下来。当一条"死亡"规则不能够杀死人后，就会出现第二条，并不是每个人都愿意分享找到的"死亡"规则。见林异一直没有回答，欧莹道："没关系的，我知道你的顾虑，你可以放心，在没得到你的允许前，我不会泄露……"

林异忽然驴唇不对马嘴地说了一句："骰子是一个正多面体。"

欧莹停顿了一下："什么？"

程阳的身体因为林异忽然说的一句话颤抖了一下："林异兄，别……别吓人啊。"

林异回忆着说："一、二、三……"

欧莹："林异？"

程阳大惊："林异兄。"

"正多面体。"林异思考着说："正五边形。"

正多面体一共只有五种形态，正四面体、正六面体、正八面体、正十二面体和正二十面体。一般的骰子都是正六面体，也就是六个规则的面，是常见的正方体。

林异回忆着红衣女人手中的骰子，红衣女人露出骰子给他们看的时候，林异看到了其中的一面，那一面有五条规则的边。

"骰子有十二个面。"林异道，"十二个点。"正五边形所组成的正多面体只能是正十二面体。每一面一个点数的话，那么红衣女人的这个正十二面体骰子就有十二个点数。

林异："学姐，她刚刚……"话说到一半，林异看到欧莹和程阳的表情，才后知后觉是自己的思维变得活跃了起来。他挠了挠额头解释道，"我刚刚在想事情，有时候就会太过沉浸，人就有点不在状态，我刚是做了什么了吗？不好意思。"

程阳道："吓死我了，我以为你被……"觉得这话太晦气，程阳赶紧闭嘴，"呸呸呸"了几声。

"没关系。"欧莹说，"骰子十二个面，十二个点怎么了？"

林异在自言自语的时候没有刻意压低音量，于是陈进南他们都循着林异声音的方向看了过来。林异注意到秦洲也朝他看了过来。除了这些人，黑暗中的其他地方，那些被魔法诅咒的人也在暗中窥视。

林异吸了一口气，他走到电视墙那边。昨天他扳上去的电闸扳片被扳了下来，他伸手把电闸扳了上去。

"滋滋"电流声后，别墅的灯光亮起来。

林异能看见陈进南他们四个人脸上茫然的表情，还有发觉他要讲线索于是转身离开的秦洲。

林异看了一眼秦洲的背影，随后收回视线。剩下的和昨天一样，其他东西在光线亮起之后就消失不见了。他这才对上大家看过来的目光，虽然被这么多人注视让林异觉得有些难为情，他还是硬着头皮道："她去捡骰子的时候念出了一个数字。"

"七。"苏天乐说，苏天乐坐得离红衣女人比较近，再加他的耳朵比较灵敏，所以听见了，"是'七'吗？"

李宕说："你这么一说，好像我也听见了，我还以为是我幻听了。"

"学弟，怎么了？"周乾问。

"我听见的也是'七'。"林异其实是看见的，因为陈进南他们四个加入了讨论，他就需要把情况讲得更明白，他说，"除了直接的数量问题，每次她基本都会给骰子三个选择，每次的三个选择的排序都是'好坏恶'。"

第一次给出的三个选择分别是：爽约（好）、迷路（坏）、发生奇怪的事（恶）。

第二次分别是：生病（好）、离世（坏）、多出什么东西（恶）。

第三次分别是：动物（好）、精神分裂者（坏）、被魔法诅咒的人（恶）。

"根据投掷被魔法诅咒的人的数量和她的反应来看，她排斥小点数。所以，一到十二的点数，点数越小，代表的选择就是三种选择中的'好'，比如点数一和点数二。"林异道，"但是点数'七'却代表了三种选择中的'恶'……"

陈进南他们听得迷迷糊糊的，欧莹最先反应过来："点数一和二代表的是'好选择'，点数七代表的是'恶选择'，那么点数比'七'大的还有点数八、九、十、十一、十二，这些点数都是'恶选择'。剩下的点数三、四、五、六应该就是'坏选择'。也就是说，可能是'好选择'的点数只有两个，可能是'坏选择'的点数有四个，可能是'恶选择'的点数有……六个。"

林异点点头："这只是最好的情况。"

因为红衣女人最近一次投掷骰子得到的点数是"七"，只能证明"七"以后的点数是"恶选择"，并不能证明三、四、五、六点就不是"恶选择"。最糟糕的情况就是，点数一代表"好选择"，点数二代表"坏选择"，其余的点数全都代表"恶选择"。

在这样不公平的选择下，他们只能眼睁睁地看着情况变得越来越糟。就比如今晚将会出现更多地被魔法诅咒的人。

陈进南他们四个人的脸色一变，林异把"死亡"规则对他们说了："只要不相信世界上有诅咒就行，如果看见了感觉到了被魔法诅咒的人，就告诉它们，世界上没有诅咒。"

"可……可行吗？"李宕问。

"可以的。"林异说，"昨晚我试过，学姐，程阳以及叶琼学长都尝试过这个办法。"

程阳自己都不知道自己什么时候尝试过。

林异说："学姐睡着了，程阳和叶琼学长晕倒了，他俩感觉不到它们，也看不见它们，不知道它们的存在自然也就不会相信它们的存在。"

"所以今晚也可以睡过去，如果睡不着，把自己弄晕也成。"

听了林异的分析，陈进南等四个人才稍微松了口气。

欧莹说："趁着午餐前大家还是先去找线索吧，知道'死亡'规则还不算安全，要离开这里才能安全。"

苏天乐问："欧莹姐，是找离开的线索吗？"

欧莹沉默了一下，还是没有告诉他们 2-6 怪物的存在，她说："搞清楚 2-6 规则世界的主线就可以离开了。"

罗亦已经不在了，没有人来分配寻找线索的安排。

陈进南他们四个人是互相商量着去找线索。等他们四个人离开后，欧莹才问林异："林异，你是不是还有话没有说？"

林异："嗯。"他解释骰子的十二面要是单纯证明是否危险的话完全没有意义，所有人都知道 2-6 规则世界很危险。

"趁着'死亡'规则还没有增加……"林异说，"我今晚打算去偷骰子。"

欧莹愣了一下："偷骰子？"

程阳："你偷骰子干什么？让安科游戏不能继续下去？"

欧莹想到了什么："你……不会是想在骰子上动手脚吧？"

"嗯。"林异道，"不管怎么样，点数'一'能确定是'好选择'，让她永远掷出点数'一'就好。"

程阳："……哇！"

"先别说偷骰子的难度。"欧莹说，"就算偷到了骰子，但是你要怎么在骰子上动手脚？掷骰子的永远是红衣女人，而不是你。"

"知道不倒翁为什么永远是站着的吗？"林异问。

程阳："不知道啊。"

欧莹："重心。"

"嗯。"林异说，"所以根据不倒翁原理，我们只要让骰子始终保持向一个方向就好。"

欧莹问："你具体想怎么做？"

"质量越大重力就越大，质量越小重力就越小。"林异道，"而质量等于密度乘以体积，所以增加骰子点数一相反的那几面的密度。"

程阳这个学渣已经完全听不懂了。

不等欧莹再问怎么增加密度，林异主动继续说道："水银的密度是十三点五九克每立方厘米，所以有一种作弊办法，是在骰子里灌进水银，运用的就是水银比重大的特点，只要固定重心，就会让某一面始终保持向上。"

欧莹说："是这样的没错，但是你去哪里找水银？"

林异道："温度计。"

欧莹惊讶地看着林异，"你……"

林异道："学姐，汞在蒸发时被吸入人体，人才会中毒，每支水银温度计里的汞含量一般在零点五到一点零克之间，这个量不大，而且水银是温度越高蒸发得越快，它的挥发温度大概是八摄氏度到三百五十七摄氏度之间，但昨晚的温度应该在零度之下，放心吧！学姐，我的化学还可以，知道水银的毒性，我会很小心的，不会让自己汞中毒。"

欧莹的惊讶是被林异的聪明所折服，见林异误会了，解释了这么多，她收起了惊讶的表情道："但是林异，万一红衣女人一直掷点数一，从而改变了点数所代表的选择，应该怎么办？"

"应该不会。"林异道，"如果可以改变，她就没必要把骰子扔在地上，反正我们也看不见，她可以随意谎报数字。也可以把骰子悄悄地翻个面，但是她没有。这是规则世界，秦学长说过，怪物制定规则，也要遵守规则。"

没什么疑问后，欧莹立刻说："我和你一起。"

程阳虽然什么都没听懂，但他也自告奋勇地道："林异兄，我也要一起。"他一直说自己是智商青铜武力王者，是时候证明自己的武力值了。

林异犹豫着，这并不是什么好事。2-6怪物窥探过秦洲的记忆，他必定是被2-6怪物盯上的。如果欧莹和林异跟着他一起行动，可能也会把他们带入到危险之中。于是林异摇摇头："不用了，我自己一个人就行。"

欧莹说："我们都已经知道了'死亡'规则，洲哥不用说，他不可能连第一晚的'死亡'规则都猜不到。所以明天必定会出现第二条'死亡'规则，在两条'死亡'规则下，今晚如果不能在骰子上动手脚，后边就更难了。但是今晚会出现的被魔法诅咒的人太多了，你就算偷到了骰子，万一被 2-6 怪物盯上了呢？人多成功的概率才更高，不是吗？"

林异想了想，觉得欧莹说得有道理。他终于松了口："好吧。"

午餐后，他们三个人就开始提前找红衣女人居住的房间，最后判断红衣女人住的房间是别墅三楼最里边的房间。

晚餐后，大家依旧是各自组队选择房间，陈进南和周乾一个房间，李宕和苏天乐一个房间，叶琼被程阳打晕了丢给了陈进南和周乾。

秦洲没有和任何人住一起，他选择一个人住在昨晚和罗亦一起住过的房间。

欧莹、林异和程阳三个人住在一起。

等其他人都回到房间后，林异把水银温度计从衣架上取下来，程阳撕下床单，欧莹把撕下来的床单碎片再撕开两个小口子，这样就能挂在耳朵上，变成一个简易的口罩。水银是有毒的，就算晚上的温度低，他们还是需要防护。

欧莹又让程阳撕了一条稍微宽一点的床单，水银一般不会被衣服吸收，她还想给林异弄一个简易的手套。

林异说："我先去一趟厨房，学姐，你和程阳先在房间里等我。"他打算把温度计里的水银灌进骰子里，这里没有专门的器具，只能去厨房看看有什么能用得上的。白天的时候，红衣女人会出入厨房，林异也只有在这时去厨房找工具。

欧莹说："好，你小心点。"

林异点头："知道了，我很快就会回来。"说着，林异拉开了门。

寒意立刻扑面而来，欧莹立刻捂住程阳的嘴。没有脑袋的高旭就站在他们住的房间门口。

林异装作什么都没看见，他镇定自若地离开房间，还把门掩上了。别墅二楼走廊上的东西都朝着林异看过来，林异权当没看见，他快速走下二楼来到餐厅，正要穿过餐厅去厨房。

　　林异停下脚步，厨房里发出诡异的声音，这个声音像是用筷子在磨刀石上摩擦的声音。摩擦筷子的声音本来很快，但是突然就停了下来。一道阴影一下出现在林异的脚底下。

　　那道阴影出现得太快了，快到林异的思维几乎要与他的身体脱离开来，林异只记得，他把兜里的温度计猛地朝外边丢去，然后闪到与声音相反的地方躲着。试图靠声东击西的办法，让在厨房的 2-6 怪物去追逐声音，而他要趁着这个机会再想逃脱的办法。

　　餐厅并没有什么可以躲避的地方，唯一有点作用的就是餐桌。林异敏捷地闪到了餐桌底下，紧接着沉闷的脚步声在餐厅里响起。从厨房一直传过来，然后走近他，再走过他。脚步声的终点似乎就是温度计落地的地方。

　　林异屏住呼吸，他自己扔的温度计自己清楚扔到哪里了，温度计的落点在餐厅外边靠近客厅的地方，如果脚步声追了过去，他可以趁着这个机会离开餐厅。不然等 2-6 怪物发现声音的来源只是温度计再折回来后，他就只能等死了。

　　餐桌根本挡不住什么，林异在脑海中形成可以逃跑而且不会被发现的路线，然而不等他绘制出初稿，脚步声突然停下了。林异的心头一紧，他是一直在听脚步声的，通过脚步声他判断出，2-6 怪物就在餐桌前边一点的位置，没有离开餐厅，最多就是站在餐厅门口。

　　脚步声停止后，取而代之的是一阵窸窸窣窣的声音。

　　林异的脑子立刻"嗡"了一下，浑身的血液仿佛也在这个时候凝固。

　　"我一直在等你。"他说。

　　"我知道你不会无缘无故讲骰子的面。"他说。

　　"你一定是想对骰子动手脚，我说对了吗？"他说，"他的记忆可真好用啊，通过你们的任何动作、任何表情，我都能知道你们的想法。"

　　餐桌下的林异一动不动，他盯着林异看了一会儿。

　　林异很平静地回头望着他，脸上的表情是他拥有的记忆里不曾看到过的，他没见过这样的表情。这让他不由得想要靠近，看得更真切一些，以继续在记忆里搜索相关的片段。他靠近了一点。几乎是刹那间，他的脸色变得惊恐，几乎难以维持人类的正常表情。他有印象了，但并不是人类的记忆给他带来的依据，而是被封尘了很久很久，属于 2-6 怪物自己的记忆。

"你……你……"他的牙关直打战，"是……是你……"

林异回到了房间，欧莹赶紧问："林异，怎么去了这么久？"

程阳也追过去："林异兄，没事吧？"他和欧莹商量着，如果林异再不回来，他就要和欧莹出去找人了。

林异没看他们，径直走到床边，脱了鞋，躺了上去。

欧莹察觉到林异的异样："林异？是出什么事了吗？"

林异没有理会，他闭上了眼睛。

欧莹还想再问什么，程阳拉了拉她："欧莹学姐，算……算了，林异兄好像很累的样子，让他休息一下吧。"林异的行为让程阳想到了他的富豪父亲，他的父亲劳累一整天后回家也是不想理人的。

欧莹看了林异一眼，她也知道林异昨晚上没有休息，只是她担心林异的异样是因为出了什么事。

程阳壮着胆子鼓起勇气问欧莹："欧莹学姐，那……那我们俩去？"少了林异，给骰子灌水银的成功率就降低了一大半，但是也正如她劝林异的那样，今晚大概率会是一个平安的夜晚，如果今晚不动手，在两条"死亡"规则下，骰子大部分的点数都指向"恶选择"的话，他们的存活率会被压榨到几乎没有。

欧莹说："好。"

程阳把他和欧莹制作出来的东西往兜里一塞，然后想到一个最重要的东西说："温度计呢？"

欧莹回忆道："好像在林异身上，他出门的时候带出去了。"欧莹说完看着程阳。

过了好半天，程阳反应了过来："哦。"

欧莹是女生，不方便去翻找林异身上的温度计。

程阳可以，他小心地走到床边，伸手去掏林异的衣兜。他的动作很轻，生怕吵醒了林异。左边衣兜没有，程阳又去掏右边。右边的衣兜也没有，程阳就打算去掏林异的裤兜。他行动前，看了林异一眼，结果猝不及防地和林异的视线对上。

"你……干什么？"林异哑着嗓子问。

"找……找温度计啊……"程阳的声音颤抖着。

"哦。"林异坐起来，摸了摸衣兜，"在这儿。"然后他掏了个空。

程阳和欧莹盯着林异，林异打了一个激灵，从床上弹起来，吓得程阳打了一个激灵。

欧莹其实也有点被林异吓到，她担忧地问："林异，你是不是哪里不舒服？"

林异的视线在房间内扫了一圈，沉默下来。想他怎么回来了？

欧莹说："你先休息吧，我和程阳去找骰子。"

"学姐，我确实觉得有点不舒服。"林异沉默着开口，他已经意识到是自己出现了"身体不属于自己的"状态，想来是因为在厨房撞上 2-6 怪物的缘故，逼得"它"的思维活跃了起来。脑中闪出一个片段，这个片段告诉林异，当他的思维活跃时，就会出现身体不属于自己的情况。

林异愣了一下，但很快接受了这个设定。他也不知道自己为什么接受得这么快，好像是被洗脑、催眠一样。

"我觉得不舒服的时候，就是这样……我没做什么奇怪的事吧？"林异试探着问。

欧莹摇了摇头。

程阳说："就是一声不吭地回来，我们喊你，你也没反应，自己倒头就睡。"

林异："哦……"还好，还没有太离谱。

"我好像把温度计打碎了。"林异只记得这个了，甚至为什么把温度计打碎，他都没有印象了。

"没关系，每个房间里都有温度计。"欧莹想了想还是忍不住问道，"是出了什么事吗？"

林异说："想不起来了。"

"好吧。"欧莹说,"那你好好休息。"

见欧莹和程阳准备出门,林异犹豫着要不要跟着一起去,但最终林异没有跟着,他怕自己再用脑过度,出现更奇怪的行为,他只是盯着程阳和欧莹:"学姐,程阳,你们要小心一点,有机会给骰子动手脚时再上,没有机会不要强求,等我休息好了,之后也不是一定没有动手的机会。"

欧莹说:"我知道的,你放心吧!赶紧休息一会儿。"

程阳也点着头:"林异兄,晚安!"

门被程阳关上了。

林异盘腿坐在床上,他抬头看了看床尾的穿衣镜,镜子里的自己表情有些木然,红血丝几乎要爬满了眼球。必须得休息一会儿了,林异重新躺下来闭上眼睛。

可是他现在在 2-6 规则世界,随身听没有在身边,听不见随身听里收录的声音,他根本没办法睡着。于是林异回忆着随身听里的录音,自己模仿。

"咯咯咯,咯咯咯——"是的,随身听里的声音就是这个。

出门后的程阳感觉自己随时都能晕过去,走廊上全是人!准确地说,全是被魔法诅咒的人!周身冒着黑气,不难猜,黑气就是所谓的诅咒,无一例外的是他们的表情十分痛苦。他和欧莹从房间出来,那些被魔法诅咒的人便都朝他们两个人看过来。

欧莹听到程阳的呼吸变得急促起来,低声安慰道:"世界上没有诅咒。"

程阳僵硬地点了点头:"世界上没有诅咒,世界上没有诅咒……"

他们两个人先去别墅二楼里某一间没人住的房间,要去拿水银温度计。欧莹取下挂在衣架上的温度计,她看了一眼温度计的刻度,温度计上的那根红线看不见了。

程阳在旁边打了个寒战:"好冷。"

欧莹快速把温度计放好,回头看程阳的时候,突然停顿了一下,随后她当什么也没看见,说道:"走吧。"他们还需要去一楼厨房,找可以把水银灌进骰子的工具。但是直到欧莹走过程阳的身边,程阳一直站在原地。这让欧莹不得不停下来,"程阳,世界上是没有诅咒的。"

程阳看了欧莹一眼："好冷啊，比我光着膀子在极寒之地看企鹅还冷。"

欧莹说："你重复我刚刚说的话。"

程阳说："欧莹姐姐，你在说什么？"

对于程阳对自己的称呼从"欧莹学姐"到"欧莹姐姐"的转变，欧莹短暂的沉默了一下之后，说："罗亦，是你吗？"

程阳看着欧莹："欧莹姐姐，你相信世界上有诅咒吗？"

欧莹深吸了一口气，见欧莹迟迟没有回答，程阳凑上前去又问道："欧莹姐姐，你相信世界上有诅咒吗？"

"我可以回答你这个问题。"欧莹和程阳互相看着对方，欧莹努力保持镇静，好在成为学生会副主席后，有很多保持冷静的经验，她说，"不过在我回答你这个问题前，你先回答我的问题。"

程阳又问："你相信世界上有诅咒吗？"

"罗亦。"欧莹却问，"你不去寻找真正的凶手吗？"

程阳沉默下来了。红衣女人的安科游戏中，被魔法诅咒的人会报复性地诅咒其他人。报复性，或多或少也有复仇的意思。

"你是不敢找他复仇吗？"欧莹说，"罗亦，你知道的，我不跟孬种打交道，所以你的问题我也不会回答。"

程阳看着她，过了一会儿转身出门。欧莹揉了一下眼睛，然后赶紧跟了出去，罗亦的性格，欧莹最了解了，他受不得刺激。

欧莹跟着程阳走了几步，紧张得捏了捏手里的东西，她低头看了看手里的温度计。忽然，欧莹想到林异说过的，他已经知道 2-6 怪物是谁了。林异公布答案的前提是搞清楚 2-6 规则世界的"死亡"规则……她转念又想到秦洲提及过的，林异解决 7-7 怪物的方式。运用 7-7 怪物自己制定的"死亡"规则将 7-7 怪物杀死。

欧莹突然就清醒了过来，她还在寻找 2-6 怪物的踪迹，林异已经在想办法怎么解决 2-6 怪物了，而她如果就这么贸然去寻找，会不会打乱林异的计划？

欧莹停住了脚步，盯着前面的程阳唤道："罗亦。"

程阳僵硬地回头看她。

"这个世界上没有诅咒。"欧莹吐出一口浊气说，"再见。"

程阳盯着欧莹看了看，原本木然的表情慢慢变得缓和，最终露出一个宽慰的笑容，周遭那些被魔法诅咒的人都朝着欧莹看过来，木然的脸上也同样露出宽慰的笑容，好像得到了解脱。

"咚"的一声。程阳的脚后跟着了地，他本人没有准备地摔了个四脚朝天。

"哎哟，哎哟。"程阳满脸痛苦地说，"我的屁股。"

林异睁开眼睛，没有在房间里看到欧莹和程阳，他打了一个激灵从床上弹起来。正要出门去看看情况，门就从外边被人推开。

欧莹带着一脸疲惫的程阳回来了，见到林异醒来了，欧莹说："林异，你醒了？"

"嗯。"林异问，"学姐，你们怎么样？"

欧莹摇了摇头，向林异讲述了他们两个人昨晚的遭遇。

欧莹如梦初醒，她没有选择去寻找 2-6 怪物，当她回答了罗亦的问题后，就和程阳去别墅一楼的厨房寻找能将水银灌进骰子的工具。他们找到了一把专门用来挑虾线的倒钩锯齿，准备用这个工具将骰子凿出小洞来，又找到了食用胶封住灌入水银的缺口。

然后他俩就去了别墅三楼，红衣女人的房间是反锁着的。不过程阳说他经常被他爸没收钥匙赶出家门，于是学会了开锁，刚好那把倒钩锯齿就被程阳拿来现场活用。

"程阳兄临时翻车？"林异猜测。

程阳不满地嚷了一下："怎么可能？"但随即又变得气馁，"不过确实也是因为我的原因……"

程阳打开了门，他们俩蹑手蹑脚地溜进去。欧莹看了红衣女人一眼，红衣女人正在熟睡，她便开始找骰子。找着找着，欧莹听见程阳的呼吸有些不对劲。

程阳忽然觉得胸闷气短，欧莹一看他的反应知道他是吸入了被林异丢在了一楼外边的水银，而出现了轻微的中毒反应。没办法，欧莹只能带着程阳离开红衣女人的房间，去洗手间待了一晚。整栋别墅里，只有洗手间里有一个排气扇，只能靠着排气扇通风换气，缓解程阳的不适。

林异越听越觉得自己是始作俑者，非常愧疚地对程阳道了歉："应该是我失手打落了温度计……"他还是记不清自己为什么要打落温度计，只这么猜测道，"不好意思，程阳兄。"

程阳摆了摆手："没事，是我自身免疫力不好。"

欧莹安慰林异道："没关系，只要能离开规则世界，在这里受的伤不会带出去。"

林异点了下头，他也发现了这一点，他上次被花瓶姑娘戳伤了屁股，离开 7-7 规则世界也就好了。但是水银还是得清理一下，他们谁也不敢保证要在这里待多久，水银如果不清理的话，危害是很大的。

"学姐，天亮了吗？"林异问。他打算去清理客厅的水银，免得其他人也吸入水银出现中毒症状。

"应该快了。"欧莹说，"我和程阳待在洗手间的时候，听到了红衣女人出门的声音。"

别墅的窗户基本都是封死的，而且封窗的材料应该是不透光的那种，不然玩安科游戏时，当别墅的灯光都熄灭后也不会出现伸手不见五指的情况。

欧莹的意思是等红衣女人来通知他们吃早餐，这样才能确定已经天亮。

林异原本想说，等红衣女人通知大家吃早餐的话再收拾水银就来不及了，但林异还没说出口，房间的门就被猛地敲响了。

房间内的三个人停顿了一下，欧莹小声问："是洲哥吗？"

因为林异说，之前每次早晨秦洲都会来确认他是否安全。

林异摇了摇头："应该不是。"秦洲要自己单独行动，他还在自己怀疑自己呢，就算找到什么线索他也不会来找林异。除非他找到 2-6 怪物不是自己的证据。

程阳软趴趴地倒在床上，林异去开门。

一打开门，迎上了红衣女人因为愤怒而变得扭曲的脸。

"是不是你？"红衣女人瞪着林异。

林异茫然地问道："什么？"他是真的觉得茫然。

红衣女人看见林异脸上睡出来的红印，目光越过他落在了欧莹和程阳身上："是不是你们？"

欧莹抬头看着红衣女人："我不知道你在说什么。"

"照片！"红衣女人大叫着，"你们谁偷走了我的照片？"

欧莹说："虽然不知道发生了什么，但我们三个人昨晚一直待在房间里，我们不知道什么照片。"

欧莹看着红衣女人，展开双臂："不信的话，你可以搜身。也可以搜查我们的房间，反正这都是你的家，不是吗？"

红衣女人看了欧莹一会儿，又看了看虚弱的程阳，她恶狠狠地说："你们最好别让我逮到！"说完她冲到其他人的房间门口，站在门边的林异看见，红衣女人又敲了陈进南和周乾住的房间的门。

当陈进南打开门后，红衣女人朝陈进南吼道："是不是你？"

陈进南好不容易熬到天亮，一打开门就看到红衣女人的脸，吓得愣了一会儿，随后反应过来："什么啊？"

"是不是你们偷走了我的照片？"红衣女人气得浑身发抖，这几天的礼貌待客全然不见了踪影："是不是你们！偷走了！我的！照片？"

跟陈进南住在一个房间里的周乾也走到了门边："什么照片啊？我们见都没有见过。"

林异还在门边站着，看到红衣女人又换了房间询问她的照片，李宥和苏天乐也都摇头说没看见过。

然后红衣女人又敲响了秦洲的门："是不是你！"红衣女人气得头发似乎都要倒竖起来了，看得出来，照片对红衣女人来说是很重要的东西。

秦洲在回答红衣女人的问题之前朝着林异看了过来，眉头稍微皱了皱，应该是觉得红衣女人不见的照片跟林异脱不开干系，看了林异一眼后，秦洲的目光重新落在红衣女人身上："没有。"

红衣女人的声音十分凄厉："你们最好别让我逮到！"

"林异。"欧莹轻轻地喊了林异一声，林异偏头看着欧莹："学姐，你叫我？"

"把门关上吧。"欧莹说。

林异就关了门。

欧莹把照片取出来："是我拿走的。"

趴在床上的程阳惊讶地道："我怎么……怎么不知道。"

林异倒是没有感到惊讶："猜到了。"虽然欧莹和程阳昨晚没能在骰子上做手脚，但他们俩确实去了红衣女子的房间。

"你看看。"欧莹把照片交给了林异，"这是从红衣女人床头的相框中取出来的。"

林异接过照片，照片的尺寸是十二英寸，想来欧莹不方便直接把相框拿走，这样她不好藏起来，所以才将照片从相框中取出再带出来。

林异看着手中的照片，这是一张合照，照片里有十三个人。他抿着嘴唇。

欧莹把照片从红衣女人房间偷出来自然说明这张照片有特殊的地方，林异抱着这样的心态一眼就发现了不对劲的地方。有两个人林异认识，也不能说是认识，他见过。

第一天的安科游戏里，混在坐在地上的人群当中的两个被魔法诅咒的人在合照里。因为第三个被魔法诅咒的人是站在林异身后的，虽然当时她的头发挡住了脸，但林异也能在这张合照里发现第三个被魔法诅咒的人的踪迹，那是一个很漂亮的女生，有一头秀丽的长发，长发女生在合照里微微偏着脑袋，靠着另一个女生，在镜头下笑得很甜美。

长发女生靠着的女生就是红衣女人，照片里的红衣女人并不是像现在这样穿一身刺眼的红色裙子，而是和大家一样穿着普普通通的校服。红衣女人的面容也很稚嫩青涩，看起来像是多年前学生时代的照片。

看得出来，长发女生和红衣女人的关系很好，她的脑袋轻轻靠在红衣女人的肩膀上，手里还抱着红衣女人的胳膊。虽然红衣女人脸上的表情有些僵硬，但并没有抗拒的神色。

林异很熟悉这样的表情，在面对关系比较好的人的亲密接触时，因为自身不习惯和不喜欢他人的接触，所以整个人呈现出紧张的状态，但又因为接触的人是好朋友，所以不会抗拒。从红衣女人的角度来看，她和长发女生的关系也是很好的。不然不会允许长发女生挽着自己的手臂，也不会把这张照片放进相框，保留至今。

"他们应该都是红衣女人的朋友，而且关系都不错。"欧莹发现林异的更多注意力放在长发女生上面，解释说："如果红衣女人只跟这一个女生交好的话，她完全可以把其他人裁剪掉只保留她和这位挽着自己的女生。"

"这才是性格孤僻的人会做出来的事。"欧莹说。

欧莹也通过这张照片看出了红衣女人的性格，这张合照中，大家都穿着校服，校服虽然普通，但因为每个人脸上的笑容而显得朝气蓬勃，除了红衣女人。并且合照的这些人虽然拍照的手势都不相同，但都是面对镜头的，也只有红衣女人的目光在闪躲，像是畏惧镜头一样。

这一点和林异相似，林异也害怕面对镜头。当镜头捕捉到他的时候，林异也觉得浑身不适。

"林异，你再看照片的背面。"欧莹提醒道。

林异把手中的照片翻过来，照片的背面有很多文字，都是祝福的话：

"祝我家宝贝儿生日快乐！爱你的琳琳。"

"富婆，生日快乐哟！"

"这是第一次为你过生日，之后每年的生日都会有我们。"

"虽然你很少笑，但你笑起来真的很美，宝贝，笑一个。"

"生日快乐啦！年年有今日岁岁有今朝！"

"对于我来说，今年最特别的事就是认识了你哦。"

"说实话啦，之前觉得你超冷的，但现在觉得你超可爱。"

林异还在看这些文字，身旁的欧莹看了一眼照片说："主角应该就是红衣女人。"

林异"嗯"了一声。他和欧莹的想法一样，不只是因为红衣女人在合照里站在中心的位置上，还有照片背面留下的祝福，有几条能和红衣女人印证上——很少笑，整个合照里也只有红衣女人没有笑了。

林异继续往下看：

"什么超可爱，一点也不可爱，明明是超酷好不好！生日快乐！酷 gril。"

"做梦一样，没想到我们会成为朋友，生日快乐！我的新朋友。"

林异提取关键字。

很少笑，第一次为你过生日，没想到我们会成为朋友……我们，新朋友。

嗯，红衣女人成为她们的朋友并不久。

林异垂眸思考了一下，以他自己举例，如果他有关系特别亲密的朋友，朋友的靠近虽然会让他觉得浑身不舒服，但确实是不会抗拒的。不过要发展成为特别亲密的关系需要时间，就连没什么朋友的林异都知道，现实中的友谊，不会因为刚认识两三天就掏心掏肺。但红衣女人却是和他们刚认识不久，能让她接受长发女生的接触……

欧莹说："或许因为她之前没有朋友呢？"

林异抿着嘴唇思考着欧莹说的这句话。

欧莹说："因为一向没有朋友，所以当她拥有朋友后就会非常珍惜。"

林异想了想，点点头："应该是这样。"

床上的程阳"哦"了一声说："不会是因为红衣女人无法接受朋友们的死去，而报复到我们头上吧。"

"昨天的安科游戏最后，红衣女人说'被诅咒的人会报复性地诅咒其他人'，昨晚出现的不只是何袂他们，还有他们。"林异伸手指着合照，"'被诅咒的人会报复性地诅咒其他人'应该被她隐瞒了一个地点，完整的话应该是'在这栋别墅里被诅咒的人'。"

"这栋别墅是属于红衣女人的，祝福里有人称呼她是富婆可以证明这一点。"林异说，"她的朋友全部都在她的别墅里出事，她却活到了现在，意外的概率很小，我倾向于是她亲自动的手。"

程阳颤抖了一下："红衣女人亲自诅咒了自己的朋……朋友？关系这么好，为什么红衣女人要诅咒……他们啊……我的妈呀……"

欧莹想了想说："每个人表现'珍惜'的办法是不一样的，有的人的珍惜就是小心地呵护，而有的思想极端的人就会用一些极端的办法来表现自己对游戏的珍惜。"

她给程阳提供了思路，程阳说："欧莹学姐说的是反社会型人格?"

程阳第一次尝试着用他的大脑思考："一群正常人和一个反社会型人格的人成为朋友，结果这个反社会型人格的人诅咒了他们！这是什么惊悚故事?"他把脸埋进枕头，过了一会儿又抬头看着林异："林异兄，我说得对吗?"

毕竟是第一次认真思考，程阳的身体再不舒服也想要得到林异的认可。

林异没有发现程阳的这点小心思，他摇摇头道："不是反社会型人格的人。"

程阳："哦。"

欧莹问："林异，依据是什么?"

林异解释道："'死亡'规则是相信世界上有诅咒，'死亡'规则是依照规则世界定制的，就像 7-7 规则世界的'死亡'规则和 7-7 规则世界的主线会有一定的联系。而红衣女人如果是反社会型人格的话，她动手杀人的理由和昨天晚上的'死亡'规则联系不上。"

程阳尝试进行第二次推理："是因为她的朋友们都相信诅咒，而她不相信，甚至讨厌诅咒，所以她才痛下杀手?"

林异说："不对。'死亡'规则的满足与否是 NPC 动手的前提，他们确实是被魔法诅咒的人，但也是 NPC，没有说 NPC 只能是人，花瓶姑娘在 7-7 规则世界也是 NPC。"林异扬了扬照片，"主动动手的是他们，可以这么说，因为我们相信了世界上有诅咒，所以他们才诅咒了我们，只要我们不相信，照片里的人就不会动手。换算下来，照片中的人才是不相信诅咒的那些人，而真正相信诅咒的人是红衣女人。"

程阳开始尝试进行第三次推理："因为她的朋友都不相信世界上有诅咒，而她相信，所以她诅咒了她的朋友……"不能等林异做出判断，程阳自己摆了摆手，"算了，我自己都听不下去了，太牵强了。我不瞎分析了，与其打乱你们的思路，我还是老实地待着吧。"

林异这才反应过来程阳献丑的原因，他挠了挠头说："程阳兄，你说得对。”

程阳的眼睛一亮，觉得呼吸都顺畅了不少：“我说对了？”

林异把自己的想法说了：“红衣女人应该是非常喜欢研究那些用科学不能解释的非自然现象的人。”这个推测有很多点可以印证，比如床尾的镜子，那些通过模具制作出来的食物以及别墅里设立的机关：升降的桌子、遮光性很好的窗帘，等等，都在制造一种既神秘又恐怖的氛围。最重要的是祝福语录中的“酷 gril”和“认识你后睡不着了”。

学生时代，一个特别的爱好确实显得很酷，而这个并不正常的爱好也确实能吓得别人睡不着。

欧莹也认可这点，也有了点想法：“如果她是一个非常喜欢研究那些科学不能解释的非自然现象的人，或许正是因为这个爱好导致她身边没有什么朋友，从而性格孤僻。当她拥有了朋友后，她确实是珍惜的，她或许会跟朋友分享自己的爱好。”

“但并不是每个人都会对那些无法用科学解释的非自然现象感兴趣，一次两次还好……”欧莹说，“如果一直分享必定会适得其反。或许她的朋友们在某一天终于忍受不了她了，这就让她怀恨在心，将他们约到自己家中杀害并且诅咒他们。”

程阳感觉到自己和他们的智商水平的差距。

林异补充道：“她特意把朋友们约到家中玩游戏，不出意外的话，游戏应该就是惊悚悬疑类的安科游戏，她是玩家也是扮演者，目的是为了让朋友们相信非自然力量的存在。”

程阳颤抖着声音问：“被魔法诅咒的人都出现在他们眼前了，应该能相信了吧？她的初衷就是让朋友们相信世界上有诅咒，既然目的已经达到了，为什么还要杀害和诅咒她们？”

林异说：“红衣女人有两个身份，一个是和她们一起游戏的玩家，这一点从人数上可以证明，卷入者是十三个人，合照也是十三个人。另一个身份就是由她扮演的被魔法诅咒的人，一身红衣，这就是她当时吓唬朋友的扮相。”

欧莹点头：“红色的衣服总是给人不太舒适的感觉，会让人联想到一些不好的东西，就像镜子不能对着床一样。"

林异："但是她只以这个扮相存在于 2-6 规则世界，我想她应该对红衣有特别深的怨恨。"

程阳："这……说……说明什么？"

林异："说明她的装神弄鬼被发现了。"

程阳的心里像是有一块石头猛地砸下来，砸得他后背一凉。

欧莹道："所以当她失败了，她才起了杀心。"

林异点头："应该是这样的。"

欧莹发现林异每次推理都会用上"应该""或许""大概"，还有"我倾向于"这样表示谦虚的词汇，但实际林异的每个推理都是建立在有证据证明上的。所以林异笃定 2-6 怪物是谁，一定是 2-6 怪物露出了马脚而且被林异逮住了。她忽然就百分百地认可了林异心中 2-6 怪物的人选。虽然她并不知道是谁。

"这就是 2-6 规则世界的主线了。"欧莹想了想，"也没有什么遗留的细节需要补充了。"说完这句话后，欧莹看着林异，她以为林异会提出去复盘，但欧莹等了好一会儿林异都没有说话。欧莹沉默了一下，随后说，"能用一张照片就推测出来 2-6 规则世界的全貌，林异，你心里应该早就有 2-6 规则世界主线的脉络了吧？只是缺少证据。"

怕欧莹误会自己藏着想法不说，林异赶紧解释："秦学长说过，必须在有百分之百把握的时候才能去找怪物复盘，所以必须找到关键线索才行，不然一切都是无用功，学姐，我不是故意要隐瞒自己的猜想的，真的。"

欧莹摇了摇头："这一点我知道，我一直在想，有我，有洲哥，陈进南他们是差了一点，但也不会什么作用都不起。如果找 2-6 怪物复盘，不会有什么难度。但你说要百分之百的把握，我想，这才是第三个白天，你就能把规则世界的主线完全推测出来，所以对你来说难的不是 2-6 规则世界的主线，而是 2-6 怪物。"

"因为你要的不仅仅是复盘，你要彻底解决 2-6 怪物。"欧莹盯着林异说，"在看到这张照片之前，你没有透露出你对主线的猜想，也一直对你认定的 2-6 怪物是谁保密，是因为你现在还没有把握能解决 2-6 怪物。我们这些人当中，能让你没有把握解决掉的，只有洲哥，不是吗？"

"林异。"欧莹说，"洲哥就是 2-6 怪物，对吗？"

林异沉默了很久，欧莹深吸了一口气："我说对了？"又是仿佛持续了一个世纪那么久的沉默。

程阳惊恐地道："不……不是吧？"

最终林异点点头，把声音压得很低很低："是。"

程阳震惊得下巴都要掉了，他一点也没看出来："我的妈呀！"想到自己还和 2-6 怪物住了一晚，程阳又说了一句，"我的妈呀！"

"程阳，你先冷静一会儿。"欧莹小声地说，她用手指了指房间的门，意思是小心门外有人偷听。

"哦，好好好。"程阳的声音低了下来，其实他刚刚猛地惨叫两声就已经耗费了他躺在床上好不容易恢复的力气，现在他不只感觉胸闷气短，他还感觉全身发软。

欧莹看了一眼门底下的缝隙，门底下空空如也，他们的房间外面并没有人。

确定了这一点后，欧莹喃喃着道："怪不得。"怪不得林异在第一天晚上已经确定和被魔法诅咒的人交流不算是"死亡"规则的讯号后，还要提出自己住的要求。当时林异的解释是等 2-6 怪物找上他，现在想想这个理由确实太牵强了。才第一天晚上，就算 2-6 怪物是秦洲，知道了林异在 7-7 规则世界的表现，也不至于第一个晚上就贸然来杀他。而且林异这么聪明，万一 2-6 怪物的击杀失败了呢？一旦失败，2-6 怪物不就暴露了吗？

林异也没有瞒着了："我猜罗亦学长会和秦学长一起住，所以我把程阳安排进去，程阳的块头大，也能在一定程度上帮助罗亦学长。而且我想着，程阳也在房间的话，2-6 怪物会顾及人多这一点，这样罗亦学长和程阳都是安全的。只是没想到，2-6 怪物还是动了手。"

林异的语气有些遗憾，他对欧莹说："对不起！学姐。如果我直接把这个分析告诉罗亦学长的话，罗亦学长就不会出事了。"

经过这两天的相处，欧莹已经知道林异十分聪明，只是她没有想到林异会这么聪明，先不说他一句"自己住"就藏了这么多玄机。

"第一个晚上，你就发现了？"欧莹惊讶地说，"不，不是第一个晚上，你让程阳和罗亦一起住的时候是第一个夜晚刚开始的时候，甚至发生在洲哥找你谈话之前，难道你在白天就已经发现了？"

林异点了下头。

欧莹难掩惊讶的表情："因为他找糖的动作？"

"不是，这只是一个让我引起怀疑的动作，本来我和程阳是想来找你们的，秦学长的这个动作打消了我的想法。"林异解释道，"真正让我肯定秦学长就是 2-6 怪物的是，他对我说'小心一点'。"

欧莹不解地看着林异。

"在 7-7 规则世界时，每天早上秦学长会来敲门以确定我的安全，也会在每天晚上对我说'小心一点'。"林异说，"因为当时我住的房间的窗户是打开的状态，秦学长知道我被'死亡'规则盯上了，所以他说的'小心一点'是知道我有危险，他在提醒我。"

欧莹没有打断林异的解释，她既紧张又好奇地听着林异继续说。

"第一天的安科游戏结束后，我去给大家开灯，因为大家都看不见。"林异说，"秦学长却对我说，'小心一点'，而我的身后确实就站着一个被魔法诅咒的人，秦学长知道我有危险，所以他根据记忆里的反应，对我说了这句'小心一点'。"

欧莹愣了一下。

"但这解释不通。"林异说，"秦学长不可能在黑暗里视物，他不可能是因为看见了我身后的被魔法诅咒的人，除非他就是 2-6 怪物，身为 2-6 规则世界的缔造者，他知道红衣女人的安科游戏会召唤出来三个被魔法诅咒的人，所以他才叫我小心一点。"

欧莹想了想说："可是这种情况下，我也会让你小心一点。"

"学姐，这不一样。"林异摇着脑袋说，"秦学长不会做无关紧要的事，也不会多说一句废话。就算大环境是危险的，可当时是白天，NPC 只会在夜晚行动，我不可能会有危险。我想秦学长也很清楚自己说话的分量，他的'小心一点'，不会让我真的警惕，反而会让我感觉到危险，所以，如果秦学长永远不可能在那个时候对我说那句'小心一点'。"

欧莹彻底被林异说服了，虽然她主动问林异 2-6 怪物的名字时，她就已经相信林异，这是第二次折服，完全折服于林异的聪明。

"那……那之后为什么你要让我相信洲哥？"欧莹失神地问。

"算是为了保护你们吧！也是为了配合秦学长演戏。"林异说，"我一直在想秦学长为什么要自己说出被 2-6 怪物窥探过记忆。"在林异的眼中，秦洲的这个说法让他觉得很多余，但既然 2-6 怪物自己坦白了，必定是有自己的目的。

"第一天晚上的时候我和学姐讨论过正、逆向思维，后来学姐也说过一句话，2-6 怪物搅乱我们的思维的做法是行不通的，因为一支队伍里不会所有人都用逆向思维思考，也不会所有人都是简单地看问题。但是学姐有没有想过？如果 2-6 怪物自始至终的目的就只有一个呢？"

程阳已经蒙了，他听不懂林异在讲什么了。

欧莹则在短暂的沉思后说："你是说，从一开始 2-6 怪物就盯上了你，你必定不是简单地看待问题的人，所以它自己坦白的目的仅仅只是为了搅乱你的思路。"

"差不多吧。"林异点点头，"如果没有那一句'小心一点'，我根本不敢确定秦学长就是 2-6 怪物，而且秦学长的自我坦白确实还有一个我们没有想到的好处。"

欧莹问："是什么？"

林异："给他自己多了一个选择。"

世界上没有天衣无缝的计划，读取了秦洲记忆的 2-6 怪物也深谙这个道理，所以一旦他留下了什么痕迹，他完全可以说是因为 2-6 怪物窥探过他的记忆，这样 2-6 怪物就可以是任何人。

"还好有这句'小心一点'，我才没有掉入他设置的陷阱，还能琢磨出 2-6 怪物的心理——它想和我博弈，然后在我完完全全地相信他的时候，他再反手杀了我。"林异举例论证自己的观点，"第一晚秦学长找我谈话，询问第三个被魔法诅咒的人与谁有接触，他其实是来自证的。

因为我们的自证的办法已经被他模仿了——只要是怪物不愿意做的事，我们做了，我们就不是怪物，怪物不会关心其他人的死活，所以秦学长来了。"

所以林异装作相信他又不能完全相信他的模样，把自己的顾虑全部抛出来，等着秦洲解释。只要秦洲解释了，林异之后表现出来的"相信"才不会显得那么轻易，也能让秦洲相信林异相信他不是 2-6 怪物。

"等他相信你相信他之后，他就只会盯上你，实行下一步行动也就是想办法杀你，这样他就不会再杀其他人搅浑这池水，来达到让你相信他的目的。"欧莹说。

林异点了下头，抱歉地道："可惜我在罗亦学长死后才敢确定这一点。"罗亦死后，欧莹给他思考的那五分钟，他才完全反应过来。

"明明他已经提示过我了……"林异遗憾地说，"聪明反被聪明误，就是他的提示，暗示我用最简单的方式去思考第二天会发生的事情，从而推测出他是被嫁祸的。他就这样在打晕程阳后明目张胆地解决了罗亦学长……"

"可惜，这都是我在罗亦学长出事后才想明白的。"林异低下头，又重复了一句。

"林异，这不怪你。"欧莹安慰道，"太早了，你就算说了，罗亦也不会相信。我了解他，罗亦的个人主观意识很强，除非是他自己找到线索才会认可，别人的推测对他来说只是一个建议。"

过了半晌后，林异才说："嗯。"

欧莹知道，罗亦已经不在了，这样的安慰对于林异来说确实无济于事。她转移话题，问道："那你呢？现在有办法了吗？"

林异知道欧莹是在问他杀死 2-6 怪物的办法，他摇了摇头："2-6 规则世界的'死亡'规则不适用。"

2-6 怪物知道自己设立的"死亡"规则，相信世界上有诅咒这条"死亡"规则，他又怎么会自我违反呢？尤其是他很清楚林异用"死亡"规则杀死过 7-7 怪物，就更不可能上当了。

今天会出现新的一条"死亡"规则，也不知道这条"死亡"规则能不能适用于秦洲。但适用于秦洲的可能性远远小于幸存者触犯"死亡"规则的可能，更何况，他们也没能在骰子上动手脚，度过今天晚上比度过前两天晚上都要困难。

欧莹看出林异的犹豫，她提议道："我们还有一个白天的时间，就用最后的时间去找第二条'死亡'规则，如果能找到且能衍生出杀死 2-6 怪物的办法，我们就解决掉 2-6 怪物，如果不能，我们就赶在天黑前找到 2-6 怪物复盘。"

林异点了下头，他确实是有点放不下 2-6 怪物，但又担心自己的执着会害死其他人。

"那就这样决定了。"欧莹说，"你别有压力，反正洲哥还不知道你已经知道了他就是 2-6 怪物。"

林异觉得是这个道理，点头道："好。"

红衣女人还在外边大吵大闹，要他们归还照片，林异在打开门之前对欧莹说："学姐，我去处理水银。"因为还要在 2-6 规则世界里待上一个白天，水银有可能会危害到其他人的生命，林异必须得把失手打落在餐厅外边的水银收拾了。

"你把这些戴上。"欧莹把昨晚做好的简易口罩和手套交给了林异，"小心……注意安全，别沾到了这东西。"

林异："好。"

林异打开门，走下楼梯，他戴好口罩、手套。水银处理起来很麻烦，不能用扫帚和抹布，不过不幸中的万幸，别墅的地板是平滑的瓷砖，加上昨天晚上那些被魔法诅咒的人出现让温度变得很低，这就让地上的水银凝结起来了。林异找来一块硬纸壳，又找了一个塑料口袋，他小心地把散落在地的水银往中心刮去，水银小珠子被他刮着，慢慢聚集成小球体，正当林异轻轻地将水银球铲起来，要放进封闭的塑料袋中时，他的面前出现了一双腿。根据裤子的样式判断，是秦洲。

林异愣了一下，一边铲着水银一边道："秦学长穿的鞋子是什么牌子的？"

秦洲看他："怎么？"

林异："走路时都没有声音。"

秦洲没说话，一直盯着他。

"秦学长，你别站在这里，水银被吸入人体……"林异收拾好水银，抬眸，动作停顿下来，"是有害的……"他看见秦洲的脸上出现了红斑，还有水疱。

当人的皮肤接触到水银时，皮肤就会出现红斑、丘疹、水疱……秦洲接触过水银？还是拿脸接触的？有记忆片段从林异的脑海中闪过，在厨房里磨筷子的 2-6 怪物，下一秒钟出现在脚底的阴影，诡异的下腰动作，秦洲的脸……

林异的心里陡然一沉。他想起来了，他为什么扔温度计，因为他在厨房撞见了秦洲。

"我一直在等你。我知道你不会无缘无故地讲骰子的面。你一定是想对骰子动手脚，我说对了吗？通过你们的任何动作、任何表情，我都能知道你们的想法。"

错了，错了，出错了。在秦洲还不知道他已经知道秦洲就是 2-6 怪物，他已经和秦洲打过照面了。

秦洲既然能在厨房等着他，会放弃红衣女人的房间吗？那张照片呢？

完了！这是个陷阱！

　　林异虽然没有像程阳那样一害怕就昏过去，但还是能清楚地感觉到自己的双腿有些发软，耳畔有"嗡嗡"的耳鸣声。

　　林异强装镇定，他盯着秦洲，注意着秦洲的每一个表情、每一个动作，嘴上尽量风轻云淡地道："秦学长，你的脸上是怎么回事？"他还是想继续装作不知道，就看秦洲的反应，会不会相信他是选择性地遗忘了。

　　秦洲也盯着他，不过什么都没说，只是露出了一个讳莫如深的笑容。

　　林异心里警铃大作，脑子里骤然响起了一个声音：跑！快跑！几乎是脑中的声音响起的同时，林异转身拔腿就跑，也不管自己的装疯卖傻会不会让秦洲相信了，他只是在危险陡然来临时出现了一种直觉，这里很危险，秦洲很危险，要离开！赶紧离开！然而——林异还是慢了一步，他对危险的来临有种本能的感知，但是发软的双腿却成为一种拖累。

　　林异只感觉到后颈重重地挨了一下，他立刻感觉天旋地转，大脑缺氧带来的恶心、反胃成为他神志清醒时留下的最后的印象。紧接着黑暗如潮汐般从四周翻涌而来，这一次的黑暗，就算是林异也无法视物。

　　挨了秦洲一记手刀的林异晕了过去，再怎么林异也是一米八的小伙子，因为晕倒难免发出声响。于是秦洲接住了林异，但他没有敢和林异靠得太近，他把林异扛在肩上，一步一步地往厨房走去。

　　随着"嘭"的一声响起，秦洲关上了冰箱的门……

别墅的二楼。

红衣女人嘶吼着道："偷了照片又怎么样？我不可能忘记！"

因为照片的丢失，红衣女人已经没有给客人准备早餐的心情了，她愤怒地在二楼的走廊里来回踱步，平时一点脚步声都发不出来，现在 2-6 规则世界的卷入者隔着一扇门都能听见她焦急的脚步声。

"程阳，你怎么样了？好些了吗？"欧莹听了听门口的动静，随后问程阳。如果红衣女人因为愤怒而冲进来，欧莹一定是制服不了红衣女人的，得靠程阳。

"欧莹学姐，我没事了。"程阳从床上坐起来，"林异兄怎么还没回来？"他们没有时间概念，不知道去别墅一楼收拾水银的林异具体去了多长时间，但是他们能感觉这段时间不算短。

欧莹说："收拾水银是细活，而且还要找地方处理水银，应该没有这么快。"

"欧莹学姐。"程阳捂着胸口说，"我总觉得我的心跳得有些快。"

欧莹赶紧问："还不舒服吗？那你就再休息一会儿。"

"不是，我的呼吸已经没什么问题了，我就是单纯地心跳加速，有个词怎么形容的……心……心……心悸！"程阳说，"我这个人的直觉就是好的不灵坏的灵，现在就是这种情况，欧莹学姐，我感觉到林异兄有危险。"

欧莹多看了程阳几眼，别说程阳，其实她自己的第六感也在一直叫嚣着，有危险，有危险，有危险！

"你现在可以起来吗？"欧莹问程阳。

程阳点点头："就是心跳有点快，其他都没什么问题。"

"那行。"欧莹说，"我们一起去找林异。"他们两个人从房间走出来，红衣女人的目光一下就落在了他们身上。程阳顿时觉得自己后背都变得沉重了起来，好不容易离开了红衣女人的视线范围，程阳也没觉得有多轻松。

程阳和欧莹直接去了别墅一楼，他们昨晚去厨房的时候看到了打落在地的温度计，程阳也是在那个时候吸入了一些水银。

"水银已经……"欧莹看着光洁的瓷砖，昨晚还散落在这里的水银此时消失了，只剩下一些刮痕，"收拾好了。"

程阳东张西望："那林异兄人呢？"

欧莹说："应该去处理水银了。"这栋别墅的通风性很差，她昨晚带程阳在洗手间待一整晚，也是因为只有洗手间里有排气扇，想来林异把水银收拾好之后，应该也要放置在通风的地方。

"我们去洗手间瞧瞧。"欧莹说。

程阳："好。"

别墅的每层楼都有一个公共卫生间，欧莹和程阳先去一楼的公共卫生间找林异。快到一楼公共卫生间时，程阳忽然听到一声非常微弱的"嘭"，他像受惊的兔子似的站住，竖着耳朵听动静。

"怎么了？"欧莹并没有听到什么声音。

程阳说："我好像听到有什么东西在撞门。"

"门？"欧莹看了一眼别墅大门。

别墅大门是关上的，她看过去时，别墅大门处并没有传来程阳所说的撞门声。

"不是这个门。"程阳说，"只是一种像撞门的声音，不是别墅大门那里发出来的，我听着像是从厨房发出来的，很小声很小的声音，但是确实是有，欧莹学姐，你听……"

"嘭"，又是微弱的一声。

程阳指了指餐厅，要穿过餐厅才能到达厨房。"欧莹学姐，去看看吗？"

欧莹虽然什么也没听见，但还是点头："好。"

两个人暂时放弃了对别墅一楼洗手间的查看，急匆匆地穿过餐厅要往厨房走去。然而就在他们到达餐厅时，程阳却听不见撞门声了。程阳快步走到厨房，伸长脖子往厨房里边看了看，并没有看到什么人或者奇怪的东西。

程阳还打算再往里边看看，欧莹在他背后快速喊他了一句："程阳，出来。"

程阳回头，红衣女人站在他的背后，正死死地盯着他。

程阳吓得差点跳起来，红衣女人脸色阴沉地问："你在干什么？"

程阳越急脑子才转得越快，这都是从小做坏事时被他爸收拾时练就出来的本事。

"我……我……饿了。"程阳说，"来厨房找点吃的。"

红衣女人说："我做好早餐会通知你们的。"

"好的，那我出去了。"程阳带着他已经被吓破的胆回到欧莹身边，又对红衣女人说了句，"那……那你快点啊，肚子饿扁了。"

红衣女人看了程阳一眼，不过她没有再问什么或者说什么，只是非常不高兴地走进了厨房。

欧莹小声对程阳说："回去再说。"

两个人回到了别墅二楼的房间，欧莹掩上门，然后问程阳："看见什么了吗？"

"没……没有。"程阳尴尬地摸了摸后脑勺，道，"应该是我听错了，厨房里没有异常情况，昨晚我们去的时候是什么样，现在就还是什么样。"

欧莹皱着眉头，她和程阳在厨房逗留的时间，足够林异处理水银后回来，但他们回到房间时也没有见到林异。

程阳心里的不安也越来越强烈："欧莹学姐，林异兄不会……不会真的出什么事了吧？"他其实只是想从欧莹这里寻找一个安慰。

欧莹看着程阳道："我希望林异没有出现意外，但是我们还是要做打算。"

程阳沉默了一下，问："什么打算？"

"林异过了这么久还没有回来，肯定是出了什么事，但是这件事到底是什么我们还没有办法确定。"欧莹说，"有可能是林异突然有了什么想法，就像他一直在和 2-6 怪物演戏一样，如果我们贸然去找他，也许会打乱他的计划。"正是因为这个想法，欧莹才没有去看 2-6 怪物到底是谁。

"那万一林异兄是……"程阳嫌晦气，没有把这句话说完整。

欧莹知道程阳的意思，欧莹说："所以一旦安科游戏开始，林异还没有回来，我们就去复盘。"

　　红衣女人在第一天的时候说过，每个人都要参加游戏，如果林异计划要做什么，也一定会赶在安科游戏开始前回来。如果林异没有回来，那么他必定是出了什么事，这个时候他们无头苍蝇似的在别墅里找人纯属耽误时间，唯一的办法就是把今晚的复盘提前到白天。当他们复盘之后，只要林异还有一口气在，他就能够离开 2-6 规则世界。在规则世界里受到的伤害不会带出规则世界，这样一来，林异就是安全的。

　　程阳也想不出别的办法了，只能在心里帮林异祈祷。

　　欧莹安慰道："程阳，你别着急。红衣女人已经开始准备早餐了，根据以往她准备餐点的时间，不会耽误太久的时间。等她做好早餐，我们想办法加快吃早饭的时间，让今天的安科游戏尽快开始。"

　　厨房里，红衣女人愤怒地拍着案板，她一定得让偷走照片的人付出代价！

　　林异就在红衣女人旁边的大冰箱内，冰箱里的温度极低，含氧量也很低，林异每一次的呼吸都在消耗冰箱内不多的氧气，渐渐地，他的呼吸变得困难，四肢变得越来越无力。他用最后的力气推了推冰箱门，其实林异也知道这是无用功，冰箱外的大气压强大过冰箱里面的压强，大气压强的重量相当于一头大象，从冰箱里面往外推门相当于推一头大象。但没办法了，林异试着制造出动静，吸引外边的人，他要是继续被困在冰箱里，那么被困在 2-6 规则世界的所有人都会被永远留下。

　　昨晚的秦洲能在厨房守株待兔，怎么会遗漏红衣女人住的房间这个比起厨房更关键的地方。

　　欧莹把照片带出来了，绝对有问题。既然照片有问题，他们推测出来的 2-6 规则世界的主线也绝对是有问题的，一旦复盘，所有人都会被永远留在规则世界里，不知道是不是因为缺氧的缘故，林异的思维在这个时候没有变得活跃起来。

　　林异迟缓地回忆脑海里的片段，片段很陌生又很熟悉，他就好像是一个创造出来的人物，有人给他增加了设定，设定是最新的，对于他来说却不是这样的。他想起来，好像每次都这样，只要思维一变得活跃起来，他就能发现"它"。

"它出现的话，可以打破僵局吗……"他试着运用思维，但思维奇怪地出现了迟缓，看样子没办法把"它"叫出来了。

林异的身体在冰箱里蜷得很难受，不管他怎么动，身体的压迫感都无法减少一分。好在这份难受让林异在浑浑噩噩间还保留一份理智。看起来，秦洲好像发现了"它"出现的契机，所以没有直接动手。秦洲的那记手刀没有让林异彻底晕死过去，林异仍旧有部分意识，只是没办法再反抗。

如果秦洲直接动手，林异潜藏的第二人格也许会因为命悬一线而像昨晚一样出现，但是秦洲没有直接动手，而且将他关进冰箱，让他的大脑缺氧，用一种物理手段压制"它"的出现。

"秦学长……"林异尽量放缓呼吸，供给他的氧气不能让他奢侈地大口呼吸，"你强得过分了，不愧是学生会主席。"

秦洲真的很难缠，他有经历多个规则世界的经验，现在俨然成为 2-6 怪物的战利品。怪不得在 7-7 规则世界的时候，他说要带秦洲躺赢的时候，换回来秦洲一句"少乌鸦嘴"，或许秦洲自己也知道当他自己被怪物选中后，会给其他卷入者增加多少难度。就连"它"的出现，秦洲都能简单地发现规律，甚至还这么快地找到压制的办法。

林异确定昨天晚上他在厨房与正在磨筷子的秦洲撞见不是巧合，秦洲是在厨房等着他送上门，那就必定是已经是做好了要解决他的打算。虽然林异始终回忆不起来自己是怎么逃出来的，但可以肯定的一点是，秦洲仅仅通过他突然说起"骰子"就能在厨房守株待兔，怎么可能不在红衣女人的房间做点准备，以至于让欧莹和程阳把那张照片顺利地偷了出来。

以上，让林异恍惚间有了一个猜测。

昨天晚上他是怎么跑出来的？虽然到现在也没有想起来，但却也想得到，多半是"它"在自己思维活跃时跑了出来，占据了他的身体，这种情况下，林异确实是没有记忆的。"它"和秦洲发生了冲突，或许秦洲的脸就是在冲突时不慎接触到了水银。这让失手的秦洲不得不忌惮林异，所以秦洲依靠丰富的记忆储备想了一个办法。这个办法就是用照片误导他们的思路，等着他们去复盘。这样，就算秦洲的身份已经暴露了，他们拿着错误的 2-6 规则世界的主线去复盘，只会全盘皆输。

林异艰难地想着，他的习惯是找证据去佐证自己的推测。好在这个猜测的证明并不难找，昨天晚上秦洲并没有成功地解决了"它"，可是秦洲被怪物替代，又怎么会失手？重点在"替代"。林异想，或许是由于规则限制怪物在替代秦洲的过程中被削弱了实力，而怪物想解决掉"它"就只有摆脱人类的身体，摆脱的办法就是引诱他们去复盘。

复盘后，怪物才能恢复实力。

就在昨天晚上之前，他们对主线分明还是一无所知的，只有林异根据红衣女人以及卷入者的人数，还有别墅的构造，有个模模糊糊的雏形。所以，那张照片出现了……

想到这里，林异的呼吸觉得更加困难。那张照片是陷阱，推出来的线索唯一的用处就是加快所有人的死亡。他咬着牙，用尽全身力气去推冰箱的门，试图发出动静，引来人把他放出去。

不能复盘！千万不能复盘！

越着急，林异缺氧的症状就越明显，他推门的动作就像一只试图撼动大象的蚂蚁，落到冰箱门上的力气小得像是在抚摸而不是在推动。没有人注意到他，甚至红衣女人在厨房的脚步声都能掩盖住他制造出的声音。在几次试图引起别人的注意都无果后，林异没了力气。因为冰箱狭小的空间，他身体蜷成了一种扭曲的姿势，他的脑袋几乎是贴在自己大腿根上的，脖子的压力和冰箱里的低温让林异又一次晕厥了过去，在晕倒前，他似乎听见红衣女人对众人咆哮着："今天的游戏开始了！"

不知道过了多久，林异突然打了一个激灵，从昏厥中清醒过来，他又听到了冰箱外边的动静，游戏开始了吗？还是结束了？他并不知道。但无论是游戏开始或者结束，他都还没有出现，那么欧莹和程阳会不会发觉到他有危险？可是谁能想到他被关进冰箱里了呢？他并不担心程阳，他现在担心欧莹，以欧莹的能力必然会想办法来救他，而救他最好的办法就是找秦洲复盘，恰好正中秦洲下怀。

冰箱里的氧气已经明显不足，林异开始感觉到呼吸变得更加困难，哪怕他为了延长自己的生命，也得小口且缓慢地吸气。

怎么办？怎么办？

"欧莹学姐，现……现在怎么办？"程阳的声音都在颤抖，安科游戏已经结束了，但林异自始至终都没有出现，所以印证了欧莹说的，林异真的出事了。

欧莹的脸色也十分难看，今天的安科游戏的结果是出现一个更加凶狠的被魔法诅咒的人，红衣女人说，这个被魔法诅咒的人会撕碎所有人。

好在欧莹已经学会在慌乱中保持镇定，她深吸了一口气，对程阳说："现在是自由活动时间，离夜晚还有一个下午的时间，你先和李宥、苏天乐去寻找林异，我和陈进南、周乾去找洲哥复盘。"

程阳点了下头，欧莹叫来陈进南和周乾。她现在要开始复盘了，就必须要告诉他们 2-6 怪物的存在，不然她一个人去复盘的话，她担心自己刚开口就会被秦洲解决掉。

林异听见了脚步声，他艰难地动了动脖子。

"你们要干什么？"林异听见红衣女人愤怒地质问。

"没……没有，就看看。"这是李宥的声音。

红衣女人道："你们又要偷我的东西？小心点，别让我逮到，不然我会让你们付出代价！"

苏天乐道："谁偷你的东西了？"

程阳道："两位哥哥，别在这儿耽误时间了，去别的地方找找看。"

林异立刻抓了抓门，响动又被红衣女人掩盖了下去："谁偷了谁知道，你们等着吧！"

红衣女人的话音一落，林异听见这三个人的脚步走远了。

林异放弃了这种戏剧性的求救。他不能把所有希望都寄托在被人发现上，他得想办法自救，而且得赶快，程阳、李宥和苏天乐已经来找他了，说明欧莹肯定下定决心要复盘了。他肯定红衣女人一定知道自己在冰箱里面，他制造出来的响动再小，但冰箱在红衣女人旁边，红衣女人不可能没听见。而且今天的安科游戏已经结束了，红衣女人并没有因为少了一个人参加游戏而发怒，显而易见地，红衣女人绝对知道冰箱里有着什么。

虽然把林异关进冰箱里的是秦洲，但红衣女人必定也是希望他死的，红衣女人希望所有人都死，这一点从安科游戏的选择上就可以看出来。林异呼出一口浊气，现在唯一能把他从冰箱里放出来的就是红衣女人，他必须要引起红衣女人的注意，但想要引起她的注意不是抓门、挠门这么简单。为了保持清醒，林异深吸了一口气。

那张照片可能是秦洲特意拿出来迷惑他们的，但有一点秦洲无法改变，那就是这张照片是真实存在于 2-6 规则世界的，还保持着人类形态的秦洲没办法隔空变出这张照片。而且林异看过，这张照片背后的字迹其实并不清晰，有年代感，那些祝福也确实是原本就存在于这张照片上的，是秦洲无法加上去的。

无法改变照片本身，无法改变照片背后的字迹，那么秦洲能在这张照片上做手脚的地方只有一个，就是把照片放在了红衣女人的床头柜上。确实，秦洲的这个动作就足以误导林异他们对于 2-6 规则世界主线的推测。

一般来说，人只有在缅怀着谁或者热爱着谁才会把他们的照片放在自己的身边，让自己一眼就能够看见他们。也确实是这样，林异和欧莹的猜测都是基于红衣女人珍惜朋友这一点开始展开的，因为红衣女人没有朋友所以珍惜朋友，红衣女人想要把自己的爱好分享给朋友们。

哪怕朋友们的不相信成为红衣女人杀人的理由，但实际上朋友们是没有错的，红衣女人杀死他们是他们不相信诅咒存在于世界上的惩罚，她转身依旧可以缅怀自己的朋友们。但如果这张照片并不是出现在红衣女人的床头柜上呢？如果是被锁起来了呢？或是在垃圾桶里呢？

当红衣女人对照片的情感发生变化，2-6 规则世界的主线也会相应地发生变化。如果这张照片是被锁起来的或者被扔在垃圾桶里，代表着红衣女人对照片里的人就不再是珍惜，是一种憎恶和厌恨。憎恨到他们都死去了，红衣女人仍旧无法释怀，以至于红衣女人对 2-6 规则世界的每个卷入者的称呼都是朋友，但是她却疯狂地想把他们毁灭。冰箱里的氧气越来越稀薄。林异最后抓了一下门，他用沙哑的声音对红衣女人说了一句话。正在准备午餐的红衣女人愣了一下，随即疯了般地冲向冰箱，从外边一把拉开冰箱的门。

因为着急想要从冰箱里出来，而且留给林异的时间并不多了，再加上缺氧的情况，林异没办法把线索重新捋一遍，他只能通过结果来倒推过程。

大脑一片混沌，林异也是想到什么推测什么。秦洲唯一能对照片动手脚的地方就是更换照片本身存在的位置，照片如果存放在床头柜上，很容易就会误导他们，红衣女人珍惜朋友。

那么从"珍惜"相反的角度出发的话，照片应该就是被锁起来或者干脆被扔进了垃圾桶里。这一点证明，红衣女人对朋友们有憎恨、怨恨，以至于哪怕朋友们已经死去仍旧难以释怀。

红衣女人是孤僻的，照片的镜头很清楚地记录了这一点。一个孤僻的人能够在短时间内和别人成为亲密的朋友关系，大概率还有一个重要的因素，那就是志同道合。

十二个人出事的地点是这栋别墅，但别墅是红衣女人的家，必定是红衣女人的邀请或者有红衣女人的同意，他们才能够到达这里。无论是红衣女人的主动邀请还是被动接受，都会存在一个相约的理由。这个理由可能是"来我家玩或去你家玩""来我家吃饭或去你家吃饭"。

因为红衣女人性格孤僻的原因，"吃饭"这个理由显然没有"玩"这个理由更令红衣女人心动。那么"玩"这个理由，必然是围绕红衣女人和朋友们的爱好。确实是红衣女人杀了朋友们，从第二次的安科游戏中可以推断，朋友们都是死在这栋别墅里的，只有红衣女人一个人活着。林异也在这栋别墅里待了好几天，别墅虽然充斥着破败的气息，但并没有任何"真正意外"的痕迹。

那么还是人类的红衣女人是如何一个人解决十二个人的呢？朋友们难道不会反抗吗？就算是逐个击破，在一天的时间内也很难做到，他们只要呼救就能引起其他人的注意。除非，他们是看见红衣女人后就吓得腿软，既没办法逃跑，也被吓得叫不出声。

十二个人相约在红衣女人的别墅里玩游戏，这个时候红衣女人必定还没有憎恶朋友，一来如果憎恶朋友的话红衣女人或许不会招待他们，二来红衣女人不是一个会隐藏情绪的人，她对于安科游戏骰子的点数的反应这一点就足以证明。

如果红衣女人当时就想着要杀害朋友们，朋友们一定会有所察觉。察觉后必然也会有防备，红衣女人想要一杀十二几乎不可能完成。所以证明，是游戏的途中发生了意外，这个意外导致红衣女人对朋友们起了杀心，但这个意外是什么……

林异把这些由已经出现的结果而推测出来的过程联系在一起，就是，红衣女人是喜欢研究那些无法用科学解释的非自然现象的人，因为这个爱好的特殊性导致红衣女人没有什么朋友。直到红衣女人遇到了这十二个人，因为"志同道合"，他们成为关系亲密的朋友。

亲密到合照时红衣女人不会抵触别人的肢体接触，也会邀请朋友们到自己的别墅玩游戏。游戏必然就是与寻找非自然现象相关的游戏，为此红衣女人特意把别墅改造了一番，制造出恐怖悬疑的气氛给寻找非自然现象的游戏增加氛围感。照片是久远的，那时安科游戏应该还没有兴起，林异并不知道，当年在别墅中，红衣女人和朋友们玩的游戏规则是什么，但可以确定的是，所有寻找非自然现象的游戏就算规则如何变化，它们彼此间有一个共同的点就是召唤诅咒……

此时的红衣女子，听见了熟悉的名字，停顿了一下，当年的回忆如海啸般席卷而来。

"要不……别玩了。"琳琳说，"我有点害怕。"

别墅的灯骤然熄灭，那是他们十三个人专门留下的一盏小灯，这盏灯的熄灭让本来就紧张的气氛骤然变成惊恐。现在唯一亮着的只有脚边的白色蜡烛，琳琳抱住身边阮依依："依依，我害怕。"琳琳的声音都在发抖，手里抽到的数字签被她捏得皱巴巴的。

他们人多，所以选择了当下最刺激的游戏——诅咒进门。诅咒进门的游戏玩法是，游戏开始时每个人会抽签，签上的数字就是游戏时的号码。

游戏开始后，他们会待在一个房间内。

抽到一号的人第一个开门从房间出去，再关上门。关门后，一号需要面对门默数十个数，默数结束之后敲三下门。按着顺序会由抽到二号的人开门，让门外的一号进来。等门外的一号进来后，二号再出去，继续默数十个数，默数结束之后再敲三下门。

依次类推。本来他们是不害怕的，但灯光的熄灭让他们的心脏仿佛都被拧紧了。

阮依依小心地摸了摸兜里的遥控器，奇怪，她明明还没有操作，灯光怎么就熄灭了呢？

阮依依虽然很不习惯琳琳的靠近，但还是任由她抱着自己。应该是琳琳挽住自己的动作碰到了她藏在兜里的遥控器吧。这么想着，阮依依说：“游戏开始了，就不能停止。”除非他们的号码都完成了游戏。

琳琳害怕地说：“可是我们都已经玩了两轮了。”

阮依依不是很喜欢琳琳用“玩”这个字，这样是对诅咒的不尊重。但琳琳是朋友，阮依依没有生她的气，只是纠正道：“是‘请’。”纠正之后，阮依依还是说，“这一轮游戏还没有结束，结束后我们再停止，好吗？”这是阮依依做出的最大让步了，她知道琳琳害怕了，但游戏戛然而止，是对诅咒的不敬。

琳琳感到有些无语，她觉得阮依依有些魔怔了。

琳琳不情不愿地：“嗯……”

阮依依低头看了看自己手上的号码，八号。这个时候，房间的门被敲响了，咚、咚、咚，三声。但房间里保持着沉默，并没有人上前。阮依依对琳琳说：“琳琳，你是七号。”

现在正在敲门的是六号，该轮到拿到七号数字的琳琳去给六号小伙伴开门了。

琳琳深吸了口气：“依依，我不敢，你能陪我吗？”

阮依依摇头，抱歉地说：“只能你一个人去开门。”但她还是安慰道，“我们都在房间里，你不要害怕。”

琳琳嘟囔了一声，看着其他小伙伴还想继续玩游戏的样子，小心地走上前，慢慢地拉开门。

六号皱眉看着琳琳："怎么这么久？"

琳琳还没回答，阮依依提高音量强调道："这个时候不要说话！"

诅咒进门游戏的切忌：当某一号给某一号开门的时候，如果看到门外的某一号身后有什么，不能关门，也不能交流，否则门外的人有生命危险。门外的人也不可以回头，开门的人更不能离开门，房间内的人不可以四散逃跑，这样站在门外的人身后的诅咒就会走进来。他们必须齐心协力一起向门外吹气，直到吹跑诅咒为止。

虽然六号的身后并没有出什么东西，只是黑乎乎的一片，但他被阮依依说的这句话吓到了，嘟囔了句："神经病。"玩游戏，玩得这么紧张兮兮的。六号快步走了进来，拿到七号的琳琳擦了下手心的汗，抬脚走出了房间。她不敢看房间外面的黑暗，于是立刻转过身来。她看见拿到八号数字的阮依依走过来，把门关上了。

门关上后，房间里提供明的蜡烛的微弱光线也被隔绝了，琳琳觉得神经都紧绷了起来，她想不通自己为什么会无聊到来别墅找阮依依玩这个游戏，更想不通自己为什么会和阮依依打交道。

很明显，阮依依就是一个疯子，别人不跟阮依依打交道，还不够说明问题吗？她为什么非要凑上去，还要浪费一个周末的夜晚来别墅玩这个游戏，去看场电影不好吗？因为心里的不舒服，反而降低了琳琳心中的恐惧。她闭上眼睛，默数十声。

一、二、三、四……

嘭——

琳琳突然睁开眼睛，她听到有什么东西被不小心踢倒的声音，好像是多余的被他们扔在房间外面的蜡烛，琳琳不知道是不是自己听错了，但是她好不容易压下去的恐惧又重新攀回了心头，她更加快速地默数。

五、六、七、八……

琳琳此时确信自己没有听错，她听到了脚步声，从连着楼梯的走廊那边缓缓地传过来。但是琳琳根本就不敢回头看，她也不管自己数到几了，抬手就敲门。

咚咚咚——

琳琳也不知道自己敲了几下，或许是刚好三下吧。因为八号的阮依依把房间的门打开了，如果她敲门的次数不对的话，阮依依一定会纠正她，而不是给她打开门。

门打开的那一刻，脚步声停止了。阮依依看着门口脸色煞白的琳琳，她朝琳琳的身后看了看，琳琳的身后并没有出现诅咒。什么都没有出现，有必要这么害怕吗？阮依依不理解，既然要请诅咒，为什么要害怕诅咒呢？

阮依依第一次怀疑起他们这些人接近自己是真的和她一样喜欢研究非自然现象吗？还是说只是为了让她请客，自从阮依依认识她们后，阮依依就在请客和准备请客的路上。不等阮依依思考出什么结果，琳琳猛地拽了她一把，把她拽出了门外。阮依依一时没有防备，被拽倒在地上，身后传来了毫不犹豫地关门声。

阮依依的膝盖磕在了地板上，疼痛感让阮依依放弃了思考琳琳接近自己的初衷。她缓了好一会儿，等受伤的位置不那么疼后才想要站起来。大概三四分钟之后，这阵疼痛感终于过去了，阮依依撑着地板正要站起来，但是她停住了。

虽然别墅二楼的走廊是背光的，在没有灯光的情况下看东西是模糊的。但阮依依能感觉到有什么东西靠近了自己，这个东西也蹲了下来，嘴里还发出咀嚼声，像是在啃一个苹果。

朋友们到来前，阮依依亲自洗过苹果，用来招待她的朋友们，这些苹果就放在别墅一楼客厅的茶几上，用一个漂亮的水果篮装着。

诅咒应该是无影无踪的，是神秘的，诅咒会吃苹果吗？

阮依依闻所未闻，那么蹲在身边看着自己的东西是什么？

电光火石间，阮依依掏出兜里的遥控器，快速地摁下一个按钮。别墅的灯光在下一秒钟亮起来，于是蹲在她身边的那个东西也显了出来。

阮依依的脑子里"嗡"了一下，她立刻大叫起来："救命！"

🔍 第11章 转机

阮依依几乎是扑到了门边，她不断地拍打着门。

"救命，救命，开门！"她都听见了房间里的脚步声，脚步声靠近了门，是不是接下来应该给她开门的九号，阮依依已经不在乎了。她现在只想进去。

旁边的东西被阮依依的动作吓了一跳，但是纹丝不动的门让它打消了逃跑的想法，而是邪恶地看着阮依依。

阮依依拍门的力气越来越大，制造出来的拍门声却掩盖不住房间内的交流。

"别！别开！她肯定是吓唬我们的。"

"琳琳，你刚刚在外边看见了什么？或者听见了什么吗？"

琳琳愣了一下："没……没……我什么也没有看见，什么也没有听见。"

"看吧，我就说是吓唬我的，世界上怎么可能有诅咒呢？只有魔法故事里才存在诅咒。也就她神神道道的。我肯定她是在吓唬我们。"

"万……万一呢？万一真的出什么事了呢？"

房间里安静下来。

"还是去开门吧，你们什么时候见过阮依依这么大惊小怪的，指不定是……"

"不！"琳琳喊了起来，"不能开！万一真的是诅咒，就更不能开了！"

"可是阮依依说，只要我们合伙把她身后的诅咒吹走就不会有事了。"

"万一吹不走呢！"琳琳害怕地说，"阮依依也说了，切忌回头，切忌交流，现在她自己就已经违反规则了，我们还能吹走诅咒吗？万一吹不走诅咒，我们不就得跟着她一起死了吗！"

阮依依还在敲门，她听见了房间里的讨论，但是因为害怕还没来得及对房间里朋友们的抛弃做出反应，她根本不敢去看旁边的东西，她只好战战兢兢地敲门呼救："不是诅咒，开门啊，外边不是诅咒，是……"

是人，只是人，不是诅咒，也不是笼罩诅咒的被魔法诅咒的人。一个闯进别墅的流浪汉，手里啃着的确实是阮依依用来招待朋友们的苹果。

阮依依觉得这个流浪汉很眼熟，他这段时间都徘徊在别墅外面，阮依依亲眼看见过，他报复性地用石头砸烂那些好车，还袭击过那些单独回家的女性。让阮依依害怕的是，在流浪汉行凶的时候，阮依依和流浪汉对视过。

阮依依的警惕性一直很重，她会检查别墅里的门窗，确保门和窗户都是锁上的。只有今天，只有今天，今天最后一个进门的是琳琳！她问过琳琳有没有关好门，琳琳说过，关好了。琳琳还说，就算没关门，别墅里这么多人，谁敢闯进来？就算闯进来了，他们这么多人还制服不了一个人吗？但是现在，确实有人闯进来了！琳琳根本没有关好门！

阮依依大声呼救："琳琳，是他，是他闯进来了！"

阮依依在这么多朋友中关系最要好的就是琳琳，她可以在合照的时候克制自己的排斥任由琳琳靠近自己，她是真的把琳琳当作朋友，所以阮依依对琳琳说过这件事。她期待地看着门，旁边的流浪汉也听到了房间里很多人的交谈声，转身就要走。

忽然，房间里的琳琳说："不许开！她在骗人！"

琳琳在外边的时候是听见了的，那些窸窸窣窣的响动，她不觉得是人发出来的，一定是诅咒，阮依依一定把诅咒召唤出来了，阮依依一定是在用这个理由试图说服他们开门。但是不可能的，如果是人闯进别墅那么怎么去解释灯光的骤然熄灭和灯光骤然亮起呢。

琳琳越想越觉得自己的猜测没有错，她不许任何人去开门，其他人在听到琳琳的分析后，也都没有要给阮依依开门的打算。

门外，阮依依的目光一点点黯淡下来。她僵硬地往旁边看去，本来已经转身要逃的流浪汉不知道什么时候停下了脚步，甚至已经重新转过身来看着阮依依。发现阮依依看过来的目光后，流浪汉朝她露出一个充满恶意的笑容。

故事本来到这里就应该结束了，但阮依依心有不甘。遭遇流浪汉袭击，又被朋友抛弃，在被朋友背叛的阮依依内心留下了无法磨灭的阴影，她想报复。

故事在阮依依的怨恨中继续，哪怕只是阮依依想象中的报复，也显得异常阴暗。这就是阮依依对背叛者怨恨的诅咒。

在阮依依的诅咒声里，房间的人面面相觑，没有人说话，更没有人打开门去察看外边的情况。听到阮依依的惨叫声渐渐小下来，最终消失，房间外面陷入了一片令人心慌的死寂。

过了好久，才有人紧张地开口："诅咒……走了吗？"

"应该……应该是吧。"

"外边的东西真是诅咒吗？为什么动静会这么大……"

琳琳惊慌地揪着裙子，喊道："不！外面一定是诅咒！别开门，都别开门。"

众人又不说话了，又过了很久很久，又有人问："诅咒应该消失了吧？要……开门看看吗？"没人敢保证诅咒真的消失了，万一没有消失呢？阮依依告诉过朋友们，诅咒是无影无踪的，它出现时一定是笼罩在某个人的身体之上。现在被诅咒的人来了，它制造的离开的脚步声只是让房间里的人放松警惕的一种诡计呢？

"那再等等吧。"有人提议道，"天亮以后应该就好了吧？"

房间里的他们除了等待并没有其他办法，他们是从午夜十二点开始玩的这个游戏，夏季昼长夜短，等到天亮也并不算太难熬。时间流逝的速度在大家的沉默无语中变得缓慢，每一分每一秒都被拉得冗长。不知道过了多久，有人看了看时间："六点了，天亮了。"

　　于是，众人疲惫的目光落在了房间门上，而谁去开门又成为新的难题，他们磨蹭了很久都没有决定，谁都不愿意冒险去打开这扇门。争执到最后也没有个结果，最后房间里的十二个人一致决定，一起去！他们来到门边，本来说好让他们当中的男生来摁下门把手的，这样如果外边真的有什么东西，摁下门把手的男生可以顺势推门。但是不等委以重任的男生去摁下门把手，琳琳却颤颤巍巍地伸出了手。"啪嗒"一声，门锁被打开的声音响起。

　　拉开门后，众人盯着外边的情景一时发不出声音来，虽然门外有不少血迹，但是却看不见阮依依的人影。

　　"是被……被魔法诅咒了吗……"有人小声地询问，虽然他的声音小得旁人近乎听不见，但这句话的惊骇程度不亚于地壳运动掀起的海啸。

　　十二个人仓皇地冲出房间，门框的大小是固定的，不可能在一瞬间所有人都能挤出门去。先挤出去的人冲向别墅大门，然而他们发现别墅的大门从里边被锁上了，无论是砸锁还是踢门，别墅大门挡住了他们的逃跑。反应快一点的人在看到别墅大门被锁死后去找窗户，但是一楼的窗户都安装着防护栏，他们根本没有办法从防护栏的空隙里钻出去。

　　没能第一时间从房间里挤出去的女孩被撞倒在地上，她只感觉头上有阴影投了下来，茫然抬头……

　　是阮依依。

　　阮依依的身上沾了血色。

　　"你……你……"她惊恐地看着，喉咙里只能发出这个音节，她想问，你有没有被诅咒？

　　阮依依说："我现在是……被魔法诅咒的人了，我来诅咒你们了，怕吗？"话音一落，又有一道阴影投下来，流浪汉突然朝着女孩跑了过来。

　　阮依依所经历的一切不幸，她要那些背叛她、放弃她的人也都经历一次。

　　阮依依伸手指着走廊尽头已经吓傻了的琳琳，琳琳想从二楼房间的窗户逃跑，却亲眼看见了这一幕。

　　流浪汉兴奋地朝琳琳冲过去，琳琳尖叫出声。

　　在阮依依的想象里，她成功地报复了所有人，她诅咒所有人都受到惩罚，永远困在噩梦之中！

　　阮依依回到了自己的房间，拿起床头柜上的合照，伸手摸了摸了照片上的琳琳："琳琳……"随后她像是要把心头所有的不甘发泄出去似的，把床头柜上的合照狠狠地丢进了垃圾桶里。

　　消失在别墅里的人在第二天晚上出现，林异去厨房找工具的时候专门留意了的，确实有十二个人，还有罗亦、高旭、何袂和曾静，但并没有红衣女人口中"别墅里还有更厉害的被魔法诅咒的人"。

　　林异恍惚地想，更厉害的被魔法诅咒的人应该离开了别墅，他并不是死在别墅里的，而是因为罪行而被执法机关判处了死刑，这一点，能证明他整个的推测。

　　林异深吸了一口气，用力提高声音："我是琳琳……"

　　照片的背面，有一句是——*祝我家宝贝儿生日快乐，爱你的琳琳。*

　　冰箱里的林异铆足了劲才喊了这一声，传到冰箱外却是非常微弱的一声，红衣女人的踱步声就能把林异的声音掩盖下去。但红衣女人停下了动作，猛地盯着冰箱。

　　琳琳——

　　琳琳——

　　这个名字已经很久没有人提起过了，久得让红衣女人以为自己都要忘记这个名字，但一经提起，像是遭遇雷击一般，精准地击中了红衣女人尘封了很久的记忆。被朋友背叛抛弃，没能亲自报仇，红衣女人疯了般地冲往冰箱，从外边一把拉开冰箱的门。

　　冰箱的门被拉开，新鲜的空气终于涌入，林异反倒不知道该怎么去呼吸了。厨房的光线也刺得林异的眼睛胀痛，但是林异不敢闭眼去躲避失而复得的光线，他只是试探着用"琳琳"这个名字去刺激红衣女人，但具体会怎么样林异不敢保证。他在冰箱里待得太久，维持着这个扭曲的姿势也太久，他现在动一根手指头都觉得费力。

虽说 NPC 只会在夜晚处理违反规则的人，但万一这个名字对红衣女人造成的刺激太大，要打他一顿，以他现在的身体状态来说，是真的撑不住。

林异得保证自己还能行走，他需要尽快去阻止欧莹向秦洲复盘。于是林异特意睁着眼睛去看，果然如他猜想的那样，红衣女人怒不可遏，手里拎着的菜刀随着她手臂肌肉的抖动而颤抖着，光线照在刀身上，折射出冷冽的寒芒。

林异看出来了，红衣女人确实被他刺激得不轻。

"我是琳琳……用来传话的工具人。"林异补充了后半句，他声音嘶哑地说，"琳琳有一句话让我带给你。"说完林异就沉默下来，他不敢多说其他的，多说多错，也害怕又刺激到红衣女人而让红衣女人重新把冰箱门关上。他浑身都麻痹了，如果红衣女人关上了冰箱门，他只能眼睁睁地看着，连大声呼救的力气都没有。

红衣女人死死地盯着林异，她的胸口不断地起伏着，像是在压抑某种情绪。过了很久，久到林异呼吸着新鲜空气，大脑已经重新运行后，红衣女人才稍微平静了一些。不过她的视线仍旧牢牢地盯在林异的身上，用一种怨恨的目光剜着这个被塞进冰箱里的人。

"是什么？"终于等到红衣女人的这句话，林异在心底松了口气，他张了张嘴，轻轻地说了一句话。这一声轻得林异自己都没听清楚自己在说什么，红衣女人自然也是什么都没有听见，她又重复问道，"是什么？"

林异故技重施，红衣女人看了他两眼，然后上前把他从冰箱里弄了出来。离开狭小压迫的空间后，林异烂泥一般瘫软在地上，他的身体甚至能清楚地感觉到血管中的血液恢复供血，还有僵硬的肢体慢慢恢复柔和时带来的针刺般的酥麻。

"是什么？"红衣女人瞪着林异第三次重复询问。

林异这下有力气提高声音了，他说："得明天才能告诉你。"看见红衣女人似乎有举刀的动作，林异赶紧，"这是她说的，我没有骗你。不然我怎么会知道她的名字，而且我隐瞒她对你说的话，对我来说没有任何好处。"

红衣女人凝视着林异，过了半晌后，她幽幽地开口："是你偷走了我的照片。"

"我不知道什么照片。"照片背后的祝福话语中出现过"琳琳"这个名字，林异猜到了红衣女人会往偷照片的事情上联想，他干脆地说，"不信你搜。"

红衣女人盯着林异看了看，然后蹲下来搜他的身。

与此同时，在别墅二楼。

陈进南和周乾的一颗心都吊在了嗓子眼，虽然他们已经加入了学生会好几年，但是这是第一次进入规则世界，第一次进入的就是长达十年没有解决的 2-6 规则世界。他们俩一直以为只要搞清楚规则世界的主线就可以平安地离开这里，却没有想到，他们还需要找到 2-6 怪物，还要进行复盘，一旦主线出现一丁点儿的错误或者有一丁点儿的模糊不清的事实，等待他们的就是死亡。而在这之前，2-6 怪物会替代他们之中的某个人的情况，他们闻所未闻。现在刚刚得知了情况，就要跟着欧莹去复盘了。难上加难的是，2-6 怪物是陈进南和周乾一直认为的主心骨，秦洲。

"欧莹姐。"陈进南唤了一声。

欧莹回头，陈进南说："要不……"

欧莹道："在这里等我也可以。"

他们现在正在别墅二楼的走廊上，距离秦洲的房间还有几米的距离。本来他们三个人商量的是一起进入秦洲的房间，欧莹负责复盘，他们两个人就在后边等着。这样可以防止秦洲突然暴起，在欧莹开口复盘前动手伤人。

见欧莹误会，陈进南赶紧说："欧莹姐，你误会了，我不是这个意思，我是想说，要不换我来复盘吧，我的语速快。如果有什么意外发生，欧莹姐，你就可以继续顶上，如果你出了事，我们指不定就蒙了呢？"

周乾压下心中紧张的感觉，也点头道："是啊。"

因为误会了陈进南是因为害怕，欧莹先对他道了歉，随后道："还是我来复盘。"

　　复盘并不是想象中的把规则世界的主线的来龙去脉讲给 2-6 怪物这么简单，他们的复盘都是根据线索推测出来的，在复盘的过程中难免会被怪物抓到漏洞，如果复盘者没有及时解决问题，那么复盘也会失败。见欧莹坚持，陈进南和周乾互相对视一眼也就没有再劝了。欧莹继续往秦洲的房间走去，陈进南和周乾亦步亦趋地跟着她。

　　到了秦洲的房间门口，欧莹深吸了一口气，抬手敲门。敲第一下门的时候，房间里还没有响动，直到欧莹敲第三下门的时候，房间里才传来秦洲的声音。

　　"谁？"

　　欧莹冲陈进南和周乾微微摇了下头，示意他们不要慌乱。随后欧莹说："洲哥，是我。"

　　房间里安静了一下，随后秦洲的声音重新响起："我让你们别靠近我，小天才没和你们说吗？"

　　秦洲说的这句话让欧莹想到了坚信定律。

　　坚信定律：一旦确定某样东西是什么东西，就越来越觉得它像什么东西。当欧莹在林异那里得知秦洲就是 2-6 怪物后，她似乎也能从一些细节看出一些端倪。这个时候的语境，秦洲直接称呼林异的大名更合适，而不是"小天才"。

　　欧莹压下心底的情绪，尽量平静地说："我有事情要对你说，很重要，洲哥，你先开门。"

　　房间里安静了一会儿，然后传来了脚步声。

　　陈进南和周乾的神经立刻就因为这个逐渐靠近房间门的脚步声而绷紧，"咔哒"，开门的声音响起。他们俩绷紧的神经又绷紧到了一个新的高度。

　　"什么事？"秦洲站在门口，看着门外的三个人。

　　欧莹走了进去，秦洲也没拦着不让他们进入，等他们三个人都进了房间里之后，秦洲把目光放在了他们三个人身上，眼底兴奋的光芒一闪而逝。

　　"洲哥，你是 2-6 怪物……"欧莹开口，她看见秦洲盯着自己，"这件事的真假之后再说。"

秦洲皱起了眉头，欧莹继续道："洲哥，林异不见了。"

欧莹的身后，陈进南和周乾都愣住了，他们不知道欧莹为什么突然转移了话题。

秦洲看着欧莹，皱着的眉头没有抚平，反而皱得更紧了："不见了是什么意思？"

"字面上的意思。"欧莹说，"听林异说，他昨晚不小心把温度计打落在别墅一楼，因为担心我们会吸入水银，所以在今天的天亮后，他一个人去处理水银，但去了就没有回来。"

秦洲问："你们没去找他吗？"

"刚开始我和程阳去找了，但没有找到。"欧莹问，"洲哥，林异不会出什么事吧？"

秦洲说："你和程阳找了哪些地方？"

"我和程阳找了厨房和别墅三层楼每一层的公共卫生间，但是都没有林异的身影。"欧莹说，"后来就是玩安科游戏，玩安科游戏的时候林异也没有出现，洲哥，难道你都没发现林异没有出现在安科游戏上吗？"

秦洲停顿了一下，说："关了灯，不知道具体情况。"

欧莹点了点头，像是认可了秦洲的这个解释，随后又说："安科游戏结束后，我让程阳、苏天乐和李宥他们三个人再去找，我们三个人来找你说明这个情况。"

秦洲："知道了。"

欧莹："嗯。"

过了一会儿，秦洲问："就这件事？没有别的？"

欧莹道："就这件事，没有了。"

秦洲盯着欧莹，脸上的表情一点点沉了下去。

欧莹说："洲哥觉得林异会去哪里？"

秦洲没有说话，只是一直盯着欧莹，过了很久，他才说："别墅再大也就这么大的地儿，林异不能出去，他只能在别墅里。"

"也对。"欧莹点了点头，"那我们继续去找了。"说完，她对陈进南和周乾道，"我们去找林异吧！"和秦洲的交锋到这里就结束了，欧莹快步离开了秦洲的房间，还回头催促陈进南和周乾，"还愣着干什么？"

"哦，来了。"陈进南和周乾赶紧跟上。

欧莹头也不回地往前走，陈进南快步走到欧莹身边，压低声音问："欧莹姐，不是要复盘吗？怎么说了这些？"

周乾也紧跟着问："欧莹姐，难道洲哥不是 2-6 怪物吗？"

陈进南说："我看洲哥也不像是 2-6 怪物。"他们两个的心情虽然始终无法放松，但在欧莹和秦洲交流时也偷偷注意着秦洲，他们都没看出来秦洲有什么异常的地方。

"他是。"欧莹的脚步没停，但她平静的表情却有些绷不住，"是主线有问题。"

陈进南和周乾皆是一愣，陈进南赶紧要提问，欧莹先一步说："让我们复盘是 2-6 怪物设下的陷阱。"

"陷……阱？"周乾吃了一惊，"欧莹姐，你是怎么发现是陷阱的？"

欧莹和秦洲的对话最多不超过三分钟，短短三分钟又是如何发现陷阱的？

"离开这里再说。"欧莹发觉周乾要回头看，她赶紧制止，"别回头。"

说晚了一步，周乾没有回头，陈进南却回了头。在他们背后，秦洲从房间里出来了，就站在走廊上，脸色阴沉地注视着他们三个人的背影。陈进南被吓得赶紧回过头，三个人脚步飞快地拐过转角，往别墅一楼走去。

欧莹脸上平静的表情彻底被担忧取代，虽然她临时改变了主意没有去复盘，但似乎那层纱窗还是被捅破了。

周乾看见了陈进南脸上难看的表情，在心里已经确定秦洲就是 2-6 怪物了，他和陈进南认识的时间不短了，这还是周乾第一次看见陈进南被吓成这样。于是周乾忍不住又问："欧莹姐，到底是怎么回事？"说好的复盘怎么突然就变成了陷阱？

欧莹深吸了一口气，其实她想过 2-6 怪物如果是秦洲的话，复盘不会是一件容易事，所以她还特地叫上了陈进南和周乾。只是她没有想到会难成这样，但隐隐约约又觉得正常。

"怪物动手杀人的最终目的就是为了确保规则世界的继续，2-6怪物动手解决罗亦主要是搅乱我们的思路，深究下去他的目的其实也是为了不暴露，维持2-6规则世界的秩序。"欧莹给陈进南和周乾解释道，"但是他为什么对林异动手？ 2-6怪物是洲哥，他难道会傻到认为只有林异知道他的身份？认为林异会帮他保密吗？必然不可能。他要是真的想杀人灭口，继续隐藏自己的身份，那应该解决的不只是林异，还有一直和林异待在一起的我和程阳。"

"洲哥有很多机会处理了我们，早上我和程阳去找林异的时候，他可以动手。甚至在玩安科游戏的时候，那样的黑暗之中他也可以神不知鬼不觉地处理我和程阳，毕竟我和程阳什么都看不见，他没有，他去打开了灯。"欧莹说，"我当时以为他开灯的动作还是在演戏，直到我看见他脸上的红斑。"

秦洲毫不隐瞒地把脸上的红斑露了出来，这是水银接触皮肤后造成的溃烂，如果秦洲是想隐瞒自己身份的话，他应该选择不开门，而不是大大方方地开门让欧莹他们三个人进入房间里来。所以欧莹在刹那间反应了过来，秦洲似乎没有要隐瞒自己身份的意思了。

秦洲就是要借着欧莹在着急找林异而处于一个冲动状态时，用脸上的红斑给欧莹一个肯定的答案，他就是2-6怪物，所以要想救林异，不要犹豫，赶紧复盘吧！

欧莹的脸上有一抹绯色，她很庆幸自己在紧要关头反应了过来，不然后果是她难以想象的。但她仍旧存在侥幸心理，她希望被秦洲藏起来的林异还活着。

陈进南和周乾听得面面相觑，周乾问："欧莹姐，那我们现在……"

"要比之前更小心。"欧莹说。

秦洲已经知道自己暴露了，而他们也反应过来手里的主线是陷阱，现在他们与秦洲之间的平衡已经被打破了，失去平衡后他们与秦洲的相处会变得更加困难，谁也无法保证秦洲会在这种情况下做出什么事。

陈进南回想到走廊上秦洲阴沉的表情不禁打了个寒战："主线是错的，

岂不是我们又要从头开始找线索！"

欧莹正要说什么，厨房里传来程阳惊喜的声音："天啊！我的林异兄，你还活着！"

欧莹心里的大石头顿时落地，她伸手揉了一下眼睛，手背上有些湿："去看看。"

他们三个人几乎是一路小跑着来到了厨房，程阳陷入了狂喜的状态，正疯狂地摇晃着林异的手臂，以此来表达自己的情绪。

"我就是听见了厨房有响动，我们在别墅里到处找不见你，来来回回往厨房跑了好几趟，但都没有见到你，你在哪儿躲着呢！"程阳激动地问。

其实林异还没有缓过来，他被程阳抓着，坐在地上，本来要让程阳带着他立刻去阻止欧莹，抬头见到了欧莹，与欧莹对视之后，林异这才伸手指了指冰箱。所有人顺着林异手指的方向看去，程阳倒抽一口凉气："天呀！"

"程阳。"欧莹看到冰箱后，心有余悸的强烈感更加明显了，不用想也知道林异在冰箱里待了这么久不会好过，欧莹阻止了程阳再说话，道，"先带林异去休息一下吧。"

程阳："哦！好好好。林异兄，要不要我背你。"

林异摇摇头："我的腿还可以走路。"

欧莹："程阳，那你搀着点林异。"

程阳："哦！好好好，没问题。"

除了叶琼，其他人都在厨房里了，红衣女人也在。只是大家救人心切，于是把红衣女人给忽略了。

欧莹看了一眼红衣女人，她发现红衣女人的目光一直锁定在林异身上。欧莹想了想，对其他人说："都跟着去看看吧。"她感觉林异应该又知道了些什么，但退一万步来说，就算林异什么也不知道，他们也好奇林异和秦洲之间到底发生了什么。

等其他人跟着林异和程阳离开厨房后，欧莹对红衣女人道："午餐是不是还没有准备好？"

红衣女人收回视线，盯着欧莹。

欧莹说："既然没有准备好，现在也过了饭点了，午餐就不需要叫我们了。"

红衣女人露出不置可否的表情，欧莹转身离开了厨房。

等欧莹进入房间后，陈进南和周乾刚好带着叶琼回到了房间里。

见欧莹在看叶琼，林异说："是我让两位学长把叶琼学长带过来的。"

欧莹点点头，这下更加确定林异又发现了什么。

"欧莹学姐，你没有复盘吧？"虽然2-6规则世界还在继续，林异猜到欧莹应该是反应了过来，没有上钩，但他还是要确认一下。

"这么靠着舒服点。"欧莹走过来，把枕头垫在坐在床上背靠着床头的林异身后，随后她看着站在一旁的其他人，再看着林异，"没有。"她把自己的分析又重复了一遍，程阳有点蒙："我的天呀！好危险。"

分析完，欧莹问林异："对吗？"

林异说："学姐真厉害。"

欧莹苦笑了一下，说："我要真厉害就不会让你涉险了。"

"是我自己的问题。"林异不好意思地道，"跟学姐没有关系。"

"他们好奇你的情况，你给他们讲讲吧。"欧莹又笑了一下。

程阳赶紧点头："是啊，你怎么会被关进冰箱里？"

林异便陈述道："我昨晚是撞见过2-6怪物的，我这人有个毛病，太紧张的情况下会忘记一些事，这就导致我忘记了我和秦学长是打过照面的。"他把昨晚在厨房里发生的事对大家说了，只不过他隐去了"它"的出现。

林异说："所以今天早上和秦学长再次遇见，我没有设防，被他偷袭了。"

众人光是听林异的讲述都觉得十分惊险，欧莹说："还好程阳找到了你。"

程阳赶紧道："不是的，我们三个人又转回厨房的时候，林异兄已经从冰箱里出来了。"说着程阳敲了一下自己的脑袋，"你看我这个脑子，我明明听见有声音，但是没有想到拉开冰箱门看看。"

欧莹愣了一下："是……红衣女人放你出来的？"

林异点点头："是。"

周乾觉得十分疑惑："红衣女人原来和我们是同一阵营的啊！"

陈进南和苏天乐与周乾意见的相反："不是吧，她要是站在我们这边，就不会这么玩安科游戏了，她明显是希望我们永远都出不去。"

李宕干脆直接追问林异道："她为什么会放你出来？"

林异说："我重新推测了一下主线。"提到"主线"，陈进南和周乾不由得朝林异走近了几步，他们刚刚以为要重头来过，重新寻找主线的线索，没想到林异又推测了出来。

欧莹说："我们不用去吃午餐了，你慢慢说，不用着急。"

"好的。"林异偏头咳了一下，随后道，"红衣女人应该是约了朋友们来别墅里玩寻找非自然现象的游戏，游戏的过程中发生了意外。导致红衣女人和朋友之外的另一个人达成了约定，两个人合伙杀死了朋友们。安科游戏有一个选择，'别墅里还存在一个更凶猛的被魔法诅咒的人'，这个'多出来的被魔法诅咒的人'就是和红衣女人约定的人。他死了，但昨晚并没有出现在别墅里，应该是死在了别墅以外的地方，但他又存在于这栋别墅，我想他的死必定也和这栋别墅有关，这样就可以解释'死在别墅外又存在于别墅'。那么'死在别墅外又存在于别墅'可不可以理解为，他是与红衣女人合伙杀害了十二个人，之后被缉拿归案判处死刑？这样他的死才算与这栋别墅有关系。"

林异尽可能说得详细，然后问程阳："程阳兄，我说的话你明白吗？"

程阳傻傻地点了下头，林异就继续往下说了，程阳都明白了的话，其他人应该都能明白。

"红衣女人不可能一开始就想伤害她的朋友，一定是玩游戏的过程中出现了意外，这个意外导致朋友们都以为红衣女人死了，甚至红衣女人的死与朋友们有关，但实则红衣女人并没有死，她又重新出现在朋友们的眼前。"林异遗憾地道："但这个意外到底是什么？导致红衣女人会和外来的人联手伤害她的朋友们，我只有一个猜测，但还没有找到线索来证明。"

欧莹说："没关系，你先说说看。"

林异说："既然她的诈死和一起玩游戏的朋友们有关，那她应该是被朋友们背叛了。"

这一点很容易想到，房间里的人几乎都是这么想的。

林异说完，又补充道："背叛只是一个非常模糊的概念，为什么好端端地玩游戏的红衣女人会被背叛？为什么又突然多出来了一个人？红衣女人又是怎么和多出来的这个人达成共识的？想要弄清楚这些问题，已知的线索远远不够。"

林异思索了片刻，继续道："我之前推测红衣女人是人的原因是红衣女人会使用筷子吃饭。现在我和红衣女人有了近距离的接触后更加确信她就是人，因为她把我从冰箱里拉出来的时候，我碰到了她的手，虽然冷，但是是有实体的，这与我们前两个晚上撞见的被魔法诅咒的人的存在方式不一样。"

李宕不解地问道："那现在到底是什么个情况？"

在一旁沉默了一会儿的欧莹看着林异说："今天的安科游戏，红衣女人让这个最凶狠的被魔法诅咒的人出现了。"

林异没有感到意外，他早就预料到了，既然红衣女人提供了这个选择，总会想尽办法让这个被魔法诅咒的人出现。

程阳在旁边瑟瑟发抖着道："林异兄，你不知道，玩安科游戏时，红衣女人描述的这个被魔法诅咒的人有多可怕。"

林异沉默了一下，问："有多可怕？"

程阳模仿着红衣女人的口吻："原来这栋别墅还存在一个更凶狠更可怕的被魔法诅咒的人，被魔法诅咒的人会无差别地诅咒你们，让你们永远困在诅咒之中无法解脱……"虽然程阳只模仿得跟红衣女人的一两分相像，但这段话还是让房间里的人感到不寒而栗，连已经被吓傻了的叶琼都抱着头躲在墙角里瑟瑟发抖。

房间内一下沉默了下来，叫人有些喘不过气的感觉。过了好一会儿，陈进南说："无差别诅咒，那今天晚上应该躲不过去了，要不现在去复盘吧，反正我们也知道了主线。"

"不可以。"林异和欧莹异口同声地道，林异赶紧说，"学姐，你先说。"

"不可以复盘。"欧莹摇着头道，"意外到底是什么情况，我们还没办法确定，这是存在十年之久的 2-6 怪物，2-6 怪物又有洲哥的记忆，它必定会抓住这一点。"

陈进南叹息一声："我也知道，但是，欧莹姐，如果不复盘，我们今天晚上根本没办法躲过去啊，这个被魔法诅咒的人还没被诅咒的时候能杀害十二个人，被诅咒了就变得更加凶悍。我们去复盘的话，或许还有一线生机。"

周乾站陈进南这边："欧莹姐，我也觉得陈进南说得有道理，既然今晚就是最后一战，那我们不如放手一搏。"

欧莹找不到话来反驳周乾和陈进南，他们两个说得并不是毫无道理的。而且欧莹心中有对第二条"死亡"规则的猜测，她开口道："第一条'死亡'规则的应对办法是告诉它们，世界上没有诅咒，但是第二条'死亡'规则已经出现了，一般来说，新增加的'死亡'规则会在已有的'死亡'规则上衍生，我想第二条规则应该就是，在心里相信世界上有诅咒。"所以红衣女人才敢笃定地说，这位被魔法诅咒的人会无差别地诅咒他人吧。

程阳立刻："那现在怎么办？"

嘴硬还能躲过去第一条"死亡"规则，但是第二条"死亡"规则的难度和第一条"死亡"规则压根不是一个难度。人往往很难控制自己的内心想法。

林异沉默下来，他对第二条"死亡"规则的猜想与欧莹一样。

见林异沉默着，欧莹轻轻唤了他一声："林异，你觉得呢？是复盘还是继续熬？"他们现在找不到任何线索来填充这个"意外"，去复盘的成功概率也不会太大。但怎么看，复盘也比熬过今晚的生存率高一些，只是复盘没有容错率。

林异道："学姐，给我五分钟时间想想。"

欧莹："好。"

众人连大气都不敢出，生怕自己的呼吸声太大影响到林异的思考。

还没有到五分钟，林异忽然问道："学姐、学长们，你们还记得第二天红衣女人在安科游戏时说过的一句话吗？"

众人看着他，林异提示道："红衣女人说，原来三个被魔法诅咒的人跟着你们是因为要诅咒你们，它们当中有两个被魔法诅咒的人得手了。"

欧莹隐隐约约地猜到林异要说什么，在众人的不解中，林异道："三个被魔法诅咒的人，只有两个被魔法诅咒的人得手，那么还有一个被魔法诅咒的人失手了，只要我们找到它失手的原因，今晚就能活下去。"

"第一个晚上出事的人是高旭、何袂和曾静，应该是三个被魔法诅咒的人中，有一个人一次性诅咒了两个人，何袂和曾静在同一个房间，他们两个是被一个被魔法诅咒的人杀死的。"欧莹回忆道，"所以失手的原因是每天晚上死人有人数限制？出现三个被魔法诅咒的人，就只能诅咒三个人？"

"不是。"林异道，"如果是'死亡'人数有限制，红衣女人的安科游戏完全可以只召唤一个被魔法诅咒的人，让这个被魔法诅咒的人诅咒三个人就是，但是她没有，她召唤了三个被魔法诅咒的人，甚至还不满意被魔法诅咒的人的数量，说明死亡人数是没有限制的，她召唤的被魔法诅咒的人越多，被诅咒的人数就越多。"

"第一个晚上学姐是因为睡着了，程阳和叶琼学长则是因为晕了过去，这才躲去了被魔法诅咒的人找上门。四位学长应该不会心大到早早睡觉，或者害怕得晕过去吧。"林异先看了一眼墙角的叶琼，叶琼额头上的淤青还没有散去，也是因为叶琼额头上的淤青让林异猜测叶琼是因为撞了头在第一个晚上晕了过去，随后他看着四位学生会的学长，"但是被魔法诅咒的人为什么没有找你们呢？"

陈进南愣了一下："是啊，为什么没找我们？"

如果被魔法诅咒的人在第一个晚上就找上他们，在还不知道"死亡"规则的情况下，亲眼看见了被魔法诅咒的人，必然是相信世界上有诅咒的，但为什么被魔法诅咒的人没有找上他们，直接宣布失手？

林异问："学长第一个晚上做了什么？"

陈进南回忆道："我第一个晚上基本没有合眼，一直在跟周乾聊天。"

苏天乐和李宕见林异的目光看过来，也答道："我们在唱歌……"

"聊什么？"林异问陈进南。

"什么都聊，反正是为了分散注意力。"周乾说。

欧莹愣了一下，再看林异，林异已经了然了。

"那我知道失手的原因了。"林异说，"我们想到了诅咒，被魔法诅咒的人就会找上我们。主动权在我们，而不是被魔法诅咒的人来感知。"之前林异的推测是因为他们的晕倒，让被魔法诅咒的人觉得他们无法回答问题，因而躲过一晚，其实不是，更具体的是因为他们的晕倒和睡着，让他们无法在脑中想着诅咒。第二个晚上林异想着去厨房找灌水银的工具，没有分出心思去想诅咒，所以被魔法诅咒的人也没找上他。而陈进南等四个人知道睡着和晕倒可以躲过去，都按照这个办法度过了第二晚。

程阳和林异差不多，想着和欧莹一起行动，只是在离开房间后，看到走廊上的被魔法诅咒的人，因为太害怕而动摇了心思，才会让成为被魔法诅咒的人的罗亦找到机会。第二个晚上被魔法诅咒的人找上的，也只有欧莹。

欧莹道："确实，在第二个晚上时，我看到了走廊上的被魔法诅咒的人，不由自主地就想到了罗亦。"

陈进南立刻惊喜地道："那是不是今天晚上我们也可以睡过去？"

林异没敢给出肯定的答案，欧莹知道林异的顾虑，心里相信有没有诅咒的判定权在于被魔法诅咒的人，而不是他们。人睡着了还会做梦，一夜无梦也就算了，如果梦境里出现了与诅咒相关的，是否也是一种心里相信诅咒的判断？

林异道："还是分散注意力比较好。"分散注意力比睡过去显得更保险一点，但是已知最凶狠的被魔法诅咒的人会在晚上出现并杀人，注意力真的那么容易被分散吗？

程阳问："今天晚上大家都聚在一起吗？"

林异："你们一起住。"

秦洲的身份已经暴露了，难保秦洲不会动手杀人。如果他们分散去住，就是给秦洲制造机会。

程阳声音颤抖着说道："那如果我们当中有一个人联想到了诅咒，不就直接把最凶狠的被魔法诅咒的人招过来，所有人直接全灭吗？"虽然话说得难听，却是一个事实。

还没到晚上，众人已经觉得压力倍增。

欧莹问："林异，你的意思是你今天晚上不和我们待在一起？"

"嗯。"林异说，"今晚我单独住，我会去想着诅咒，吸引最凶狠的被魔法诅咒的人来找我。"

程阳："你不要命了？"

"要啊。"林异道，"但想要填充主线，就必须会会这位最凶狠的被魔法诅咒的人。这事只能我去……啊！学长们，你们不要用这种眼神看着我……我其实是无神论者，真的。我只是要把最凶狠的被魔法诅咒的人吸引过来，不代表我就会满足'死亡'规则。"

程阳想了想说："林异兄，秦洲万一又来找你怎么办？"

林异道："那就下辈子离秦学长远一点了。"

欧莹想要说什么。

"放心吧。"林异赶紧说道，"我会小心的，你们只要保证不要乱想，别把最凶狠的被魔法诅咒的人召到你们这边来就行。"

欧莹把"我跟你一起"的话收了回去，今晚她没办法跟着林异在一起了，她得负责管理这些人，不让他们因为胡思乱想而打乱林异的计划。

"一定要小心一点。"欧莹对林异嘱咐道。

林异点头："嗯嗯。"

欧莹说："你就在这个房间里休息吧，我带他们去对面的房间。"

林异："好。"

等欧莹带着这些人离开房间后，林异跳下床锁上了门，锁门之后他又躺在了床上，在冰箱里关了这么久，他的身体已经很疲惫了，如果再休息不好的话，晚上没办法应付最凶狠的被魔法诅咒的人。林异闭上眼睛，靠着模仿随身听的声音哄自己入睡，不一会儿，他就睡着了。

很快天黑了，在天黑下来的那一刻，林异睁开了眼睛。

睡了一觉后，林异果然感觉自己的身体轻松了不少。他没有耽误时间，就开始立即在脑海中想象诅咒。被诅咒的人应该是极其痛苦的吧？

承担着他人的怨恨和恶意。想象的过程并不困难，只是想着想着，林异一个翻身，表情凝重地从床上坐了起来。不对，林异估算了一下时间，他起码已经想了半个小时了，为什么最凶狠的被魔法诅咒的人还没出现？

正当林异怀疑是其他人把最凶狠的被魔法诅咒的人吸引过去的时候，"咔嗒"，很微弱的一声。是钥匙捅进锁中的声音，林异立刻朝门外看去。外边开锁的速度很快，在林异看过去的瞬间，门锁被扭转，下一秒钟，门就打开了一条缝。走廊上的灯全都人为地熄灭了，但林异还是看见了，门后边是红衣女人，她静静地看着房间内，用力推着门，而林异也看见了她手中拿着的武器。

林异一个翻身从床上跳下来，手抓着门板"嘭"的一声把门推了回去。关上门后，他没有任何犹豫，把床尾的穿衣镜挪到门口，镜子的底端抵在床边，顶端抵在门上，用镜子弄了个简单的门挡。做完这些事后，林异的目光又在房间内飞快地扫了一圈，想看看还有没有什么东西能够拿来堵住门。

一眼扫完，林异去把衣架也搬了过来，和镜子一样抵住门。做完这些事后，林异坐在床边喘气。喘着喘着，林异拍了拍自己的额头，拿东西堵住门几乎是下意识的反应，这和他经历过的规则世界脱不开关系，林异有种自己不是拿东西堵住门窗就是在拿东西堵住门窗的路上的感觉，简直都要成习惯了。

房间的门锁又在外面被扭动，但是因为房门后面有东西抵住，红衣女人就算打开了反锁的门，也暂时没法推开门。这就让林异确定了一件事。

NPC 会在夜晚杀人，但是红衣女人在前两个晚上根本没有出现过，而今晚的出现代表着他应该是做了什么触发了红衣女人的"死亡"规则的事。但没有推开的门又证明红衣女人的"死亡"规则还没有被完全满足，或者说还没有成立。就像 7-7 规则世界里，宿管老头杀了屈嘉良的那一晚一样。只有"花瓶姑娘从窗户爬进来"的"死亡"规则是成立的，新增的"死亡"规则"被花瓶姑娘看见"和触发的宿管老头的"死亡"规则"离开房间"是双线并行。违反哪条"死亡"规则后，哪条"死亡"规则就会成立。

当时林异要阻止花瓶姑娘从窗户爬进来的同时还不能被她看见，但他确定自己已经被花瓶姑娘看见了，而花瓶姑娘也确实呈现了不可阻止的状态。但这种状态并没有维持多久，因为宿管老头杀了屈嘉良，让"不能离开房间"成为第二条"死亡"规则。

现在似乎也是这样。

林异在关门时，听见了对面房间的欧莹喊的一声。

"打晕他，快——"

是最凶狠的被魔法诅咒的人被吸引到了其他人那边。

林异深吸了一口气，他紧盯着门锁，红衣女人还在拿钥匙捅着门。看起来，打晕某个人似乎可以勉强应对最凶狠的被魔法诅咒的人，没让最凶狠的被魔法诅咒的人的"死亡"规则成立，这才让红衣女人还在继续打开门的动作。

这次双线并行的情况很糟糕，最凶狠的被魔法诅咒的人没有得手的话，红衣女人就会锲而不舍地盯着他，而红衣女人没有得手的话，已经被吸引到欧莹他们那边的最凶狠的被魔法诅咒的人，也会始终盯着他们。

想要红衣女人停手，要么让第二条"死亡"规则成立，要么和红衣女人僵持到天亮，但林异不知道，他和红衣女人僵持一夜的话，最凶狠的被魔法诅咒的人会不会成功？如果它成功的话，很可能就是像程阳说得那样，全盘皆输。现在的情况就像跷跷板，确实会有出现平衡的可能，但概率很低，就算跷跷板的两头是体重相同的人，也会有其他因素来阻止跷跷板的平衡。想要保持平衡很难，除非让两端的人离开跷跷板，这样就不用在乎是否平衡了。

林异这么想着，心里渐渐出现了一个想法。他快速地回忆了一遍自己白天时做过的事。

红衣女人带着武器来找他，必然是因为他做了什么触发了红衣女人的"死亡"规则的事。他不觉得红衣女人来找他，是为了询问琳琳的话，毕竟这是林异为了从冰箱里顺利出来而胡编乱造的，而"死亡"规则其实是一个固定的东西，兼顾不了卷入者的突发奇想。就像宿管老头的"死亡"规则是围绕着《入住约定》，林异拆304室的针孔摄像头和秦洲砸门的行为都在宿管老头的"死亡"规则之外。

　　林异的回忆很有目的性，只有他做过的，而别人没有做过的，不然红衣女人不会只盯着他。很快，林异就有了好几个答案。

　　1. 他提到了"琳琳"这个名字。

　　2. 他和红衣女人接触了。

　　3. 他没有参加安科游戏。

　　心中的第三条答案在想起来时，就被林异排除掉了。整个安科游戏的主动权在红衣女人，其他人只是听众。虽然林异没有身处客厅，但红衣女人的声音还是能够传到餐厅飘进厨房，只是林异因为缺氧晕过去了而已，但红衣女人可没说过，必须聚精会神地听她说话。于是剩下的触犯红衣女人的"死亡"规则的可能只有一和二。所以红衣女人的"死亡"规则要么就是"提及朋友的名字"要么就是"触碰到红衣女人"。

　　红衣女人对朋友的仇恨，以及红衣女人在照片里的不自然表现，让林异没办法再从这两条"死亡"规则之中二选一，这两条怀疑是"死亡"规则，怎么看都有可能是特属于红衣女人的"死亡"规则。

　　林异不再纠结，他重新抬头盯着门，接着他搓了搓双手，深深地吸一口气。

　　深吸一口气后，林异一手撑着门，屏气听着门外的动静，听到钥匙捅门的声音后，他空出来的另一手飞快地把镜子和衣架挪开，然后他借着这口气，猛地拉开门。

　　门外的红衣女人没有想到房间的门突然打开，没有房门挡着的红衣女人一下扑了空，摔进了房间里，手中的武器也飞出来落到地板上。

　　林异飞快地一脚把武器踢到床底，他也不管红衣女人会不会去捡床底的武器，留给他的时间不多，林异赶紧趁着红衣女人猝不及防地摔倒的时候猛地蹿出门外。

　　"哐当"——他从外边把门关上了，再看锁芯，果然和他听到的那样，钥匙是还插在锁里的。林异伸手转动了一下钥匙，把红衣女人反锁在房间里，然后他抽出了钥匙，把钥匙装进了兜里。

　　林异粗略地估计了一下房间的门的牢固程度，能挡住红衣女人多长时间以后，他抬头看了一眼对面的房间。他能听见欧莹说话的声音，欧莹在给其他人讲故事分散众人的注意力，让他们不去想诅咒，不去看已经出现在房间内的最凶狠的被魔法诅咒的人。想要在这个时候分散别人的注意力，欧莹讲的故事就必须十分精彩。

林异听见欧莹语速飞快地说："我告诉大家一个关于洲哥的秘密，不过在这之前，需要你们保密，不然我很可能会被洲哥撤职。"

有了故事前的铺垫才更容易调动听众的情绪，欧莹说："知道洲哥为什么不谈恋爱吗？因为他受过情伤，简而言之，洲哥被初恋甩了。"

程阳一下子来了精神："真的假的？"

为了不让自己胡思乱想，还醒着的人积极地加入了话题。通过声音，林异辨认出被打晕的人是苏天乐，估计也是苏天乐没能控制住自己的胡思乱想，把最凶狠的被魔法诅咒的人召到了他们的房间。

陈进南："洲哥这么厉害，都能被甩？"

"是的。"欧莹的声音总体是平静的，其实尾音还是有些颤抖，"洲哥因为这件事伤心了很久，还一度一蹶不振，迷失了自我。"

周乾问道："洲哥的初恋长什么样啊？是咱们学校的吗？"

欧莹说："是咱们学校的。"

李宕："咱们学校的？洲哥可是学生会主席啊！跟洲哥谈恋爱，安全感杠杠的，怎么会被甩？"

"我看过照片，确实很漂亮。"欧莹说，"比明星都还要好看。"

"再好看……咱们洲哥也不差！"李宕说，"是谁撬了洲哥的墙角？也是咱们学校的人吗？"

"女生的心里有人，跟洲哥在一起是为了爱情转移，但她实在忘不掉意中人，所以和洲哥提出了分手。"欧莹说，"是谁撬了墙角，之前我不知道，直到两天前我才确定。"

陈进南："啊？谁啊？"

欧莹："林异。"

门外的林异挠了挠头。

"林异？"李宕感到十分惊讶，"是我认识的那个林异吗？真的假的？

学姐，你会不会搞错了啊？"

"不会搞错的。"欧莹笑笑，"我有证据。"

"也就是说……"陈进南，"林异撬走了洲哥的初恋？好劲爆的消息。"

程阳感叹一声，然后说："怪不得怪不得。"

周乾："什么怪不得？"

程阳："怪不得秦会长成为 2-6 怪物后，最想搞死的就是林异兄。"

李宕："对啊！"

欧莹："是的，洲哥人前表现得不在乎，其实背后提起林异的名字就恨得咬牙切齿，恨不得弄死林异。"

李宕："洲哥知道是林异撬走了他的初恋，那林异知道吗？"

"我们林异兄也很帅啊！被小姑娘惦记也是很正常的。"程阳说，"以我对林异兄的了解，林异兄多半不知道这回事。"

"那林异是怎么撬墙脚的啊？小姑娘是暗恋？"李宕说，"而且是被挑中进入非自然工程前就暗恋林异了，来到学校后和咱们洲哥谈恋爱，又因为忘不掉林异，所以和洲哥提出分手。但现在，事情走向变得奇怪起来了，林异也来了非自然工程大学！"

欧莹："修罗场。"

程阳关心："洲哥会不会在学校里针对林异啊？"

"洲哥是咱们学校学生会说一不二的一把手，你觉得洲哥会耍手段针对林异吗？"李宕说，"像洲哥这样的人，光明磊落，真放不下也是正面和林异竞争，绝不会滥用职权，背后针对林异。"

欧莹说："嗯，洲哥确实是这样的人，所以 7-7 规则世界洲哥还和林异搭档。"

"这样就好。"程阳叹了口气，"作孽啊！"

"如果林异知道这件事会怎样啊？"虽然帮秦洲说话，李宕抱着看八卦的心态还是忍不住畅想，"林异还敢和洲哥搭档吗？以后怕是见到洲哥都要绕道走。"

程阳说："这件事，林异兄也没做错什么，为什么要避开洲哥？爱情这种事，没有谁对谁错。"

李宕："只是想想而已嘛。"

陈进南："说这么多，那么林异喜欢那个女生吗？万一林异也喜欢那个女生呢？"

欧莹说："应该不喜欢，我问过林异，林异没谈过恋爱，你们说……"

林异吐出一口浊气，忽然有点同情起他们房间里的最凶狠的被魔法诅咒的人了，听了这么一堆空穴来风、毫无营养的八卦。

林异决定了，离开了2-6规则世界，他一定将房间里的人全都以诽谤罪告上法庭，以维护自己的名誉权。他可没有撬秦洲的墙角啊！他跟女生说话都脸红，怎么敢这么做！

发现自己在门口偷听八卦差点耽误时间，林异便放心了一些，他都忍不住多听了几句八卦，想来一起讨论的人应该能够分散注意力不去胡思乱想了。他放了心，抬脚往秦洲的房间走去。

离秦洲的房间越近，林异脸上的表情就越凝重。等他站到秦洲房间的门口时，他的脸上却什么表情都没有了。林异拿出兜里的钥匙插进门锁里。

整个别墅二楼的房间都是一样的，相应的房间门的钥匙都是一样的，唯一不同的可能就是钥匙的齿形不一样。

林异刚刚看过这把钥匙，钥匙上没有贴数字或者留有什么记号，但是红衣女人能准确地打开他的房间的门，林异猜测或许手中是一把万能钥匙。他把钥匙插进门锁里，然后尝试着转动了一下。

"咔哒"一声。门被他打开了。

林异轻轻地推了一下门，随后通过门缝往房间里看。他看见秦洲背着手贴在墙壁边，似乎他一进来，就会用藏在手里的东西杀死他。他没有进入房间，而是把这扇门完全推开了。随后他抬头对上秦洲的目光，除此之外再没有别的动作。

时间缓慢地流逝着，不知道过了多久，秦洲终于出声，声音显得十分怪异："……是……是你。"

"它"出现时会做些什么？林异并不知道，他只依稀地记得自己偶尔与"它"通过镜子对视时,"它"就是这样的表情。现在,林异在模仿"它"。

走廊上不断传来红衣女人砸门的声音,林异故意完全推开秦洲房间的门,让走廊上的声音更加真切地传进了秦洲的耳中。

林异知道秦洲猜到了"它"的出现规律,一旦林异的思维快速运转,尤其是在命悬一线时,"它"就会出现。

林异还知道,秦洲忌惮"它"。不然秦洲就不会把他关在冰箱里,而是直接杀了他了。这个多此一举的手段,也仅仅是秦洲要让林异因为缺氧而思维迟缓,不让"它"出现。

2-6怪物清楚自己制定的"死亡"规则,秦洲今晚没有出现,必然知道红衣女人会代替他出现杀人。

红衣女人找上林异,林异在命悬一线时思维飞快地运转,符合秦洲对于"它"出现规律的猜测。现在红衣女人被林异锁在房间里,林异安然无恙地出现在秦洲的房间门口,林异是要营造一种只有"它"才能做到的假象,让秦洲更加相信,现在站在秦洲面前的是"它"而不是林异。

听到秦洲说的这声"是你"后,林异在心底微微松了口气,他的计划成功了一半,秦洲相信了"它"的出现。

但林异也仅仅只是微微松了一口气,比起让秦洲相信他就是"它",他的另一半计划的难度显得他整个计划是割裂的,林异自己都觉得他的另一半计划要做到比上天还难。

装"它"是为了震慑秦洲,以保证自己的生命安全。

林异对红衣女人的"死亡"规则有两种猜测,现在他要让秦洲来触犯红衣女人的"死亡"规则,这就是林异的另一半计划,也是计划的核心。

第一条"死亡"规则的猜测,他提到了"琳琳"这个名字,所以红衣女人的"死亡"规则被怀疑是"提及朋友的名字"。

林异缓缓地开口问道:"一减一等于几?"他不敢用更高级的数学方程式让秦洲去解,秦洲说过,聪明反被聪明误,所以越简单的东西,诡异感就越强烈。

他也没有故意掐着嗓子去怪异地说话,他面前是拥有秦洲记忆的2-6

怪物，他的小动作太多的话，不知道 2-6 怪物会抓住他的哪个破绽，虽然这个办法也足够惊险的了，林异的手心和后背都紧张地出了一层薄汗。但是他的脸上不敢显露出一分紧张，秦洲一直在看他，眉头紧皱，目光很深邃，秦洲在思考。

林异不能让秦洲再继续思考下去，他往房间里走了两步。秦洲看他走进来，便往后退了两步，林异见到秦洲的这个动作，又稍稍安心了些，秦洲仍旧忌惮着"它"。

林异沉沉地看着秦洲，又开口问道："一减一等于几？"见秦洲不回答，他又往房间内走了一步。

秦洲再次往后退了一步，似乎是想拉开距离，不想让林异把自己逼入死角，秦洲说："零。"

林异又问："一减一等于几？"

他的心脏在胸腔里猛烈地跳动起来，还差一个"零"，还差一个"零"，凑够"琳琳"，达成第一条被怀疑的是红衣女人的"死亡"规则。

房间里，秦洲死死地盯着林异。

见秦洲死死地盯着自己，林异的心里虽然焦急，却不敢过分地催促，越着急就越容易露馅。林异只能在一定的间隔时间后，再次问道："一减一等于几？"一边问一边再次朝秦洲走了一步。

秦洲又往后退了一步，不过他每次后退的动作比较大，这次一退，让他的后背抵到墙壁上了。身后没有退路的情况让秦洲不得不回答，以防止林异的继续靠近。

正好又到了问题的时间，林异又问道："一减一等于几？"

"零。"秦洲说。

两个声音几乎同时响起，在秦洲回答之后，林异就留意听着走廊上的动静。红衣女人仍旧在锲而不舍地拿武器攻击着门板，但是情绪还算稳定，并没有因为秦洲说的两个"零"而发狂。

虽然知道让秦洲也触发"死亡"规则不会这么简单，也没有想过一次就能成功，但林异还是感觉自己的心脏猛地往下落了一下，这次没成功，情况就变得有点糟糕了。

红衣女人没有反应的原因大概有三种：

1. "死亡"规则是错误的。

2. 谐音没用。

3. 没有当着红衣女人的面。

林异根本没法去一个一个地试验这三种答案的正确性，只能去看秦洲的表情。秦洲的表情可以在一定程度上让林异验证自己到底是哪里出了错。

林异抬眸打量了一下秦洲。秦洲一直防备地凝视着他，林异有丰富地观察别人的表情的经验，很容易地就看出秦洲是在思考。回答完他的问题，秦洲却还在思考？

林异的心中就有答案了。现在秦洲仍旧在思考，脸上布满警惕、防备的神色，显然，秦洲还是认为林异是"它"。所以"提及朋友的姓名"并不是红衣女人的"死亡"规则。

"死亡"规则是错误的，算是三种答案中最好的了。

不幸中的万幸，至少这样的秦洲仍旧把他当作"它"，秦洲会警惕、防备，却不会轻易出手杀人。

林异在心底悄悄松了口气，然后开始盘算让秦洲去触发真正的"死亡"规则——与红衣女人接触。

林异刚刚不动声色地打量秦洲的那一眼，发现秦洲并不是在简单地思考林异为什么要问这样的问题？而是思考问题的本身。

林异知道为什么。

恐怕怪物都不会喜欢自己的规则世界闯入自己不能掌握的东西，所以 2-6 怪物正在利用秦洲的记忆深究林异的这个问题，2-6 怪物想要从这个问题入手，试图找到"它"的弱点。这就给了林异机会。

林异没再继续深入秦洲的房间，他转身离开，走了几步，又停住脚步，抱着头："啊……啊……呃呃呃……"他也不是没看过玄幻、魔幻类电影，现在就在模仿电影里的情节。

秦洲："……"

林异痛苦地抱着头嚎了两声后，又重新变得面无表情，但是林异在心里觉得自己傻透了！不过据程阳说，当他离开了规则世界，整个人就像做了一场梦，能记住的片段很少，所以秦学长应该也不会记得他如此浮夸的表演。

林异的内心虽然充满了彷徨和无助，但是做戏做全套，他装出身体被"它"重新压制，一路缓慢地往红衣女人所在的房间走去。林异刻意压低自己的脚步声，走廊上没有灯光，所以无法通过折射出来的影子判断秦洲有没有跟上来，他只能去听身后有没有脚步。虽然身后的脚步声很轻，但林异还是听见了。

这让林异的心里觉得好受些了，他的演技还不算太差，发现"它"即将离开，而林异即将出现之后，秦洲果然跟了上来。看样子秦洲是准备在林异出现时，就要找机会杀了他。

在生死攸关的时刻，林异暂时把心里杂乱的情绪都压了下去，他缓慢地往前走，一直听着身后的脚步声，计算着秦洲与自己的距离。走到红衣女人所在的房间门口他也没有停下，而是继续往前走，他听到秦洲的脚步声停顿了一下，林异的心里反倒安稳了下来。因为他路过红衣女人所在的房间并没有停下脚步，估计让秦洲摸不清他要做什么了。他确实不能停在红衣女人所在的房间门口，不然目的性就太明显了，很容易让秦洲发现他的目的。

发现秦洲继续跟上来后，林异拖着缓慢的脚步停在了间隔两个房间的那个房间门口，按照脚步声的距离，他在这里停下，秦洲就会在红衣女人所在的房间门口停下。

林异停下后，默默地在心里倒计时：三、二、一……

随着"呼"的一声，房间的门终于被红衣女人砸开。

林异立即回头，虽然他已经计算好门锁被红衣女人破坏的时间，按照红衣女人力气从房间冲出去必然会和外边的秦洲迎面撞上，但他必须得保证秦洲接触到红衣女人，不能让任何意外发生。这是唯一能离开 2-6 规则世界的机会。

林异回头的这个瞬间，他在心中已经写好的剧本正按照他设定的情节发展。红衣女人一直在破坏房门，所以大幅度地降低了秦洲的防备，他也没有预料到房门会在这个时候被红衣女人砸开，也没有来得及躲闪，直接与红衣女人撞了个满怀。

红衣女人的力气很大，让秦洲都失去了重心，往后退了好几步才稳住身形，没让自己摔倒。

林异的心脏"怦怦怦"地跳起来，成功了。但是不知道为什么，他总觉得似乎哪里不对劲。林异深究了一下感觉不对劲的来源，或许是成功来得有些突然，也可能是成功来得太容易了……

视野之中，已经和红衣女人有过接触的秦洲朝着林异看过来，这次秦洲的目光里没有了防备和警惕，而是恍然大悟。

秦洲反应过来了。但是他不像替代程阳的 7-7 怪物，在被林异推出宿舍而愤怒地抓狂，秦洲只是冲林异摇了摇头，然后脸色阴沉地笑了一下。

林异感觉自己周身的血液都凝固起来了，与红衣女人接触后的秦洲无比从容地看着他，而手拿武器的红衣女人并没有在这个可以动手杀人的夜晚给秦洲来上一刀。红衣女人慢慢地转过身，与秦洲一起看向了林异。

这两道恶意的视线让林异觉得头皮发麻，而下一秒钟，红衣女人举着武器猛地朝林异冲了过来。

林异什么都来不及想，他赶紧打开面前的这扇门，一个闪身躲进房间。他的动作很快，但红衣女人的速度比林异还要快。就在林异闪进房间，转身要关门时，红衣女人已经到了他的房间门前。林异甚至来不及关门，红衣女人的一条胳膊就伸了进来。林异只能死死地抵住门，不让红衣女人冲进来，此时他的心里充满了疑问，红衣女人为什么没杀秦洲？

"和红衣女人接触"这条"死亡"规则又是错的吗？

对，"死亡"规则是错的，不然红衣女人不可能不杀近在咫尺的秦洲。

可是为什么这条"死亡"规则也是错的？

明明白天的时候只有这两件事情他做了而别人没有做，林异的大脑开始飞快地运转，他把白天发生的事快速地又在脑中原原本本地过了一遍。这一遍更让林异确定，他确实只做了这两件别人没做的事，甚至敢拿自己的名誉保证，他没有别的遗漏。

红衣女人伸进房间里的这只手在不断地去抓林异，为了不让红衣女人抓住自己，又要抵住门，林异的体力消失得很快。而这条胳膊挡出来的门缝外，林异看见秦洲站在红衣女人的背后，然后上前，似乎是准备帮红衣女人一把，让红衣女人能够顺利地冲进房间杀死林异。

林异深吸了一口气，在秦洲走近的这几秒钟时间内再次回忆了一遍白天发生的事。他醒来后，欧莹和程阳就回到房间了。往骰子里灌水银的行动失败了，但欧莹拿到了照片。他们通过照片错误地分析得出了一个结论，他被关进冰箱，欧莹救人心切，也差点中计去找秦洲复盘。好在林异骗了红衣女人打开冰箱，而欧莹也在紧要关头反应过来。这就是白天发生的事，林异依旧确定自己没有遗漏掉的，"它"根本没有出来，并且"它"也并不是每次林异用脑过度时就一定会出现，中间会间隔很长一段时间。

"提及朋友的姓名"和"与红衣女人接触"都不是红衣女人可以杀人的"死亡"规则，那红衣女人的"死亡"规则到底是什么？

林异的大脑转得再快也没想通，直到他抬头，从门缝中看见秦洲带着阴沉的笑容缓缓地抬起了手，然后用力地推了红衣女人一把。看着秦洲的脸，林异的突然回想起在 7-7 规则世界发生的事。

隔着墙，秦洲说："怪物制定游戏规则并遵守规则，但怪物就是怪物，它依旧比不上人类的智商，也算不透人心，所以制定的杀人条件，或者说'死亡'规则总会被看出来。"

林异问："所以，怪物是监督者，它藏在我们之间是为了监督我们顺利地触犯它制定的'死亡'规则，必要时还能引导我们去触犯'死亡'规则。"

秦洲说："差不多。"

引导我们去触犯"死亡"规则……差不多……

林异紧紧地盯着秦洲。他知道了。

看见秦洲推了红衣女人一把后，林异也猛地往旁边一闪，不让红衣女人直接扑倒自己。因为林异突然撤走对抗红衣女人的力，加上秦洲在背后地一推，红衣女人摔进了房间。红衣女人的摔倒给了林异逃跑的机会，就在林异要跨过红衣女人飞奔出去时，门外传来一片吵闹声。

"我们把会长抱住了，林异兄，你快跑。"程阳大吼着，"快啊！快控制不住了！"

欧莹也焦急地冲林异喊："林异，快跑！"

林异抬眸，原本在房间里聊八卦的人都跑了出来，应该是听到走廊上的动静。他看见程阳从背后死死地抱住秦洲，因为吃力，程阳是咬着牙的。陈进南和周乾也都在帮着程阳拖住秦洲。

秦洲的记忆里显然没有被这么多人同时压制的经历，他的表情终于开始变得不对，脸部肌肉颤抖着，就连秦洲原本的长相都无法消弭表情扭曲带来的恐怖、怪异感。

李宕护着欧莹，冲林异喊："别愣着了，快跑。"他们都在一门心思地帮着林异逃跑，自然也就无法分心去胡思乱想，哪怕最凶狠的被魔法诅咒的人此时就站在他们的身后。林异看了最凶狠的被魔法诅咒的人一眼，最凶狠的被魔法诅咒的人没有五官，周身冒着黑气。

林异心里对红衣女人的"死亡"规则就更加确信了。

林异一把拉上门，顾不上再次把红衣女人反锁在房间内，只能暂时关上门给自己创造时间，仰头急忙问道："照片呢？学姐，照片在房间哪里？"

欧莹说："床垫下面。"说完，欧莹对李宕说，"快，快去把门拉住，别让她出来。"

林异立刻飞奔到之前锁住红衣女人的房间，按照欧莹的提示在床垫下面找到照片。他没有停留，取到照片后又飞奔回来。取照片的这个来回，林异用时很短。但就这么短短的一分钟不到的时间，林异能看见程阳抱着秦洲的两条手臂都在发抖，似乎下一秒钟就要精疲力竭。陈进南和周乾也满头汗，咬着牙死死地抱住秦洲。

林异不敢磨蹭，他把照片塞进了秦洲的衣兜里，对其他人喊着："快让开。"当照片被林异塞进秦洲的衣兜里时，秦洲脸上的表情彻底变得阴沉下来，但他停止了挣扎，怒目瞪着林异。见秦洲平静了下来，程阳这才撒开了手，陈进南和周乾也都相继松开了手。不等林异让李宕放红衣女人出来，已经看明白的欧莹对李宕喊道："李宕，让她出来。"

李宕早就体力不支了，全靠求生的本能支撑着，听见欧莹的话想都没想就撤到了一边。

从房间里出来的红衣女人，举着武器直奔着秦洲而去。

程阳的双手捂住自己的嘴，他感觉心脏都要从嗓子眼里跳出来了。

众人都是一副力竭的模样，不知道到底发生了什么。而从他们房间走出来的最凶狠的被魔法诅咒的人，看见红衣女人对秦州动手后，它兴奋地挥舞着双手，似乎也想参与进来，但却像被限制一般禁锢在原地。

林异喘着气看着秦洲，并没有血液从秦洲的身体溢出，而是有黑色的雾气不断地涌出。他们的脚下在震动，周遭像破碎的镜子一般，裂痕不断地往上延伸，当裂痕把周遭切割成大小不一的形状后便像碎掉的镜面，一块一块地争相掉落。

秦洲给过林异肯定的答案，怪物会引导他们去触犯"死亡"规则。而整个副本，秦洲引导过的东西只有一个，那就是照片。以秦洲的记忆，把照片从垃圾桶放到红衣女人的床头柜就能够误导他们分析，但这仅仅只是以秦洲的角度。

以 2-6 怪物的角度，它制定规则并遵守规则。那天晚上，2-6 怪物其实有两个杀死林异的计划。第一个就是它在厨房守株待兔，等着林异送上门，这是 2-6 怪物亲自动手。如果林异没有去厨房，他也会去红衣女人的房间，在他们手中根本没有实际线索的情况下，2-6 怪物赌林异会带走照片，再退一步，就算林异不带走照片，照片摆放的位置也会干扰他们的分析。对于 2-6 怪物来说，最差的收益才是引导他们进行错误的复盘。

欧莹拿走照片后，红衣女人立刻就来质问卷入者们是谁拿走了她的照片，照片对红衣女人来说很重要。真的有人被朋友背叛后还会保留他们的照片用来怀念吗？林异并不这么认为。或许红衣女人仍然对朋友们有十分复杂的感情，但照片对红衣女人的重要性也并非是缅怀死去的朋友，而是一种没能亲自报复的臆想。

2-6 规则是，校园里没有诅咒，换算到 2-6 规则世界里，其实也可以是世界上没有诅咒。否则如果别墅有诅咒的话，为什么它们不会伤害红衣女人？要想解释的话，这些被魔法诅咒的人的出现其实可以是红衣女人的臆想，它们也确实都在红衣女人的安科游戏之后才会出现，听从红衣女人的调遣。照片对于红衣女人的作用，就是让红衣女人记住这些人的样子，想象他们变成被魔法诅咒的人之后的模样，而为什么最凶狠的被魔法诅咒的人没有脸，因为合照里没有最凶狠的被魔法诅咒的人的身影，红衣女人并不记得最凶狠的被魔法诅咒的人的模样了。这张照片相当于是让安科游戏成真的道具，就和骰子一样。

2-6 怪物猜到了林异会在骰子上做手脚，但并不会带走骰子，所以能引导他们去触犯"死亡"规则的也就只能是照片。所以红衣女人的"死亡"规则是，带走照片，但是带走照片的人是欧莹，为什么会找到林异？

林异的心里也有了答案，宿管老头判断屈嘉良离开房间的道具是房间里的针孔摄像头，红衣女人没有摄像头，所以她在白天时才会厉声质问是谁拿走了照片。而到了可以杀人的晚上，在已经触犯"死亡"规则的情况下，红衣女人就找上门来了。她能感应到照片就在林异的房间，而房间里恰好只有林异一个人，红衣女人自然而然地就认定是林异偷走了照片。他之所以能够震慑住秦洲，也是因为他猜想的"死亡"规则与真正的"死亡"规则毫不相关，这迷惑了秦洲，秦洲不知道他到底要做什么。

现在林异把照片塞到了秦洲的手里，秦洲触犯"死亡"规则，按照怪物不会破坏自己制定的"死亡"规则的原则，秦洲只能束手就擒，秦洲低头看着红衣女人把刀扎进自己的胸膛，随后抬头瞪着林异，气愤地道："你违背了规则……"

林异愣了一下，脸上的表情有些难看。

秦洲说完这句话身体就倒了下去，黑色的雾气越来越浓，慢慢地形成了红衣女人的模样，她依旧愤怒地瞪着林异。

程阳和陈进南看到黑雾后都愣住了，程阳呐呐着道："怎……怎么有两个红衣女人？"

欧莹解释道："这是'恶'，不能算是红衣女人。"

周乾："恶？"

欧莹点头："由极端情绪滋生出来的，形成怪物后反倒把人困在其中。"

程阳问："咱们秦会长真的会没事吗？"

欧莹安慰道："没事的，这会儿洲哥应该已经在现实世界苏醒了。"

黑雾在形成红衣女人的模样后的下一秒钟就散去了，而作为 NPC 的红衣女人也终于停止了拿刀杀人的动作，她跌坐在地上，武器也落在了一旁。

"为什么……"阮依依捂着脸痛哭起来，"为什么要骗我，为什么要抛弃我……"她不理解也不甘心，还夹杂着怨恨。她不再需要朋友，所以她总是用"朋友"来称呼之后每一个被自己杀死的人，她被困在了自己的仇恨里。

众人没有说话，因为不知道说些什么。

林异从2-6怪物的那句话品出了点什么，但是他不敢再继续往深处去想。他走上前，在阮依依身形也跟着要消散前，轻轻拍了拍她的肩膀。

阮依依抬头看着林异，她记得林异，苦笑着道："我等不到明天了。"

林异对阮依依说过，琳琳托他给带话，但是要到明天才能告诉她具体的内容。虽然阮依依很清楚这只是林异逃脱时向她编造的谎言。

林异说："她说，对不起！"

阮依依愣了一下，随即笑起来："谢谢你！"话音落下，阮依依的身形散去，别墅的场景如碎片一般落在他们的脚边，一道白色的炽热的光在走廊的尽头升起。

全息世界外。

阮依依从全息舱里睁开眼睛，全息舱已经停止进程，她却露出了笑脸。

阮依依是编号2-6的病人，她的性格安静、孤僻，又喜欢研究那些用科学不能解释的非自然现象，这就导致她没有什么朋友。后来，她遇到了琳琳，她以为自己终于有了知己，却不承想一切都是虚假的。她全心全意地对待琳琳，想要和琳琳成为一生的挚友，然而当她被背叛的那一刻，她的内心受到了极大的创伤，这种不平等的付出让阮依依长久以来一直郁郁寡欢。她以为她会一直怨恨琳琳，甚至怨恨世界上所有的人，但其实，她只是想得到一个道歉而已。

阮依依笑得很开心，现在她得到了，她心中的怨恨被"对不起"化解，《特殊治愈研究》计划再一次得到成功

程阳捂住眼睛，挡住光线："这是什么？"

"代表着结束。"欧莹道，"可以离开了。"

走廊尽头的白光慢慢胀大起来，覆盖了走廊里所剩不多的黑雾，继而淹没他们所有人。

林异这次没有闭上眼睛，视野里有一瞬间是白茫茫的一片，等他适应之后，重新闭上眼睛，再睁开眼睛。他回到了学校，但是并不是在教学楼区，而是在一间比较大的展播厅。不过其中没有桌椅和多媒体，而是被设置成类似旅馆的那种大通铺。林异坐起来，发现其他人也都躺在自己的身边，他旁边还有一个空位，但是已经死了的人却不在其中。

通铺是划分了区域的，此时林异所在的这片区域就挂着一个临时的牌子，写着2-6。其他区域也挂着号码牌，看起来这里是学生会收纳进入规则世界的人的身体的地方。每个区域都有专人值勤，如果发现有人在规则世界死亡而投射到现实世界，就会立即向上报告。报告后，就会有专人来处理，等他们用裹尸袋装走尸体后，值勤的学生会成员就要清扫尸体留下的痕迹。

在2-6区域值勤的人不知道去了哪里，林异正在环顾四周，忽然远处有说话声传来。

"洲哥，你回来了？"有人惊喜地叫着，引得房间内的所有人都看过去，然后发出庆幸的喟叹。

传来秦洲的声音："嗯。"想了想他又问，"这次进入2-6规则世界的全部名单给我看看。"

与秦洲交谈的人立即去取名单，然后交到了秦洲手里。

"这次进入2-6规则世界的是十三个人，您、欧莹姐还有罗亦哥都……都进入了同一轮。"

秦洲说："罗亦不在2-6区域。"不在2-6区域的人，要么醒来离开，要么就是永远地留在了对应的规则世界，但后者的概率远比前者大。但因为这次不见的人是罗亦，所以秦洲多问了一句，"罗亦什么情况。"他的声音很低沉。

2-6值勤人一下就变得哽咽起来："罗亦哥，罗亦哥在进入……在进入……"因为哽咽，说出来的话半天连不成句子。

秦洲隐隐猜到了什么，但是因为他抓不住自己脑海里的记忆，便皱着眉转头，目光沉沉地朝着 2-6 区域看过来。

这一眼就和林异对上了。

林异立即低下头，心里感到一阵害怕。

刚好旁边的程阳也醒了，林异就去和程阳说话缓解自己的紧张情绪。

秦洲愣了一下，2-6 怪物是他。他的心头弥漫出一股说不太清楚的滋味。不知道是不是因为记忆被怪物窥探过的缘故，秦洲不只缺少了关于 2-6 规则世界的记忆，甚至感觉思维都变得迟钝起来。他明明在名单上看见了自己的名字，在 2-6 区域执勤的人员也告诉了他了一遍，他进入了 2-6 规则世界。而现在他没有关于 2-6 规则世界的记忆，很明显就是因为被 2-6 怪物挑中了。但秦洲直到看到林异躲避的眼神，这才后知后觉地反应过来。

面前的执勤人对他说："洲哥，罗亦哥消失了。"

"嗯。"秦洲对执勤的人说："他们全部醒来后，通知大家到 B-101 室开会。"说完，秦洲就离开了这里。

等秦洲转身之后，林异才敢偷偷地看了他一眼。

"会长现在的情况应该跟我当时从 7-7 规则世界出来时一样吧，我当时什么都不记得了，但是我现在怎么感觉会长的背影有点落寞呢。"程阳在林异的耳畔问，"难道会长还记得什么吗？"

"不是。"林异说，"秦学长虽然不记得了，但应该猜到了。"

林异和程阳说话的时候，其他人也陆续醒过来了。

执勤的人赶紧来到欧莹面前："欧莹姐，洲哥让你们去 B-101 室开会。"

"好的，我知道了。"欧莹说，"执勤辛苦了。"

"我不辛苦的，欧莹姐，是你们辛苦了。"执勤的人朝他们鞠躬。

从规则世界成功出来后，学生会都要开一次会。欧莹自然熟悉这个流程，她等苏天乐醒来后，对执勤的人说："同学，麻烦你把叶琼同学送回宿舍，他在规则世界里受到了惊吓，就不参加本次会议了。"

执勤的人点头答应下来。

欧莹便要带着林异他们去秦洲说的地点开会。

来到 B-101 室门口，欧莹敲了敲门，传来沉闷的一声："进。"

欧莹转头对身后的人说："别紧张，只是一个会议而已。"

其实对离开 2-6 规则世界的这些人来说，也就林异一个人感到紧张了。

林异现在非常害怕面对秦洲，一部分原因是因为和秦洲的博弈，现在回想起来林异都觉得心有余悸，秦洲太厉害了，有好几次真的就要死了。这比从 7-7 规则世界出来，看到程阳后的创伤后压力心理障碍症更加严重。另一部分原因就是，林异总担心秦洲会隐隐约约地记得什么，比如他尴尬的演技，还有"它"的存在。想到"它"，林异的心里就打起了鼓。要不是拥有秦洲记忆的 2-6 怪物太难缠，他分不出精力，不然他在 2-6 规则世界就要开始琢磨了，为什么 2-6 怪物会怕"它"。2-6 怪物最后说的那句话，总让林异觉得不太妙。但林异忽略了最重要的一点，他为什么会突然接受"它"的存在。

会议室的门被推开了，已经在会议室等着他们开会的人朝着他们看过来，目光落在他们的身上。林异赶紧低下头，虽然他看见秦洲自始至终在看手里的校园守则，并没有随波逐流地朝他们看过来。进入会议室以后，林异溜到了最角落的位置坐下。

程阳在他旁边，这时候林异就无比感谢程阳了，程阳十分强壮，可以挡住他。

欧莹先是向他们介绍参加会议的人，秦洲就不用说了，还有两个人也是学生会的副主席，学生会共有一位主席和三位副主席。还有一个男生是巡逻队的副队长。其他的都是学生会各部门的正、副领导。

程阳新奇地对林异说："每个岗位都有正副职啊，感觉好正式的样子。"

林异"嗯"了一声，他其实能明白为什么每个职务都设有正、副职，一旦正职去世，副手会立即补上，这样才不会让学生会乱套。

对他们介绍完之后，欧莹对秦洲说："都到齐了，可以开始了。"

秦洲："嗯。"

欧莹便以自己的视角把 2-6 规则世界发生的事都讲述了一遍，她讲述的过程中会有人记录，等她讲完后也会有人提问。

欧莹便耐心地回答，这让林异变得更加紧张起来。

"原本要去给骰子灌水银的人是谁？"

欧莹："林昪。当晚林昪的身体突然不舒服，但是机会只有一次，于是我就和程阳一起去了。"

欧莹回答完每个问题后，就点着名字让陈进南他们以自己的视角讲述，欧莹是最后一个点的林昪，她看出了林昪的紧张。

轮到林昪后，林昪看见秦洲终于朝他看了过来。

从林昪的视角要讲的东西比其他人要多，但他并不想透露"它"的存在，可是没有"它"，他讲述的很多地方就无法衔接上，尤其是最后试探 2-6 怪物"死亡"规则时发生的事。虽然秦洲给林昪的评价是"好骗，但不老实"，但其实林昪并不会撒谎，他有些时候没办法做到自圆其说。

好在欧莹让他最后一个讲述，这就给了林昪打草稿的时间，但就是因为秦洲看过来的这一眼，让林昪紧张得忘了词。

欧莹安慰道："林昪，别紧张，直接讲述就好。"

林昪："嗯……嗯嗯。"他吸了一口气，一边回忆草稿一边结结巴巴地从自己的视角讲述在 2-6 世界发生的事。

忽然，秦洲轻声道："林昪。"

"秦学长，您，您有什么吩咐？"林昪有些害怕地看向秦洲，心脏"怦怦"之跳，他特别害怕秦洲记得什么，现在是来戳破他的。

秦洲说："去给我接杯水。"

"啊？"林昪，"哦，好。"

会议室里就有饮水机，林昪去给秦洲接水。等他拿着一次性杯子站在饮水机面前的时候犯了难，秦洲要喝冷水还是热水？就在林昪纠结要不要问问秦洲时，他听到秦洲说："他不用讲了，2-6 规则已经消失了，没必要浪费时间。"

"今天开会的目的也不是这个。"秦洲看着陈进南他们，"怪物会代替卷入者这一点是机密，原因我想欧莹应该已经告诉你们了。现在既然你们已经知道了，摆在你们面前有两个选择，第一个是加入巡逻队，当然这不是强制要求。第二个是签署保密协议。"

秦洲拿出一摞文件，让欧莹发给他们。

"保密协议说到底只是一张纸，没办法真正地约束你们。"秦洲说，"而这份协议起到的作用也只有一个，签了保密协议还违反的话，我就有理由找你们的麻烦。"

说是保密协议，其实就是一张空白的纸，他们只需要把自己的名字写上去就行。

之后学生会会把这些有签名的纸存档，学生会必须知道有哪些人清楚规则世界的秘密。之前秦洲没让林异签这个协议，也是因为天快黑了，校园守则有很多条规则与天黑有关。

苏天乐和李宕签了字，签字后就可以走了。

陈进南问秦洲："洲哥，如果我现在签了字，之后如果想加入巡逻队的话，还有机会吗？"

秦洲说："可以。"

于是陈进南和周乾也签了字，离开了。

剩下的就是程阳和林异，程阳想跟着林异混，林异去巡逻队他就去，林异签字他就签字，虽然程阳感觉林异是会去巡逻队的。

林异把倒好的温水递给秦洲，然后坐回座位上，拿起笔在纸上了签了自己的名字。

秦洲看着他。

林异签完字，程阳也赶紧签字。林异等着程阳签完字后，小声地问："秦学长，我现在可以走了吗？"

秦洲收回视线，说："学生会把你的教材放在宿管那里。"

林异："哦！好的，谢谢秦学长！"

秦洲挥了一下手。

林异如蒙大赦，一走出会议室，程阳就问他："林异兄，我还以为你会加入巡逻队呢。"

林异停顿了一下："啊？为什么？"他的表现有这么明显吗？连程阳都看出来了？

程阳说："为什么？说不上来，就是一种感觉。"

林异："哦。"

如果"它"没有在秦洲面前露过面，他会加入巡逻队。但是他现在不敢在秦洲面前晃悠，加入巡逻队的话肯定会经常和秦洲碰面，就怕经常碰面让秦洲记起点什么。

程阳说："那我们现在应该干什么？"

林异："好像应该吃午饭了。"

他们进入 2-6 规则世界之后再出来，现实中只过去了三个小时的时间，怪不得他们在 2-6 规则世界，没吃东西也并没觉得饿。

林异和程阳去了食堂，学生会的会议还在继续。

秦洲问欧莹："副会长，你试着用林异的视角讲讲情况。"

欧莹愣了一下："洲哥，你不是说浪费时间吗？"

秦洲没吭声。

欧莹说："那我试试。"欧莹试着结合全局以林异的视角讲述了一遍。

秦洲仔细听着，脸上的表情不太好看。林异毋庸置疑是一个好的搭档，但是他差点把搭档害死。

"林异兄。"坐在林异对面的程阳突然抬起了头，"你说……哎，算了算了。"

"哦。"林异拿起汤勺，舀了一勺汤正送到自己嘴边。

程阳幽怨地说："林异兄，你怎么不按套路出牌？一般这个时候，你应该继续问下去。"

林异"咕噜"一声喝完一口汤，老实地道："因为我要喝汤。"

程阳伸长脖子，朝林异跟前凑了凑说："林异兄，林异兄，你说咱们会长会不会因为这次的事受到打击。"

林异喝着汤，想了想："应该不会吧。"

"不会吗？"程阳点点头，自言自语地道，"也是哦，他毕竟是学生会主席，什么大风大浪没见过。"

他们俩吃过午饭，去宿管阿姨那里取了教材后回到了宿舍，而 B-101 的会议还在继续。

秦洲把校园守则扔在桌子上："和 7-7 一样，2-6 显示无规则。"

众人的脸色立刻变得沉重起来了，他们刚离开 2-6 还不到两个小时，根本没有时间更正校园守则，但是校园守则却自己更新了。这让他们不由得想到了一位前辈的推测——整所大学就是一条规则。

欧莹脸上的表情顿时变得难看起来，2-6 规则消失的喜悦也在顷刻间荡然无存。学生会一直认为，每条规则是一个梦，毕竟进入规则世界的人都会睡着。离开规则世界，就能醒来回到现实。那么如果整所大学就是一个规则一场梦，他们还能醒来吗？

"这不是好事吗？"秦洲睨着众人，"都垮着脸干什么？"

"洲哥……这怎么算好事？"巡逻队副队长的表情是最难看的那个。

"发现了事实难道不是好事？"秦洲反问道，"发现了就处理，垮着脸有用的话，我们还能被困在这里？"

副队长就不说话了，从这个层面来说也确实算是好事了。以前他们都是老老实实地复盘，带着"死亡"规则出来后研讨，总结应对的办法，再紧急更新校园守则。

欧莹问："洲哥，所以我们应该怎么做？"欧莹了解秦洲，秦洲既然说是好事，那应该就是有了打算。

"郑柳，把和陆前辈同一届的学生名单找出来给我。"秦洲对负责学生档案的郑柳说，"天黑之前。"

"没问题。"郑柳说。

"这段时间我会去查一些相关档案，我的工作就暂时交给你。"秦洲看着欧莹。随后又对欧莹和副队长说，"给罗亦简单地办一个送别仪式，让他身边亲近的朋友送送他。"

欧莹："好。"

秦洲又对负责与学校对接的严瑶说："这段时间不会有待补充的规则怪物出现，通知学校正常开课。"

严瑶："没问题。"

秦洲说："开课前对辅导员们再强调几遍，让他们隐藏好自己的身份，别让学生发现以免引起恐慌，尤其是那个蒋……"

严瑶说："蒋韬老师。"

下午，林异午睡刚醒，手机就响了起来。他们的辅导员通知本专业的同学去领教材，林异和程阳已经领到了，下午就没别的事，辅导员让他们自己先预习。

程阳连教材上的有些字都不认得，只能跑来请教林异。

林异沉默了一下说："问问辅导员有没有小学教材吧。"

程阳很伤心地说："我的基础已经差到这种程度了吗？"

为了程阳不被投放进规则世界，林异只好诚实地点了下头："如果有幼儿园教材就更好了。"

程阳生无可恋地给辅导员拨打了电话。

辅导员茫然的声音从程阳手机的扬声器里传出来："学校只有各专业的教材，程阳同学，如果你需要的话，我可以试着问问学生会能不能弄来，但是你对我千万别抱太大的期望。"

程阳觉得欣喜若狂："谢谢蒋老师！麻烦蒋老师！"

林异抿了下嘴唇，他觉得学生会有些过于神通广大了，越是这样，他就越觉得心虚，在 2-6 规则世界的时候，因为秦洲太难缠了，导致林异没办法分出精力思考为什么 2-6 怪物会忌惮"它"。现在他有时间了，却不敢去深想了。那些陌生又熟悉的记忆碎片慢慢浮起……

林异从碎片中看到自己第一次和"它"见面，林异从小就聪明，小学时就能去参加中学生的奥数竞赛了，刚巧那一年奥数竞赛的题目有些难，林异很想拿第一。第一名有两千块钱的奖励，他做着题，思维突然就跳脱了，再之后就什么也想不起来了。就像是睡着了一样，等他醒来，他果然躺在了床上。父母很担心他，询问他是不是压力太大了，林异一脸茫然的表情。父母就向他讲述，本来在参加竞赛的林异突然站起身，监考老师让他坐回自己的位置上，但林异并没有听。监考老师就来制止他，却被林异一把推得跌坐在地上。那时候，林异才十岁。

"它"的出现也不仅一次，频率大概是一年三到五次，林异怀疑过自己是不是有双重人格，父母也带他去看过心理医生，看着各项健康的诊断证明，林异陷入了沉思。再后来，奇怪的不仅仅是他了，他的父母也慢慢变得奇怪，但他们的奇怪又和林异的奇怪不太一样，父母在慢慢活死人化。直到他们彻底没有心跳，但还能行走、睁眼后，林异在家里翻到了两张录取通知书——非自然工程大学录取通知书。后来林异也会偶尔地在镜子中看见"它"，"它"和自己长得一模一样，但表情永远是麻木的。

林异和"它"唯一一次对话是：

林异问："你是谁？"

"它"："我是你。"

现在的林异就很慌乱，尤其是想到秦洲对他说起过的，整所大学都可以看作一条规则，有一个吃了很多人而实力大增的怪物不再满足被限制在校园守则里，"它"跑出来了。

是"它"吗？

如果是"它"，那不就是我吗？林异的心里就觉得更慌了，还有点害怕。害怕的是自己真的不是人，害怕这么厉害的学生会会发现什么。

身边的程阳并不知道林异已经神游，他把教材拿过来，指着某个符号："林异兄，这个 dv、dt、ds 是什么意思？ dv 是我想的那个 dv 吗？"

林异回过神，虽然他来这所大学也是为了考证些什么，但真的要面对时，他也会感到害怕。林异压下满脑子的思绪问程阳："你想的那个 dv 是什么？"

程阳："DVD？"

林异冷漠地说："幼儿园的教材送来了吗？我觉得以你和秦学长的关系，秦学长应该会想办法帮你弄来。"

程阳说："我和秦学长的关系？如果林异兄你是指秦会长的话，那我确实和秦会长的关系要比和你的关系亲密一点。"

林异想到那个八卦："我没撬秦学长的墙角！"

"你听见了！"程阳惊讶了一下，随后说，"我知道是欧莹姐乱编的，所以正确答案是林异兄你凭借你和秦会长的关系帮我弄来教材。"

林异："我不敢，这个八卦要是散出去了，我得绕着秦学长走！太尴尬了。我还是给你讲题吧。"

林异低头看书："简单总结来说，dv 是指瞬时速度，dt 是指极微时间，dr 是指极微半径差，一般用于定积分。"

听不懂的程阳默默地拿起手机："我去问问我的幼儿园教材的下落。"

程阳刚拿起手机，林异的手机和他的手机同时响了起来，来电话的人是欧莹。他们没有挂断的权限，只能等着手机铃声响起五秒钟后自动接通。

程阳笑嘻嘻地问候："欧莹学姐。"

林异礼貌地问候："欧莹学姐。"

欧莹和他们俩打完招呼说："罗亦的送别仪式在这个周末下午五点钟。"她也没有问林异和程阳能不能来，毕竟林异和程阳和罗亦也算不上认识，只是欧莹考虑到，大家一起经历过 2-6 规则世界，通知他们一下比较合适。

程阳说："欧莹学姐，我们知道了。"

欧莹说："嗯，好的，那……"

欧莹那边好像很忙的样子，不断地有人在叫她。

林异听见欧莹和其他人的对话。

"欧莹姐，你知道洲哥在哪里吗？"

"是找洲哥签字吗？文件交给我吧，这段时间我暂时负责洲哥的工作，麻烦同学通知一下大家，这段时间就别去打扰洲哥了。"

程阳朝林异做了个表情，用口型道："怎么办？秦会长好像真的被打击到了。"

林异停顿了一下，然后就想到了在 7-7 规则世界里的秦洲。是众人的主心骨。现在秦洲摆摊子了，应该是真的受到了很大的打击。

虽然林异现在挺害怕秦洲的，但是不可否认，他觉得秦洲很厉害，厉害得可以影响他的心情，在怪物世界里有秦洲真的会让人觉得很踏实，他有点可惜秦洲因为 2-6 怪物而变得萎靡。

秦洲是一个不错的搭档。

林异的脑子一热，向欧莹问道："欧莹学姐，可以给我开一个权限吗？"

欧莹签完字才发现通话还在继续，她问："什么权限？"

林异："可以给秦学长打电话的那种权限。"

欧莹停顿了一下，以为林异发现了什么，立即答道："好。"

林异没想到欧莹同意得这么快，他又补充道："欧莹学姐，可以发短信的权限就好。"他还是有些害怕直接和秦州沟通，发短信就好了，至少有足够的时间让他思考应该如何组织语言！

挂了电话后没几分钟，欧莹给他开通了权限。

林异看着手机通讯录里多出来的自动置顶的姓名——秦洲。

"唔。说些什么好呢？"林异抬头，求助程阳。

程阳也很来劲："就夸他！使劲地夸他，让咱们秦会长重新建立自信！"

林异紧张起来了："具体呢？"

深夜，秦洲在档案室里查找档案，以他对前辈的了解，前辈的推测不会是空穴来风，一定有什么东西可以佐证。他查看了很多档案，看得眼睛有些干涩，头也疼。于是暂时放下档案，揉了揉太阳穴。档案室里没有别人，静悄悄的。秦洲干脆躺在地上放松一下，准备放松后继续查阅。但是当他闭上眼睛，脑子里就会冒出一些细小的不容易抓到的记忆碎片。就像做梦一样，明明感觉记得什么，但是深究下去又是一片空白。

秦洲又想到白天开会时每个人对于2-6规则世界的从各自视角的讲述，最让他感到烦躁的是听欧莹以林异的视角讲述的事："我第一天找到了2-6怪物，判断洲哥……秦学长就是2-6怪物，因为秦学长会对我说'小心一点'，而当时处于白天，不可能有危险，我在7-7规则世界与秦学长相处过，我觉得以我对秦学长的了解，秦学长不会随意说'小心一点'。我去厨房寻找工具时撞见了秦学长，当时我和秦学长应该发生了什么，但是因为我太紧张和害怕，导致我遗忘了这个片段。第二天早上，我去收拾打落的水银时，又撞见了秦学长。但是因为我遗忘了这个片段而对秦学长没有防备，不知道自己已经暴露了，所以被秦学长关进了冰箱里。最后一天夜晚，秦学长和红衣女人合伙杀我……"

秦洲吐出一口浊气，他的心里仿佛有一团火，但没有任何途径和办法去宣泄，于是他心里的这团火就变成无力的焦躁。

这时手机"叮"的一声，收到一条短信。能和他直接联系的人很少，秦洲已经把工作交接给欧莹，但是现在又收到了短信，以为是学生会又出了什么乱子。心里的无名火烧得更旺了。秦洲拿出手机，看到发送短信人的名字时微微一愣，然后他点开短信。

林异："秦学长，您好！我是林异。我想对您说，您真的很厉害，您救了很多人，我很崇拜您，您就是我的偶像。2-6 规则世界的交锋，让我对您刮目相看，您也太厉害了！住院您一直强大下去。您的学弟，林异。"

然后手机"叮"的一声，又收到一条短信。

林异："是祝愿您一直强大下去，不是'住院'，打错字了……"

大一新生宿舍 304 室。林异疯狂地在室内来回踱步："为什么我在这个时候会打错别字啊！"

林异觉得异常烦躁："为什么不可以撤回？"

"林异兄，微信步数能用的话你今天走了一万多步了吧？"程阳看着林异，"秦会长回复你了吗？"

林异咬着嘴唇委屈地道："我都让秦学长去住院了，他没来揍我，全靠我上辈子修桥补路攒的福气。"

程阳说："这是我今年听到的最好听的笑话。"

"你有点同理心。"林异说，"我没开玩笑，我真的感觉要……"

"叮"。手机收到回复。

程阳的眼睛一亮："回复你了，回复你了。"

林异心里紧张得要命："啊！是啊！回复我了。"

程阳："回复你什么？"

林异："我……我……我看看。"说实话，他骗他堂哥五十块钱的时候都没觉得这么紧张。

"快快快。"程阳问道，"回复什么了？"

林异看着短信，念道："知道了，谢谢！"

非自然工程大学恢复上课，第二天是周三，生物工程专业除了星期天，其他的时候都是满课。

林异和程阳一起去食堂吃饭，恢复上课后，食堂的学生明显就多了起来。乍一眼看上去和正常的大学并没有差别，不过细看之下还是有很多不一样的地方，学生吃早餐的速度很快，似乎并不想在食堂逗留很久，还有一些神情非常紧张的学生，程阳都看得出来，特别紧张不安的学生多半就是大一新生。

林异吃完一颗茶叶蛋，程阳问："林异兄，你带校园守则了吗？"

林异摇了摇头。

程阳说："我也没带。"

林异看程阳突然这么冒出一句话，就抬头随意地看了一眼，几乎每个人手里都拿着校园守则。

程阳说："咱们俩是不是有点过于心大了。"

林异："……那现在回去取？"

说完，两个人立即跑回去取校园守则，等他们这一来二去，从宿舍前往教学楼区域的路上就没有什么学生了。但林异和程阳一路上看到不少学生会的人，昨天林异和程阳去教学楼区域去领教材的时候，也不是没有碰见过学生会的人，他们会在每个怪物频频出现的地点执勤，提醒学生不要靠近或者尽快离开。现在就不太一样，他们拿着纸、笔在记录着什么。

程阳害怕地问："不会又出现什么怪物了吧？"

"应该没有。"林异说，"要不就不会让我们去上课了。"

程阳："也是。"

林异从他们的背后路过的时候，悄悄地往他们手中的文件上瞟了一眼。

3-7 规则出现率：48%

3-7 规则卷入率：10%

3-7 规则……

再往下的内容被他们的手挡着了，林异没办法继续往下看，只好收回了视线。

程阳看林异好像在想什么，问了他一句。

"我在想……"林异说，"这个铃声是上课铃吗？"

程阳："……别啊，咱俩第一天上课就迟到，不太好吧。"

两个人快步走过这些怪物高频率出现的地点到达了上第一节课的教室，星期三的第一节课是大学英语。

林异和程阳到了教室后，老师已经在点名了，看见门口迟到的两个同学，问道："姓名。"

"林异……"

"程阳……"

老师在名单上找到他们两个人的名字，记下了迟到："找位置坐下吧。"

好在 22 级生物工程专业的学生加上他们两个才十四个人，就算他们去晚了，教室空着的座位还有很多，甚至显得空荡荡的，不像大部分的常规大学，去晚了就差不多只能坐离讲台比较近的前排了。因为辅导员蒋韬看起来很奇怪，生物工程专业的同学都坐在教室的后面，离老师远远的。

林异和程阳在倒数第三排坐下，林异把英语书翻开后，抬头一看授课老师是一位四五十岁的男性，林异仔细地打量着他。虽然老师的神情疲惫，但林异没有在他的衣服裸露出来的皮肤上看见什么伤痕，这一点和似乎与脖子上有深深的勒痕的辅导员不一样。

英语老师点完名后自我介绍道："我姓孙，孙盛，你们下节课，生物细胞学的授课老师也是我，植物组织培养技术这门课也由我负责。"

底下的学生没有什么反应，程阳倒是小声地和林异嘀咕："从英语跨专业到生物和植物领域，这也太厉害了吧？"

程阳嘀咕时，孙老师收起点名册，看着大家说："这是你们的第一节课，所以上课之前，我先说一点。我希望同学们能够主动跟上我讲课的节奏，我不会停下我上课的节奏来纠正你们的学习态度，学业和平时表现意味着什么，我想你们很清楚。课堂上有什么有疑问的地方，也请你们不要打扰我，时间很紧迫，不要影响其他同学的学习进度，我们尽可能地在规定的时间内多学一些专业知识，课堂上的疑问可以下课后私下联系我。好了，不耽误时间了，我们开始上课。"

这时有位女同学举手："孙，孙老师。可是我们没有联系您的权限。"

孙老师说："去找你们的辅导员，让你们的辅导员给你们开通权限，希望回答这个问题之后，不会再有其他问题耽误我们上课了。"

教室安静了下来。

林异收回视线，跟着孙老师讲课的内容把教材翻到相应的那页，程阳也立刻去翻书。他听着孙老师讲了一会儿，又低头看看教材，身边的程阳听得一脸蒙，林异轻轻地抿了下嘴唇。林异听出来了，孙老师讲课其实没有什么技巧，基本是照着教材讲，讲到重点时会让大家做笔记，他自己也会在这部分多花一些时间深入地讲解一下。他的手中没有备课的教案，但是又很清楚教材里的难点和知识点。

这就让林异隐约有了一种感觉，孙老师好像讲过这堂课很多遍了，甚至他还没有翻页，就知道下一页的内容是什么，比起熟悉教材的程度，更像是教材的内容深深地刻在了他的脑海里，但老师熟背教材也不是什么奇怪的事，除此之外，林异并没有看出孙老师有其他奇怪的地方。他讲得时间久了，在学生记笔记时还会快速地喝口水润喉。像是一个正常人，在林异一边听课一边观察下，很快，他大学生涯的第一节课就结束了。

孙老师也没有离开教室，反正下节课的细胞生物学也是他授课。孙老师喝了一口水，放下水杯后问道："课间有十五分钟休息时间，上节课内容的疑问可以现在当面问我。"因为辅导员蒋韬的奇怪，其他同学都坐在座位上没有动，虽然课堂上确实有很多疑惑的地方，不过好在是英语，他们只要接下来多背、多记，也不是没有办法弥补。

"没有吗？"孙老师也不强求，只说，"其他学科大家在预习的时候有不懂的地方吗？也可以问。"

林异拿过笔，快速地在书上写了几个字，然后举手："老师……"

孙老师走到林异身边，林异把细胞生物学的教材打开，先是小幅度地捏了捏手缓解紧张，随后指着教材的某一处问，"孙老师，为什么说线粒体的行为类似于细菌？"

"第一个是因为具有自己的 DNA 和转录翻译体系。第二个因为 DNA 分子为环形。第三个……"孙老师目光落在林异教材上，说的话猛地停顿了一下，他看见林异在教材上写的名字。

林圳，袁媛。

"第三个是因为核糖体为 70S 型……数字代表沉降系数值……"孙老师看了林异一眼，随后表情古怪地问，"你叫林异？"

林异注意到孙老师的停顿，顿时变得惊喜起来。他只是想试一试，没想到孙老师真的认识他的父母！但惊喜之后，林异把孙老师眼中的古怪和复杂的情绪看得一清二楚，他心里的惊喜突然被紧张代替，不安地点了点头。

林异不知道孙老师在他点头后，又在心里想了什么。随后孙老师收回视线，又继续回答林异提的这个问题："数值越大核糖体也就越大，剩下还有三个原因，蛋白质合成的起始氨基酸……"

林异焦急地听着孙老师讲完，孙老师问："还有其他问题吗？"恰好上课铃在这个时候响起，孙老师说，"那就再找机会。"

因为周围还有其他人，林异只好把自己的疑问暂时放下，他垂下眼眸："嗯。"

周三上午的第二节大课过得很难熬，林异好不容易挨到了下课，他让程阳自个儿先去食堂："程阳兄，我还有问题要问老师。"

"哦、哦，好。"程阳的学习只能靠林异了，林异有学业上的困难，他非常支持林异去找老师一次性问清楚，"林异兄，我去给你打饭，你中午想要吃什么？"

林异随口应道："什么都可以。"扔下这句话，林异连教材都没来得及带上，急急忙忙地去追孙老师。

下课铃响起，学生们都往食堂走去，林异在人群中追上孙老师："孙老师……"

孙老师回过头，发现是林异也不觉得奇怪。不等林异开口问，孙老师反倒先问他："你怎么会认识林圳和袁媛？"

这句话直接把林异问蒙了，他以为自己做得很明显了，把父母的名字写在教材上，而且他也姓林，这不是很明显吗？

孙老师说："都姓林，是林圳的……弟弟？不，这不可能，这都过去三十年了，就算他家又要了一个，但家人应该早就忘记他了。"

林异："什……什么？"

孙老师也用同样莫名其妙的目光看着林异说："我记得很清楚，林圳出事的时候才刚过二十岁生日，我和他是室友，对，我记得很清楚。但是……你怎么会认识袁媛？袁媛是我的学生，我记得她，很聪明的一个姑娘，虽然一直在学生会工作，但是功课从来没有落下过，只是可惜……十年前也……"孙老师越说越乱，显然搞不清楚眼前的状况。为什么这么多年过去后，会有一个人把毫不相干的两个人的姓名联系在一起。

林异的脑子一下就变成一片空白了，他缓了好一会儿才反应过来孙老师说的是什么意思。听起来，这所大学的老师就是当初的学生，毕业后似乎也没有办法离开这里。如果孙老师没有记错的话，在孙老师二十岁时，与林圳是室友。现在孙老师五十岁了，而孙老师在十年前成为袁媛的老师。也就是说他的父母之间可能相差了二十岁。而且还要先不论他父亲的生死。

孙老师茫然地看着林异："你到底是谁？你怎么会认识林圳和袁媛？"

"我……"林异这个时候意识到自己问得太唐突了。如果不找个理由把孙老师搪塞过去，孙老师转头去告诉了学生会，林异的处境就会变得很尴尬。

"我是在规则世界里看见的这两个名字。"林异告诉了孙老师自己两次进入规则世界的事，他说，"对不起！孙老师，我在上课的时候开了小差，神游的时候就写下了这两个人的名字，发现您好像认识他们，我就追出来问问您。"

孙老师看着他，林异说："就是因为和林圳同姓，所以特别好奇，没有其他的意思。"说完之后，林异双手合十，求情道，"孙老师，学生会让我签了保密协议，不让我透露规则世界里发生的事，您能帮我保密吗？"

见林异说得有鼻子有眼的，孙老师又想到了现任的学生会主席，于是点了点头。

林异赶紧道："谢谢孙老师！"

孙老师嘱咐道："不过既然签署了保密协议就要遵守，我可以保证不往外边说，但要是换了别人就不一定了，很多东西会引起恐慌，学生会对于破坏秩序的惩罚很重。"

林异乖乖地听训："孙老师，我知道了，下次不会了。"

林异到达食堂的时候，错开了用餐高峰。程阳也没动筷子，就等着林异一起吃午饭。

"都搞明白了吗？"程阳把筷子递给林异。

林异说："还……还行。"

程阳感叹道："细胞学这么难吗？竟然连林异兄都没有把握。"不过对于差生来说倒是一件好事，反正他怎么都学不会，还是希望大家一起都学不会。

林异"嗯"了一声，低头吃饭，他的心里想着事，吃得有些食不知味，吃饭的速度还很慢。程阳为了等林异，多吃了两碗米饭。

吃着吃着，林异听到有人在催促他们赶紧离开，抬头发现是学生会的学长们，和早上去上课的时候一样，林异发现他们的手里拿着纸笔，不断地在记录什么。

"同学。"他们注意到林异和程阳，"麻烦赶紧离开。"

程阳高声道："好的好的，我们马上就走。"

林异最后吃了一口饭，听到有人催促，赶紧囫囵吞下去，差点没把自己噎死，和程阳离开的时候又偷偷看了一下学生会记录的东西。

5-3 规则出现率：28%

5-3 规则卷入率：1%

这次程阳也看见了，两个人离开食堂往宿舍走的时候，程阳把校园守则翻开，说："5-3规则不是有应对的办法了吗？学生会这是在干什么？"

"天啊。"程阳被自己的想法吓到，"不会是应对办法失效了吧？"

"应该不会。"林异说，"要是应对办法失效了，就不会是简单的记录了。"他猜测道，"应该是在取值要演算什么。"

"演算什么？"程阳随口猜："不会是怪物挑卷入者的标准吧。"

林异猜："应该是巡逻队成员被怪物选中替代的概率。"

"嘿。"程阳想到什么，问道："难道是你发给秦会长的这条短信起了作用？！秦会长振作起来了？"

林异没吭声，他的心里有那么一丁点的后悔了。他心想，应该磨蹭一段时间再给秦洲发短信的，这样他就可以趁着秦洲的萎靡期想办法验证孙老师说的话了。想着想着，林异忽然停住脚步，程阳看他："怎么了？"

林异说："秦学长是不是说过，签过保密协议之后也可以加入巡逻队？"

"是啊。"程阳说，"怎么了？"

林异想加入学生会了，而且是巡逻队。

陈进南他们也是学生会成员，但是他们知道的东西很少。但是巡逻队就不一样了，巡逻队算是学生会的核心组成部分，如果他可以加入巡逻队，除了可以名正言顺地进入规则世界之外，说不定还可以查阅学生会收录的文档资料。孙老师说，袁媛也是学生会的成员。所以学生会一定有袁媛的相关资料。

林异有一种感觉，秦洲工作的效率很高，迟早有一天会查到他的头上，去深究他为什么主动进入学校。他一直提心吊胆地躲着秦洲也没用，不如趁着秦洲还没有完全发现他的奇怪之处前去查点什么。这本来就是林异来非自然工程大学的目的——查父母为什么变成活死人？

回到宿舍，林异试着联系了欧莹。欧莹给他开通联系秦洲的权限的同时，也开通了让林异联系她的权限。

林异拿着手机紧张地问："欧莹学姐，你现在忙吗？"

"还好。"欧莹问，"有什么事吗？"

"嗯。"林异小声地说，"我想加入巡逻队。"

"当然可以啊。"欧莹知道林异的实力，对于林异的加入自然是欢迎的，她说，"你下午有课吗？"

林异说："满课。只有星期天休息。"

欧莹想了想，说："那这样吧，今天下午下课后你来 B-101 室找我，先填表，我再跟你说说具体情况。"

林异："好，给欧莹学姐添麻烦了。"

欧莹说："林异，你太客气了。"

下午上完两节课之后，林异把教材交给程阳，拜托程阳帮忙把教材带回去。程阳点头答应下来："我忽然就理解学霸为什么会学习成绩好了，林异兄，你活该成绩好。"

林异也没瞒着程阳，说了自己想加入巡逻队的事。

程阳感到十分震惊，但又觉得林异加入巡逻队是一件很正常的事。他其实也想跟着林异一起去，但是想着欧莹说过的，一个规则世界只会派一个巡逻队成员跟着卷入者们，程阳就没有胆量了，他很清楚自己的实力，除了会抱大腿躺赢外，就没有其他能力了。

程阳只好在别的方面支持林异："那我给你带晚饭。"

林异点点头。

程阳："几个茶叶蛋？"

林异："晚餐要卤蛋。"

程阳："好！三个够不够？"

林异："够了。"

林异也不知道自己去找欧莹的时候会不会遇见秦洲，去找欧莹的路上一直给自己洗脑，秦洲不可怕，秦洲不可怕，秦洲一点也不可怕，到了 B-101 室，林异敲门，伸了一颗脑袋进去："欧莹学姐。"

会议室里只有欧莹和巡逻队的副队长，没有见到秦洲。

欧莹见他来了，冲林异招手："进来吧。"

林异便走了进去："学姐，学长好。"

欧莹把一份文件交给林异，随后问他："喝热水还是凉水？"

"哦，不用不用。"林异局促地说，"学姐，不用麻烦，我不喝水。"

怕自己太客气反倒给林异带来压力，欧莹就没有强求。她重新坐下来，对林异道："林异，你先看看这份文件。这份文件是巡逻队近十年来收集的一些数据，你看完之后再考虑要不要加入巡逻队。"

林异点了下头。文件里记录的数据是巡逻队的伤亡率，还有十年内每任队长的更替情况。林异在文件里看见了秦洲的名字，秦洲担任过半年的巡逻队队长。

欧莹实话实说道："十年来巡逻队共有三十五名队长，任期最长的是罗亦，他担任了将近两年时间的队长。三十五名队长中，只有洲哥一人还在。"

这是一项很恐怖的数据了。

"林异同学。"副队长道，"巡逻队很危险，我想这点你应该很清楚。为了减少不必要的伤亡，也是出于对你的生命和其他同学的生命负责，学生会对巡逻队的成员是有考核的，这也是为了验证你是否具备个人能力。虽然你从开学到今天，短短三四天内就经历了两个规则世界，但第一次你是和洲哥一起进入 7-7 规则世界的，第二次进入 2-6 规则世界也有学生会核心成员的陪同，这些会影响我们对你的个人能力的判断，从而影响未来分配给你的任务难度。"

"嗯嗯。"林异点头表示理解，"学长，考核是……"

副队长把校园守则拿出来，推到林异的面前，林异看见这本校园守则上有额外的标注，不同的颜色代表规则的难易度。

副队长解释道："你需要单独进入一个规则世界，当然，也不用害怕，我们不会让你进入待补充规则，而且在你选择要进入的规则世界后，我会给你该规则世界的'死亡'规则的提示，你能不能从规则世界离开？用时多少？都是考核成绩。不过，丑话还是得说，因为这是考核，我给你的'死亡'规则的提示不会非常明显，会不会被规则怪物挑中替代我们也不能保证，所以考核是有生命危险的。"

林异点点头。

"如果没问题的话，你挑选好规则就在这里签字。"副队长把《巡逻队报名表》推到林异面前，"我们会通知你考核的时间。"

林异说："好的。"他低头翻阅起校园守则，这些已经有应对办法的规则已经在透露'死亡'规则了，如果7-7规则世界和2-6规则世界没有被他搞定的话，或许这个时候，7-7规则是：校园所有的窗户都是封死的，当出现打开的窗户时，立即重新封死窗户。

2-6规则是：校园内没有诅咒，如出现不断地反复告诫自己，世界上没有诅咒。

但是这两条规则都变成了：无。

从应对办法就可以大致猜出"死亡"规则，再加上副队长还会给他提示，林异就想要矮子里拔高个，挑难度最高的规则世界，以便他尽快进入学生会，尽快查明真相。林异把校园守则翻到最后一页前，都没有挑到什么有难度的，直到他看到最后一条规则。

并不是铅字打印，而是手写的。

16-8 规则世界：？

出现时间：8月29日

出现次数：2

（出现情况：目前未知）

（出现地点：医务室 ＊2）

（处理次数：暂不处理）

"暂不处理"这四个字明显是刚刚才写上去的，林异的手碰到字迹，手指上蹭了一点点的墨。

见林异看见了这条信息，欧莹解释道："这是一条新的规则，是你们开学那天才出现的，具体情况还不明朗。"

林异想了想，问道："我可以选这条吗？"

"不行哦。"欧莹说，"这条就算弄清楚出现情况，它也是一条待补充规则，就算我同意让你选了，洲哥也不会同意，这条规则洲哥要用来试验。"

林异："试验？"

欧莹想着林异迟早会加入巡逻队，也没瞒着，说："洲哥推测 2-6 规则之所以存在这么久未处理，是因为 2-6 怪物会判断卷入者的实力。2-6 规则世界本身的难度不高，难就难在 2-6 怪物挑中了洲哥，不是吗？其实我们一直在试图找出怪物替代卷入者的规律，比如存在感低的卷入者一直是怪物喜欢替代的首选，再则就是温和的能够和其他卷入者们快速打成一片的卷入者，这两类人能够更好地帮助怪物藏身，但是 2-6 规则存在这么久，每次它都能精准地挑中最厉害的那个人，所以我们一直未能解决 2-6 规则。2-6 怪物是如何判断卷入者的强弱，是否是因为它存在得足够久，是否存在的时间也能增加怪物的实力？"欧莹说，"我们必须要弄清楚这一点。"

林异明白了，7-7 怪物是吸收了足够的记忆和养分，从而增加的实力，但是 2-6 怪物出现的频率并不高，如果它能有判断卷入者实力的能力的话，只能是通过时间，而这条 16-8 是一条新出现的规则，秦洲要进入 16-8 规则世界来验证自己的推测。

林异想了想，问道："秦学长要怎么验证呢？"

欧莹说："洲哥会和一位巡逻队成员一起进入 16-8 规则世界。"

林异抿了抿嘴唇："秦学长有人选了吗……如果没有的话，那个人可以是我吗？我之前在 7-7 规则世界和秦学长配合得挺好的。"

从欧莹那里离开后，林异没能管住自己的双腿，问了好几位学长、学姐才绕到了校园医务室。他没能靠近医务室，因为学生会已经在医务室外建了执勤点，和林异之前遇到过的值勤点不太一样，医务室外的执勤点执勤的人数很多。林异看见了一位在昨天开会时见过的学长，欧莹当时介绍这位学长负责实时监控校园守则。林异记得他好像叫周池。

周池对手底下的人说："洲哥要用新出现的这条规则，星期天晚上是最后的期限，一定要把这条规则搞出来。"

星期天下午五点钟是罗亦的送别仪式。

众人点头说好，又投入到工作当中。

林异躲在远处看着，他一直等到天色逐渐变暗。正纠结着要不要回宿舍时，执勤点终于有点了别的动静。

林异听到有人喊道："来了来了，出来了。"

林异虽然个子很高，但是他站得远，对于执勤点附近出现的情况看不真切。于是他找了一个地势比较高的地方，随后才看过去。他一眼看见，医务室外面出现了一个人。这个人的穿着让林异感到很熟悉，他低头看了看自己，他穿着一件洗得发白的 T 恤，下身是裤脚有松紧带的运动裤，不过因为这条运动裤是几年前打折的时候买的，松紧带已经没有作用了，而那个人也是，他竟然和林异穿着一模一样的衣服，T 恤发白的位置都是一样的。林异愣了一下，他立即换了个位置再次朝出现在医务室附近的那个人看去，让林异更蒙了。

那是他的脸？一个和他长得一模一样的人？

林异所在的这个位置距离执勤点更近了一些，林异也听见了接连不断的呼气声。

"怎么……怎么和我……和我长得一样？"

"和你长得一样？不是和我长得一样吗？"

医务室附近的执勤点内的这些讨论倒是让林异松了口气，应该是每个人看到的那个人都和自己长得一模一样。

周池赶紧道："别一直盯着它看，别让它把你们卷进去了。这里没有巡逻队可以跟着你们。现在几点钟？记下它出现的时间。执勤点再往后挪十米，在洲哥处理这条规则前，饼子楼的医务室暂时关闭。"周池快速吩咐着，然后拿出手机联系欧莹，"欧莹姐，出现了。目前还没有人卷进去。嗯，对，刚出现。16-8 怪物还在出现点原地徘徊，目前还没办法推算 16-8 怪物待会儿的行动，麻烦你通知全校同学不要离开寝室。目前记录的，消失于 16-8 规则世界的人数是十八个人，估计每次卷入九个人。"周池又对电话那头的欧莹说，"嗯，好，我会保证执勤同学的安全，你放心。"

林异听到这里后立刻转身回去了，刚刚在 B-101 室向欧莹提出想和秦洲一起去 16-8 规则世界后，欧莹没有立刻同意，但也没有立刻拒绝。

欧莹告诉林异，在一个规则世界里，同时进入两个知道怪物存在的人是危险的。一旦他们之中有一个人被怪物替代，另一个人会非常危险，怪物会最先处理知道自己存在的卷入者，而且有进入 2-6 规则世界的经历在先，秦洲知道自己被怪物替代后的危险，所以对人选的选择会非常谨慎。但秦洲既然要验证"怪物存在的时间越长能力越强"这个推测，就必须要进入 16-8 规则世界，同时被怪物替代后的人身上会留下只有怪物能嗅见的气味，替代的时间越长，留下的气味就越浓，很容易就会成为下个怪物的选择。她还拿出了一份数据，这份数据记录着每一个被怪物替代后成功离开规则世界的人的名单。

林异看见了王铎的姓名。因为王铎第一次被卷入规则世界时有秦洲，秦洲很快就带着众人离开了规则世界，王铎被怪物替代的时间很短，而 7-7 怪物的出现率很高，在能力增强的情况下，是有可能判断出卷入者的实力的。至少程阳在身材上就比王铎壮很多，因而 7-7 怪物选择了程阳。

2-6 怪物存在十年，比起只看表面的 7-7 怪物，它更有能力去发现最具有实力的人。2-6 怪物选择了秦洲。

"这份数据是洲哥推测的依据。"欧莹说，"怪物的能力随着时间增长，在挑选卷入者替代这方面能力增强的话，对巡逻队来说是一个不小的挑战。而若是怪物的能力整体增强，就连新出现的规则怪物也能判断卷入者的实力的话，对我们所有人来说，是一个灾难。"

"具体什么情况，就看 16-8 怪物是什么情况了。"欧莹道，"两者非要选一个的话，情愿是时间能增强怪物的能力。"

秦洲要进入 16-8 规则世界验证推测，必须要有人陪同他一同进入。如果秦洲的推测出错，一旦 16-8 怪物选择秦洲，秦洲再次被替代的话，基本上会全盘覆灭，秦洲的死亡，对于学生会来说是不可估量的损失，所以这个人选，要有能力在秦洲被替代后带秦洲离开。

林异总结，秦洲还没有找到人选。并且自己的机会很大。

欧莹说她会向秦洲推荐林异，让林异这几天乖乖地等消息。

林异虽然好奇这个在自己报名当天新出现的怪物，但是不想让欧莹觉得他不听话，他赶紧跑回了宿舍，吃了程阳给他买的三个卤蛋。刚回到宿舍，所有人的手机就响了。

学生会通知："在无新通知前，若非必要不要离开宿舍。"

林异赶在热水提供的时间内洗了个澡，然后早早地上床睡觉。

这一晚，学生会的很多人熬了一个通宵。

规则怪物如果没有卷入足够的人数，会一直在校园内逗留，甚至会离开出现的地点，去别的地方寻找自己的猎物。这是 16-8 怪物的第三次出现，前两次并没有人发现它，它很顺利地就卷入足够的人数进入规则世界，今晚却失利了。一直到天快亮时才不甘心地离开。

"16-8 怪物出现的时间是晚上七点到凌晨五点，卷入人数为零。"

学生会的紧急会议上，周池汇报道："新出现的怪物能在现实世界存在十个小时，基本不再属于低级怪物的范畴，初步判断为中级怪物。"

欧莹的脸色不太好看，他们并不是第一次遇见新出现的怪物，但是新出现的怪物往往是最容易解决的，因为它们都是从低等级怪物开始，通过"吃人"才慢慢增加能力。而越是高等级的怪物出现，规律越难以捉摸，就像 7-7 怪物，谁也不知道它会在什么时间、什么地点出现。

周池道："16-8 怪物的下一次出现就不一定是在医务室外面了。"

"好，我了解了。"欧莹说，"16-8 规则有头绪了吗？"

"有是有了。"周池迟疑了一会儿问欧莹，"既然现在 16-8 规则有头绪了，洲哥这边能提前进入 16-8 规则世界吗？"

怎么看 16-8 怪物都是棘手的，只有早点找出应对办法才是最保险的。

欧莹想了想说："散会后我会联系洲哥。"

周池点了点头。

"先更新校园守则吧。"欧莹问周池，"明天晚上前能发放更新后的校园守则吗？"

"这次新生的人数比往年更多，预计最快也得两天后。"周池艰难地摇摇头，随后提议，"能让他们自己在校园守则上添上 16-8 规则吗？"

欧莹翻开了一本校园守则，递给周池。

周池不明所以，欧莹说："最多存在一天，校园守则上任何标注记号都会消失。"

这本校园守则就是林异翻看过的那一本。

"怎么会？"周池的脸色一下变了，"……以前从来没有出现过这种情况。"

会议室里的其他人也都面面相觑。

"印刷部先打印新的校园守则，在打印出来前我也会通知全校注意16-8规则的出现。"欧莹说，"辛苦大家了，大家回去补觉吧，今天的会议先到这里吧。"

等众人离开后，欧莹站到窗边，推开了封死了很多年的窗户。她看了看校园的景色，出于女生的第六感，欧莹凭直觉，觉得16-8怪物不好解决。

新出现的怪物就是中级怪物……

新的怪物出现的时间就是新生报到的那一天……

不知道为什么，欧莹总觉得是有什么东西的出现才让这些怪物增强了。

不过还好，新生中出现了一个林异，像是上帝关上一扇门，又给他们打开了一扇窗。

欧莹拿出手机联系了秦洲："洲哥。"欧莹把16-8怪物情况对秦洲说了。

原来的计划是，秦洲在参加罗亦的送别仪式后再进入16-8规则世界，但现在的情况不太乐观。周池的考虑有道理，再怎么小心16-8怪物的出现，不如早点找到16-8规则的应对办法。

"我能向你推荐一个人选吗？"欧莹问。

"谁？"秦洲说。

"林异。"欧莹说。

秦洲沉默了一下。

欧莹说："他不行吗？"

"没说他不行。"秦洲说，"你以为我没有考虑过他吗？只是他害怕我。"

"害怕你？"欧莹问，"为什么要害怕你。"

秦洲："我把你关进冰箱里，你也会害怕我了。"

"洲哥，知道我为什么向你推荐林异吗？"欧莹笑了一下，"我在2-6规则世界里告诉大家，林异抢了你的女朋友，大家都关注你会不会针对他，这次你和林异搭档的话，可以彰显出咱们秦会长的格局。"

秦洲："……"

周五下午的第一节课，在平安上了两天课之后，程阳把教材立着，脑袋躲在课本后面小声对林异说："林异兄，太困了，我先睡一会儿，帮我看着点啊。"

林异知道程阳每天都跟听天书一样，如果平时表现也不好的话，很容易就成为被投放进入规则世界的人，刚才老师已经点过程阳的名了。

林异小声问："程阳兄，你很困吗？"

程阳打了个呵欠："是啊！困得要命。"

林异说："需要我帮你掐人中吗？"

提到人中，就让程阳联想到自己在 2-6 规则世界里被掐肿了的人中，他打了一个激灵，瞌睡消失了一大半。

林异抬头把一个笔记写在教材上，然后小声说："我陪你聊五分钟吧。"他俩坐在最后一排，不会影响老师的正常授课。林异打算用五分钟时间让程阳清醒一下。

程阳先是感谢了林异的不离不弃，随后道："那兄弟就随便聊了。"

林异："嗯。"

程阳说："你这两天在想什么？我看你总是露出一副若有所思的样子，是巡逻队的事还没有着落吗？"

程阳一提这事，林异就觉得有点沮丧了，都过了两天了，欧莹还没有给他答复，林异怀疑自己是不是被秦洲拒绝了，而欧莹不忍心伤害他的自尊心这才拖着。

程阳看林异的表情就知道自己猜对了，他叹了口气，说道："那条新规则的出现，闹得人心惶惶，秦会长差点亲手解决了你，他的心里肯定有顾虑。"

周三晚上，学生会通知 16-8 新规则：校园自始至终只有一个你，如出现另一个你（待补充）。又是一条待补充规则不说，规则本身的内容只要深思下去就让人觉得细思极恐，不寒而栗。

"林异兄，不是你不厉害，是你实在太厉害了。"程阳安慰林异道，"你杀了两个怪物，你的能力大家有目共睹，秦会长在考虑之后，肯定也会选择你的，你是一个很好的搭档。"

"是吗？"林异提不起精神，"可是都过去两天了，还没有给我答复。"

程阳安慰道："说不定现在就有了。"

林异把手机拿出来。

林异："没有答复。"

程阳还要说什么，任课老师忽然喊了一声："林异。"

林异立刻站起来，他以为是自己在课堂上开小差被老师逮住了："老师，对不起！下次不会了。"

任课老师看了他一眼："有人找。"

林异："啊？"他下意识地抬头往教室的门口看，没看到什么人，连衣角都没有看见，只看到地上的一片阴影。

任课老师说："快去吧。"

林异："哦，好。"林异从教室里往外走，走到讲台那里朝任课老师小幅度地鞠了个躬后才走出教室。

门外边的墙上，秦洲懒洋洋地倚靠在上面。

林异先是一愣，随后惊喜道："秦学长！"

秦洲把奶茶递给林异，算是把他关进冰箱里的赔罪。

林异问道："给我的？"

秦洲："嗯，也不知道应该给你带点什么。"

两个人走出教学楼区域，秦洲眼角的余光瞥到林异，林异没有喝奶茶，男生一般不爱喝奶茶，于是他说："那请你喝瓶汽水？"

"我请你吧。"林异说："秦学长，是 16-8 怪物出现了吗？现在就要进入 16-8 规则世界了吗？"

"先买汽水。"秦洲说，"正好我也有点渴。"

非自然工程大学内除了食堂也有小超市和各种自营的小店，到了小超市，林异偏头问秦洲："秦学长，你喝什么牌子的汽水？"

秦洲："都可以。"

林异随便挑了一款，然后掏出一卡通，看着自己手上的一卡通，林异停顿了一下，这才想起来，他请客也等同于秦洲请客。买了汽水，林异把一瓶汽水递给秦洲。

秦洲把汽水放在一边，问林异："这两天休息够了吗？"

林异点点头，然后反应过来，秦洲拖了两天才找他，是为了让他多休息两天。

"休息好了。"林异说，"保证不会给秦学长拖后腿。"

秦洲说："说到做到。"

"肯定的，我不会给朋友拖后腿的。"林异说。

秦洲睨他一眼。

林异说："朋友之间才请喝汽水。"

秦洲笑了一下，接受了朋友关系这个说法。

林异问："秦学长，那我们什么时候去 16-8 规则世界？"

秦洲说："睡一觉就去。"

林异："啊？"

秦洲之所以在今天下午就来找林异，是看过林异的课表。今晚他们就应该进入 16-8 规则世界了，他下午找到林异，是想让林异好好地休息一个下午。每次林异进入规则世界几乎都没有睡过觉。为了确保精力充足，得休息好。

秦洲看了一眼时间："现在快三点钟了，你睡三个小时就差不多是16-8 怪物出现的时间。"

林异本来不想睡觉，但是时间还没到，他也只能回去睡觉，他说："行。"

秦洲让林异睡三个小时，林异就真的睡了三个小时。三个小时后，林异准时醒来了。宿舍内只有他一个人，秦洲恰好在这个时间打电话过来。接通电话，秦洲没有先和他说话，而是处理着手头上的事。等电话那边稍微安静了些后，林异才开口问道："秦学长，是计划有变吗？"

秦洲说："要去找 16-8 怪物。"

林异点点头，想到对方看不见，他说："好。"

天色已经暗了下来，林异跟着秦洲在学校里寻找 16-8 怪物，说是找，其实就是在校园里转悠。

16-8 是新出现的怪物，学生会暂时还没有摸清楚它出现的时间规律和地点，秦洲和林异就只能靠运气了。

校园里基本没有学生走动了，而他们两个人已经转完了教学楼区域，剩下的就是学生日常活动的区域。

秦洲说："去看看。"

林异听出秦洲语气里的焦急，如果 16-8 怪物出现在人多的地方，会很快就卷入足够的人数进入规则世界。先不说没有巡逻队的带领卷入者们被压榨到极限的存活率，一旦 16-8 怪物卷入足够的人数，林异和秦洲今晚就没办法进入 16-8 规则世界了。他们两个飞奔着往人多的地方跑去，林异跑着跑着，轻轻地喊了一声："秦学长。"

林异看见他们前面有一个人影，暮色之中，林异发现这个人影的衣服和自己一样，不出意外，人影的脸也和他是一样的。

"秦学长。"他朝着前方指了指，"16-8 怪物，大概距离我们五百米。"

秦洲知道林异的视力好："我先拦着它。"

林异："好。"

秦洲猛地冲向 16-8 怪物，速度比刚刚和林异一起飞奔要快得多。林异的脚下没停，也在往 16-8 怪物的方向快速跑过去。

林异一边跑，一边紧盯着前方。他看见秦洲伸手抓住了那个人影，然后那个人影转了个身。林异还没有看清人影的脸，率先看见的是一道暴涨的红光。他知道红光意味着什么，于是又深吸了一口气，在红光消失以前奔了过去，让红光能够吞没自己。

嘀嘀嘀——

全息舱的试验室再次响起机械音：

16-8 规则：校园自始至终只有一个你，如出现另一个你（待补充）

第一批非自然工程大学学生（志愿者）将进入 16-8 规则世界。非自然工程大学学生（志愿者）将进入全息世界的小世界。

小世界分为三个阵营：1. 全息舱生成的 NPC。2. 学生阵营。3. 被怪物选择替代的学生阵营。

提示：全息小世界并不会有人真正死亡，尸体及死亡现场由全息舱自动生成。

健康检测功能已开启，弹出功能已预备，若志愿者在16-8规则世界触犯规则，将第一时间结束进程。

预祝各位志愿者取得小世界的胜利。

红光出现的时间很短暂，紧紧维持了两三秒钟后就消失了。

视野之中是另一副样子。

林异和秦洲此时站在一条山路上，这条山路不是那种深山老林里的崎岖山路，它比较宽，宽度能够让两辆汽车并排驶过。山路的地面也比较平整，虽然不是柏油路，但路面没有大的凸起的石块。林异抬头朝山路的上端看去，在距离他们大概一两公里远的地方围着一圈铁丝网栅栏，离铁丝网栅栏再有个两三公里远就有建筑，不过被茂密的树林挡住了一些，林异只能看见房顶。通过房顶来看，建筑应该没有什么特殊的风格，是很平常的水泥建筑。粗略地看完这些，林异才去看秦洲，准备把自己的所得对秦洲说，一转头回去，就发现秦洲在打量他，试图从他的行为来分析16-8怪物有没有选中他。

林异反应过来："应该先自证。"

这一次秦洲没有大脑被窥探的感觉，他稍微松了口气，之所以没有完全放松下来，如果林异被16-8怪物替代，也是一个难题。

秦洲挑了下眉说："你好像已经准备好了。"

林异确实已经准备好了，在红光被淹没的那一刻，林异就想到自证的办法以及验证秦洲是不是16-8怪物的办法。他先东张西望了一会儿，确定这条山路上只有他和秦洲，于是搓了一下手，一边鼓起勇气，一边紧张地对秦洲说："秦学长，那我开始了。"

秦洲挑眉等待林异的自证。然后他看见林异深吸一口气后，说："秦学长，你要是谈恋爱，我保证不撬你的墙脚。"

秦洲："……"

林异说："你要是结婚了，我还可以给你当伴郎。我当天穿什么衣服呢？灰色的西装，胸前别花好还是胸针好？"

这哪儿跟哪儿？秦洲茫然地说：“这跟自证有什么关系？”

“我没有什么朋友。”林异赶紧解释道，“所以这是我第一次许诺给别人当伴郎。”

“得了吧。”秦洲说，“我结婚当天你别来，我怕新娘跟你私奔。”

林异笑了一下。

秦洲看了他几眼，随后说：“你也可以测试我。”

林异说：“不用了。”

“不用了？”这么快被排除嫌疑，秦洲好奇地问道，“为什么？”

林异说：“我应该也是第一个对秦学长许诺，给秦学长当伴郎的人吧？”

秦洲微微一愣，在心里说林异的反应真快。确实如此，读大学之前年龄太小，结婚还太遥远，不会有人郑重地许诺来给他当伴郎。或许可能会有人开玩笑，但不会有更深的畅想，林异连婚礼当天穿什么衣服都想好了。读大学之后，身为学生会主席，别人见了他像老鼠见了猫，怎么会有人郑重地许诺将来给他当伴郎。自证到此结束，秦洲收起赞叹林异反应快的目光，说：“暂时到此为止，上去看看。”

林异：“好。”看见秦洲已经抬脚，林异也赶紧跟了上去。

两个人就往上走去，一直走到铁丝网栅栏的位置，他们也没有遇到其他卷入者。

秦洲停下来检查铁丝网栅栏，铁丝网没有多高，顶多一米五的样子，不过上面缠着电网。

林异也在观察四周，然后在稍远处看到一块朝内的警示牌。

林异走过去，小心地把警示牌翻转过来，没有碰到电线。

警示牌上写着八个字：高压危险，禁止攀爬。

“我家小区的围墙也缠着电网，不过只是摆设，故意吓唬人的，上面没带电。”林异走回来后奇怪地对秦洲说，“按照国家规定，小区里的生活生产用电，都要经过严格的申报和审批，必须有供电部门批准才会供电。如果小区申请在围墙上架设高压线用于防盗，供电部门是绝对不会审批通过的。只有特殊单位需要用高压电网进行防范，电力部门才会批准。”林异又看了看那些建筑，建筑不像是住宅，可是更不像是什么特殊部门。

"不是高压电，但是有电。"秦洲指着一个线路上的设备说，"这是脉冲设备。"

秦洲继续说："这些脉冲设备，会使电线上的电压瞬间达到八百伏到七千伏，一旦有人触碰了，就会被立即弹开，电源也会在零点一秒钟内快速切断，这是保证不让电击者受伤。"

山路通向建筑的路被铁门挡住了，铁门是关着的，上面也有电网，这就阻挡了林异和秦洲前行的道路。

林异顺着铁丝网向前眺望："应该绕不过去。"

"嗯。"秦洲说，"人还没齐。"

应该是碰到了 16-8 怪物才会被卷入规则世界，所以到目前为止只有他们俩进来了，怪物的游戏还没有开始，大门也是紧闭着的。

反正人还没到齐，干等着也浪费时间。林异和秦洲还是往岔路上走了走，林异就把建筑看得更清楚了。建筑确实不是住宅，也不是特殊部门，而是建在半山腰的疗养院。

林异在建筑群里看见了一块牌子，上面写着——渝市花源区疗养院。

林异沉默下来，他想到了自己发错的短信，给秦洲发了一条"住院"的短信，现在就来到医院了。他第一次发现自己好像被程阳影响了，说过的话好的不灵坏的全灵。好在秦洲没有往林异的短信上联想，他们俩所在的位置让秦洲也能大致看到疗养院的样子，然后皱了下眉头。

林异知道秦洲皱眉的原因。疗养院一般是帮助病人恢复健康的医疗机构，而疗养院的选址一般会建在风景秀美的山区、海滨、温泉等地，这些地方适合疗养。此时这个地方也算符合疗养院的选址。但奇怪的是，警示牌是朝内的。也就是说，警告的不是想要翻进疗养院的人，而是警告疗养院里的人不要攀爬铁丝网离开。但都来疗养了，还能攀爬这些铁丝网吗？除非疗养院里的是什么特殊的东西。

具体是什么东西，他们俩在这儿猜也没用。磨蹭了一段时间后，两个人又回到了山路上的大门前。回去之后，就看到大门前站着人了。是一个女生和一个男生，女生蹲在地上抹眼泪，男生崩溃地来回踱步："学生会都发通知了，最近新出现的一条规则，让全校同学都注意点，你倒好，非要让我跟你说清楚，现在你满意了？"

女生没说话，一直在捂着脸抽泣。

"你之前不是一直吵着闹着让我当面说清楚吗？现在怎么又不说话了，一直哭有什么用？你不是喜欢说清楚吗？说啊！现在跟我说清楚啊！"男生烦躁地踢了一下地面，踹起了一些小石子。

"我也没有想到……"女生终于仰起头，原本绝望的眼睛亮了一下，像是抓到了一根救命稻草，"秦，秦会长。"

听到女生说的这句话，一直在念叨的男生一愣，随即欣喜地朝秦洲和林异的方向看过来。

秦洲继续皱了一下眉头，这回林异没猜到秦洲皱眉的原因，看了一眼这对小情侣，随后小声问秦洲："秦学长，他们两个人有问题吗？"

"不是。"秦洲说，"人还没齐。"

他们从山路走上来，又绕着铁丝网走了半圈回来，被卷入 16-8 规则世界的人加上他们俩才四个人。学生会虽然没能琢磨出 16-8 规则世界的出现规律，但通过这几天消失的人数推算，16-8 怪物每一轮会卷入九个人。

林异问："慢怎么了？"

秦洲说："慢不会怎么样，就怕 16-8 怪物在挑人。"